BEFORE I GO TO SLEEP
by SJ Watson
translation by Shiko Tanahashi

わたしが眠りにつく前に

SJ・ワトソン

棚橋志行［訳］

JN282467

ヴィレッジブックス

母とニコラスに、本書を捧げる

あしたに生まれ
きょうを生き
きのうに死す
——パルヴィズ・オウシア

わたしが眠りにつく前に

おもな登場人物

クリスティーン・ルーカス　本編の主人公

第一部　きょう

寝室がおかしい。見覚えがない。ここがどこかわからない。どうやって来たのかも。どうすれば帰れるのかも。

ここで一夜を過ごしたのだ。女の声で目が覚めた。最初は、その人とベッドにいるのだと思ったが、すぐにニュースを読む声だと気がついた。目覚まし機能つきラジオの声を聞いていたのだ。目を開けたらここにいた。見覚えのない、この部屋に。

目が暗闇に慣れ、真っ暗に近い部屋を見まわす。ワードローブの扉の裏に部屋着が掛かっている。女性用だが、わたしよりかなり年配の女性のものだ。化粧台の前に椅子があり、その背に暗い色のスラックスがきちんと折りたたんで掛けられているが、それ以外はほとんどよくわからない。目覚まし時計は複雑そうだが、ボタンが見つかり、なんとか音を消すことに成功する。

そのときだ。後ろでごごっと息を吸いこむ音がして、ベッドにいるのは自分だけでないことに気がついた。首を回す。広々とした一面の素肌、白髪まじりの黒い髪。男だ。左の腕がカバーの外に出ていて、薬指に金色の指輪が見える。思わずうめき声を漏らしそうになって、抑えこむ。つまり、この男は白髪まじりの年配者であるだけでなく、既婚者でもあるのだ。わたしは既婚男性と寝ただけでなく、おそらく彼の自宅で寝てしまったのだ。ふだんは妻と寝ているにちがいないベッドで。ショックを冷ますため、体を仰向けに戻す。恥ずべきことだ。

奥さんはどこにいるのだろう？　いつ戻ってくるかわからない。そこを心配しなくていいのだろうか？　奥さんが部屋の反対側に現れ、金切り声をあげて、わたしを泥棒猫と呼ぶところが目に浮かぶ。淫婦《メドゥーサ》。罪深い女だ。本当に奥さんが現れたら、どう言い訳すればいいのだろう？　しかし、ベッドの男には心配している様子がない。寝返りを打って、またいびきをかいている。

できるだけ動かず、じっと横になっていよう。何があってこういう状況になったのか、ふつうは思い出せるものなのに、きょうは思い出せない。パーティがあったのか、バーかクラブに行ったにちがいない。そこで酔いつぶれてしまったのだ。何ひとつ思い出せないくらい、したたかに。結婚指輪をはめていて背中に毛の生えている男といっしょに帰ってしまうくらいだから。

カバーをできるだけそっと折り返して、起き上がり、ベッドの端にすわる。まずはバスルームだ。足下のスリッパはそっとしておく。旦那と寝たからといって、別の女性の履物まで使っていいものではない。裸足《はだし》でそろりと階段の踊り場まで行く。自分が裸なのはわかっているから、誤ったドアを選んでしまわないか心配だ。間借り人とか十代の息子に出くわしたりしたら、目も当てられない。バスルームのドアがわずかに開いていて、中に入り、ドアを閉めてほっとする。

すわって用を足し、水を流して手を洗う。石鹼《せっけん》に手を伸ばすが、どこかおかしい。最初はどこがおかしいのかわからなかったが、やがて気がついた。石鹼を握っている手が自分の手とは思えないのだ。皮膚にしわが寄り、爪は磨いてなくてみすぼらしく、ベッドに残してきた男と同じように、薬指には質素な金色の結婚指輪がはまっている。

つかのま目を凝らし、それから指をひらひら動かしてみた。石鹼を持っている手の指も動く。思わず息をのみ、石鹼がゴツッと音をたてて洗面台に落ちる。顔を上げて、鏡を見た。

見返してきたのはわたしの顔ではない。ボリュームのない髪が、わたしのよりずっと短くカットされている。頰とあごの下の皮膚はたるんでいる。唇は薄く、口角が下がっている。叫びが漏れた。言葉にならないあえぎ声が。抑えなかったらショックの悲鳴と化していただろう。そこで、目に気がつく。たしかに、目のまわりの皮膚にはしわが寄っているが、そこ以外は全部自分の顔だ。鏡の中の人物はわたしなのだが、自分より二十歳くらい年を取っている。二十五歳くらい。いや、もっとか。

ありえない、こんなこと。体が震えだし、洗面台の端をつかむ。胸の中にまた悲鳴がふくれ上がってきた。こんどは、喉を絞められたようなあえぎ声のかたちで爆発した。あとずさって鏡の前を離れ、そこで目がとらえる。写真だ。壁にテープで留められている。鏡そのものにも。湿って端が丸まった写真に、黄色い粘着紙やサインペンのメモが交じっていた。

無作為に一枚選ぶ。そこにはクリスティーンと書かれていて、写真のわたし――この新しいわたし、年を取ったわたし――を矢印が指し示していた。わたしは川岸のベンチに腰かけていて、隣には男がいる。クリスティーンという名前には見覚えがある気がするが、ぼんやりとでしかない。自分の名前と信じるには努力が必要なくらいだ。写真の二人は手を握りあい、どちらもカメラに向かって微笑んでいる。男は端正な顔だちで、魅力的だ。よく見れば、わたしの横で眠っていた男ではないか。ベッドに残してきた、あの男だ。男のそばに〝ベン〟と記されていて、その横に〝きみの夫〟とある。

息をのんで、壁から写真を剝《は》がす。ちがう、と頭のなかで言う。ちがう！　そんなわけはない……。ほかの写真にもざっと目を通す。全部、わたしと彼の写真だ。一枚は、不細工な服を着て贈り物の包装を解いているわたし。別の一枚は、二人おそろいの防水ジャケットで滝の前に立ち、足下で小さな犬がクンクンにおいを嗅いでいる。その隣のも、わたしの写真だ。彼の横でグラスのオレンジジュースを飲み、隣の寝室で見た部屋着を着ている。

さらに後ずさると、背中に冷たいタイルが当たった。そこで、記憶と結びつくほのかな光が見えた。頭が焦点を定めようとすると、そよ風に舞う灰のようにひらりと離れていき、そこで気がつく。わたしの人生に〝当時〟や〝以前〟はあるが、なんの前かはわからず、〝いま〟もあるが、両者のあいだには長く静かな空白しかないのだと。その空白を経て、わたしはここへ来たのだ。わたしと彼が暮らしている、この家に。

寝室に戻る。わたしの手はまだ写真を持っている。いっしょに寝ていた男と自分が写っている写真を。体の前でそれを握っている。

「どうなっているの？」と、わたしは言う。悲鳴をあげそうだ。涙が頬を伝う。男が半分目を閉じて、ベッドに体を起こしていた。「あなたは、誰？」

「きみの夫だ」と、彼は言う。顔は眠たげで、いらだちの気配はない。わたしの裸身にも目を向けない。「ずっと前から、結婚している」

「どういう意味？」と、わたしは言う。逃げ出したいが、逃げる場所はない。「〝ずっと前から、結婚している〟？　どういう意味？」

彼が立ち上がった。「ほら」と言って部屋着を渡し、わたしが着るのを待つ。彼が着ているのは、だぶだぶのパジャマのズボンに、白いヴェスト。それを見て自分の父親を思い出した。

「結婚したのは一九八五年」と、彼は言う。「二十二年前だ。きみは――」

「なんですって――？」顔から血の気が引いていき、部屋がぐるぐる回りはじめた。家のどこかで時計がカチカチ時を刻み、その音がハンマーをたたきつけているみたいに大きく聞こえてきた。「でも――」彼がわたしのほうへ一歩進み出る。「どうして――？」

「クリスティーン、きみはいま四十七歳だ」と、彼は言った。わたしは彼を見る。わたしに微笑みかけているこの見知らぬ男を。こんな話、信じたくないし、聞きたくもないが、彼は先を続けた。「きみは事故に遭った」と言う。「ひどい事故に。頭に怪我をした。物事を記憶する機能に問題が生じている」

「物事って、どんな?」と、わたしは訊く。この二十五年がすっぽり消え失せたわけじゃないわよね、という意味だ。「どんな物事?」

彼がまたわたしのほうへ進み出る。おびえた動物に近づくみたいに。「何もかも、一切合財《いっさいがっさい》」と、彼は言う。「二十代前半以降の記憶がないときもある。もっとずっと前からのことも」

頭がぐるぐる回り、日付と時代がブンブン音をたてる。訊きたくはないが、訊く必要があるのはわかっていた。「いつのことなの……? わたしが事故に遭ったのは?」

彼はわたしを見た。同情と不安が入り交じった顔で。

「二十九歳のとき……」

目を閉じる。頭はこの情報を拒もうとしたが、心のどこかがこれは事実と知っていた。また自分が泣きだす声がして、そのあいだにこの男、このベンという男が、わたしの立つ戸口へ歩み寄る。自分のそばに彼の存在を感じ、彼が腰に腕を回してくるあいだ身じろぎもせず、わたしを抱き寄せる彼にあらがわずにいた。彼がわたしを抱き締める。いっしょにそっと体を揺らし、その動きに親しみを感じている自分に気づく。少し気分がやわらいだ。

「愛している、クリスティーン」と彼は言った。わたしも愛しているわと言う場面なのだろうが、わたしは言わない。何も言わない。知りたいことが山ほどある。わたしはどうやってここへたどり着いたのか？　どうやって生き長らえているのか？　でも、どう質問したらいいのかわからない。

「怖い」と、わたしは言う。

「わかる」と、彼が返す。「わかる。でも、心配はいらない、クリス。ぼくがついている。ずっとぼくがついている。だいじょうぶだ。ぼくを信じてくれ」


家の中を案内すると彼が言う。少し落ち着いてきた気がする。ショーツを穿《は》き、彼のくれた古いTシャツを着て、肩にローブを羽織る。二人で踊り場へ向かった。「バスルームは見たね」と彼が言い、その横のドアを開ける。「ここは書斎だ」

ガラス張りの机がある。載っているのはコンピュータなのだろうが、やけに小さい。おもちゃと見まがうほどに。その横に暗い灰色の書類整理棚があり、その上の壁に予定表があった。何もかもすっきりと片づいている。「ときどき、ここで仕事をするんだ」と彼は言い、ドアを閉めた。二人で踊り場を横切り、彼が別のドアを開ける。ベッドがひとつ、化粧台がひとつに、またワードローブがいくつか。わたしが目を覚ました部屋と瓜二つだ。「ときどき、きみはこっちで寝る」と、彼は言う。「気が向いたときに。でもふだんは、一人で目覚めることはない。自分がいるのがどこかわからないとパニックに陥るからね」わたしはうなずく。新しいアパートを同居人候補に案内されている気分だ。「下へ行こう」

彼に続いて階段を下りた。見せてくれたのは、リビングだ。茶色のソファに、同色の椅子。壁にボルトで留められている平らな画面は、テレビだという。あとはダイニングとキッチン。どれも見覚えがない。何ひとつ感じるものはなかった。サイドボードに載っている二人が写ったフレーム入りの写真を見たときにさえ。「裏手に庭がある」と彼が言い、わたしはキッチンのガラス戸の向こうを見る。ちょうど夜が明けはじめたところで、空はインクをこぼしたような青色に変わりかけている。大きな木の輪郭が見え、小さな庭の奥の隅に小屋が見えるが、それ以外はほとんどよくわからない。自分が地球のどこにいるかも知らないことに、わたしは気がつく。

「ここはどこなの？」

彼がわたしの後ろに立った。二人の姿がガラスに映っている。わたしがいる。わたしの夫がいる。どちらも中年だ。

「ロンドン北部」と、彼が答える。「クラウチ・エンドだ」

わたしはあとずさる。恐怖がこみ上げてきた。「信じられない。自分がどこに住んでいるかもわからないなんて……」

彼がわたしの手を握る。「心配するな。だいじょうぶだ」わたしはくるりと回って彼と向きあい、なぜなのか、なぜだいじょうぶなのか教えてくれるのを待つが、彼は何も言わない。「コーヒーを淹《い》れてこようか？」

一瞬、憤りをおぼえたが、思い直し、「ええ。お願い」と言う。彼はやかんに水を満たした。「ブラックでお願い」と、わたしは言う。「砂糖抜きで」

「わかってる」と彼は言い、わたしに微笑みかける。「トーストは？」

いただくわ、と答える。この人はわたしのことをよく知っているようだが、それでも、一夜限りの関係を交わした朝のような感じをぬぐえない。見知らぬ男とその男の家で朝食を取りながら、いつ退散するのが妥当だろうかと考えているような感じだ。

だが、そこには違いもある。どうやら、ここがわたしの家のようだから。

「ちょっと、すわりたい」と、わたしは言う。

彼はわたしを見上げる。「リビングに行って、すわっているといい」と言う。「すぐに持っていくから」

わたしはキッチンを出る。


しばらくして、ベンも入ってきた。ノートのようなものを手渡される。「スクラップブックだ」と、彼は言う。「役に立つかもしれない」受け取った。革に似ているが革には見えない。使いこまれたビニール表紙に、たるんだ蝶《ちょう》結びで赤いリボンがかけてある。「すぐ戻る」と彼は言い、部屋を出ていった。

わたしはソファに腰かける。膝のスクラップブックが重い。これを開くのはのぞき見のような気がした。どんな写真があるにせよ、それはわたしの写真であり、夫が渡してくれたものなのだ、と自分に言い聞かせる。

蝶結びを解き、適当なところを開く。わたしとベンの写真だ。いまよりずっと若い。いちどパタンと閉じる。バインディングに手を回し、ページをぱらぱらめくった。毎日これをしなくてはならないのだ。

想像もつかない。きっと、とんでもない間違いがあったのだ。それも、あってはならないたぐいのが。その証拠があそこにあった。二階の、鏡の中に。目の前のスクラップブックをそっと撫《な》でている手のしわの中にも。けさ目が覚めたとき自分と思っていた自分ではないのだ、いまのわたしは。

だったら、あれは誰だったの？　と、胸の中でつぶやく。わたしがあの自分だったのは、いつなの？　見知らぬ男のベッドで目を覚まし、逃げ出すことしか考えなかったわたしだったのは？　目をつぶってみた。ふわふわ浮いた心地がする。つなぎ止めるものが何もない。いつ消し飛んでもおかしくない。

自分をしっかりつなぎ止めないと。目を閉じて、何かに焦点を合わせようとした。どんなものでもいい。しっかりしたものであれば。だが、何も見つからない。年月が多すぎるのだ。失われた年月が。

このスクラップブックがわたしは何者なのかを教えてくれるのだろうが、開くのがためらわれた。まだ、いまは。しばらくここにすわっていたい。過去がぽっかりと空白になったまま。可能性と事実のあいだでバランスを取った、宙ぶらりんのままで。過去を知るのが怖い。自分は何をかなえてきて、何をかなえてこなかったのだろう。

ベンが戻ってきて、わたしの前にトレーを置く。トーストと、コーヒーカップがふたつに、ピッチャーのミルク。「だいじょうぶか？」と彼が訊く。わたしはうなずいた。

彼はかたわらに腰かけた。髭《ひげ》をそって、ズボンとシャツに身を包み、ネクタイを締めている。もう、わたしの父親にも似ていない。いまは銀行員とか、サラリーマンみたいに見える。でも、そんなに悪くない、と思い、すぐにその考えを頭から追い払った。

「毎日、こんな感じなの？」と、わたしは訊く。

彼はトーストを一枚、お皿に置き、バターを塗る。「だいたいね」と言う。「少しどうだ？」わたしが首を横に振ると、彼はひとかじりした。「起きているあいだは情報を維持できるらしい」と、彼が言う。「ところが、眠ってしまうと、ほとんどが消えてなくなる。コーヒーは、それでいいか？」

だいじょうぶと答えると、彼はわたしの手からノートを受け取った。「これはスクラップブックみたいなものだ」と言い、それを開く。「何年か前に火事があって、古い写真や持ち物を大量に失ったが、ここにまだ少し残っている」彼は最初のページを指差した。「これは大学の卒業証書だ」と言う。「これは、卒業した日のきみ」彼の指差す先を見る。写真のわたしは笑顔を浮かべて、日射しに目を細め、黒いガウンに金色の飾り房のフェルト帽をかぶっていた。すぐ後ろにスーツとネクタイの男がいるが、カメラから顔をそむけている。

「これは、あなた？」と訊く。

彼は微笑んだ。「いや。きみとは卒業年度がちがうんだ。ぼくはまだ在学中だった。化学を専攻していてね」

わたしは彼を見上げる。「わたしたちはいつ結婚したの？」

彼はわたしと向きあい、両手で挟みこむようにわたしの手を取る。ざらざらした皮膚の感触にぎょっとした。若くやわらかな感触に慣れているからだろうか。「きみが博士号を取った次の年だ。二、三年つきあってからだが、きみは——二人とも——学業が終わるまで待ちたいと考えた」

もっともな話のような気はするが、わたしにしてはずいぶん思慮深い。そもそもわたしは、そんなにこの人と結婚したかったのだろうか。

わたしの心を読んでいるかのように、彼は、「ぼくらは深く愛しあっていた」と言い、急いで「いまでもだ」と付け足した。

どう言ったらいいのかわからない。だから、微笑んだ。彼はぐいっとコーヒーをひと飲みし、膝の上のノートに目を戻す。また何ページかめくる。

「きみは国文を専攻していた」と、彼は言う。「卒業して、いくつか仕事に就いた。臨時の仕事ばかりだ。秘書。セールス。自分が何をしたいのか、きみはよくわかっていなかったみたいで。ぼくは理学士の学位を取って卒業し、教員の訓練を受けた。最初の二、三年は大変だったが、そのうち昇進して、まあ、ここへ来ることになった」

わたしはリビングを見まわす。きちんとしていて、居心地がいい。平凡な中流家庭だ。暖炉の上の壁に森林風景を収めたフレーム入りの写真が掛かっていて、マントルピースの置き時計の横には陶器の置き物があった。インテリア選びにわたしもひと役買ったのだろうか？

ベンが話を続けた。「ぼくは近くの中学校で教えている。教科長をつとめていてね」と、誇らしげなそぶりも見せずに言う。

「わたしは？」と訊いてはみたが、予想できる答えはひとつしかないと、本当はわかっていた。彼がわたしの手をぎゅっと握る。

「きみは仕事を断念しなければならなかった。事故に遭ったあと。いまは何もしていない」彼はわたしの失望を感じ取ったにちがいない。「仕事をする必要はない。ぼくの給料で充分足りているし。まずまずの暮らしだ。うまくいっている」

わたしは目を閉じて、額に手を当てた。あんまりだ。どれもこれも。彼には少し黙っていてほしい。処理しきれないくらい、いろんなことがあるようだ。これ以上追加されたら、そのうち爆発してしまう。

日がな一日、わたしは何をしているの？　そう訊きたいが、答えが怖くて、何も言わずにおく。

彼はトーストを食べおわり、トレーをキッチンへ持っていった。オーバーコートを着て、戻ってくる。

「仕事に行かなくちゃならない」と、彼が言う。わたしは緊張に見舞われる。

「心配いらない」と、彼は言う。「だいじょうぶだ。電話する。かならず。きょうもいつもと同じ一日だということを忘れないでくれ。心配いらない」

「でも――」と、わたしは言いかける。

「行かなくちゃ」と、彼が言う。「すまない。必要になるかもしれないものを、出かける前に見せておこう」

　彼はキッチンで、何がどの戸棚にあるか教え、お昼に食べられる冷蔵庫の余り物を指差して、壁にねじで取りつけられたホワイトボードを指差した。ボードの横にひもがあり、黒いマーカーペンがくくりつけてある。「ときどき、ここに伝言を残していく」と言う。きれいな均等の大文字で〈金曜日〉と書かれ、その下に〝洗濯?〟〝散歩?〟(電話に出ろ!)〝テレビ?〟と書きつけてあった。〝昼食〟の下に、冷蔵庫に残り物の鮭《しゃけ》があるというメモがあり、〝サラダ?〟と書き加えられていた。最後に、六時には帰宅すると書かれていた。「きみは手帳も持っている」と、彼は言う。「きみのバッグの中に。後ろのページに大事な電話番号や、うちの住所がある。迷子になったときのために。それから、携帯が――」

「何?」

「電話だ」と、彼は言う。「コードレスの。どこからでもかけられる。家の外からでも、どこからでも。ハンドバッグに入っている。外出するときは、かならず持っていくこと」

「そうする」と、わたしは答える。

「よし」と、彼が言う。二人で玄関に行き、彼はドアのそばに置いてあった、古びた革の肩掛けかばんを持ち上げた。「じゃあ、行ってくる」

「ええ」と、わたしは言う。ほかになんて言ったらいいのかわからない。学校から閉め出され、両親が仕事をしているあいだ、家に独りぼっちでいる鍵っ子のような気分だ。どこにも触ってはいけない、と彼が言っているところを想像する。薬を飲むのを忘れるな、とか。

　彼がわたしに歩み寄る。そして、キスをする、わたしの頬に。拒みはしないが、キスを返しはしない。彼はくるりときびすを返して、玄関のドアに向かい、開きかけた手を止める。「そうだ！」と言い、わたしを振り返る。「忘れるところだった！」急に声に力が込もった。熱意に駆られたように。だが、さりげなさを装いすぎている。いまから言うことを、しばらく前から準備していたのは明らかだった。

　聞いてみれば、心配したほどのことではなかった。「今夜、いっしょに出かける予定なんだ」と、彼は言う。「週末に向けて。二人の記念日だから、どこかを予約しようと思って。かまわないか？」

　わたしはうなずく。そして、「すてきだわ」と言う。

　彼が微笑む。ほっとした様子で。「楽しそうだろ？　海辺の空気も楽しめる。きっと気分もちがう」彼は向き直ってドアを開ける。「あとで電話する」と言う。「何も問題ないか確かめに」

「ええ」と、わたしは言う。「そうしてちょうだい。お願いするわ」

「愛しているよ、クリスティーン」と、彼は言う。「絶対にそのことは忘れないでくれ」

　彼はドアを閉めて出かけていき、わたしはくるりと向き直る。そして、家の中へ戻っていく。

朝も半分が過ぎた。わたしは肘掛《ひじか》け椅子にすわっている。皿は洗いおわって、水切りかごにきれいに積み重ねられている。洗濯物は洗濯機の中だ。せっせと家事にいそしんできた。

いまさらながら、心にぽっかり穴が開いた心地がする。本当だった、ベンが言ったことは。なんにも覚えていない。何ひとつ。この家のどれひとつ、前に見た覚えがない。鏡のまわりの写真にしろ、目の前にあるスクラップブックの写真にしろ、撮られたときの記憶を呼び覚ましてくれるものが一枚もない。ベンといっしょにいたときのことを、一瞬たりと思い出せない。けさ会ってからの記憶を除いては。頭の中が空っぽになった感じだ。

目を閉じて、何かに焦点を合わせようとした。どんなことでもいい。きのうのことでも。前年のクリスマスのことでも。いつのクリスマスのことでもいい。わたしの結婚式のことでもいい。何ひとつ思い出せなかった。

立ち上がる。部屋から部屋へ、家の中を歩いていく。ゆっくりと。幽霊のようにふわふわ漂い、壁やテーブルや家具の後ろに軽く手が触れるにまかせていくが、どこにもちゃんと触れてはいない。〝なぜこんなことになってしまったの？〟と考える。絨毯《じゅうたん》を見て、模様の入った敷き物を見て、マントルピースの上の陶器の置き物を見て、ダイニングの陳列棚に配置された飾り皿を見る。これはわたしのものだ、と自分に言い聞かせる。全部わたしのものだ。わたしの家、わたしの夫、わたしの暮らし。だけど、どれをとってもなじみがない。わたしの一部じゃない。寝室に入ってワードローブの扉を開けると、見覚えのない服が並んでいる。会ったことのない女の人が中身だけ消えてしまった抜け殻のように、整然とハンガーに掛かっている。その人の家を、わたしは歩きまわっている。その人の石鹸とシャンプーを使ってきた。その人の部屋着を脱ぎ、その人のスリッパを履いている。彼女の姿は隠れていて、わたしには見えない。遠く離れて触れることのできない、幽霊のような存在だ。けさ、下着を選んだときには、後ろめたい気持ちになった。タイツやストッキングといっしょに丸まっているショーツを探した。人目をはばかるようにして。引き出しの奥にシルクとレースの下着を見つけたときは、はっと息をのんだ。見られるために購入された品であるのはもちろんだが、そのうえ使いこまれていた。未使用のものが見つかると同時に、それを並べ直し、同色のブラがありそうな薄い青色のを選んで、両方をそっと着け、分厚いタイツを必要以上に引き上げて、ズボンを穿き、ブラウスを着た。

化粧台の前にすわって、鏡の中の顔をじっくり調べ、注意深く自分の鏡像に取り組んだ。額のしわをたどり、目の下の、皮膚のひだをたどる。微笑んで、自分の歯を見て、口の端のまわりに寄っているしわを見た。カラスの足跡のようだ。肌のしみに気がついた。額に変色した箇所がある。打ち身の跡が消えきっていないような感じだ。化粧品を見つけて、少しつけてみた。ライトパウダーに、頬紅を少し。大人の女の人が同じことをして、それを〝出陣の隈取《くまど》り〟と呼んでいるところが頭に浮かんだ――母であることに、いま気がついた。ティッシュで口紅をぬぐい、マスカラを塗り直してみると、その言葉がふさわしい気がした。ある種の戦闘におもむくような気持ち。戦いが迫っている心地だ。

わたしを学校へ送り出しているところ。化粧をしているところ。母がほかの何かをしているところを思い浮かべようとした。どんなことでもいい。何ひとつ浮かばない。見えるのは、空白ばかりだ。記憶の小島と小島を隔てる広大な裂け目だけが広がっている。空白の年月だけが。

キッチンで食器棚を開けた。袋入りのパスタ、アルボリオと記された米の袋、インゲン豆の小さな缶詰。この食べ物には覚えがない。チーズを載せたトーストやレトルトの魚やコンビーフのサンドイッチを食べた記憶はある。ヒヨコマメというラベルが貼られた缶詰と、クスクスとかいうものの入った袋を取り出す。これらがどういう食べ物なのか、わたしにはわからない。ましてや、どう料理すればいいかなど。これでどう生きていけというの、妻として？

ベンが出かける前に教えてくれた、消してはまた書けるボードを見上げる。汚い灰色のボードだ。殴り書きした言葉が消され、書き直されて、修正され、それぞれが少しずつ痕跡をとどめている。時間を逆戻りして、この重なった層を解読できたら――そんなかたちで自分の過去に踏みこめたら――どんなものが見つかるのだろうと、あらぬことを考えるが、それができたとしてもなんにもならないことに気がついた。出てくるのはきっと、メッセージと一覧表と、買ってくる食料品や片づける仕事だけだ。

本当に、これがわたしの人生なの？　わたしという人間はこれだけなの？　ペンを手に取って、ボードにメモを付け足した。〝今夜の荷造り？〟と。たいしたメモではないが、自分が忘れないために。

音がした。わたしのバッグからメロディが流れている。バッグを開き、中身をソファに空ける。財布に、少量のティッシュに、筆記具が何本かと、口紅が一本。コンパクトに、コーヒー二杯のレシート。そして、手帳が一冊。十センチ四方くらいの大きさで、表紙に花のデザインがあしらわれ、背のところに鉛筆がついている。

何かある。ベンの説明にあった電話にちがいない——小さなプラスチック製で、おもちゃのようなキーパッドがついている。これが鳴っているのだ。画面が点滅している。正しいボタンでありますようにと願いつつ、そこを押す。

「もしもし」と言ってみる。返ってきたのはベンの声ではない。

「こんにちは」と、相手が言う。「クリスティーン？　クリスティーン・ルーカスですね？」

答えたくない。名字にも、名前のときと同じくらい違和感をおぼえた。これまでに獲得した揺るぎない地面がふたたび消え失せて、流砂に置き換わったような心地がする。

「クリスティーン？　聞こえてますか？」

いったい、誰？　わたしがどこにいるのか、わたしが誰なのか知っている人って？　誰であってもおかしくない、と気がつく。恐怖がこみ上げてきた。通話を切るものと思われるボタンの上で、指が動きを止める。

「クリスティーン？　ぼくです。ドクター・ナッシュです。お願いだから答えてください」

この名前に聞き覚えはないが、それでも「どなた？」と言ってみる。

相手の声が新たな響きを帯びた。安堵《あんど》だろうか？「ドクター・ナッシュです」と、彼は言う。「あなたの担当医なんですが」

またさっと恐怖が差しこむ。「お医者さん？」わたしはどこも悪くない、と言い足したいところだが、その点すらよくわかっていない。めまいがしそうだ。

「そうです」と、彼は言う。「でも、心配しないで。あなたと記憶の問題に少し取り組んできただけです。何も問題ありません」

彼の使った時制に気がつく。取り組んできた。つまり、この人も、わたしが覚えているはずなのに覚えていない人なのだ。

「どんな取り組みを？」と、訊いてみる。

「あなたの力になって状況を改善しようとしてきました」と、彼は言う。「あなたの記憶障害の原因はなんなのか、打つ手はあるのか、突き止めようと努力してきました」

言っていることはわかるが、別の考えが頭に浮かぶ。なぜベンは、けさ出かける前にこの医者の話をしていかなかったの？

「どうやって？」と、わたしは言う。「どんなことをしてきたの？」

「ここ何週間か面談をしています。だいたい、週に二度くらい」

こんなことがあっていいのか。定期的に会っているのに、記憶の足跡が何ひとつ残っていない人が、ここにも一人いる。

でもあなたに会ったことはないし、と言ってやりたい。どんな人かわからないのだ。

けさいっしょに寝ていた男もそうかもしれないが、彼は夫と判明した。

「覚えていないの」と、かわりに言う。

彼の声がやわらいだ。「心配しないで。わかっています」医者というのが本当なら、誰よりそのことを理解しているはずだ。次の予約がきょうなのだ、と彼は説明した。

「きょう？」と、わたしは言う。けさベンがしていた話を思い起こし、キッチンのボードに書かれていた仕事の一覧表を振り返る。「でも、夫は何も言ってなかったわ」けさいっしょに寝ていた男のことを、初めて夫と呼んだことに気がつく。

言葉がいちど途切れ、そのあとドクター・ナッシュが言う。「あなたがぼくと会っているのを、ベンは知っているかどうか」

夫の名前を知っていることに気がつくが、「それはおかしいわ！　なぜ彼が知らないの？　知っていたら、わたしに言ったはずだし！」と返す。

ため息がひとつ。「ぼくを信じてください」と、彼は言う。「何もかも説明できます、会ったとき。治療は着実に前進しているんです」

会ったとき。どうしてそんなことができるの？　ベンなしで外出する？　わたしがどこにいるか、誰と会っているか、ベンが知りもしないまま？　そう考えて、怖くなる。

「ごめんなさい」と、わたしは言う。「できないわ」

「クリスティーン」と、彼が言う。「大事なことなんです。あなたの手帳を見れば、ぼくの言っているのが本当のことだとわかる。持っていますか？　バッグの中にあるはずです」

中身を空けたソファの上から花柄模様の手帳を手に取り、表紙に金色の字で印刷された年を見て愕然《がくぜん》とする。二〇〇七年。思っていたより二十年あとだ。

「あったわ」

「きょうの日付を見てほしい」と、彼が言う。「十一月三十日だ。予約しているはずですよ」

なぜ十一月なのか理解できない――もう、あしたは十二月だ――が、とにかく、ティッシュのように薄い紙をぱらぱらと、きょうの日付まで飛ばしていく。ページのあいだに黄色い紙が一枚挟みこまれていて、見覚えのない筆跡で〝十一月三十日、ドクター・ナッシュと面談〟と記されていた。その下に〝ベンに教えてはだめ〟とある。ベンは読んだのだろうか？わたしの私物をのぞき見しているのだろうか？

そんなことをする理由はない、と判断した。ほかの日は空白だ。誕生日も、夜の外出も、パーティもない。本当に、これがわたしの暮らしなの？

「わかりました」と、わたしは言う。彼は迎えにいきます、家はわかっているし、一時間後に着きます、と説明した。

「でも、夫が――」と、言いかける。

「だいじょうぶ。彼が仕事から戻ってくる前に、余裕を持って送り返しますから。約束します。ぼくを信じてください」

マントルピースの上で時計がチャイムを鳴らし、ちらっと見る。昔風の時計だ。木箱の中の大きな文字盤をローマ数字が縁取っている。十一時三十分。かたわらに、ねじを巻く銀色の鍵がある。ベンが毎晩忘れずに巻くのだろう。年代物と言っていいくらい古めかしいものだ。どんな経緯で、わたしたちはこんな時計を所有するに至ったのだろう？　なんの経緯もなく――少なくとも、わたしたちにはなくて――お店かマーケットの出店で目にとまり、どちらか一人が気に入っただけかもしれない。たぶん、ベンのほうだろう。わたしの好みじゃないのはわかるから。

彼と会うのは、これ一回きりにしよう。今夜ベンが帰ってきたら、このことを話そう。こんな隠し事をしているなんて、信じられない。彼に頼りきりのわたしなのに。

でも、ドクター・ナッシュの声には奇妙な安心感があった。ベンとちがって、彼のほうは、わたしとまったく異質というわけでもなさそうだ。夫より彼のほうが、前に会ったことがあると信じやすいくらい。

前進している、と彼は言った。彼の言うのがどんな前進なのか、知る必要がある。

「いいわ」と、わたしは言った。「待ってます」

到着したドクター・ナッシュは、コーヒーショップに行こうと提案した。「喉が渇いていませんか？」と言う。「わざわざ車で診療所へ行ってもしかたがない。とりあえず、きょうはあなたからお話を聞くのがおもな目的ですし」

うなずいて、了承する。彼の車が到着したとき、わたしは寝室から、彼が駐車をしてドアをロックするところを見つめていた。彼は髪をととのえ直し、上着のしわを伸ばして、ブリーフケースを持ち上げた。バンから道具類を降ろしている作業員たちにうなずきを送るところを見て、この人ではなかったのかと思ったが、彼は通路をわたしたちの家へ向かってきた。若そうだ。医師にしてはずいぶん若い。どんな服装で来ると予想していたのかわからないが、スポーツジャケットとコーデュロイのズボンは予想外だった。

「通りのはずれに公園があって」と、彼は言う。「そこにカフェがあったはずです。そこでかまいませんか?」

二人で歩いていく。身を切るような寒さだ。首にスカーフをぎゅっと巻きつける。ベンのくれた携帯電話がバッグの中にあるのが嬉しい。ドクター・ナッシュが車でどこかへ行こうと提案しなかったことも。わたしの中にはこの人を信用している自分もいたが、どんな人かわからないと主張している自分のほうが大きかった。見ず知らずの人間かもしれないのだ。

わたしは大人だが、傷んだ大人だ。どこかへ連れ去るくらい簡単だろう。この男がどんな心づもりか、わたしはわかっていない。いまのわたしは子どものようにか弱い存在だ。

通りの終点と向こうの公園を隔てる広い道路にたどり着き、横断を待った。沈黙が息苦しい。彼に質問するのは腰を落ち着かせてからにするつもりだったのに、気がついたら口を開いていた。「あなたはどういうお医者さんなの?」と、わたしは言っていた。「専門は? どうやってわたしを見つけたの?」

彼がわたしのほうを見る。「ぼくは神経心理学者です」と言う。顔は微笑んでいる。会うたびに、わたしは同じ質問をしているのだろうか? 「専門は、脳に障害を持つ患者さんで、新しいタイプの脳機能画像解析技術が関心領域です。ずっと前から、記憶の過程と記憶機能の研究にとりわけ興味がありました。その主題に関する文献であなたのことを知り、探し当てたんです。それほど苦労はしませんでした」

一台の車が道路の先のカーブを曲がって、二人のほうへ向かってきた。「文献？」

「ええ。あなたについて書かれた症例研究が、ふたつありました。いまのご自宅で生活するようになる以前にあなたが治療を受けていた施設に問い合わせたんです」

「なぜ？　どうしてわたしを探そうと思ったの？」

彼は微笑む。「あなたの力になれると思ったからです。しばらく、こういう問題をかかえた患者さんたちに取り組んできましたし。そういう人たちの力になれると信じているんです。でも、こういう人たちには、お定まりの週一時間ではなく、もっとたくさんの集中的な投入が必要です。確実に改善をもたらすための方法論について、いくつかアイデアがあって、それを少し試してみたかった」いったん言葉を切る。「あなたの症例について論文も書いてきました。もっとも完全かつ正確な研究と言っていいかもしれない」彼は笑い声をあげたが、わたしが加わらないのを見て途中でやめた。コホンとひとつ咳払いをする。「あなたの症例は珍しいものです。記憶の働きについて、すでにわかっているよりずっと多くのことが、この治療で発見できると信じています」

車が走り過ぎ、わたしたちは道路を横断する。不安が忍び寄ってくる。神経が張りつめてきた。〝脳に障害〟〝研究〟〝探し当てた〟。息を吸っては吐いて緊張をほぐそうとするが、うまくいかない。いま、同じひとつの体の中に二人のわたしがいる。一人は四十七歳のおばさんで、落ち着いて、礼儀正しく、どんなふるまいが適切でどんなふるまいが不適切かを心得ている。もう一人は二十代で、悲鳴をあげている。どっちが自分なのかよくわからないが、いま聞こえているのは遠くの車の音と、公園にいる子どもたちの叫び声だけだから、前者にちがいないと推察する。

道路を渡りきって足を止め、こう言ってみる。「ねえ、どうなっているの？　けさ、見たことがないのに自分の家らしい場所で目が覚めて、隣には会ったことのない男の人が寝ていて、その人が、わたしはその人と結婚して長いと言う。そして、あなたはわたしが自分について知っているよりたくさん、わたしのことを知ってるみたいだわ」

彼はうなずく。ゆっくりと。「あなたは記憶喪失なんです」と言い、わたしの腕に手を置く。「長いあいだ、記憶を失ってきた。新しい記憶を維持できないので、大人になってから自分に起こったことの多くを忘れてしまっている。毎日目を覚ますたび、若い女性のつもりでいる。ときには、子どものつもりのこともある」

彼の口から聞かされるといっそう憂鬱《ゆううつ》だ。なにしろ医者なのだから。「だったら、本当なのね？」

「残念ながら。本当です。おうちにいる男性は、あなたの夫です。ベンは。ずっと前から結婚しています。あなたの記憶喪失が始まるずっと前から」わたしはうなずく。「行きましょうか？」

ええ、とわたしは答え、二人で歩いて公園に入っていく。公園の端を丸い小道が取り囲んでいて、そばに子どもの遊び場があり、その横に小屋がひとつあった。そこから人々がスナックを載せたトレーを持って出てきている。わたしたちもそこへ向かった。ドクター・ナッシュが飲み物を注文するあいだに、わたしは合成樹脂を張った薄っぺらいテーブルに着く。戻ってきた彼の手には、プラスチックのカップに入ったコーヒーがふたつ。わたしのはブラックで、彼のにはミルクが入っている。彼はテーブルの壺から砂糖を入れるが、わたしにはすすめない。ほかの何よりそのことで、わたしはこの人と会ってきたのだと確信した。彼が顔を上げ、額の傷はどうしたのかと訊く。

「え――？」と言いかけたが、そこで、けさ鏡で見た打ち身の跡を思い出す。化粧では隠しきれなかったらしい。「これ？」と、わたしは言う。「よくわからない。たいしたことないわ。痛くもないし」

彼は答えない。コーヒーをかき回している。

「じゃあ、夫が家でわたしの面倒をみているの？」と、わたしは訊く。

彼は顔を上げる。「はい、四六時中というわけではないですが。最初のころ、あなたの状態は深刻で、二十四時間無休でのお世話が必要でした。自分一人で世話ができるとベンが判断したのは、ごく最近のことです」

だったら、いまこんなふうに感じているのは前進なのだ。もっとひどかったときのことを思い出せないのがありがたい。

「彼はわたしのことを深く愛しているにちがいないわ」と、わたしは言う。ナッシュにというよりは、自分自身に。

彼はうなずく。沈黙が下りる。二人ともコーヒーを飲む。「ええ、そうにちがいないと思います」

わたしは微笑んで視線を落とし、温かい飲み物を包んでいる手を見る。金色の結婚指輪を。短い爪を。慎み深く交差させた自分の脚を。自分の体が自分の体とわからない。

「なぜ夫は、わたしとあなたが会っていることを知らないの？」と、わたしは訊く。

彼はため息をついて、目を閉じる。「正直に言いましょう」と言い、両手を握り合わせて椅子から身をのりだした。「最初は、ぼくからお願いしたんです。ぼくと会っていることはベンに教えないようにと」

さっと不安が駆け抜ける。やまびこのように、全身を。それでも、彼が信用できない人という気はしない。

「続けて」と、わたしは言う。力になってくれる人だと信じたい。

「これまで、医者や精神科医や心理学者をはじめ、何人もの人があなたとベンに働きかけてきた。あなたの力になりたいと言って。でも、ベンはこれまでずっと、あなたをそういう専門家に会わせるのにきわめて消極的だった。彼はこんなふうに主張してきました。妻はこれまでにも集中治療を受けてきたし、自分の見るかぎり、治療は妻の心を乱すだけだったと。つまり彼は、あなたを——そして自分自身を——これ以上の動揺から守りたいと考えたのです」

　なるほど。わたしに期待をいだかせたくないということか。「だからあなたは、彼には内緒で会いにきてほしいと、わたしを説得した？」

「はい。最初はベンに申し入れたんです。電話をかけて。自分にどんなことができるか説明したいから、会ってほしいとまでお願いしたのですが、断られてしまった。だから、じかに接触を試みました」

　またさっと不安が駆け抜けた。どこからともなく。「どうやって？」と、わたしは言う。

　彼は自分のコーヒーに目を落とした。「あなたに会いにいったんです。あなたが家から出てくるのを待って、自己紹介しました」

「わたしは診てもらうことに同意したの？　あっさりと？」

「最初はだめでした。断られました。自分は信じて損のない人間ですと説得しました。悪いことは言わないから、一度だけ面談させてほしいと。必要ならベンに内緒でかまわない。なぜ会ってほしいか、どんなことをできるつもりでいるか説明したいと言って」

「で、わたしは了承した……」

　彼は顔を上げた。「はい」と言う。「その一度のあと、ベンに話すかどうかの選択はすべてあなた次第で、話さないことにした場合、ぼくからあなたに電話し、予約を思い出してもらったりして便宜を図ります、と言いました」

「そして、わたしは話さないことにした」

「はい。そのとおりです。治療が前進をみるまで話すのは待ちたいと、あなたは言いました。そのほうがいいと、あなたは感じたんです」

「その結果?」

「え?」

「前進しているの?」

彼はまた少しコーヒーを飲み、カップをテーブルに戻す。「はい、そう信じています。進捗《しんちょく》の度合いを正確に数量化するのは難しいにせよ。でも、この二、三週間でいろんな記憶が戻ってきたような気がします——たぶんその多くは、初めて戻ってきた記憶です。以前はほとんど知らなかったことを、知っていることがたびたびある。そういう確かな事実があるんです。たとえば、目が覚めたときに自分が結婚しているのを覚えていることがある。それに……」と、彼は言いよどむ。

「それに?」と、わたしはうながす。

「それに、ええと、あなたは自立を獲得しはじめていると思うんです」

「自立?」

「ええ。前ほどベンに頼っていない。それを言えば、ぼくにも」

なるほど、と思う。それが彼の言っている前進なのだ。自立。誰かに付き添ってもらわなくてもお店や図書館に行けるというほどの意味かもしれないが、目下のところ、それさえ本当かどうか自分にはよくわからない。とにかく、夫の前で誇らしげに披露できるほどの前進はまだ遂げていないのだ。目が覚めたとき、自分に夫がいることをかならず思い出せるほどの前進ではないのだ。

「でも、前進しているのは確かなのね？」

「そこが大事なんです」と、彼は言う。「そこを過小評価しないでください、クリスティーン」

わたしは何も言わない。コーヒーをひと口飲んで、カフェを見まわす。客はほとんどいない。奥の小さな厨房から話し声がし、コーヒー沸かし器の水が沸騰する音がときおりし、遠くで遊んでいる子どもたちの音がする。自宅のすぐ近くなのに、これまでここに来た記憶さえないなんて、信じがたいことだ。

「わたしたちが会うようになったのは、何週間か前からだったわね」と、ドクター・ナッシュに言う。「これまで、どんなことをしてきたの？」

「これまでの面談で何か覚えていることはないですか？　どんなことでもかまいません」

「ないわ」と、わたしは言う。「ひとつも。わたしの知るかぎり、あなたに会うのはきょうが初めてなの」

「いやなことを訊いてすみません」と、彼は言う。「さっきも言ったように、ときどき、ふっと記憶が甦《よみがえ》ることがあるんです。いつもよりいろいろわかっている日があるようなので」

「よくわからない」と、わたしは言う。「これまであなたに会ったことがあるという記憶も、きのうやおととい何があったかの記憶もない。もっと言えば、去年のことも。だけど、ずっと昔のことはいくらか思い出せるの。子どものころのこと。母のこと。大学のことも、通っていたことだけは覚えているわ。ほかの記憶はみんな、きれいさっぱり消えているのに、なぜこういう古い記憶は消えずに残っているのか、理解できない」

わたしが疑問を口にしているあいだ、ずっと彼はうなずいている。たぶん、これ以前にも同じ疑問を聞かされているのだろう。わたしは毎週同じ質問をしているのかもしれない。そっくり同じ会話を交わしているのかもしれない。

「記憶は複雑な代物です」と、彼は言う。「人間の脳には、一分かそこらくらい事実や情報を蓄えられる短期記憶がありますが、長期記憶というのもある。そこに莫大な量の情報を蓄え、無期限に近い時間、保管することができるんです。このふたつの機能は脳の異なる部位で制御されていて、それを結びつける神経があるらしいことが、いまではわかっています。短期的、一時的な記憶を取りこみ、ずっとあとからでも思い出せるように長期記憶としてコード化する部位も、脳の中にはあるんです」

彼はすらすらと早口で話す。揺るぎのない自信の領域にいるかのように。かつてはわたしもこんなふうだったのだろう。自分に自信があったのだろう。

「記憶喪失には、おもに、ふたつのタイプがあります」と、彼は言う。「もっとも広く見られるのは、過去の出来事を思い出せず、なかでもいちばん損傷が大きいのはより最近の出来事であるケースです。ですから、たとえば、患者が交通事故に遭っていた場合、事故のことや事故以前の何日とか何週間とかは思い出せなくても、事故の半年前までのことはすべて完壁に思い出せるかもしれない」

わたしはうなずく。「もうひとつのほうは？」

「もうひとつのほうが珍しくて」と、彼は言う。「ときに、記憶を短期の貯蔵庫から長期の貯蔵庫へ移し替えられなくなる場合があります。この状態の人々は瞬間に生き、直近の過去しか思い出すことができず、それもわずかな時間に限られます」

彼が言葉を止める。わたしが何か言うのを待っているかのように。二人にそれぞれ台詞《せりふ》があって、この会話を何度もリハーサルしてきたかのように。

「わたしは、両方なの？」と訊く。「持っていた記憶を失ったうえに、新しい記憶を作り出すこともできないの？」

彼が咳払いをする。「残念ながら、そのとおりです。よくある症例ではないが、起こっても全然不思議ではありません。ただ、あなたの症例が珍しいのは、記憶喪失のパターンでして。総じて、幼少期以降のことには首尾一貫した記憶がないが、ぼくの出会ったことのないかたちで新しい記憶を処理しているようです。ぼくがこれからこの部屋を出ていって、二分後に戻ってきた場合、前向性健忘症の人の大半は、ぼくに会ったことをまったく思い出せません。きょう会ったことも。ところがあなたは、朝起きて夜眠るまでは何があったか全部覚えていて、その後、その記憶をなくしてしまうらしい。これはよくある状況ではない。正直、われわれが考えている記憶の働きかたからみると、まったく訳がわからない。つまり、あなたは短期記憶から長期記憶へ、きちんと事象を受け渡すことができるはずなんです。なのになぜ記憶を保持できないのか、ぼくには理解できない」

砕け散った人生かもしれないが、少なくともその砕けた破片には自立めいた状態を維持できるだけの大きさがあるということだ。その点は運がいいのだろう。

「なぜなの？」わたしは言う。「何が原因なの？」

彼は答えない。部屋が静かになる。空気が動きを止め、粘ついた感じがする。彼が口を開いたとき、言葉が壁に当たってこだまする感じがした。「記憶障害が起きる原因はいろいろ考えられます」と、彼は言う。「長期、短期にかかわらず。病気でも、心的外傷でも、麻薬の使用でも起こる。機能障害の性質は影響を受けた脳の部位によってさまざまです」

「ええ」と、わたしは言う。「でも、わたしの場合は？」

つかのま、彼がわたしを見る。「ベンはどう言ってます？」

寝室での会話を思い起こす。事故と彼は言っていた。ひどい事故に遭ったのだと。

「ちゃんと教えてもらったわけじゃないの」と、わたしは言う。「つまり、具体的な話は。事故に遭ったと言われただけで」

「はい」と彼は言い、テーブルの下に置いたかばんに手を伸ばす。「あなたの記憶喪失は外傷によって引き起こされた。それは確かです。それがすべてではないとしても」彼はかばんを開けてノートを取り出す。最初はメモを参照するのかと思ったが、そうではなく、テーブル越しにそのノートをわたしに渡してきた。「いいですか。これを持っていていただきたいんです」と、彼は言う。「これが何もかも説明してくれます。ぼくよりうまく。特に、いまの状態が何によって引き起こされたかについては。それだけでなく、ほかにもいろいろと」

ノートを受け取る。茶色の革綴《と》じ。輪ゴムでページが閉じられている。ゴムをはずし、ぱらぱらめくる。紙はずっしり重く、わずかにしわが寄っていて、縁は赤色だ。手書きの文字でびっしり埋め尽くされている。「これは何？」と、わたしは訊く。

「日誌です」と、彼は言う。「あなたがここ何週間かつけてきたものです」

愕然とする。「日誌？」なぜそれをこの人が持っているの？

「はい。われわれが最近どんなことをしてきたかの記録です。日誌をつけてほしいと、ぼくからお願いしました。あなたの記憶がどんなふうに働いているのか正確に見きわめようと、いっしょにいろいろ研究してきました。どんなことをしてきたか、あなたに記録してもらうのが有益ではないかと考えたんです」

目の前のノートを見る。「わたしがこれを書いたということ？」

「はい。なんでも好きなことを書いてくださいと、お願いしました。記憶を喪失した人の多くが同じことを試みてきましたが、彼らの記憶の窓はとても小さいので、ふつうは思ったほど効果がありません。でも、あなたは丸一日いろんなことを記憶できるのだから、毎晩ノートにメモをしていっても悪くないのではないかと考えました。それにひょっとしたら、記憶も筋肉と同じで、運動で強化できるかもしれない」

「あなたはそれを読んできたの？　いっしょに努力してくるあいだ？」

「いいえ、ちがいます」と、彼は言う。「あなたはこっそり書いてきました」

「でも、どうやって――」と言いかけて、そのあと、「これを書くことは、ベンが思い出させてきたの?」と訊き直した。

彼は首を横に振った。「内緒にしておいたほうがいいと、ぼくが勧めましたから」と言う。「この日誌をあなたはずっと隠してきました。おうちに。ぼくからあなたに電話をして、隠した場所を教えてきたんです」

「毎日?」

「ええ。だいたい」

「ベンではなく?」

彼は少し言いよどみ、それから、「はい。ベンは読んだことがありません」と言った。

なぜなのだろう? 夫に見られたくないことでも書かれているのだろうか? わたしにどんな内緒事があるというの? わたし自身も知らないような秘密があるのだろうか?

「でも、あなたは読んだことがある?」

「三日ほど前に、あなたから預かりました」と、彼は言う。「読んでほしいと言われて。いまがそのときだと」

ノートを見る。わくわくする。日誌。失われた過去をさかのぼるリンクだ。といっても、ここしばらくの過去でしかないが。

「あなたは全部読んだの?」

「はい」と、彼は言う。「ほとんどを。とりあえず、大事なところは全部読んだつもりです」彼はいったん言葉を切って、わたしから目を離し、首の後ろを掻《か》く。きまりが悪いのだ、と思う。彼が言っているのは本当のことだろうか？　このノートには何が書かれているのだろう？　彼はマグに残ったコーヒーを飲み干し、「無理を言って見せてもらったわけじゃありません。その点はわかってください」と言う。

わたしはうなずき、黙ってコーヒーの残りを飲み干しながら、ノートをぱらぱらめくっていく。表紙の裏に日時を記した一覧表があった。「これは何？」

「ぼくと会った日時です」と、彼は言う。「会う予定だった日付も含めて。治療に取り組みながら次の日を決めてきました。思い出してもらうために、ぼくからあなたに電話をかけて、日誌を見てもらってきたんです」

手帳に挟みこまれていた黄色いメモを思い起こす。「でも、きょうは？」

「きょうは、ぼくが日誌を持っていた」と、彼は言う。「だから、かわりにメモを書いたんです」

わたしはうなずき、ノートの残りに目を通していく。誰のものかわからないごてごてした筆跡でびっしり埋まっている。来るページも、来るページも。何日にもわたる作業だ。どうやって時間を見つけたのだろうと考えたが、そこでキッチンのボードを思い出す。答えは明白だ。ほかにすることがなかったのだ。

テーブルに日誌を戻す。ジーンズにTシャツの青年が入ってきて、わたしたちのすわっている場所をちらっと見て、それから飲み物を注文し、新聞紙を持ってテーブルに腰を落ち着けた。そのまま二度と見上げることはなく、二十歳のわたしが動揺する。透明人間になった気分だ。

「出ましょうか?」と、わたしは言う。

二人で来た道を戻る。空は曇って、薄い靄《もや》がかかっている。地面が水気を含んでいる。流砂の上を歩いている感じだ。遊び場に、回転遊具が見える。誰も乗っていないのに、ゆっくりと回っている。

「いつもここで会うわけじゃないの?」大通りにたどり着いたところで、わたしは訊く。

「あのカフェで、という意味だけど?」

「ええ。ここではなくて、いつもはぼくの診療所です。いっしょに作業に取り組みます。検査をしたり、いろいろします」

「だったら、なぜきょうはここだったの?」

「とりあえず、あなたの手に日誌を返しておきたかった」と、彼は言う。「これを持っていないあなたが心配だったので」

「これに頼るようになっていたの、わたし?」と訊く。

「ええ、ある程度」

道路を横断し、ベンと暮らしている家へ戻っていく。ドクター・ナッシュの車が見える。置いてきた場所にそのまま止まっている。窓の外に小さな庭がある。短い通路に、小ぎれいな花壇。いまだに、ここが自分の暮らしている場所とは信じられない。

「中に入ります？」と、わたしは訊く。「もう少し、何か飲んでいきます？」

彼は首を横に振る。「いえ。けっこうです、ありがとう。もう行かないと。今夜はジュリーと予定があって」

彼はつかのま足を止めて、わたしを見る。彼の髪が短く刈られ、きちんと分けられていることに気がつく。シャツには縦縞《たてじま》があって、プルオーバーの横縞にそぐわないことにも。この人は、けさ起きたときわたしが自分と思っていた人物より何歳か年上にすぎないのだ。

「ジュリーというのは、奥さん？」

彼は微笑んで、首を横に振る。「いえ、ガールフレンドです。というか、婚約者《フィアンセ》なんですが。結婚の約束をしています。ついつい忘れがちなんだけど」

彼に微笑み返す。これは覚えておくべき内容だろう。小さな事柄だが、わたしがノートに書きつけてきたのはこういう瑣末《さまつ》なことなのかもしれない。人生を吊るすこういう小さなフックの数々なのかもしれない。

「おめでとう」とわたしは言い、彼は感謝の言葉を返した。

もっと質問して関心を示すべきなのだろうが、そんなことをしてもほとんど意味はない気がした。いま彼が語ることはみんな、あした目が覚めたら忘れ去られているだろう。わたしにあるのは、きょうだけなのだ。「とりあえず、戻らなくちゃ」と、わたしは言う。「この週末は、お出かけなの。海辺へ。あとで、荷造りしなくちゃいけなくて……」

彼は微笑んだ。「ではこれで、クリスティーン」と言う。体を回して立ち去りかけるが、そこでわたしを振り返る。「あなたの日誌には、ぼくの電話番号が書かれています」と、彼は言う。「前のほうに。また会いたくなったら、電話してください。つまり、治療を続けたくなったら、という意味ですが。いいですか？」

「なったら？」と、わたしは返す。日誌のこと、いま現在と年末のあいだに鉛筆で記されていた予約のことを思い出した。「あと何回か、予約してあったと思うけど？」

「ノートを読めばわかります」と、彼は言う。「全部合点がいきますよ。請け合います」

「わかりました」と、わたしは言う。彼への信頼を実感して、嬉しくなった。頼れる人が夫しかいないわけではないのが嬉しいのだ。

「あなたにお任せします、クリスティーン。電話してください、いつでも好きなときに」

「そうするわ」とわたしが言うと、彼は手を振って車に乗りこみ、肩越しに周囲を確かめ、道路に出て走り去った。


カップにコーヒーをついで、リビングへ持っていった。外から笛の音が聞こえ、その合間に重いドリルの音が差し挟まれ、ときおりどっと短い笑い声が湧き起こるが、それさえも、肘掛け椅子にすわっているあいだに小さなざわめきへと薄れていく。弱い日射しがメッシュのカーテンを通り抜けてきて、腕と太股《ふともも》に物憂い暖かさを感じる。バッグから日誌を取り出した。

なんだか落ち着かない。このノートに何が書かれているのか、わたしは知らない。どんな衝撃と驚きが書かれているのか。どんな謎が書かれているのか。コーヒーテーブルの上のスクラップブックが目に入る。あそこにもわたしの過去があるが、あっちはベンの手で選ばれた過去だ。わたしが手にしているこのノートには、別の過去が記されているのだろうか？ノートを開く。

最初のページには線が引かれていない。わたしは真ん中に黒いインクで自分の名前を記していた。クリスティーン・ルーカス、と。その下に〝秘！〟とも〝禁〟とも書かれていないのが驚きだ。

何かが書き加えられていた。思いがけない、恐ろしい内容だった。きょう見てきたほかの何よりも恐ろしい一文だ。わたしの名前の下に、青いインクの大文字で三つの単語が記されていた。

ベンを信じちゃだめ《ドント・トラスト・ベン》。

ページをめくるしかない。

わたしは自分の歴史を読みはじめる。

第二部　クリスティーン・ルーカスの日誌

十一月九日、金曜日

わたしの名前はクリスティーン・ルーカス。四十七歳。記憶喪失者。一階にいるあの男がわたしの四十六回目の誕生日に買ってくれたとかいうシルクのネグリジェを着て、このなじみのないベッドで自分の物語を書いている。あの男とは、わたしの夫と名乗るベンという男だ。この静かな部屋を照らしているのは、ベッドわきのナイトテーブルに載ったランプの光だけだ。やわらかなオレンジ色に輝いている。光のプールの中に浮かんで漂っているような心地がする。

寝室のドアは閉まっている。こっそりこの日誌を書いている。ベンには内緒で。リビングで夫がたてる音が聞こえる。身をのりだしたり立ち上がったりするときの小さな吐息や、ときおり何かに軽くむせて咳きこむ音が。でも、彼が上がってきたら、日誌は隠す。ベッドの下か、枕の下に。日誌をつけているところを見られたくない。どこで手に入れたのか説明しなければならなくなるのがいやだから。

ナイトテーブルの置き時計を見る。そろそろ十一時だ。急いで書かなくては。そのうちテレビの音が消えて、ベンが部屋を横切る床のきしみが聞こえ、照明のスイッチが切られるパチンという音がするだろう。彼はキッチンに行って、サンドイッチを作ったり、水を一杯ついだりするだろうか？　それとも、まっすぐベッドに来るだろうか？　わからない。彼がふだんどんな行動を取っているのか、わたしは知らない。自分の習慣さえわかっていない。記憶を失っているからだ。ベンの話と、午後に会ったお医者さんの話によれば、今夜眠っているあいだに、わたしの頭はきょうわたしが知ったことを全部消去してしまう。あしたも、けさと同じように目を覚ますのだろう。自分はまだ子どものつもりで。自分の前には選択が可能な長い人生があるつもりで。

そのあと、また知ることになる。それは間違いだということを。わたしの選択はもう行われてきたこと、すでに半生を過ごしてきたことを。

医師はナッシュと名乗った。けさ電話をかけてきて、わたしを車に乗せ、診療所へ連れていった。彼に訊かれて、あなたとはいちども会ったことがないと答えた。彼は微笑んで――冷たい笑顔ではなく――机の上のコンピュータを開いた。

彼は映像を再生してくれた。未編集映像《ビデオクリップ》だ。わたしと彼が別の服装で、しかし同じ部屋で、同じ椅子に腰かけていた。ビデオの彼がわたしに鉛筆を渡し、紙にいくつか形を描いてほしいと求めた。ただし、すべて左右逆に見えるよう鏡しか見ずに書けという。自分が悪戦苦闘するところが見えたが、そのうち、しわの寄った自分の指と、左手にはまっている結婚指輪しか見えなくなった。描きおわると彼は満足した様子だった。「描くのが速くなってきた」とビデオの彼が言い、あなたがこの訓練のことを覚えていなくても、頭の奥の奥には何週かに及ぶ訓練の効果が蓄積されているにちがいない、と付け加えた。「つまり、あなたの長期記憶はある程度機能しているにちがいないということです」と、彼は言った。それを聞いたわたしは微笑んでいるが、嬉しそうには見えなかった。ビデオが終了した。

ドクター・ナッシュはコンピュータを閉じた。わたしたちは何週間か前から会っていて、わたしはエピソード記憶と呼ばれる機能に深刻な障害をきたしている、と彼は言った。つまり、起こった出来事や過去の細かな事象を思い出すことができないということだ。なんらかの神経学的な問題によって引き起こされるのが通例だ、と彼は説明した。構造的な問題か、化学的な問題で。あるいは、ホルモンの失調か。とても珍しい症例で、わたしのはかなりひどい例らしい。彼にどのくらいひどいのか訊いてみると、幼児期以降のことをほとんど思い出せない日もあるという。けさの状況を思い起こした。大人になってからの記憶が何ひとつない状態で目を覚ましたことを。

「日もある?」と、わたしは問い返した。彼は答えなかった。本当はどういう意味なのか、彼の沈黙が物語っていた。

ほとんどの日、という意味だ。

なかなか改善の見られない記憶喪失症には、薬物や催眠術などいくつかの治療法があるが、その大半はすでに試みられた、と彼は言う。「でも、クリスティーン、珍しいことに、あなたは自分で自分のことができます」と言う彼に、その理由をたずねると、わたしはたいていの記憶喪失者とは異なるからだと言う。「症状のパターンから見て、あなたの記憶は永遠に失われたわけではない」と、彼は言った。「何時間分もの記憶を呼び起こすことができる。眠りにつくまでは。居眠りして目を覚ましたときでも、熟睡していないかぎりは記憶を呼び覚ますことができる。これはとても珍しいことなんです。あなたのような記憶喪失者の大半は数秒ごとに新しい記憶を失って……」

「だから?」と、わたしはうながした。

彼はわたしのほうへ茶色のノートをすべらせた。「あなたが自分の治療を記録したら効果があるんじゃないかと思うんです。どんなことを感じたか、どんな印象を受け、どんなことを覚えているかを、なんでもいいからここに記録したら」

手を伸ばして、ノートを受け取った。ページは空白だ。

つまり、これがわたしの治療なの? と、胸の中でつぶやいた。日誌をつけることが? わたしはいろんなことを、ただ記録するだけじゃなく、思い出したいのだ。

わたしの落胆を感じ取ったにちがいない。「覚えていることを書き留める行為がほかの記憶を呼び覚ます引き金になればいいとも思っています」と、彼は言った。「その効果が累積していく可能性もある」

わたしはしばらく黙っていた。実際問題、どんな選択肢があるのか? 日誌をつけるか、ずっといまのままでいるかだ。

「わかりました」と、わたしは言った。「やってみます」

「よかった」と、彼は言った。「ノートの最初のほうに、ぼくの電話番号を書いておきました。頭が混乱してきたら、電話してください」

彼の手からノートを受け取り、そうしますと答えた。しばらく沈黙が下りたあと、彼が言った。「幼少期については、このところいい結果が出ています。写真を見てきたんです。こんな感じの」わたしは何も言わず、彼は目の前のファイルから一枚の写真を取り出した。

「きょうはこれを見ていただきたい」と、彼は言った。「何かわかりますか？」

一軒の家が写っていた。最初はまったく見覚えがない気がしたが、玄関に続くぼろぼろの階段を見たとき、とつぜんわかった。わたしの育った家だ。けさ目が覚めたとき、そこにいると思っていた家だ。最初はちがう家に見えたし、どことなく現実味が薄い気もしたが、間違いない。ごくりと唾をのんだ。「子どものころに住んでいた家よ」と、わたしは言った。

彼はうなずいて、初期の記憶の大半は損なわれていない、と言った。そして、家の中がどんなだったか説明してほしいと求めてきた。

覚えていることを話した。玄関を開けると、すぐにリビングがあって、家の裏手にダイニングがあって、お客さんは、わが家と近所の家を隔てる小さな道からまっすぐ裏のキッチンへ来ることになっていた。

「ほかには？」と、彼がうながした。「二階のことは？」

「寝室がふたつ」と、わたしは言った。「正面側にひとつと、裏手にひとつ。バスとトイレはキッチンを通ったいちばん奥。元は別棟にあったの、煉瓦塀《れんがべい》二枚と波板プラスチックの屋根で母屋とつなぐまでは」

「ほかには？」

何を期待しているのだろう。「わからない……」と、わたしは言った。

どんなつまらないことでもいいから覚えていないか、と彼は言う。

そこで思い出した。「母は食料庫に〝砂糖〟と記した壺を保管していたわ」と言った。「へそくりも隠してた。いちばん上の棚に。そこにはジャムもあった。手作りしていたの。よくいっしょに車で森に出かけて、ベリー類を摘んできたわ。家族三人で森の奥深くへ歩いていって、ブラックベリーを摘んできた。袋にどっさり詰めて。戻ってくると、母がそれを煮詰めてジャムにした」

「いいぞ」と、彼がうなずく。「すばらしい！」彼は自分の前のファイルに何事か書いていた。「これはどうですか？」

ドクター・ナッシュはあと二枚、写真を見せた。一枚には女の人が写っていて、しばらく見たあと、自分の母親とわかった。もう一枚はわたしだ。話せることを話した。終了すると、彼は写真をわきへやった。「いいですね。子どものころのことを、いつもよりずっとたくさん思い出せました。写真のおかげだと思いますが」彼はいったん言葉を切った。「次回も、また少しお見せしたいのですが」

わたしは了承した。この写真を彼はどこで手に入れたのだろう？　わたしの知らないわたしの人生をどのくらい知っているのだろう？

「それ、もらっていいかしら？」と、わたしは言った。「昔の家の？」

彼は微笑んだ。「ええ、もちろん！」彼が渡してくれた写真を、わたしはノートに挟んだ。


ドクター・ナッシュが車で送ってくれた。二人が会っているのをベンは知らないとすでに説明を受けていたが、車内で彼から助言を受けた。これからつける日誌のことをベンに話すかどうかは、慎重に考えたほうがいいと。「心理的な抵抗を感じるかもしれないので」と、彼は言った。「ある種のことが書きづらくなるかもしれない。書きたいことをなんでも書けると思うことが、とても大事だと思うんです。それに、あなたがもういちど治療を試すことにしたと知ったら、ベンはいい顔をしないかもしれない」彼はいちど言葉を切った。「場合によっては、日誌を隠す必要があるかもしれません」

「でも、そこに日誌をつけることは、どう思い出せばいいの？」と訊いた。彼は何も言わなかった。ひとつの考えが頭に浮かんだ。「あなたが教えてくれるの？」

そのつもりです、と彼は言った。「でも、日誌をどこに隠すつもりかは、あらかじめ教えていただく必要があります」と、彼は言った。ある家の前に車が止まりはじめた。止まって、ひと呼吸おいてから、自分の家だと気がついた。

「ワードローブ」と、わたしは言った。「ワードローブの奥に入れておく」けさ、服を着たとき見えたものを思い起こした。「そこに靴箱があるの。その中に入れるわ」

「いい考えです」と、彼は言った。「ただし、今夜のうちに書く必要がありますよ。眠りにつく前に。さもないと、あしたになって見たところで、空白のノートでしかありません。それがなんなのか、わからなくなりますからね」

ちゃんと書く、わかっていると、わたしは返事をした。そして車を降りた。

「じゃあまた、クリスティーン」と、彼は言った。


わたしはベッドにすわる。夫を待っている。自分が育った家の写真を見る。ごく世間並みな、ありふれた感じだ。とても懐かしい。

どうやって、あそこからここまで来たの？　と考える。〝何があったの？　ここに至るまでに？〟

リビングで時計のチャイムが鳴っている。十二時だ。ベンが階段を上がってくる。見つけた靴箱に、この日誌を隠そう。ワードローブの、ドクター・ナッシュに入れると言った場所に。あした彼から電話が来たら、またいろいろ書こう。

十一月十日、土曜日

お昼の十二時にこれを書いている。ベンは一階で何か読んでいる。彼はわたしが休憩しているると思っているが、疲れていても休んだりしない。時間がないからだ。忘れないうちに書き留める必要がある。日誌に書かなくてはならない。

腕時計を見て、時間を書き留める。午後になったら散歩に行こうとベンが言っていた。一時間ちょっとしかない。

けさ目が覚めると、自分が誰かわからなかった。目をパチパチやって開いたときは、ナイトテーブルの硬い縁と黄色いランプが見えるものと思っていた。部屋の隅には箱型のワードローブがあり、シダの模様を控えめにあしらった壁紙があるものと思っていた。下で母親がベーコンを焼いている音か、庭で垣根を手入れしている父の口笛の音が聞こえるものと思っていた。自分の寝ているベッドはシングルで、布団の中には自分と片耳がちぎれたウサギのぬいぐるみ以外、何もないはずだった。

ところがちがった。最初は、両親の寝室かと思ったが、どこにも見覚えがないことに気がついた。寝室にまったく見覚えがない。もういちどベッドに仰向けになった。〝おかしい〟と思った。おかしい、絶対おかしい。

一階に下りたときには、鏡のまわりの写真を見、そこについていたメモも読んでいた。自分は子どもじゃなく、十代ですらないと知っていた。朝食を作りながらラジオに合わせて口笛を吹いている男は、父親でも同居人でもボーイフレンドでもなく、自分の夫であることを理解していた。

キッチンの外でためらった。怖かった。これから彼に会う。まるで初めて会うかのような気がする。どんな人だろう？　写真の容貌そのままだろうか？　写真より年を取って、太って、髪の毛も少なくなっているのだろうか？　どんな声をしているのだろう？　どんな動きをするのだろう？　わたしは幸せな結婚生活を送ってきたのだろうか？

頭にふっと情景が浮かんだ。女の人が――お母さん？――気をつけなさいと言っている。〝あわてて結婚すると……〟

ドアを押し開けた。ベンはわたしに背中を向けて、ジュージューいうベーコンをフライパンに押しつけていた。わたしが入ってきた音にも気がつかなかったようだ。

「ベン？」と呼びかけた。彼はぱっと振り向いた。

「クリスティーン？　だいじょうぶか？」

どう答えていいかわからず、「ええ。たぶん」と言った。すると彼は微笑んだ。安堵の表情だ。わたしも同じことをした。上の写真より年を取っている感じだ。顔にしわが増え、髪に白いものが交じってきて、こめかみあたりがわずかに後退している。だがそこには、彼の魅力を損なわず、むしろ高める効果があった。年配の男らしくあごは力強い感じで、目はいたずらっぽい輝きを放っている。自分の父親にもう少し年を取らせたら、こんな感じかもしれないと思った。わたしのほうは、まあ、不幸中の幸いといったところか。もっと衰えていても不思議じゃなかった。

「写真は見たか?」と、彼は言った。わたしはうなずいた。「心配いらない。何もかも説明するから。入って、すわらないか?」彼は奥の廊下のほうを身ぶりで示した。「ダイニングがあの奥にある。もうすぐできるから。さあ、これを持っていって」

胡椒挽き《ペッパーミル》を手渡され、キッチンからダイニングへ向かった。何分かして、彼が皿を二枚持ってきた。油の中に淡い色の細長いベーコンが浮かび、横には目玉焼きと揚げパンが載っていた。それを食べているあいだに、わたしがどうやって生き長らえているかを彼が話してくれた。

きょうは土曜日だ、と彼は言った。彼は月曜から金曜まで働いている。学校の教師だ。わたしのバッグに入っている電話と、キッチンの壁に掛かっているボードの説明をしてくれた。緊急用の予備費がどこにしまってあるかを教えてくれた。二十ポンド紙幣が二枚、マントルピースの時計の裏にぎゅっと丸めて押しこまれている。わたしの人生の断片を垣間見られるスクラップブックを見せてくれた。いっしょになんとかやっている、と彼は言った。信じていいものかわからなかったが、信じるしかない。

朝食を食べおえると、後片づけをする彼をわたしも手伝った。「あとで散歩に出かけようと思うんだ」と、彼は言った。「きみがよかったら?」かまわないと答えると、彼は嬉しそうな表情を見せた。「それまで新聞を読んでいる」と言った。「いいかな?」

わたしは二階へ上がった。一人になると、頭がくらくらした。頭の中がいっぱいなのに、同時に空っぽでもあった。何ひとつ理解できない気がした。どれひとつ現実とは思えない。自分のいる家を——もう自分の家とわかった場所を——見た。ついさっきまで何ひとつ知らなかった目で。一瞬、駆けだしたい気持ちになった。心を静める必要があった。

朝寝ていたベッドの端に腰かけた。ベッドをととのえなくちゃ、と思う。きれいに整頓しなくちゃ。暇な時間をつくっちゃだめ。枕を持ち上げてふくらませにかかると、そのうちに、何かブーンと音がしはじめた。

なんの音かわからない。低い音が鳴りやまない。かぼそい静かな調べだ。足下にわたしのバッグがあり、持ち上げてみると、音はそこからしているようだった。わたしには電話があるとベンが言っていたのを思い出した。

あれだ。ランプが点灯している。しばらく、まじまじと見つめた。わたしの中のどこかが——心の奥か、記憶の縁の先っぽで——なんの電話かちゃんと知っていた。わたしは応答した。

「もしもし?」男の声だ。「クリスティーン? クリスティーン、聞いてますか?」

聞いている、と答えた。

「あなたを診ている医者です。だいじょうぶですか? ベンは近くにいますか?」

「いいえ」と、わたしは言った。「彼は――。どういうご用ですか?」

相手は名を名乗り、二、三週間前からいっしょに取り組んできたと言った。「あなたの記憶に」と言い、わたしが返事をしないと、「ぼくを信じてほしい。寝室のワードローブの中を見てほしい」と言った。またいったん言葉を切って、さらに話を続けた。「いちばん下に靴箱がある。その中を見てください。ノートが一冊あるはずです」

部屋の隅にあるワードローブを、わたしはちらっと見た。

「どうしてそんなことを知っているの?」

「あなたが教えてくれたんですよ」と、彼は言った。「きのう、会いました。日誌をつけたほうがいいと、いっしょに決めたんです。あなたはそこに隠しておくと言いました」

〝信じられない〟と言いたかったが、失礼な気もしたし、じつのところ、まったく信じられなくもなかった。

「見てきてもらえませんか?」と、彼は言った。わかったとわたしが言うと、彼は、「いますぐですよ。ベンには言わないで。いますぐ見てきてください」と言い足した。

通話を切らず、ワードローブに歩み寄った。彼の言うとおりだった。いちばん下に靴箱があった。青色の箱で、サイズの合っていないふたに〈ショール〉と商標名が書かれている。

中に薄葉紙《うすようし》にくるんだノートがあった。

「ありましたか？」と、ドクター・ナッシュがたずねる。

ノートを取り出し、紙を剥がした。茶色の革製で、高そうだ。

「クリスティーン？」

「ええ。あったわ」

「よかった。何か書いてありますか？」

最初のページを開いた。書かれていた。〝わたしの名前はクリスティーン・ルーカス〟という一文で始まっていた。〝四十七歳。記憶喪失者〟。ドキドキした。わくわくした。人の書いたものを盗み見しているような気分だが、これは自分が書いたものなのだ。

「書いてある」と、わたしは言った。

彼は「すばらしい！」と言うと、またあした電話しますと告げ、そこで電話は終わった。動けなかった。開いたワードローブのそばで床にしゃがみこみ、ベッドもととのえないまま読みはじめた。


最初はがっかりした。自分の書いたことを何ひとつ覚えていなかったからだ。ドクター・ナッシュのことも、彼に連れていかれたという診療所のことも、わたしたちが取り組んだというパズルのことも。いま声を聞いたばかりなのに、彼の姿を頭に描けなかった。彼といっしょにいる自分もだ。書かれている内容はまるで小説のようだった。ところがそのとき、ノートの最後のほうに写真が一枚差し挟まれているのに気がついた。わたしの育った家の写真、けさ目が覚めたとき自分がいると思っていた家の写真だ。本当だった。これが証拠だ。本当にドクター・ナッシュに会って、この写真をもらったのだ。わたしの過去の断片を。

目を閉じた。きのう、わたしは昔の家の様子を書いていた。食料庫の砂糖壺や、森にベリーを摘みにいったことを。これらの記憶はまだあるのだろうか？　もっと呼び起こせるのだろうか？　母のこと、父のことを思い浮かべ、ほかにも出てこいと念じた。音もなく、像が結ばれた。鈍いオレンジ色の絨毯、薄緑色の花瓶。胸のところにピンク色のアヒルが縫いこまれ、真ん中にスナップボタンがついている、黄色いお遊戯着。車の濃紺のビニールシート、色あせたピンク色のおまる。

色と形は浮かんだが、人生を説明してくれるものはなかった。何ひとつ。両親に会いたい、と思い、そこで初めて気がついた。なぜか、二人が亡くなっているのをわたしは知っていた。

ため息をつき、まだととのえていないベッドの端にすわった。日誌にペンが一本押しこまれていて、あまりよく考えずにそれを取り出した。もっと書くつもりで。ページの上にペンを構え、そのまま目を閉じて神経を集中する。

そのとき、それは起こった。いまの認識が――両親はもうこの世にいないという認識が――別の記憶を引き起こしたのかどうかわからないが、頭が長く深い眠りから目覚めた感じがした。活気づいた感じがした。徐々にではない。はじかれたように、一瞬で。電気の火花のように。気がつくとわたしは、寝室で日誌の空白のページを開いているのではなく、別のどこかにいた。過去に――なくしたと思っていた過去に――戻って、いろんなものに触れ、手触りを感じ、味わうことができた。思い出している実感があった。

家に帰ってくる自分が見えた。わたしの育った家だ。わたしは十三歳か十四歳で、自分の書いている物語に取り組みたくてたまらないが、キッチンテーブルにメモがあるのに気がつく。〝出かけます〟と書かれている。〝テッド叔父さんが六時に迎えにきます〟。飲み物とサンドイッチを手に取って、ノートといっしょに腰を下ろす。わたしの書く物語は〝説得力があって、心を打つ〟と、ロイス先生が言ってくれた。将来、プロの物書きになれると先生は思っている。でも、何を書けばいいのか思いつかない。神経を集中できない。静かな怒りが煮えたぎる。あの人たちのせいだ。みんな、どこにいるの？　何をしているの？　どうしてわたしは呼ばれないの？　紙をくしゃくしゃにして、投げ捨てる。

情景が消え失せたが、たちまち別のがやってきた。もっと強烈なのが。もっと生々しいのが。父がわたしたちを車に乗せて家に向かっている。わたしは後部座席にいて、フロントグラスの一点をじっと見つめている。死んだ蝿《はえ》か。砂粒か。見分けがつかない。何を言ったらいいのかわからないままに、口を開く。

「いつわたしに話すつもりだったの？」

誰も答えない。

「ママ？」

「クリスティーン」と、母が言う。「やめて」

「パパ？　いつ話すつもりだったの？」沈黙。「死んじゃうの？」フロントグラスの点に目をそそいだまま、わたしはたずねる。「パパ？　パパは死んじゃうの？」

父は肩越しに振り返り、わたしに微笑みかける。「もちろん、そんなことはないよ、天使ちゃん。もちろん、死んだりしない。年を取って、お爺さんになるまでは。どっさり孫ができるまでは！」

嘘をついているのはわかっている。

「病気と闘う」と、父が言う。「約束する」

息をのむ音がした。目を開く。情景が消えてなくなっていた。わたしは寝室に――けさ目を覚ました寝室に――すわっていたが、一瞬、ちがった場所に見えた。すっかり気が抜けている。色がとぼしい。活力がとぼしい。まるで、日に当たって色あせた写真を見ているみたいだ。過去の活気が現在からすっかり生気を漉《こ》し取ってしまったかのように。

手に持ったノートに目を落とす。指からペンがすべり落ちて、床に落ちる前にページに細い青色の線をつけていた。胸がドキドキしている。わたしは何かを思い出した。何か大きなものを、何か大事なことを。あれは消えてなくなってはいない。床からペンを拾って、これを書きはじめた。

あそこまで書こう。目を閉じて情景を呼び起こしてみると、呼び起こすことができる。わたし。両親。車での帰宅。まだ消えてはいない。時間とともに色あせてきたのか、さっきほど鮮烈ではないが、まだちゃんとある。それでも、書き留められてよかった。いずれ消えてしまうのはわかっているから。でも、とりあえず、まだ完全に消えてしまってはいない。

ベンが新聞を読みおわったらしい。下から呼びかけてきて、出かけるぞ、用意はいいかと言った。いいと答える。ワードローブに日誌を隠して、上着とブーツを探そう。またあとで書こう。覚えていたら。

ここまでは何時間か前に書かれたものだ。午後ずっと出かけていて、いま帰ってきたところだ。ベンはキッチンで夕食の魚を調理している。ラジオがついていて、いまこれを書いている寝室までジャズの調べが流れてくる。早く二階に上がって午後に見たことを書き留めたかったので、食事を作るとは申し出なかったが、彼は気にするそぶりもなかった。「ひと眠りするといい」と言ってくれた。「用意に四十五分くらいかかるから」わたしはうなずいた。「準備ができたら声をかけるよ」と、彼は言った。

腕時計を見る。急いで書けば間に合いそうだ。

一時前に出発した。遠くまで行ったわけではなく、ずんぐりとした低い建物の前に駐車した。廃屋のような感じだ。板を打ちつけた窓に灰色の鳩が一羽ずつとまり、ドアは波形鉄板で隠されていた。「海兵隊の保養場だ」車から降りながら、ベンが言った。「夏は開いているはずだよ。歩こうか？」

コンクリートの小道が丘のふもとに向かってカーブしている。二人で黙って歩いた。聞こえるのは、無人のサッカーグラウンドでカラスの一羽がときおりたてるかん高い声や、遠くで犬が吠える物悲しい声や、子どもたちの話し声や、街のざわめきくらいのものだ。父のこと、父の死、少しでもそれを思い出したことに、思いを馳せた。女性が一人、陸上のトラックをジョギングしていて、しばらく彼女を見たあと、道は高い垣根の向こうに出て丘の頂上へ向かった。丘の上には人の活動があった。小さな男の子が凧《たこ》揚げをしていて、その父親が後ろに立っていて、女の子が長いリードでつないだ小さな犬を散歩させていた。

「ここはパーラメント・ヒルだ」と、ベンが言った。「きみといっしょに、よく来る」

　わたしは返事をしなかった。低い雲の下に、街が不規則に広がっている。平和な感じだ。想像していたよりも小さい。街の向こうの遠くにも、低い丘陵が見えた。テレコム・タワーや、聖パウロ教会のドーム、バタシーの発電所といった、高く突き出た建物が見える。形にぼんやりと見覚えがあるが、なぜかはわからない。ほかにも、かなり遠くに、太い葉巻形のガラス建築や大観覧車といったランドマークが見えるが、こっちにはあまり見覚えがない。自分の顔と同じく、この風景もしっくりこないが、同時にどこか懐かしい気もした。

「ここは覚えがある気がする」と、わたしは言った。

「そうか」と、ベンが言った。「うん。しばらく前から来ているからな。眺めはその時々で変わっていくが」

　二人で歩きつづけた。ベンチのほとんどは、一人で来ている人やカップルで埋まっていた。丘の頂を越えたところのベンチに腰かけた。ケチャップのにおいがした。ベンチの下に厚紙の箱があり、中に食べ残しのハンバーガーがあった。

ベンが注意深く拾い上げ、くずかごのひとつに捨てて戻ってきて、わたしの横にすわった。そして、ランドマークのひとつを指差した。「あれはカナリー・ワーフだ」と言い、建物を指差す。こんなに離れているのに、とりわけ高く見える。「建てられたのは九〇年代の前半だったかな。入っているのは全部オフィスのたぐいでね」

九〇年代。生きてきたのを思い出せない十年がたった一語で総括されるなんて、奇妙なことだ。さぞかしいろんなものを見逃してきたにちがいない。いろんな音楽を、いろんな映画や本を、いろんなニュースを。災害や惨事、悲劇的な出来事、戦争。わたしが記憶をなくしたまま、日ごとさまよい歩いているあいだに、世界がばらばらになっていてもおかしくなかったのだ。

わたしの人生も、大半が砕け散っている。毎日見ているのに何かわからない眺めが多すぎる。

「ベン?」わたしは言った。「わたしたちのことを教えて」

「わたしたち?」と、彼は言った。「どういう意味だい?」

体を回して彼と向きあう。一陣の風が丘を吹き渡り、顔に冷たく吹きつけた。どこかで犬が吠えた。どこまで話したものだろう。わたしが彼のことをいっさい覚えていないのを、彼は知っている。

「ごめんなさい」と、わたしは言った。「あなたとわたしのことが、何もわからないから。どうやって出会ったのかも、いつ結婚したのかも、何ひとつ」

彼は微笑んで、体が触れあうくらいそばに近づいた。わたしの肩に腕を回す。体がすくみかけたが、そこで、彼は見知らぬ他人ではなく自分の結婚相手なのだと思い出した。「どんなことを知りたいんだ？」

「よくわからないけど」わたしは言った。「二人はどうやって出会ったの？」

「ああ、同じ大学にいたんだ」彼は言った。「きみは博士課程に入ったところだった。覚えてないか？」

首を横に振った。「全然。何を研究していたの？」

「きみは国文科を卒業した」と言われ、目の前にぱっと情景がひらめいた。くっきりと。自分が図書館の前にいるのが見え、フェミニズム論と二十世紀前半の文学をテーマに論文を書こうかと漠然と考えていたことを思い出した。本当は、小説に取り組みながらでも書くことができ、母親には理解できなくてもいちおう妥当と考えてもらえそうなテーマだったからにすぎない。この場面が一瞬宙に浮かんで、ゆらゆら揺らめいた。手で触れられそうなくらい生々しかったが、ベンが口を開くと消えてしまった。

「ぼくは学位の取得に取り組んでいた」と、彼は言った。「化学の。きみをしょっちゅう見かけた。図書館やバーや、いろんなところで。なんてきれいな人だろうと、いつも目をみはっていたが、いちども話しかけることができなかった」

笑ってしまった。「本当に？」自分が近寄りがたい人間だったなんて、想像がつかなかった。

「きみはいつも自信に満ちあふれていた。そして情熱的だった。本に囲まれて、何時間もすわったまま、ひたすら読んでメモを取っていた。コーヒーでもなんでも、何杯か飲みながら。すごくきれいだった。ぼくに興味を持ってくれるなんて夢にも思わなかった。ところがある日、たまたま図書館できみの横にすわっていたら、きみがうっかりカップをひっくり返し、コーヒーでぼくの本が何冊かずぶ濡れになった。どうってことなかったんだが、きみは平身低頭で、こぼれたコーヒーを二人してモップで拭き取ったあと、ぼくからコーヒーをおごろうと申し出た。きみは、ご馳走すべきなのは自分のほうだ、ごめんなさいと言い、ぼくは気にするなと言い、いっしょにコーヒーを買いにいった。まあ、そんなところだ」

その場面を頭に描き出そうとした。図書館でずぶ濡れの紙に囲まれて笑い声をあげている若い二人を思い出そうとした。思い出せない。刺すような熱い悲しみをおぼえた。どのカップルにとっても、出会いの物語――どっちがどっちに話しかけ、どんな言葉をかけたか――は、大切なはずだ。なのに、わたしにはそんな思い出がまったくない。小さな男の子が揚げている凧の尻尾を風がひゅっと鞭《むち》打ち、臨終間際の喉がたてる喘鳴《ぜんめい》のような音がした。

「そのあと、どうなったの？」と、わたしは訊いた。

「まあ、デートをした。お決まりのコースだろ？　ぼくが学位を取り、きみが博士課程を修了し、そのあとぼくらは結婚した」

「どんな経緯で？　どっちがプロポーズしたの？」

「ああ」彼は言った。「ぼくからだ」

「どこで？　どういう状況か教えて」

「ぼくらはおたがいに夢中だった」と、彼は言った。顔をそむけて、遠くを見る。「朝から晩までいっしょに過ごしていた。きみはハウスシェアをしていたが、ほとんど帰らなかった。ほとんどの時間をぼくと過ごしていた。いっしょに暮らし、結婚するのは、当然の成り行きだった。だから、ある年のバレンタインデー、きみに石鹸を買ってきた。きみが大のお気に入りだった、高価な石鹸を。ぼくがセロハンの包装紙を取り、婚約指輪を石鹸に押しこみ、それからまた包装しなおして、きみにプレゼントした。きみはその日の夜、それを見つけて心の準備をしていたから、イエスと言った」

　思わず笑みを漏らした。ずいぶん面倒な話のような気がする。石鹸に押しこんだ指輪。わたしが何週間もその石鹸を使わなかったり、指輪に気がつかなかったりする可能性だっていくらもあるのに。だけど、無粋な話じゃない。

「わたしは誰とハウスシェアしていたの？」と、わたしは訊いた。

「うーん」と、彼は言った。「もう、よく覚えていないな。友だちだ。とにかく、ぼくらはその翌年、結婚した。きみのお母さんが住んでいたところに近い、マンチェスターの教会で。すてきな一日だった。当時のぼくは教師になる訓練を受けている最中だったから、二人ともあまりお金はなかったが、それでも楽しかった。好天に恵まれ、みんな楽しそうだった。そのあと、新婚旅行に行った。イタリアへ。湖水地方だ。すばらしかったよ」

教会を、ウェディングドレスを、ホテルの部屋から見た眺めを、思い出そうとした。何ひとつ浮かばない。

「どれも覚えてないわ」と、わたしは言った。「ごめんなさい」

彼は目をそらし、顔が見えないように首を回した。「気にするな。わかっているから」

「あまり写真がないのね」と、わたしは言った。「スクラップブックのことだけど。結婚式の写真は？」

「火事に遭ったんだ」と、彼は言った。「ここの前に住んでいた家が」

「火事？」

「そうだ」と、彼は言った。「全焼してしまった。いろんなものを失った」

ため息をついた。記憶と過去の記念品を両方なくしてしまうなんて、神様は意地悪だ。

「そのあと、何があったの？」

「そのあと？」

「ええ」と、わたしは言った。「何があったの？　結婚して、新婚旅行に行ったあと？」

「新居に引っ越した。とても幸せだった」

「そのあとは？」

彼はため息をついて、何も言わなかった。そんなはずはないと、わたしは思った。それがわたしの全人生なんて、ありえない。わたしという人間がそれだけなんて、ありえない。結婚式、新婚旅行、結婚。だけど、それ以外の何を期待していたの？　それ以外で起こりえることと言ったら？

ふっと答えが浮かんだ。子どもだ。赤ちゃんだ。わたしの人生から、わたしたちの家から欠落している気がするのはそれだと気づき、体を震えが走った。マントルピースの上には息子の写真も娘の写真もない。卒業証書を握り締めていたり、白く泡立つ水を筏《いかだ》で下っていたりする子どもの写真がない。退屈してカメラの前でポーズを取っているだけの写真も。孫の写真もない。わたしは子どもを産んでいないのだ。

ぴしゃりと、落胆に頬を打たれた心地がした。満たされない欲望が意識の下に焼きついていた。自分が何歳かもわからないまま目覚めていても、わたしの中のどこかは、自分が子どもを欲しがっていたことを知っていたにちがいない。

だしぬけに、母の声が聞こえた。時限爆弾か何かのように出産可能年齢の説明をしている。「人生で実現したいことは、みんな急いでかなえなさい」と、彼女は言った。「いつか、もうこれでよしって思ったとき、次にやってくるのは……」

何を言いたいかわかった。ドカーン！　わたしの野望は消えてなくなり、子どもを作ることしか願わなくなる。「わたしも産んだ」と、母は言った。「あなたも産む。みんな、産むのよ」

でも、わたしは産んでいなかった。つまり、妊娠のかわりに別のことが起こったのだ。わたしは夫を見た。

「ベン?」わたしは言った。「そのあとは?」

彼はわたしを見て、ぎゅっと手を握った。

「そのあと、きみは記憶を失った」

記憶。結局、全部そこへ行き着く。事あるごとに。

街の向こうを見た。太陽は空の低いところにあって、雲の合間から弱い光を投げかけ、芝生の上に長い影が伸びている。すぐに暗くなるだろう。日が沈み、やがて空に月が昇る。また一日が終わる。いたずらに過ごした一日が。

「子どもはいなかったのね」と、わたしは言った。質問ではなく。

彼はそれには答えず、わたしのほうに顔を向けた。わたしの両手を自分の手で包み、寒さを取り除こうとするかのようにさすった。

「そうだ」と、彼は言った。「いない。子どもはできなかった」

彼の顔に悲しみが刻まれた。わが身を思って? それとも、わたしを思って? 見分けがつかなかった。彼がわたしの手をさすり、わたしの指を自分の指で包むあいだ、わたしはあらがわなかった。とまどいはあっても、ここでこの人といて安心していることに気がついた。彼が優しくて思いやりがあって我慢強い人なのはよくわかった。わたしの置かれた状況がどんなに恐ろしいものだとしても、これ以上はひどくなりようがないだろう。

「なぜ?」と、わたしは言った。

彼は答えなかった。わたしを見た顔に、苦痛の表情が浮かんでいた。苦痛と、落胆の。

「なぜこんなことになったの？」と、わたしは言った。「どうしてわたしは、こんなことになってしまったの？」

彼の緊張が伝わってきた。「本当に知りたいか？」と、彼は言った。

遠くで三輪車に乗っている小さな女の子を、じっと見つめた。わたしが彼にこの質問をしたのも、彼がこういう事情を説明しなければならなくなったのも、初めてのはずはない。もしかしたら、わたしは毎日この質問をしているのかもしれない。

「ええ」と、わたしは言った。今回は事情がちがう、と思った。今回わたしは、彼の言うことを書き留める。

彼は息を大きく吸って吐いた。「十二月のことだ。その日、きみは一日外出していた。仕事に出かけて。帰り道の、うちまで歩いてちょっとのところだ。目撃者はいなかった。きみが道を横断していたのか、きみをはねた車が歩道に乗り上げてきたのかはわからないが、とにかく、ボンネットにはね上げられたらしい。重傷だった。両脚を骨折した。片方の腕と鎖骨も」

彼はひと息ついた。街の低いざわめきが聞こえた。車の往来や、頭上を飛ぶ飛行機、木々を吹き抜ける風のささやき。ベンがわたしの手をぎゅっと握った。

「頭から地面に落ちたようだと、病院は言っていた。それできみは記憶を失った」

わたしは目を閉じた。事故のことは何ひとつ思い出せなかったから、怒りは感じなかった。動揺さえ。かわりに、いわば、静かな無念の情が満ちてきた。虚《むな》しさが。記憶という湖の水面を渡るさざ波が。

彼はわたしの手をぎゅっと握り、わたしはその手に自分の手を重ね、彼の結婚指輪の冷たく硬い輪を感じた。「さいわい、一命は取り留めた」と、彼は言った。

背すじに冷たいものが走った。「運転手はどうしたの?」

「止まらなかった。ひき逃げだ。犯人はわかっていない」

「いったい誰がそんなことを?」わたしは言った。「人をはねておいて、何もせずに逃げてしまうなんて?」

彼は答えなかった。どんな答えを期待していたのか、わたしにもわからない。日誌で読んだ、ドクター・ナッシュと会ったときのことを思い起こした。神経学的な問題、と彼は言った。構造的な問題か、化学的な問題だと。あるいは、ホルモンの失調か。病気の話だと思っていた。ふとしたはずみで起こったこと、どこからともなくとつぜん、わたしの身に降りかかったことだと思っていた。あらがいようのないことだったのだと。

ところが、そうではなかったらしい。別の人間が引き起こした事故で、回避しうることだったのだ。その夜、わたしが帰宅するとき別の経路を選んでいたら——あるいは、わたしをはねた車の運転手が別のルートを選んでいたら——わたしはいまも正常だっただろう。いまごろは、孫ができてお祖母《ばあ》ちゃんになっていたかもしれないのに。

「なぜ?」わたしは言った。「なぜなの?」

ベンに答えられる疑問ではなかった。だから彼は答えなかった。指をからませたまま、二人でしばらく黙っていた。暗くなってきた。建物に灯がともって、街は明るかった。もうすぐ冬なのだ、と思った。すぐに十一月も半ばを過ぎる。そのあとは十二月がやってきて、クリスマスが来る。ここからそこまでどうたどり着くのか、想像がつかない。同じような日々を連ねて生きていくなんて、想像ができなかった。

「行こうか」と、ベンが言った。「帰ろうか?」

わたしは答えなかった。「わたしはどこにいたの?」と訊いた。「車にはねられた日? 何をしていたの?」

「仕事からの帰り道だ」と、彼は言った。

「でも、どんな仕事? わたしはなんの仕事をしていたの?」

「ああ」と、彼は言った。「臨時の仕事で、秘書をしていた。うん、正確には個人秘書か。法律事務所だったと思う」

「でも、どうして――」と、わたしは言いかけた。

「住宅ローンの支払いがあったから、働く必要があったんだ」と、彼は言った。「しばらくは、暮らしも厳しかった」

でも、訊きたかったのは、そういうことじゃない。言いたかったのは、〝わたしは博士号を取得したんでしょ。なのに、どうしてそんな仕事に甘んじていたの?〟ということだ。

「だけど、どうして秘書の仕事をしていたの?」と、わたしは言った。

「手に入る仕事がそれしかなかったからだ。冬の時代でね」

きょう頭に浮かんだことを思い出した。「わたしは書いていた？」と、訊いた。「本を？」

彼は首を横に振った。「いや」

だったら、あれははかない野望だったのだ。あるいは、努力の末に挫折《ざせつ》したのかもしれない。質問しようと彼のほうを向いたとき、雲がぱっと明るくなり、その直後にドカンと大きな音がした。ぎょっとして、目を向けた。遠くの空に火花が散り、眼下の街に降りそそいでいく。

「いまのは何？」と訊いた。

「花火だ」と、ベンが言った。「今週はかがり火と花火の夜《ボンファイア・ナイト》だった」

一瞬の間を置いて、ふたたび花火が空を明るく照らし、またドカンと大きな音がした。

「花火大会があるらしい」と、彼は言った。「見ていくか？」

わたしはうなずいた。見ていっても損はない。帰って日誌のところに駆けこんで、ベンから聞いた話を書き留めたい自分もいたが、もっと話を聞けるかもしれないし、まだ帰りたくないと思っている自分もいた。「ええ」と答えた。「見ていきましょう」

彼はにっこりして、わたしの肩に腕を回した。空がつかのま暗くなり、そのあとパチパチッ、シューッと音がして、ヒューッという音とともに小さな火花が空高く打ち上げられた。着々と空中を進み、爆発してオレンジ色の明るい光輝と化し、ドカンと周囲に音をとどろかせた。美しい。

「花火大会のときは、たいてい二人で出かけるんだ」ベンが言った。「きちんと組織された大がかりな大会だ。でも、今夜は忘れていた」彼はわたしの首にあごをすり寄せた。「ここでいいか？」

「ええ」と、わたしは言った。街の向こうに炸裂《さくれつ》する色を見、かん高い音をともなう光を見た。「ここでいいわ。ここのほうが、全部の打ち上げを見られるし」

彼は吐息をついた。二人の吐く息が白くなって、片方がもう片方と混じりあい、色と光に染まる空を二人で静かに見つめた。街のいろんな庭園から煙がたちのぼり、空が華々しく――赤とオレンジ、青と紫に――照らしだされ、夜の空気がくすんで、火打石のような金属的で乾いたにおいがたちこめた。唇を舐《な》めると硫黄《いおう》の味がして、その瞬間、別の記憶がぱっと甦った。

鮮烈だった。おそろしく大きな音に、まばゆいばかりの明るい色。遠くから花火をながめているというより、その真っただ中にいる感じだ。仰向けに倒れていきそうな気がした。ベンの手をつかむ。

自分が見えた。女の人がいっしょだ。髪は赤毛で、わたしたちは屋上に立って花火をながめている。下の部屋から脈を打つようなリズミカルな音楽が聞こえている。冷たい風が吹き、鼻をつんと突く煙が上に漂ってくる。わたしは薄手の服しか着ていないが、アルコールと指に挟んだままのマリファナで酔っぱらっていて、寒くは感じない。素足に砂利の感触があり、靴を脱いで下にあるこの娘の寝室に置いてきたのだと思い出した。彼女を見ると、彼女がわたしと向きあい、わたしは生きていると実感する。くらくらするくらい幸せだ。

「クリッシー」と彼女が言い、マリファナを取り上げる。「錠剤《タブ》はどう?」

なんのことかわからず、彼女にそう伝える。

彼女が笑う。「知ってるくせに!」と言う。「タブよ。麻薬。アシッドよ。絶対、ナイジーが持ってきてるわ。持ってくるって言ったもの」

「うーん」と、わたしは言う。

「何言ってんの! 楽しいよ!」

わたしは笑って、マリファナを取り戻し、肺いっぱい煙を吸いこむ。自分は退屈な人間じゃないと証明するかのように。絶対に退屈な人間にはならないと、二人で誓っていた。

「そうかなあ」と、わたしは言う。「わたしの柄じゃないな。今夜はこれでいきたい気がする。それと、ビールで。いい?」

「まあ、いいけど」と彼女は言い、振り向いて、手すりの向こうをのぞきこむ。がっかりしているようだが、怒っていないのはわかる。一人でも彼女はやるだろうか? わたしといっしょじゃなくても?

それはない、と思う。彼女みたいな友だちは初めてだ。わたしのことを何もかも知っていて、わたしが信頼し、ときには自分以上に頼りにしている。あらためて彼女を見た。赤毛が風に鞭打たれ、マリファナの先端が暗闇に輝いている。彼女は自分の歩んでいる道に満足しているの? それとも、それを言うのはまだ早い?

「あれ見て!」と彼女が言い、筒形花火が炸裂して赤い光輝に木々のシルエットが浮かび上がっているところを指差す。「マジきれいじゃない？」

わたしは笑って彼女に同意し、二、三分、黙ってマリファナを渡しあう。最後に、彼女がくたくたになった吸いさしをさしだして、わたしが拒むと、彼女がブーツの裏でアスファルトにすりつぶす。

「下りよう」と彼女が言い、わたしの腕をつかむ。「会わせたい人がいるの」

「またあ？」とわたしは言うが、とりあえず行く。階段でキスしているカップルをまたいでいく。「またおんなじ科の、箸《はし》にも棒にもかからない男じゃないでしょうね？」

「やめてよ！」と彼女は言い、階段を足早に駆け下りていく。「あなた、アランにお熱だったんじゃなかったっけ？」

「だったわよ」と、わたしは言った。「彼から、自分にはクリスティアンという男の恋人がいるって言われるまでは」

「あら、そうなの」彼女は声をあげて笑う。「アランがあなたをデートに誘いたくなるかどうかまで、わたしにはわからないもの。こんどの人はちがうわ。絶対気に入る。わかってるんだから。挨拶だけでもしなさいよ。無理にとは言わないけど」

「わかった」と、わたしは言う。ドアを押し開け、二人でパーティ会場へ入っていく。

大きな部屋で、壁はコンクリート、天井から裸電球がぶら下がっている。厨房エリアに向かって進み、ビールを手に入れてから、窓のそばの場所を見つける。「で、その人はどこにいるの？」とわたしは言うが、彼女は聞いていない。アルコールと草《ウィード》の酔いが回りはじめた様子だ。部屋には人がぎっしりで、ほとんどが黒い服を着ている。鼻持ちならない美術学生たち、と胸の中でつぶやく。

誰かが近づいてきて、わたしたちの前に立つ。誰だか知っている。キースだ。前にも会ったことがある、別のパーティで。そのときは寝室のひとつでキスするにとどまった。ところが、いまこの男はわたしの友だちに話しかけ、リビングの壁に掛かっている彼女の絵の一枚を指差している。わたしを無視することに決めたのか、それとも、前に会ったことがあるのを忘れてしまったのか？　いずれにしても、むかつく、と思う。ビールを飲み干す。

「お代わりは？」と、訊く。

「ちょうだい」と、友だちが答える。「わたしがキースの相手をしているあいだに、取ってきてくれない？　そしたら、いま言ってたその人に紹介するから。いい？」

わたしは笑う。「はいはい。どうでもいいけど」わたしは厨房にさまよいこむ。

そのとき、声がした。耳元で大きな声が。「クリスティーン！　クリス！　だいじょうぶか？」まごついた。声に聞き覚えがある。目を開けた。自分が外にいることに、はっと気がついた。夜のパーラメント・ヒルにいることに。ベンがわたしの名前を呼び、目の前に上がる花火が空を血の色に染めている。「目をつむっていたぞ」と、彼は言った。「どうした？　どうかしたのか？」

「何も」と、わたしは言った。頭がくらくらして、ほとんど息もできない。夫から顔をそむけ、花火大会の続きを見ているふりをした。「ごめんなさい。なんでもない。だいじょうぶよ。わたしは」

「震えているぞ」と、彼は言った。「寒いのか？　帰ろうか？」

たしかに寒い、と気がついた。帰りたい。いま見たことを記録したかった。

「ええ」と、わたしは言った。「かまわない？」

家に帰る途中、花火を見たとき頭に浮かんだ情景を思い起こした。あの鮮明さ、あのくっきりとした映像は衝撃だった。あれにつかまり、吸いこまれた。再度あの時間を生きているかのようだった。あらゆるものを感じ、あらゆるものを味わった。冷たい空気にビールの酔い。草《ウィード》を吸った喉のヒリヒリする感じ。舌に感じたキースの温かな唾。現実のような気がした。あれが消えて目覚めた現実以上に生々しい感じがした。

いつの出来事だったのか、正確にはわからない。大学か、大学を出たてくらいのころだろう。自分がいたあのパーティは、学生が楽しむたぐいのものと想像がついた。責任が感じられなかった。気ままな感じがした。お手軽な感じがした。

名前は思い出せなかったが、あの女の人はわたしにとって大事な人だった。いちばんの親友だった。生涯の、と心の中でつぶやく。彼女が誰かはわからないが、いっしょにいると心強い気がした。安心感があった。

いまでも彼女と仲良くしているのだろうかとちらっと思い、車で帰る途中、ベンにその話をしようとした。彼は黙っていた——不機嫌というのではないが、ほかのことに気を取られていた。頭に浮かんだ映像のことを全部話そうかと一瞬考えたが、思いとどまり、二人が出会ったころわたしの友人にはどんな人たちがいたのか訊いてみた。

「友だちはたくさんいたよ」と、彼は言った。「すごい人気者だったから」

「親友はいた？　誰か、特別な人は？」

彼はわたしをちらっと見て、それから、「いや」と言った。「いなかった気がするな。特別に仲がいい人というのは」

あの女の人の名前を思い出せないのに、なぜキースとアランのことは思い出せたのだろうと不思議な気がした。

「本当に？」と、わたしは訊いた。

「ああ」と、彼は言った。「間違いない」そして道路に目を戻した。雨が降ってきた。商店やその上のネオンサインの光が道路に反射している。訊きたいことは山ほどある気がしたが、何も言えず、二、三分が過ぎたところで手遅れになった。家に着くと、彼は料理にとりかかった。間に合わなかった。

わたしが書きおわるとほとんど同時に、夕食に下りてくるよう彼が呼びかけてきた。食事の用意ができていて、グラスに白ワインも注がれていたが、お腹は減っていなかったし、魚はパサパサだった。食事のほとんどを残してしまった。そのあと――料理はベンがしたので――皿洗いを買って出た。お皿を運んで、流しにお湯を出し、そのあいだもずっと願っていた。あとで何か理由をつくって二階に上がり、書いた日誌を読んで、できたらもう少し書き足したいと。だが、それはかなわず――あまり長い時間、部屋でひとりで過ごしていたら怪しまれるだろう――わたしたちはテレビの前で夜を過ごした。

くつろげなかった。日誌のことが気になり、マントルピースの時計の針が九時から十時、十時半と、じわじわ進んでいくのを見つめていた。最後に、針が十一時に近づいたところで、もう今夜は時間がないとわかり、「寝《やす》もうかな。長い一日だったから」と言った。

彼は微笑んで、くいと首を傾けた。「わかった、ダーリン」と言った。「ぼくもすぐ行く」

わたしはうなずいて、わかったと答えたが、部屋を出ると不安が忍び寄ってきた。この人はわたしの夫なのだと自分に言い聞かせた。わたしは彼と結婚しているが、なんだかそれでも、彼とベッドに入るのは間違いのような気がした。これまでにそうした記憶がまったくないし、どんなことが起こるか見当もつかない。

バスルームで用を足し、鏡とそのまわりに貼られた写真は見ずに、歯を磨いた。寝室に入り、枕の上にネグリジェがたたまれているのを見つけ、服を脱ぎはじめた。彼が入ってくるまでに寝る準備をととのえて、掛け布団の下にもぐりこみたい。一瞬、眠っているふりはできないかと、ばかみたいな考えをいだいた。

プルオーバーを脱ぎ、鏡の中の自分を見た。けさ着けたクリーム色のブラが見え、それを見たとき、子どものころの自分がふっと頭に浮かんだ。どうしてわたしは着けていないのに、ママは着けているの、と母にたずねると、彼女は、いつかあなたも着けるのよと答えた。いま、ここに、その日があった。徐々にではなく、一気にやってきた。顔のしわや手のしわよりずっと明らかな、もはや女の子ではなく大人の女である証拠が、ここにはあった。この、乳房のやわらかなふくらみに。

ネグリジェを頭からかぶって、下までおろした。中に手を入れてブラをはずしながら、胸の重みを感じ、そのあとズボンのファスナーを下ろして脱いだ。今夜はこれ以上、自分の体を調べたくなかったので、けさ穿いたタイツとショーツを脱ぐと、布団にもぐりこみ、目を閉じて、横に寝返りを打った。

一階で時計のチャイムが鳴ったと思うと、すぐにベンが部屋へ入ってきた。わたしはじっと動かず、彼が服を脱ぐ音に耳を傾けて、彼がベッドの端にすわったたわみを感じた。彼はしばらく動かなかったが、そのあと彼の手を感じた。腰のあたりにぎゅっと。

「クリスティーン？」彼がささやくように言った。「起きているか？」ええ、とつぶやく。「きょう、友だちのことを思い出したんだな？」と、彼は言った。わたしは目を開けて、仰向けに戻った。むきだしになった広い背中と肩の上の細い抜け毛が見えた。

「ええ」と、わたしは言った。

彼がわたしのほうを向いた。「どんなことを思い出したんだ？」

答えたが、あいまいな説明にとどめた。「パーティよ」と言った。「わたしも友だちも学生だった気がする」

彼は立ち上がり、ベッドに入るために向きを変えた。裸の体が見えた。黒い陰毛の巣からペニスがぶらんと揺れ、くすっと笑いたい衝動を抑えこまなければならなかった。これまで——読み物の中でさえ——男性器を見たことがあるという記憶はなかったが、どうやらまったく知らないわけでもなさそうだ。どのくらい、わたしは知っているのだろう？　どんな経験を経てきたのだろう？　ほとんど反射的に目をそむけた。

「そのパーティのことは、前にも思い出したことがある」寝具を引き戻しながら、彼が言った。「よく甦るみたいだ。繰り返し浮かんでくる、特定の記憶があって」

わたしはため息をついた。〝だから、新しいことじゃない〟と、彼は言いたいらしい。〝興奮するほどのことじゃない〟と。彼はわたしのそばに体を横たえ、二人の上にカバーを引き上げた。明かりは消さない。

「わたしは、よく思い出すの？」と、訊いた。

「ああ。いくつか。だいたい、毎日」

「同じことを？」

彼はわたしのほうに顔を向け、片肘をついて体を支えた。「ときには」と言った。「たいていは同じことだ。うん、そう。驚くような話はめったにない」

わたしは彼の顔から目をそむけ、天井を見た。「あなたのことを思い出したことは？」

彼はわたしのほうに顔を向け、「ない」と言った。わたしの手を取る。ぎゅっと握った。「でも、それでかまわない。きみを愛している。それでかまわない」

「さぞ負担でしょうね、わたしのこと」と、わたしは言った。

彼は手を動かし、わたしの腕をさすりはじめた。パチッと静電気が起こる。わたしはたじろいだ。「ちがう」と、彼は言った。「全然そんなことはない。きみを愛している」

彼はわたしのほうににじり寄り、唇にキスをした。

わたしは目を閉じた。とまどっていた。セックスしたいの？　わたしにとって、彼は見知らぬ人間だ。二人は毎晩同じベッドで寝ている、結婚してからずっとそうしてきたのだと頭ではわかるが、それでも、わたしの体は彼を知って一日にもならない。

「とても疲れているの、ベン」と、わたしは言った。

彼は声を落として、つぶやきはじめた。「わかってる、ダーリン」と言った。わたしにそっとキスをする。頰に、唇に、目に。「わかってる」彼の手が下へ移動した。カバーの下に。わたしの中に不安の波が立ちはじめる。パニックに近い不安が。

「ベン」と、わたしは言った。「ごめんなさい」彼の手をつかみ、下に向かうのを止めた。おぞましいもののように振り払いたい衝動にあらがって、その手を撫でる。「疲れているの」と、わたしは言った。「今夜はやめて。いい？」

彼は何も言わず、手を引っこめて、仰向けになった。落胆の波が伝わってくる。なんて言ったらいいかわからなかった。謝るべきだと思う自分もいたが、わたしは何も間違ったことはしていないと主張する自分のほうが大きかった。だから、二人とも黙って、体を触れあうことなくベッドに横になった。よくあることなのだろうか？　どのくらいの頻度で、彼はベッドに来て、セックスを求めるのだろう？　わたし自身したくなることはあるのだろうか？

彼に与えてもいい気になったりするのだろうか？　いつもこうなるのだろうか？　わたしが応じないと、いつもこんな気まずい沈黙が下りるのだろうか？

「おやすみ、ダーリン」しばらくして彼がそう言うと、緊張が解けた。彼が軽いいびきをかきはじめるのを待って、わたしはベッドからそっと抜け出し、これを書くために、この予備寝室に腰を下ろした。

彼のことを思い出したい。一度でいいから。

十一月十二日、月曜日

時計のチャイムが午後四時を告げた。外は暗くなりはじめている。まだベンが帰ってくる時間ではないが、日誌を書いているあいだ、彼の車の音がしないか耳をそばだてていた。足下に靴箱があり、日誌をくるんでいた薄葉紙が箱からこぼれかけている。彼が帰ってきたら、日誌をワードローブにしまって、休んでいたと言うつもりだ。真実をゆがめているが、大きな嘘ではない。日誌の中身を知られたくないことの、どこがいけないの。見たことを書き留める必要があった。わかったことを。ただし、誰に読まれてもいいわけではない。

きょう、ドクター・ナッシュに会った。彼の机を挟み、二人で向きあった。彼の後ろには書類の整理棚があり、その上に脳のプラスチック模型が載っていた。オレンジのように真ん中から縦に切り分けられている。ぐあいはどうですか、と彼はたずねた。

「だいじょうぶ」と答え、「と思う」と付け足した。答えにくい質問だ――はっきり思い出せるのは、けさ目が覚めてからの二、三時間でしかない。夫に会った。初めて会った気がしたが、そうではないとわかり、わたしを診ている医者と名乗る人から電話があって、その人が日誌のことを教えてくれた。昼食をすませたあと、その医者が車で迎えにきて、この診療所に連れてこられたのだ。

「日誌に書きました」と、わたしは言った。「電話をもらったあと。土曜日に」

彼は満足そうだった。「少しは役に立ったでしょうか？」

「と思います」と、わたしは言った。甦った記憶の話をした。女の人とパーティにいたときの情景、父親の病気を知ったこと。わたしが話すあいだ、彼はメモを取っていた。

「そのことですが、いまも思い出せますか？」と、彼は訊いた。「つまり、けさ目が覚めたとき、覚えていましたか？」

わたしはためらった。じつは、覚えていなかった。少なくとも、ほんの一部しか。けさ、土曜日に書いたところを読んだ。夫と朝食を食べたところと、パーラメント・ヒルへの小旅行を。現実のこととは思えなかった。小説のように、自分とはなんの関係もない話のような気がして、何度も何度も同じ箇所を読み返し、頭の中に固めようとした。その作業に一時間以上費やした。

ベンが話してくれたことを読み、二人がどんな経緯で結婚したかを読み、どんな暮らしをしていたかを読んだが、何も感じなかった。しかし、頭に残っていることもあった。たとえば、あの女の人だ。わたしの友だちの。細かなところ——花火パーティがあり、彼女と屋上にいて、キースという男の人に会ったこと——は思い出せなかったが、わたしの中に彼女の記憶はまだ存在していて、けさ土曜日のところを何度も読み返すうち、また細かなところが甦ってきた。彼女の鮮やかな赤毛、彼女のお気に入りだった黒い服、スタッド・ベルト、真っ赤な口紅、喫煙を世界一カッコいい行為と思わせた煙草の吸いかた。名前は思い出せなかったが、二人が出会った夜の記憶がいま甦ってきた。部屋のあたり一面に煙草の煙がたちこめ、口笛やピンボールマシンや安っぽいジュークボックスの音でにぎわっていた。火を貸してくれないかと頼むと、彼女はつけてくれ、そのあと自己紹介をして、仲間に入らないかと言った。いっしょにウォッカとラガービールを飲み、その後、わたしがトイレでその大半を吐き戻すあいだ、彼女は髪が便器にかからないよう保持してくれた。「これで決まり、わたしたち、友だちよ！」わたしが体を引き戻して立ち上がると、彼女はそう言って笑った。「誰にでもこんなことするわけじゃないからね」

わたしはお礼を言い、どういうわけか、こうなった理由を説明するみたいに、父親が亡くなったことを打ち明けた。「ばかねえ……」と彼女は言った。酔いにまかせた愚かな行為から一転、てきぱきと優しい思いやりを見せてくれたことが彼女には何度もあったが、これがその第一弾だったにちがいない。彼女はわたしを自分の部屋へ連れ帰り、いっしょにトーストを食べてブラックコーヒーを飲み、いろんなレコードを聴きながら、おたがいの人生について語りあった。空が白みはじめるまで。

壁とベッドの端に絵が立てかけてあり、部屋じゅうスケッチブックが散乱していた。「絵を描いてるの？」と訊くと、彼女はうなずいた。そして、「だからこの大学にいるのよ」と言った。美術を学んでいると彼女が言っていたのを思い出した。「もちろん、最後は美術教師になるのが落ちでしょうけど、とりあえず夢は持たなくちゃ。ちがう？」わたしは笑った。「あなたは？　何を勉強しているの？」わたしは答えた。国文だと。「へえー！」と彼女は言った。「だったら、小説を書くのと先生になるのと、どっちがいい？」そう言って彼女は笑った。意地悪な感じじゃなく。自分の部屋で取り組んでいた物語のことは話さなかった。かわりに、「さあ」と答えた。「あなたと同じじゃない？」彼女はまた笑った。「じゃあ、わたしたちに乾杯！」と言い、コーヒーで乾杯しながら、わたしは何カ月ぶりかで、そのうち前向きになれるかもしれないと思った。

これだけの記憶が甦った。おかげで消耗した。意志を働かせて記憶の虚空を探り、追憶の引き金になるかもしれない細かなことをなんでもいいから見つけようとする努力によって。だけど、夫と過ごした人生の記憶は？　まだ消えたままだ。あれだけの言葉を読んでも、ちっぽけな記憶の燃え殻ひとつ掻き立ててはくれなかった。パーラメント・ヒルへの小旅行だけでなく、あそこで彼がしてくれた話も、本当はなかったかのように。

「いくつか思い出したことがあるの」わたしはドクター・ナッシュに言った。「もっと若かったころのことよ。きのう思い出して。それはまだ消えていない。細かなところをさらに思い出すこともできるの。ところが、きのうわたしたちが何をしたかは全然思い出せない。それは土曜日に何をしたかも。日誌に記した内容から情景を思い浮かべる努力はできるけど、それは記憶とはちがうでしょ。わかっているの、想像して頭に思い描いているだけだって」

彼はうなずいた。「土曜日のことで覚えていることはないですか？　書き留めた内容の、どんな細かなことでもいいから、いまでも思い出せることは？　たとえば、夜のこととか？」

ベッドに就いたときの話を思い出した。罪の意識に気がついた。優しくしてくれたのに、自分を夫に与えられなかったことへの罪悪感だ。「いえ」と、わたしは嘘を言った。「何も」

自分を受け入れてもらい、愛を受け入れてもらうために、あの手この手と、彼はどんな努力をしてきたのだろう？　花束？　チョコレート？　セックスしたくなるたびに、彼にはロマンチックな前振りが必要になるの？　初めてのときみたいに？　彼の誘惑の道がどんなに狭く閉ざされているか、わたしは気がついた。結婚式で初めていっしょに踊ったときの曲をかけることもできず、デートで初めていっしょに楽しんだ食事を再現することもできない。わたしがそのときのことを思い出せないからだ。仮にも、彼の妻なのだ。セックスしたくなるたび、出会ったばかりの二人みたいにわたしを誘惑しなければならない道理など、どこにもないはずなのに。

じゃあ、一回でも彼に許したことはあるの？　それどころか、自分から求めたなんてことは？　目を覚ましたとき、ゆうべの名残《なごり》がそこはかとなく感じられたり？

「ベンのことさえ思い出せないの」と、わたしは言った。「けさ、彼が誰なのかさっぱりわからなかった」

彼はうなずいた。「わかりたいですか？」

思わず吹きだしそうになった。「あたりまえよ！」と言った。「自分の過去を思い出したい。自分がどんな人間か思い出したい。結婚したのがどんな人か。全部、同じことの一部なのよ」

「なるほど」と、ドクター・ナッシュは言った。いちど言葉を切って机に肘をつき、顔の前で両手を組み合わせる。何を言うべきか、あるいは、どうそれを伝えればいいのか、注意深く考えているみたいに。「お話に勇気づけられました。それはつまり、記憶は完全に失われてはいないということですから。問題は蓄積ではなく、取り出しかたにあるんです」

つかのま考えて、それから訊いた。「記憶はあるのに、そこにたどり着けないだけってこと?」

彼は微笑んだ。「そう言ってもいい」と言った。「そういうことです」

もどかしかった。気ばかりが焦る。「だったら、もっと思い出すにはどうしたらいいの?」

彼は椅子に背中をあずけ、自分の前のファイルを調べた。「先週」と、彼は言った。「日誌をお渡しした日ですが、あなたが子どものころに住んでいた家の写真をお見せした話は、書いてありましたか?」

「ええ」と、わたしは言った。「あったわ」

「あなたが暮らしていた場所について、最初に写真を見せずに質問したときより、写真を見たあとのほうが、ずっとたくさん思い出したようです」彼はいったん言葉を切った。「これも、驚くべきことではない。しかし、あなたがまったく覚えていない時期の写真を見せたときどうなるか、確かめてみたいんです。そのときも何か甦ってくるかどうか」

話がどこにつながるのかわからず、躊躇《ちゅうちょ》したが、そこを進むしかない点に疑いの余地はなかった。

「いいわ」と、わたしは言った。

「よかった！　きょうは一枚だけ見ましょう」彼はファイルの後ろのほうから写真を一枚取り出して、机を回りこみ、わたしの隣にすわった。「見る前にお訊きしますが、結婚式のことで何か覚えていることはありますか？」

何ひとつないのは、すでにわかっていた。わたしにしてみれば、けさ目が覚めたとき隣にいた男との結婚なんて、なかったも同然なのだ。

「いいえ」と、わたしは言った。「ひとつもないわ」

「間違いないですか？」

わたしはうなずいた。「ええ」

彼はわたしの前に写真を置いた。「あなたはここで結婚しました」と言い、軽く写真をたたいた。教会の写真だ。低い屋根と小さな尖塔《せんとう》がついた、小さな教会だった。まったく見覚えがない。

「どうでしょう？」

目を閉じて、頭を空っぽにしようとした。水の情景が浮かんだ。わたしの友だち。白と黒の、タイル張りの床。ほかには何も見えない。

「何も。見たことある気がしない」

ドクター・ナッシュは当てがはずれたような表情を浮かべた。「間違いないですか?」

もういちど目を閉じた。真っ暗だ。結婚式の日の記憶を甦らせようとし、スーツとウェディングドレスに身を包み、教会前の芝生の上にベンと立っているところを頭に浮かべようとしたが、何ひとつ浮かんでこなかった。なんの記憶も。悲しみが湧き上がってきた。花嫁のご多分に漏れず、わたしも結婚式の計画を立て、ドレスを選び、寸法の直しができてくるのを心待ちにし、美容院の予約をし、メイクのことを考えて、何週間か過ごしていたにちがいない。メニューとにらめっこをして頭を抱えながら、賛美歌を選び、花を選び、きたるべき日がわたしの過大な期待に応えてくれますようにと願っている自分を想像した。いま、その結果を知るすべはない。何もかも奪い取られ、あらゆる痕跡が消されてしまっている。わたしの結婚相手を除いた、あらゆるものが。

「ええ」と、わたしは言った。「何もありません」

彼は写真をわきへやった。「初期の治療中に取られたメモによれば、あなたはマンチェスターで結婚した」と言った。「セントマークスという教会で。いまのは最近の写真です。これしか手に入らなくて。でも、当時とそんなに変わっていないと思いますよ」

「結婚式の写真はないのね」と、わたしは言った。質問であると同時に陳述でもあった。

「はい。なくなったんです。おうちが火事に遭ったとかで」

わたしはうなずいた。彼がそう言うのを聞くと、なんだか事実が固まって、いっそう現実味を帯びた気がした。医師であるという事実が、ベンにはない権威を言葉に与えたかのように。

「わたしはいつ結婚したの?」と訊いた。

「八〇年代の中頃でしょう」

「災難に遭う前ね」

ドクター・ナッシュは気まずそうだった。わたしの記憶を奪い去った事故について、彼に話したことはあっただろうか?

「何が記憶喪失の原因か、ご存じなんですね?」と、彼は言った。

「ええ」と、わたしは言った。「ベンから聞いたわ。先日。全部話してくれて。日誌にも書いてあります」

彼はうなずいた。「どうお感じですか、そのことを?」

「よくわからない」と、わたしは言った。正直言うと、事故の記憶はいっさいなかったから、現実のような気がしなかった。いまのわたしにあるのは、それがもたらした結果だけだ。それが残した状況だけだ。「自分をこんな目に遭わせた人だから、憎めばいいと思う」と、わたしは言った。「その人がまだ捕まっていなくて、わたしをこんな状態にしておきながら、他人《ひと》の人生をめちゃくちゃにしておきながら、処罰されていないのであれば、なおさらだわ。だけど、おかしなことに、そんなに憎んでないの。憎むことができないの。犯人の想像がつかないし、どんな顔をしているかも思い描けない。犯人なんて存在していないみたいに」

ドクター・ナッシュは落胆の表情を浮かべていた。「そうお考えなんですか？」彼は言った。「あなたの人生はめちゃくちゃになったと？」

「ええ」少し間を置いて、わたしは言った。「そうよ。そう思っているわ」彼は黙っていた。「ちがう？」

どんな反応を期待していたのかはわからない。心のどこかで、あなたは間違っていると言ってほしい、あなたの人生には生きる価値があると言い聞かせてほしいと思っていたのだろう。だが、彼はそうはしなかった。ただまっすぐわたしを見た。彼の目が美しいことに気がついた。灰色が混じった青い瞳だ。

「すみません、クリスティーン」と、彼は言った。「残念です。でも、ぼくは自分にできることは全部やっているし、あなたの力になれると思っています。本気で思っている。それだけは信じてほしい」

「ええ」と、わたしは言った。「信じるわ」

机に置かれていたわたしの手に、彼が手を重ねた。ずっしりと重みがある。温かい。彼がわたしの指を強く握り、一瞬とまどった。彼に。自分にも。だが、そこで彼の顔をのぞきこむと、そこには悲しみの表情が浮かんでいて、いまのは年上の女性を元気づけようとする行為だったのだと、わたしは理解した。それ以上のものではない。

「ごめんなさい」と、わたしは言った。「ちょっとお手洗いに」

戻ってくると、彼はコーヒーをついでくれていた。机を挟んで彼と向きあい、コーヒーを軽くひと口飲んだ。彼は目を合わせづらそうで、机の上の書類をぱらぱらめくり、そわそわと切りませていた。最初、わたしの手を握ったのがきまり悪かったのかと思ったが、そこで彼は顔を上げ、「クリスティーン。お願いがあります。じつは、ふたつ」と言った。わたしはうなずいた。「まず、ぼくはあなたの症例を論文にまとめることに決めました。この分野ではきわめて珍しい症例だし、科学の世界にもっと広くその詳細を知らせるのは、とても有益なことだと思うんです。いやですか?」

オフィスの周囲の棚に適当に積み重ねられた専門雑誌の山を見た。その論文でキャリアアップを目論んでいるの? あるいは、キャリアを固めようとしているの? わたしがここにいるのは、そのためなの? 一瞬、わたしの身の上を利用しないでほしいと言おうかと思ったが、結局、首を横に振って、「いえ。かまいません」とだけ言った。

彼はにっこりした。「よかった。ありがとう。ところで、ひとつ質問があります。一種のアイデアと言ったほうが正確ですが。試してみたいことがあるんです。協力してもらえませんか?」

「どんなこと?」と、わたしは言った。不安はあったが、ほっとしてもいた。彼が考えていたことを、ようやく話そうとしていることに。

「ええと」と、彼は切り出した。「資料によると、あなたとベンは共同で借りていたロンドン東部の家に、結婚後も住んでいました」彼はそこでいったん言葉を切った。どこからともなく、母のものにちがいない声がした。〝同棲〟と。舌打ちの音と頭を横に振るしぐさが、すべてを物語っていた。「その後、一年くらいして、別の家に引っ越しました。入院するまでずっとそこで暮らしていた」また間《ま》を置いた。「いまのお住まいから、すぐ近くです」どんな話を持ちかけてくるのかわかってきた。「いまから出かけて、おうちに帰る途中、その家に寄ってみてはどうかと思いました。どうでしょう？」

どうでしょう？　わからない。回答不能に近い質問だった。もっともな試みなのはわかるし、医師や当人にも見当がつかない不可思議な効果が期待できるのもわかるが、それでも気が進まなかった。自分の過去にふっと危険を感じたかのように。そこを訪ねるのはまずいかもしれない、と。

「わからない」と、わたしは言った。

「あなたはそこに何年も住んでいた」と、彼は言った。

「それはわかるけど――」

「行って、見るだけでかまいません。中に入る必要はない」

「中に入る？」わたしは言った。「どうやって――？」

「じつは」と、彼は言った。「いまそこに住んでいる夫婦に手紙を書きました。電話で話もしました。見てもらうことが何かの役に立つのであれば、いくらでも見てもらってかまわないとおっしゃっています」

これには驚いた。「本当に？」

彼はほんのわずかに――さっと――目をそらしたが、それだけで気まずさの表れとわかった。何を隠しているのだろう？　「はい」と彼は答え、それから、「どんな患者さんにも、こんな手間をかけるわけじゃありません」と言った。わたしは何も言わなかった。彼は微笑んだ。「効果があるかもしれないと、本気で思っているんです、クリスティーン」
こうなっては、しかたがない。

そこへ向かう途中、日誌を書くつもりでいたのだが、それほど長い旅ではなく、最後の項目を読みおわるか終わらないかのうちに、車が一軒の家の外に止まった。日誌を閉じ、顔を上げた。けさ目を覚ました家にそっくりだ。ここがいまわたしの住んでいる家なのだと、自分に言い聞かせなければならなかったあの家に。赤い煉瓦も、ペンキを塗った木造部分も、出窓やきちんと手入れされた庭も同じだ。若干、こっちの家のほうが大きいし、屋根部分に窓があるから、改装して、わが家にはないロフトを取り付けたのだろう。なぜわたしたちがこの家を出て、ほんの何キロしか離れていないほとんどそっくりな家に引っ越さなければならなかったのか、理解に苦しんだ。しばらくして、ふと気がついた。思い出だ。いまよりいい時代、わたしが事故に遭う前、二人で幸せにふつうの暮らしを送っていたころの思い出だ。ベンにはそれがあったのだろう。わたしにはなくても。
急に気持ちが前向きになった。この家は何かを明らかにしてくれる。わたしの過去をつまびらかにしてくれる。

「入ってみたい」と、わたしは言った。

ここでひと息入れる。残りを書きたいが、これは大事なことだ――こんな重大なことを書き急いではならない。それに、そろそろベンが帰ってくる。いまでも、ふだんより遅いのだ。空は暗く、仕事帰りの人たちがドアを勢いよく閉める音が通りに響き渡っていた。外を走る車はのろのろ進んでいる。そのうちベンの車も来るだろう。いったん終了したほうがいい。日誌を片づけたほうがいい。ワードローブの中に、安全に隠したほうがいい。

続きはあとで書こう。

靴箱のふたを閉めているとき、ベンが錠に鍵を回す音がした。中に入って、大声で呼びかけてきた彼に、すぐに下りると答えた。ワードローブの中を見ていなかったふりをする理由はなかったが、扉をそっと閉めて、それから夫を迎えにいった。

夜は落ち着かなかった。日誌が呼びかけてくる。食事中は、食器を洗って片づける前に日誌を書けるだろうかと考えた。食器を洗って片づけているときは、片づけがすんだら頭が痛いふりをできるだろうかと考えた。ところが、キッチンがきれいになったとき、ベンが、少し仕事があるから書斎に行くと言った。ほっと吐息をついて、わたしは寝室に行くと伝えた。

いま、寝室に入ったところだ。ベンのたてる音が聞こえる。キーボードを打つカタカタいう音が。心を和ませる音なのは認めよう。ベンが帰ってくる前に書いたところを読み返した。これでまた、午後のわたしを思い起こすことができる。かつて暮らしていた家の外で、車の中にすわっているところから。さあ、わたしの物語に取り組もう。

それはキッチンで起こった。

続けて押した呼び鈴にアマンダという女性が応えて、ドクター・ナッシュを握手で迎え、わたしには、憐れみと強い関心が入り混じった視線を向けた。「クリスティーンさんね」と彼女は言い、頭を片方に傾けて、マニキュアを施した手をさしだした。「中へどうぞ！」

わたしたちが入ると、彼女はドアを閉めた。クリーム色のブラウスを着て、金の宝飾品をつけていた。彼女は自己紹介をすると、「好きなだけいらしてね。必要なだけ」と言った。

わたしはこっくりうなずいて、周囲を見まわした。絨毯が敷かれた明るい廊下。窓ガラスから日光が射しこんで、サイドテーブルに置かれたチューリップの花瓶を際立たせる。長い沈黙に居心地が悪くなった。「すてきなおうちよ」と、ようやくアマンダが言い、一瞬、ドクター・ナッシュとわたしは売り家を探しにきた客で、彼女はぜひとも商談をまとめたい不動産屋さんのような気がした。「十年くらい前に買いました。すごく気に入ってます。とても明るくて。リビングにお入りになる？」

彼女のあとからラウンジに入った。あまり物がなくて、趣味のいい部屋だった。何も感じなかった。見覚えがあるという、ぼんやりとした感覚さえ。どこの街の、どの家にでもありそうな空間だ。

「見せていただいて、心から感謝しています」と、ドクター・ナッシュが言った。

「いいえ、ご遠慮なく！」と彼女は言い、一風変わった鼻の鳴らしかたをした。彼女が馬に乗っているところや、花を生けているところを想像した。

「こちらにいらしてから、いろいろ装飾なさいましたか？」と、彼が訊いた。

「はあ、少々」と、彼女は言った。「とぎれとぎれにですけど」

わたしは紙やすりで磨かれた床板と白い壁を見て、クリーム色のソファを見て、壁に掛かっている現代美術のプリント画を見た。けさ出てきた家を思い浮かべた。中身は大違いだ。

「引っ越してきたときどんな感じだったか、覚えていらっしゃいますか？」と、ドクター・ナッシュが言った。

彼女はため息をついた。「ぼんやりとしか覚えてなくて。絨毯が敷いてあったわね。ビスケット色みたいな感じだったかな。それと、壁紙があったわ。記憶違いでなければ、縞模様みたいな」彼女の描写した部屋を思い浮かべようとした。「暖炉もあったけど、わたしたちで撤去しました。いま思えば、そのままにしておけばよかったわ。独創的なデザインだったし」

「クリスティーン？」ドクター・ナッシュが言った。「何か？」わたしが首を横に振ると、彼は「ほかも見せていただけますか？」と言った。

わたしたちは二階に上がった。部屋がふたつあった。「ジャイルズは在宅の仕事が多いので」家の正面側の部屋に入ると、彼女がそう言った。部屋は机と書類整理棚と書物に占拠されていた。「前の持ち主はここを寝室に使っていたようですけど」彼女はわたしを見たが、わたしは何も言わなかった。「もうひとつの部屋より少し大きいけど、ジャイルズはこっちでは眠れなくて。車が行き来するので」彼女はいったん言葉を切った。「夫は建築家なんです」ここでも、わたしは無言でいた。「すごい偶然なの」と、彼女は続けた。「買ったときの持ち主も建築家だったから。ここを見に立ち寄ったとき、その人がいて。二人はとても話が合ったわ。そういうつながりだけで、何千ポンドか値引きしてくれたのよ」またひとつ、間が置かれた。感嘆を期待しているのだろうか？「ジャイルズは自分で開業しているの」

建築家、と心の中でつぶやいた。ベンのような教師ではなく。ベンが家を売った相手はこの人たちではないのだ。ガラス張りの机のかわりにベッドがあり、覆いを剝がされた板と白い壁のかわりに絨毯と壁紙がある部屋を想像した。

ドクター・ナッシュがわたしのほうへ顔を向けた。「何か？」

首を横に振った。「いいえ。何も。全然思い出せない」

もうひとつの部屋を見た。バスルームだ。何も浮かんでこなかったので、下に降りて、キッチンに入った。「紅茶はいかが？」と、アマンダが言った。「ご遠慮なく。もうはいってますから」

「いいえ、おかまいなく」と、わたしは言った。味気ない部屋だった。とげとげした感じだ。設備は白とクローム色で、調理台は現場打ちのコンクリートさながら。ライムの入ったボウルが唯一の色彩だった。「すぐに失礼しますから」と、わたしは言った。

「そうですか」と、アマンダは言った。快活なてきぱきした仕事ぶりが消え、落胆の表情に取って代わられたような気がした。罪悪感をおぼえた。どうやら、自分の家への訪問が奇跡をもたらし、わたしの記憶喪失が治癒することを期待していたらしい。「一杯、お水をいただけます？」と、わたしは言った。

彼女の表情がたちまち明るくなった。「もちろん！」と、彼女は言った。「いま持ってきますね！」彼女が水の入ったグラスをさしだし、それを受け取ったときだった、あれが見えたのは。

アマンダもドクター・ナッシュも消えていた。わたし一人きりだった。調理台の上、楕円《だえん》形のまな板の上に生魚がのっていた。濡れてきらきら光っている。声がした。男の声だ。ベンの声かと思ったが、なんとなく、もっと若い感じがした。「白ワインか？」と、その声が言った。「それとも赤か？」わたしが振り向くと、彼がキッチンに入ってくるところだった。ドクター・ナッシュ、アマンダと入ったのと同じキッチンだったが、壁には別の色のペンキが塗られていた。ベンはワインのボトルを両手に一本ずつ持っていた。ベンはいまよりスリムで、頭髪もいまより白いものが少なく、口髭《くちひげ》を生やしていた。裸で、ペニスが半勃《はんだ》ちになっていて、歩くたびにひょこひょこ動くのが滑稽《こっけい》だ。なめらかな肌が腕と胸の筋肉の上にぴんと張りつめていて、ぐっと欲望をそそられた。息をのんだが、わたしは笑っていた。

「白だな？」と彼は言い、わたしといっしょに笑ってボトルを両方テーブルに置き、わたしのところへ歩み寄った。わたしに腕を回す。わたしは目を閉じていき、無意識に口を開けて、彼にキスしていた。彼もわたしにキスし、彼のペニスが股間に押しつけられ、わたしの手がそれに向かって動いていくのが感じられた。彼とキスするあいだにも、これを覚えておかなくちゃ、どんな感じかを、と考えていた。これを本に書かなくちゃ。これが書きたかったことだ。

このあと、わたしは彼にしなだれかかり、体を押しつけた。彼の手がわたしの服をむしり取っていき、ジッパーを探った。「やめて！」と、わたしは言った。「だめよ――」しかし、だめと言い、やめてと言いながら、これまで誰にも感じなかったくらい彼を求めている気がした。「二階へ」と、わたしは言った。「早く」キッチンを出て、残りの服を引きむしりながら、灰色の絨毯を敷いて青い模様の壁紙を貼った寝室へ向かった。この間《かん》ずっとわたしは考えていた。そうよ、これを次の小説に書かなくちゃ、これこそつかみたかった感じだわ。

わたしはよろめいた。ガラスが割れる音がして、目の前の情景が消えた。映画の巻き取りスプールが最後まで行き着いて、スクリーンの映像がちらちら瞬く光と埃《ほこり》の影に置き換わったかのように。わたしは目を開いた。

まだあそこに、あのキッチンにいたが、いま目の前に立っているのはドクター・ナッシュで、その少し斜め後ろにアマンダがいて、二人とも心配そうな憂いの面持ちでわたしを見ていた。自分がグラスを落としてしまったことに気がついた。

「クリスティーン」ドクター・ナッシュが言った。「クリスティーン、だいじょうぶですか？」

　答えなかった。どう感じればいいのかわからなかった。わたしの知るかぎり、夫の記憶が甦ったのはこれが初めてだ。

　目を閉じて、意思の力でいまの情景を引き戻そうとした。魚とワイン、裸でペニスを上下させている口髭を生やした夫を目に浮かべようとしたが、何ひとつ戻ってこない。記憶は消え失せていた。蒸発してしまっていた。存在したことなどなかったかのように。あるいは、現在に焼き払われてしまったかのように。

「ええ」と、わたしは言った。「だいじょうぶよ。わたし――」

「どうしたの？」と、アマンダが言った。「だいじょうぶ？」

「思い出した」と、わたしは言った。アマンダが両手をぱっと口元へ上げ、顔が喜びの表情に変わった。

「本当に？」と、彼女は言った。「すばらしいわ！　何を？　どんなことを思い出したの？」

「どうぞ――」と、ドクター・ナッシュが言った。前に進み出て、わたしの腕を取る。彼の足下で割れたガラスがバリッと音をたてた。

「夫が」と、わたしは言った。「ここにいた。夫の記憶が甦って――」

　アマンダの表情が陰った。〝それだけ？〟と言いたげに。

「ドクター・ナッシュ？」わたしは言った。「ベンを思い出した！」体が震えてきた。

「よかった」と、ドクター・ナッシュが言った。「よかった！　すばらしい！」

二人が先に立って、わたしをリビングへいざなった。ソファに腰かける。アマンダが熱い紅茶の入ったマグと、お皿にのせたビスケットを一枚、手渡してくれた。彼女はわかっていない、と思った。理解できないのだ。わたしはベンを覚えていた。若いころのわたしを。いっしょにいる二人を。愛しあっていたのがわかった。もう彼の言葉を、頭だけで信じなくてもいい。それは大切なことだ。アマンダには決してわからないだろうが、何よりずっと大切なことなのだ。

興奮していた。家に帰るまで、ずっと。神経のエネルギーに火がともっていた。外の世界を見たら――見覚えがなく、謎に満ちた、なじみのない世界を見たら――そこに見えたのは脅威ではなく可能性だった。着実に前進しているようです、とドクター・ナッシュが言った。彼も興奮しているようだった。〝これはいい〟と何度も言った。これはいい。わたしにとってなのか、自分のキャリアにとってなのかはわからなかった。スキャンの手配をしたいと彼は言い、あまり考えずにわたしは了承した。携帯電話も渡された。ガールフレンドが以前使っていたものだと言って。ベンがくれたものとは種類がちがうようだ。もっと小さく、パチンとケースを開くとキーパッドと画面が現れた。スペアに、と彼は言った。いつかけてもらってもかまわない、大事なことと思ったらいつでもかけていいし、肌身離さず持っていてほしい、日誌のことを思い出させるときもこれにかける、と。何時間か前のことだ。ベンに知られずにわたしに電話できるよう渡してくれたのだと、いまにして理解する。たしかに、彼は言っていた。「先日電話をしたら、ベンが出たんです。きまりの悪い思いをするかもしれない。これがあったら、かけやすくなる」と。わたしは一も二もなく受け取った。

ベンを覚えていた。彼を愛していたのを思い出した。ひょっとしたら、このあと二人でベッドに行ったとき、昨晩つれなくした埋め合わせができるかもしれない。生きている感じがした。希望がざわめいていた。

十一月十三日、火曜日

いまは午後。そろそろベンが、また仕事先から帰ってくる。わたしはこの日誌を前にすわっている。お昼ごろ、男の人——ドクター・ナッシュ——から電話があって、日誌がどこにあるか教えてくれた。電話はリビングにすわっているときにかかってきた。わたしが誰か知っているという彼の言葉が、最初は信じられなかった。「ワードローブの靴箱の中を見てください」と、彼は最後に言った。「日誌があります」と。信じられなかったが、彼が電話を切らずに待っているあいだに靴箱を見てみると、そのとおりだった。わたしの日誌が薄葉紙にくるまれていた。壊れやすいものみたいにそれを取り出し、いったんドクター・ナッシュにさよならを告げ、ワードローブのそばに膝をついて中身を読んだ。一言一句漏らさずに。

不安をおぼえたが、なぜかはわからなかった。この日誌には禁断の危険がひそんでいるような気がしたが、注意深く隠してあったからにすぎなかったのかもしれない。ページから何度もさっと目を上げて時間を確かめ、あげくに、家の外に車の音がすると急いで閉じて紙の中へ戻した。でも、いまは心が落ち着いている。寝室の窓辺でこれを書いているからだ。張り出し窓のそばにいる。どことなく落ち着く感じがする。よくすわっている場所なのだろうか。通りを見下ろすことができる。片方には背の高い木々が並び、その向こうに公園がちらっと見えた。反対側には家が立ち並んでいる。こっち側にも車道が一本走っていて、反対側より交通量が多い。日誌をベンから隠すことにしてもいいが、見つかったところで恐ろしいことが起きるわけではない。彼はわたしの夫だ。信頼できる。

きのう家に帰る途中で味わった興奮の場面を、もういちど読んだ。もう興奮は消えている。いまは満足を感じている。心おだやかだ。車が通り過ぎていく。ときおり、誰かが歩いて通り過ぎていく。口笛を吹いている男の人とか、子どもを連れて公園に向かい、あとでまた戻ってくる若いお母さんとかだ。遠くを地上へ向かってくる飛行機は静止したまま動かない気がした。

向かいに並んでいる家は人気《ひとけ》がなく、口笛を吹く男と機嫌が悪い犬の鳴き声以外、通りはしんと静まり返っている。ドアの閉まる音と鼻歌まじりの行ってらっしゃいの声とエンジンの回転数を上げる車の音が奏でる朝の騒がしい交響曲は、消えてなくなっていた。この世界に自分一人みたいな心地がする。

雨が降りはじめた。目の前の窓に大きな雨粒がぱらぱら跳ねかかり、一瞬静止してから、別の水滴と交わって、ゆっくり窓ガラスをすべり落ちていく。手を持ち上げて、冷たいガラスに当てた。

わたしとそれ以外の世界を、いろんなものが切り離している。

夫とかつて暮らしていた家を訪ねたところを読んだ。これを書いたのは、本当に、ついきのうのこと？　自分が書いたものという気がしない。ある日のことを思い出したところも読んだ。ずっと昔、いっしょに暮らした家で夫とキスしているところだ。目を閉じると、またその情景が浮かんだ。最初はぼんやりと焦点が合わなかったが、やがてイメージが揺らめき、像を結んだ。圧倒されるくらい鮮烈に、くっきりと。わたしの服を引きはがそうとしている夫。わたしを抱き締めるベン。どんどん抑えが利かなくなって、ディープになってくる彼のキス。二人とも魚を食べていなかったこと、ワインも飲んでいなかったことを思い出した。食べも飲みもせず、愛の営みが終わったときは可能なかぎりの時間ベッドにいた。二人で脚をからませ、わたしが彼の胸に頭をのせ、彼の手がわたしの髪を撫《な》で、わたしのお腹の上で精液が乾いていく。どちらも口を開かない。幸福が雲のように二人を取り巻いていた。

「愛している」と、彼が言った。初めてその台詞を口にしたかのように、ささやき声で。この台詞は何度となく口にされていたはずだが、新鮮な感じがした。禁断の、危険な香りがした。

彼を見上げ、あごの不精髭を、唇の肉を、その上の鼻の輪郭を見た。「わたしも愛してる」と、言葉がもろいものであるかのように彼の胸にささやきかけた。彼はわたしをぎゅっと抱き締め、そっとキスした。頭のてっぺんに、額に。わたしが目を閉じると、彼がまぶたにキスし、かすめるように唇をこすりつける。安心してくつろいだ気分になる。彼に体を押しつけているそこだけが、自分の所属する場所であるかのように。わたしがこれまでいたかった唯一の場所であるかのように。二人はしばらく黙って抱き締めあい、二人の肌が融けあって、二人の呼吸が同調する。沈黙することでこの瞬間が永遠に続くような気がした。永遠でもまだ足りない気分だ。

ベンが魔法を解いた。「行かないと」と彼が言い、わたしは目を開いて、彼の手を握った。温かった。柔らかかった。その手を口へ持ち上げ、キスをした。ガラスの味、そして、土の味。

「もう？」と、わたしは言った。

彼はもういちどキスをした。「ああ。もう、きみが思っているより時間も遅い。電車に乗り遅れてしまう」

体が落下していく心地がした。離れ離れになるなんて考えられない気がした。耐えられない。「もう少しいられないの？」と、わたしは言った。「次の電車にして」

彼は笑った。「だめだよ、クリス」と言った。「わかっているだろ」

もういちど彼にキスをした。「わかってる」と、わたしは言った。「わかっているわ」

彼が出ていくと、シャワーを浴びた。時間をかけて石鹸《せっけん》でゆっくり全身を洗うと、肌を打つお湯が新鮮に感じられた。寝室で体に香水を振りかけ、寝間着とガウンを着てから、階下のダイニングに行った。

暗い。明かりをつけた。目の前のテーブルにタイプライターがあり、真っ白な用紙が取り付けられていて、横には、表を下にした紙が薄く積み上がっていた。機械の前に腰かける。タイプしはじめた。〝第二章〟。

そこで手が止まった。次に何を書けばいいか、どう書きだせばいいかわからない。ため息をつき、キーボードに指をのせた。指の下にあるのが自然な感じがする。冷たく、なめらかで、わたしの指先にぴったり合っている。目を閉じて、ふたたびタイプした。

指が自動的に、ほとんど考えもせず、キーの上を縦横無尽に躍った。目を開けると、文章がひとつだけタイプされていた。

〝自分が何をしてしまったのかも、どうすれば取り消すことができるのかも、リジーにはわからなかった〟

その文を見た。どっしり根を張っている。でんと腰を落ち着けている。このページの上に。

ごみだ、と思った。怒りを感じた。もっといいのが書けるはずだ。以前はそれができた。二夏前、自分の中から言葉が飛び出し、物語を紙吹雪のようにページの上に撒《ま》き散らしていたころは。なのに、いまはどう？　いまは何かが狂っている。言葉が硬くなっている。ぎくしゃくしている。コチコチした感じがする。

鉛筆を手に取って、いまの文を線で消した。抹消して、少し心が軽くなったが、こんどは何ひとつ出てこない。どこから始めたらいいかわからない。

立ち上がって、ベンがテーブルに置いていった煙草の箱から一本取り出し、火をつけた。

煙を深く吸いこんで、肺にとどめ、それから吐き出した。一瞬、草《ウイード》だったらいいのにと思った。次回のために、どこで手に入れたらいいだろうかと考えた。生《き》のウォッカをウイスキー・タンブラーについで、ひと口飲んだ。お願いだから、効いてちょうだい。作家が突き当たるという壁だ、と胸の中でつぶやいた。どうしてこんな救いようのない、ありきたりの文章を書く人間になってしまったの？

前回。前回はどうやって書いたの？　ダイニングの壁に並んだ本棚に歩み寄り、煙草をくわえたまま上の棚から一冊の本を取り出した。きっと、ここにカギがあるにちがいない。

ウォッカを置いて、両手で本をひっくり返した。壊れやすいものであるかのように、表紙に指先を置いて、そっとタイトルをなぞる。『朝の小鳥たちのために』クリスティーン・ルーカス著。表紙を開き、ぱらぱらページをめくった。

情景が消えた。目を開く。部屋は灰色にくすんだ感じがしたが、わたしの呼吸は荒かった。以前は煙草を吸っていたという意外な事実をぼんやり頭にとどめたが、それはたちまち別の問題に取って代わられた。いまのは本当なの？　わたしは小説を書いたの？　出版されたの？　わたしは立ち上がった。膝から日誌がすべり落ちた。だったら、わたしはいっぱしの人間だったのだ。生きがいと目標と野望を持って結果を出した、ひとかどの人間だったのだ。階段を駆け下りた。

いまのは本当なの？　けさベンは、なんにも言っていなかった。作家だったなんて。けさ、パーラメント・ヒルへの小旅行のところを読んだ。そこで彼はわたしに言っていた。事故に遭ったとき、わたしは秘書の仕事をしていたと。

リビングの本棚を調べた。辞書類。地図帳。日曜大工ガイド。状態から見てまだ読んでいないと思われる、ハードカバーの小説が何冊か。でも、わたしの書いたものはない。わたしの小説が出版されたことを示唆するものは、何ひとつ。狂おしい気持ちで、ぐるりと見まわした。ここにあるはずだ、と思った。なくてはおかしい。だが、次の瞬間、別の考えに打たれた。ひょっとしたら、わたしが見たのは記憶ではなく、作り事だったのかもしれない。歴史的事実をともなわず、わたしの頭が勝手にこしらえたものだったのかもしれない。ずっと作家になりたかったから、潜在意識がわたしは作家ということにしたのかもしれない。

階段を二階へ駆け戻った。書斎の棚は箱ファイルとコンピュータのマニュアルで埋まっていたし、けさ家のあちこちを調べたとき、どっちの寝室にも書物は見えなかった。しばらく立ち尽くしたあと、自分の前にコンピュータがあることに気がついた。物言わぬ、暗い色の機械が。どうするべきかはわかったが、どう確かめればいいかがわからない。電源を入れるとヒューンと音がして、机の下で機械が起動し、やがて画面が明るくなった。画面の横でカタカタ音をたてるスピーカーから、うねるような音楽が流れ、そのあと画像が現れた。ベンとわたしの写真だ。二人とも微笑んでいる。わたしたちの顔の真ん中を横切るように、細長いボックスがひとつ現れた。〝ユーザーネーム〟とあり、その下にもうひとつボックスがあった。〝パスワード〟とある。

頭に浮かんだ情景の中で、わたしはブラインドタッチでキーを打っていた。本能で動いているみたいに、キーの上を指が躍っていた。〝ユーザーネーム〟と記されたボックスに点滅しているカーソルを置き、キーボードの上に両手を保持した。あれは本当なの？　わたしはタイプを身につけていたの？　一段高くなった文字列の上に指を置く。指が動いた。簡単に。小指が担当のキーを探り、残りの指もその横のしかるべき場所に落ち着いた。目を閉じて、何も考えずに打ちはじめ、自分の呼吸の音とプラスチックのキーがたてるカタカタいう音だけに耳を傾けた。打ちおわると、自分のしたことを、ボックスに書かれたものを見た。意味のない文字を予想していたが、そこに見えたものに驚愕《きょうがく》した。

〝足の速い茶色のキツネがぐうたら犬を跳び越える〟（タイプライターの印字テストに使われる一文）。

まじまじと画面を見た。本当だった。ブラインドタッチで打てた。わたしが見たのは作り事ではなく、記憶だったのかもしれない。

わたしは小説を書いたのかもしれない。

寝室に駆けこんだ。合点がいかなかった。一瞬、頭がおかしくなってしまいそうな、あらがいがたい感覚に見舞われた。あの小説は実在する気もしない気もした。本当のことのような気がすると同時に、全部想像の産物であるような気もした。小説のことは筋書きも登場人物も、あの題名をつけた理由さえ、何ひとつ思い出すことができなかったが、それでも実在するような気がした。心臓と同じく、わたしの中で脈を打っているような気がした。

だけど、なぜベンは教えてくれなかったの？　なぜ一冊も置いてないの？　紙にくるんで家のロフトや地下室の箱に隠してある一冊を、頭に思い描いた。なぜ？　ある説明が浮かんだ。わたしは秘書の仕事をしていたと、ベンは言っていた。だからタイプを打てるのかもしれない。それしか理由が浮かばなかった。

バッグから携帯電話のひとつを探し出した。どっちでもかまわない。かける相手さえ、誰でもかまわないくらいだった。夫か、担当医か？　二人とも同じくらい自分とは異質な気がした。電話をパチンと開き、メニュー画面をスクロールしていくと、誰のことかわかる名前が見つかり、通話ボタンを押した。

「ドクター・ナッシュ？」相手が出ると、わたしは言った。「クリスティーンです」彼は何か言いかけたが、わたしが割りこんだ。「聞いて。わたしは何か書いたことがあった？」

「え？」と、彼は言った。とまどっているようだ。一瞬、とんでもない間違いをしてしまったのかと思った。そもそも、わたしが誰かわかっているのだろうかと思ったが、ようやく彼が、「クリスティーンですね？」と言った。

わたしは前言を繰り返した。「思い出したの。わたしは何か書いていたって。遠い昔、ベンと初めて出会ったころだと思う。小説よ。わたしは小説を書いたことがあった？」

彼はなんの話かわからない様子だった。「小説？」

「そうよ」と、わたしは言った。「小さいころ、作家になりたかったのを思い出した気がして。何か書いたことがあったかどうか思っただけ。ベンはわたしが秘書の仕事をしていたと言ったけど、とにかく――」

「ベンから聞いていないんですか？」と、彼は言った。

「記憶をなくしたとき、あなたは二作目の小説に取り組んでいました。一作目が出版されて。好評でした。ベストセラーとまでは言えなくても、かなり好評だったのは間違いありません」

言葉がぐるぐる回ってぶつかりあった。小説。好評。出版。本当だったんだ、わたしの記憶は本物だったんだ。なんて言えばいいかわからなかった。何を考えたらいいのか。

さよならを言って電話を切り、このことを書くために二階へ上がった。


ベッドのわきの時計は十時半を指している。そろそろベンがベッドに来るころだが、わたしはまだこのベッドの端にすわって書いている。夕食のあと、彼と話をした。午後はいらいらした気分で部屋から部屋へ歩きまわり、初めて見るみたいにあらゆるものを見ながら考えていた。そこそこの成功とはいえ、なぜ彼はその証拠を、こんなにきれいさっぱり取り除いてしまったのだろう？　わけがわからない。恥ずかしかったの？　きまりが悪かったの？　わたしは彼のことを、二人の暮らしのことを書いてしまったの？　それとも、もっとまずい理由があったの？　わたしにはまだ見えていない、もっと後ろ暗い理由が？

ベンが仕事から帰ってくるころには、単刀直入に訊こうと心を決めていたのだ。ところがそこで迷いが出た。それはまずい気がした。嘘をついたと責めることになりそうだ。できるかぎり注意深く話をした。「ベン？」と切り出した。「わたしは生活のために何をしていたの？」彼は新聞から顔を上げた。「仕事をしていたの？」

「ああ」と、彼は言った。「しばらく秘書の仕事をしていた。結婚した直後は」

冷静な声を保つよう努力した。「本当？　昔は、何か書きたいと思っていたような気がするの」

彼は開いていた新聞を閉じ、わたしに細心の注意を払った。

「気がする？」

「ええ。子どものころ本が大好きだったのは、はっきり覚えているの。作家になりたかったのを、かすかに覚えてる気がして」彼は食卓の上に手を伸ばして、わたしの手を取った。目が悲しそうだ。落胆の表情だ。〝残念ながら〟と言っているような気がした。〝気の毒だったね。いまとなってははかなわぬ夢だ〟と。「間違いないの？」わたしは言いはじめた。「思い出した気がするの――」

ベンが途中で割りこんだ。「クリスティーン」と、彼は言った。「すまないが。それは気のせいだ……」

その夜、あとはずっと黙っていた。ひたすら考えが頭の中をこだましていた。なぜ彼はこんなことをするの？　わたしが一語たりと書いたことがないみたいなふりをするの？　なぜ？　ソファで眠って、軽いいびきをかいている彼を見つめた。わたしが小説を書いたことはわかっているのよと、なぜ彼に言わなかったの？　じつは、彼のことをほとんど信用していないから？　たがいの腕に体をあずけて、空が暗くなっていくなか愛をささやきあっていたのを、わたしは思い出したのに。あそこからここまでに何があったのだろう？

そのいっぽうで、戸棚とか高い棚の奥に偶然自分の小説を見つけたらどうなっただろう、と考えはじめた。それはわたしに、〝落ちぶれたものね。凍結した道路で車に何もかも奪い去られ、役立たずよりひどい状態になってしまう前、あなたにどんなことができたか見てごらんなさい〟と告げるものでしかない。

幸せな瞬間ではないだろう。ヒステリーを起こし、金切り声をあげて泣き叫んでいる自分の姿が目に浮かんだ。待望の記憶に触発されて徐々に認識を深めていったきょうの午後よりはるかにヒステリックになっている自分の姿が。悲惨な結果になっていたかもしれない。

わたしから隠す必要があるとベンが考えても、全然不思議じゃない。本を全部運び出して、裏玄関に置いた金属製のバーベキューで焼いてから、考えている彼の姿が目に浮かぶ。〝彼女にどう話すべきか。彼女の過去をそこそこ耐えられるものにするには、どう粉飾するのがいちばんいいか。残りの年月を生きていくために、彼女はどういう話を信じる必要があるか〟と考えているところが。

だが、それもいま終わった。わたしは真実を知った。自分の力で。教えてもらわなくても、自力で思い出して。いま、それは書き留められた。わたしの記憶ではなく、この日誌に刻みこまれた。日誌の中とはいえ、永遠に。

いま書いている物語――二作目、と誇らしく自覚した――は役に立つものである半面、危険を伴う可能性もあった。作り話ではないからだ。知らずにいたほうがいいことを明るみに出してしまうかもしれない。白日の下にさらされてはならない秘密を暴いてしまうかもしれない。

それでも、わたしのペンは紙の上を走る。

十一月十四日、水曜日

けさベンに、口髭を生やしたことはあるかとたずねてみた。まだ頭が混乱していた。何が本当で何が本当でないか判然としなかった。早い時間に目が覚めたが、前日までとちがって、自分がまだ子どもという気はしなかった。大人だと感じていた。性的に成熟した大人だと。頭に浮かんだ疑問は〝なぜわたしは男の人とベッドにいるの？〟ではなく、〝この人は誰？〟と〝わたしたちは何をしたの？〟だった。バスルームの鏡で自分の姿を見たときは怖くなったが、鏡のまわりの写真は事実に沿っている気がした。男の名前――ベン――を見て、なんとなく見覚えがある気がした。自分の年齢や結婚しているといった事実は初めて教わったことではなく、思い出しかけている状況のような気がした。記憶は埋もれているが、そんなに深いところではなさそうだ。

ベンが仕事に出かけるとほとんど同時に、ドクター・ナッシュから電話があった。彼が日誌のことを思い出させてくれ、そのあと――スキャンを撮ることになっているから、あとで迎えにいくと言われ――日誌を読んだ。少し覚えていることがあるような気がした。丸ごと一節、自分が書いた気がするところもあった。記憶の燃え殻の一部が夜を乗り越えてきたかのように。

だから日誌の内容が本当かどうか、確かめる必要があったのかもしれない。わたしはベンに電話をかけた。

「ベン」いまはそんなに忙しくないと彼が言うので、わたしは訊いた。「口髭を生やしていたことはある？」

「それはまた妙な質問だな！」と、彼は言った。スプーンがカップに当たるカチャンという音が聞こえ、彼が新聞を開いたままコーヒーに砂糖を入れてスプーンでかき回しているところを想像した。きまりが悪かった。どこまで言えばいいのかよくわからない。

「ちょっと――」と切り出した。「思い出したような気がして」

沈黙。「思い出した？」

「ええ」と、わたしは言った。「そんな気がするの」先日書いたこと――彼の口髭、彼の裸身、彼の勃起したペニス――と、きのう甦った記憶がぱっと頭に浮かんだ。わたしたち二人はベッドにいた。キスしていた。つかのまくっきり浮かんだあと、情景はふたたび記憶の深みへ沈んでいった。急に心配になった。「なんだか、あなたは髭を生やしていたような気がして」

彼の笑い声がして、コーヒーを置く音が聞こえた。どっしりとした地面が足下からふっと遠のいていく心地がした。わたしの書いたことは全部嘘だったのかもしれない。なにしろわたしは小説家なのだから、と思った。少なくとも、小説家だったのだから。

自分の論理の無力を痛感した。わたしはかつて小説を書いていた、だからわたしは小説家だったという主張も、そうした作り話のひとつなのかもしれない。頭がくらくらした。

でも、あれは本当の気がしたもの。そう自分に言い聞かせた。それに、わたしはブラインドタッチができた。それとも、あれを打てたのは……

「生やしてた？」と、わたしは訊いた。必死に。「なんだか……大事なことのような気がして」

「待ってくれ」と、彼は言った。目を閉じて下唇をかんでいる、神経集中のポーズを想像した。「そういえば、生やしたことがあったかもしれない、一度」と言った。「ほんの短いあいだ。ずいぶん前だ。よく思い出せないが……」ひとつ間を置いてから、「うん。たしかに、あった。たぶん生やしたことがあった。一週間かそこら。ずっと昔の話だが」と言った。

「ありがとう」ほっとして、わたしは言った。足下の地面が少し安定した気がした。

「だいじょうぶか？」と彼がたずね、わたしはだいじょうぶと答えた。

正午ごろ、ドクター・ナッシュが車で迎えにきてくれた。昼食をすませておいてほしいと言われたが、お腹は空いていなかった。不安だったのだろう。「いまからぼくの同僚のところに行きます」と、彼が車内で言った。「ドクター・パクストンという人です」わたしは返事をしなかった。「あなたと同じような問題をかかえた患者さんの脳の機能を画像化する、その分野の専門家なんです。ずっと協力しあってきました」

「いいわ」と、わたしは言った。車は渋滞につかまっていた。「わたし、きのうあなたに電話をした？」と、わたしはたずねた。もらいました、と彼は答えた。

「日誌は読みましたか？」

「ほとんど。少し飛ばしちゃったけど。もう、かなり長いから」

彼は興味をそそられたようだ。「飛ばしたのはどの部分でしょう？」

ちょっと考えた。「よくわかってる気がする箇所がいくつかあって。すでに知っていることをあらためて教えてくれるだけの気がしたの。もう記憶に甦っているような……」

「それはいい」彼はそう言って、ちらっとわたしを見た。「すばらしい」

喜びの高まりを感じた。「それで、わたしの電話はどんな用件だったの？　きのうは？」

「自分は本当に小説を書いたのか、知りたいとのことでした」と、彼は言った。

道路の渋滞が流れはじめ、わたしたちも動きだした。ほっとした。自分が書いたのは本当のことだった。緊張を解いて、旅に身をゆだねた。

ドクター・パクストンは思ったより年を取っていた。ツイードのジャケットを着て、耳と鼻から白い毛が伸びっ放しになっている。もう引退していておかしくない感じだ。

「ヴィンセント・ホール画像診断センターへようこそ」ドクター・ナッシュが紹介をすませ

ると、ドクター・パクストンはそう言って、わたしの目を見たままウインクをして握手した。「心配はいりませんよ」と、彼は言い足した。「画像診断と言っても、そんなご大層なことじゃありません。さあ、どうぞ。案内します」

わたしたちは建物の中へ進んでいった。「うちはここの病院と大学に付属していましてね」正面入口を通るとき、彼は言った。「それも一長一短です」どういう意味かわからず、具体的な説明を待ったが、それきりなんの説明もなかった。とりあえず微笑む。

「そうなんですか？」と、わたしは言った。力になってくれようとしている人だ。礼儀はわきまえたい。

「いろんなところから、いろいろな要求が来る」と言って、彼は笑った。「しかし、それに支払いをしようというところはない、というわけで」

わたしたちは待合室に入った。誰もすわっていない椅子や雑誌や捨てられたプラスチックのカップが、あちこちに散らばっていた。雑誌の中には、わたしが読むようベンが家に置いていったのと同じ、『レイディオ・タイムズ』や『ハロー！』もあったが、ここには『カントリー・ライフ』や『マリ・クレール』もあった。ついさっきまでパーティを開いていたのが、みんな急いで帰ってしまったような風情だ。ドクター・パクストンが別のドアの前で足を止めた。「制御室ですが、見てみますか？」

「ええ」と、わたしは言った。「ぜひ」

「機能的（f）MRIは、かなり新しい技術でして」わたしたちが部屋に入ると、彼は言った。「MRIという言葉を聞いたことはありますか？　磁気共鳴画像法の略なんですが？」

わたしたちは小さな部屋にいた。部屋を照らしているのはコンピュータのモニターの列から漏れている鈍い輝きだけだ。壁のひとつが窓になっていて、その向こうに別の部屋があった。大きな筒形の機械と、そこから舌のように突き出したベッドに占拠されている。不安になってきた。この機械のことは何も知らない。記憶を失っていたから知りようがなかった。

「いいえ」と、わたしは答えた。

彼はにっこりした。「それは失礼。MRIはきわめて標準的な手続きです。全身X線撮影に、ちょっと似ているかな。使う技術は同じだが、ここでは脳の働きを見るんです。どんなふうに機能しているかを」

そこでドクター・ナッシュが――しばらくぶりに――口を開いた。小さく、おずおずとした感じの声で。ドクター・パクストンに畏敬《いけい》の念をいだいているのだろうか？　それとも、彼を感心させたいと焦っているのだろうか？

「脳腫瘍《しゅよう》の人の場合、頭をスキャンして、どこに腫瘍があるか、脳のどこが影響を受けているか調べる必要があります。つまり、構造を調べるわけです。fMRIでわかるのは、人がある種の作業をするとき脳のどの部分を使っているかです。あなたの脳がどんなふうに記憶を処理しているかを確かめたい」

「言ってみれば、どの部分がぱっと明るくともるかを」と、パクストンが言った。「どこに電気が流れているかを」

「それが役に立つんですか？」と、わたしはたずねた。

「これが、損傷の箇所を突き止める手がかりにならないかと考えています」と、ドクター・ナッシュが言った。「どこに狂いが生じているのか。どこがきちんと働いていないのか」

「それがわたしの記憶を取り戻すのに役立つのね？」

彼は一瞬言いよどんだあと、「そう願っています」と言った。


わたしは結婚指輪とイヤリングをはずし、プラスチックのトレーに置いた。「バッグもここに置いていってください」とドクター・パクストンが言い、そのあと、ほかに体に刺しているものはありませんかと訊いた。「びっくりすることになりますからね」わたしが首を横に振ると、彼は言った。「さて、彼女はおばさん機械で、ちょっと騒がしい。これが必要になります」彼は黄色い耳栓を渡してくれた。「心の準備はいいですか？」

わたしはためらった。「どうかしら」不安が忍び寄ってきた。部屋が縮んで暗くなった気がし、ガラスの向こうのスキャナー本体がぬっと迫ってきた。前に見たことがあるような気がした。つまり、よく似たものを。「これのことはよくわからないので」と、わたしは言った。

そこで、ドクター・ナッシュがそばに歩み寄った。わたしの腕に手を置く。

「痛みはまったくありません」と、彼は言った。「ちょっとうるさいだけで」

「危険はないの？」

えています」

「何ひとつ。ぼくはここにいます。ガラスのすぐこっち側に。最初から最後まであなたが見

まだ不安の面持ちだったにちがいない。そこでドクター・パクストンが、「心配いりませんよ。安全は保証します。手違いが生じることはありません」と付け加えたからだ。彼を見ると、彼は微笑んで、「頭のどこかで自分の記憶が迷子になっていると考えるといいでしょう。わたしたちはこの機械で、それがどこにいるのか探し出そうとするだけです」と言った。

毛布で体をくるんでくれたが、寒かった。点滅している赤いランプと鏡を除けば、部屋は真っ暗だ。頭の五センチくらい上の枠から鏡が吊り下がり、別の場所にあるコンピュータの画像が映るよう角度を調節してあった。わたしは耳栓だけでなく、わたしに話しかけるのに使うというヘッドフォンも装着していたが、まだ彼らはひと言もしゃべっていない。遠くからヒューンと音がするのと、自分の苦しげな荒い息遣いと、心臓がたてる鈍い音を除けば、何も聞こえなかった。

わたしの右手には、空気を満たした薄いプラスチックバルブが握られていた。「何か言う必要があったら、それをぎゅっと握って」と、ドクター・パクストンが言った。「しゃべってもこっちには聞こえないからね」弾力のある表面をそっと撫でながら待った。目をつぶりたかったが、開けたまま画面を見ているよう指示を受けていた。V字形の発泡体で頭がぴっ

たり固定されている。動きたくても動けなかっただろう。体にかけられた毛布は埋葬布のようだった。

一瞬しんと静かになり、次にカチッと音がした。やけに大きな音で、耳栓をしていてもぎくっとした。またカチッと音がした。さらに、もう一度。こんどは太く低い音がした。機械の中からなのか、わたしの頭の中からなのか。よくわからなかった。獲物に気づいた獣がのそのそ歩いてきて攻撃を仕掛ける前の、一瞬の静寂のようだ。プラスチックバルブを握るが、強く握りはしないと意を決す。やがて、騒々しい音がした。警報やドリルを思わせる音だ。何度も繰り返される。信じられないくらい大きな音で、新たに衝撃を受けるたび体が震えた。目を閉じる。

耳に声が呼びかけた。「クリスティーン」と言う。「目を開けてくれますか？」どういう仕組みか知らないが、彼らにはわたしが見えるのだ。「心配いりません、何も問題ありませんよ」

問題ない？　あの人たちに何がわかるの？　記憶にない街でここに横たわって、会った覚えのない人たちといっしょにいるのよ。それがどういうことか、彼らに何がわかるの？　風のなすがまま、錨《いかり》もいっさいなしで漂流しているのよ、と胸の中でつぶやいた。

別の声がした。ドクター・ナッシュのだ。「絵を見てもらえますか？　それが何か考えて、言ってください。ただし、心の中で。声には出さず」

目を開ける。上の小さな鏡に絵が見えた。それが次々変わっていく。黒地に白で。男の人。梯子《はしご》。椅子。ハンマー。出てくるたびに、その名称を思い浮かべると、画面に〝ありがとう！　はい、リラックスして〟と文字がひらめき、余計なことを考えずにいるために自分にもそう言い聞かせた。と同時に思っていた。こんな機械のお腹の中で誰がリラックスできるというの？

またいくつか画面に指示がひらめいた。〝過去の出来事を思い起こして〟とあり、その下に〝パーティ〟とひらめいた。

わたしは目を閉じた。

ベンと花火を見ているとき甦ってきたパーティを思い起こそうとした。友人と屋上にいて、下で開かれているパーティの騒ぎが聞こえ、空に上がった花火を楽しんでいる自分を頭に描こうとした。

情景が浮かんだが、生々しい感じはしない。思い出しているのではなく、頭の中にこしらえているのだとわかった。

キースを見たのに無視された場面を呼び起こそうとしたが、何ひとつ浮かんでこない。あの記憶はまた見えなくなっていた。永遠に埋もれてしまった気がしたが、いまは少なくとも、記憶は存在していて頭のどこかにしまいこまれているとわかっている。

心が子どものころのパーティに向かった。誕生日のパーティだ。母がいて、叔母がいて、いとこのルーシーがいた。ツイスター・ゲーム。プレゼント交換ゲーム。椅子取りゲーム。ミュージカル・スタチューズ（音楽が止まったら動きを止めるゲーム）。母はお菓子の袋を持っている。包んで賞品にするのだ。缶詰の味付け肉と魚のペーストのサンドイッチ。パンの耳は取ってある。トライフルに、ゼリー。

袖《うで》にフリルのついた白いドレスと、フリルの靴下と、黒い靴を思い出した。わたしの髪はまだブロンドで、テーブルの前にはロウソクを立てたケーキがある。大きく息を吸いこみ、前に身をのりだして、息を吹きかける。煙がふっとたちのぼる。

そのとき、別のパーティの記憶が押し寄せてきた。自宅にいて、自分の寝室の窓から外を見ているわたしが見えた。通りに架台式のテーブルが並べられ、長い列をなしている。ソーセージロールやサンドイッチのトレー、オレンジスカッシュのジャグが載っている。いたるところにイギリス国旗が見え、あちこちの窓から万国旗がはためいていた。青。赤。白。

仮装した子どもたちがいる。海賊に、魔法使いに、ヴァイキング。大人たちはスプーン競走のため、子どもたちをチームに分けようとしている。通りの向こうでマシュー・ソーパーの首にケープを巻きつけている母が見え、わたしの窓の真下では、父がデッキチェアに腰かけて、ジュースのグラスを手にしている。

「ベッドに戻ってこいよ」と、誰かの声が言う。わたしは振り返る。わたしのシングルベッドにデイヴ・ソーパーが腰かけている。ザ・スリッツのポスターの下だ。彼の体に巻きついた白いシーツに血の染みがついている。彼には初めてと言ってなかったのだ。

と！」

「だめよ」と、わたしは言う。「立ってよ！　うちの両親が戻ってくる前に、服を着ない

彼は笑うが、意地の悪い笑い声ではない。「来いよ！」

わたしはジーンズを穿《は》く。「だめよ」と言い、Tシャツに手を伸ばす。「立ってよ。お願いだから」

彼はがっかりした顔をする。こんなことになるなんて思っていなかったし――なってほしくなかったわけじゃないけど――いまは一人になりたい。彼がどうのじゃなくて。

「わかったよ」と彼は言い、立ち上がる。体は青白く痩《や》せこけていて、ペニスがいささか滑《こっ》稽《けい》だ。彼が服を着るあいだ、わたしは目をそむけて窓の外を見ている。わたしの世界は変わった、と考える。一線を越えて、もう引き返すことはできない。「じゃあな、バイ」と彼は言うが、わたしは口を開かない。彼が出ていくまで振り返らない。

耳に声がして、現在に引き戻された。「いいですよ。また何枚か、写真を見てもらいます、クリスティーン」と、ドクター・パクストンが言った。「一枚一枚見て、それが何か、あるいは誰か、頭の中で言うだけでいい。わかりましたか？　いきますよ」

ごくりと唾をのみこんだ。何を見せられるのだろう？　誰を？　どんなひどいものを？

〝はい〟と頭の中で答えると、検査が始まった。

一枚目の写真は白黒だった。女の腕に子どもが抱かれている。四歳か五歳くらいの女の子だ。女の子が何かを指差し、母娘で声をあげて笑っている。少しぼやけた背景に檻《おり》があって、その向こうに一頭のトラが休んでいる。母親、と心の中で言う。娘。動物園。次の瞬間、なんの写真かわかって衝撃に打たれた。子どもの顔を見て、この子はわたしだと気がつき、母親は自分の母だと気がついた。息をのんだ。動物園に行ったことは思い出せなかったが、二人はここにいる。これが来たことのある証拠だ。受けた指示を思い出し、声に出さずに〝わたし〟と言った。〝母〟と。画面を見つめて彼女のイメージを記憶に焼きつけようとしたが、写真が薄れていって、別の写真に置き換わった。これも母の写真だ。一枚目より年を取っているが、寄りかかる杖が必要なほどではなさそうだ。微笑みを浮かべているが、疲れきった様子で、痩せた顔に目が深く落ちくぼんでいる。わたしの母だ、ともういちど思い、別の言葉がふっと浮かんだ。〝つらそうだ〟。思わず目を閉じ、無理して開き直さなければならなかった。手のバルブに力がこもりはじめた。

そのあと、画像がいくつかぱっと出てきたが、見分けのつく顔は少ししかなかった。ひとつは甦った記憶の中で見た友人で、すぐに彼女とわかって胸が熱くなった。想像していたとおりの容貌で、着古したブルージーンズとTシャツに身を包み、煙草を吸っている。赤毛は束ねてなくて、ぼさぼさだ。もう一枚、ショートにした髪を黒く染めている彼女の写真があった。額の上にサングラスを押し上げている。次に、わたしの父親の写真が続いた。わたしが小さいころの父親だ。楽しそうな笑みを浮かべて、家の正面側の部屋で新聞を読んでいる。その次が、わたしとベンの写真。誰かわからない別のカップルといっしょにいる。

あとは知らない人ばかりだった。看護師の制服を着た黒人の女性が一人。もう一人の女性はスーツ姿で書棚の前にすわり、まじめな顔で半月形の眼鏡越しに目を凝らしていた。赤毛で丸顔の男が一人に、髭を生やした男が一人。六、七歳の子ども。アイスクリームを食べている男の子。あとで、同じ男の子が机の前で絵を描いている写真もあった。てんでばらばらに並んでカメラを見ている人たちがいた。魅力的な男性もいた。長めの黒髪で、細めた目に黒縁の眼鏡をかけ、顔の横に傷跡が走っている。こういった写真が次々現れ、わたしはそのすべてを見て、彼らが誰か思い出そうと努力し、彼らがわたしの人生の絵模様にどう織りこまれているのか——そもそも織りこまれているのかどうかまで——思い出そうとした。要求されたとおりにやった。うまくやっていたが、にもかかわらず、パニックに陥りはじめる感じがした。機械のヒューンという音が大きく高くなった気がし、やがてそれは危険を告げる警報音と化して、胃がぎゅっと締めつけられた。息ができず、目をつむり、毛布の重さが大理石の板のようにのしかかってきて、溺《おぼ》れかけているような心地がした。

右手をぎゅっと握ったが、丸いこぶしになっただけで、何も握り締めていなかった。爪が皮膚に食いこむ。バルブを落としたのだ。叫び声を発した。言葉にならない叫び声を。

「クリスティーン」耳に声が呼びかけた。「クリスティーン」

声の主が誰かも、わたしにどうしてほしいのかもわからず、もういちど叫んで、体から毛布を蹴《け》りのけた。

「クリスティーン！」

さっきより大きな声で呼びかけられたと思うと、サイレンのような騒音がヒューンといいながら止まり、ドアが大きく開かれて、部屋に複数の声がし、腕と脚に手がいくつか触れて、胸の前を走り、わたしは目を開いた。

「だいじょうぶです」と、耳元でドクター・ナッシュが言った。「心配いらない。ぼくがついています」

彼らはどこにも問題はないと請け合って、二人でわたしを落ち着かせた。わたしはハンドバッグとイヤリングと結婚指輪を返してもらい、ドクター・ナッシュと軽食堂に向かった。廊下のわきにある小さな空間で、オレンジ色のプラスチックの椅子と、耐熱性の合成樹脂に覆われた黄ばんだテーブルがあった。何枚かのトレーに、くたびれた感じの練り菓子とサンドイッチが載っている。強い光を受けてしなびかけているのだ。わたしは財布に一ペニーも入れてきていなかったが、ドクター・ナッシュがコーヒーとキャロットケーキを買ってくれ、彼が支払いをするあいだに、わたしが窓際の席を選んだ。外はよく晴れていて、草の生えた中庭に長い影が伸びていた。芝生に紫色の花がぽつぽつ見える。

ドクター・ナッシュがテーブルの下で椅子をこすってガリッと音がした。わたしたちだけになると、彼はずいぶんリラックスした感じに見えた。「どうぞ」と言って、わたしの前にトレーを置く。「これでよかったかな」

彼は自分には紅茶を選んでいた。テーブルの中央に置かれた容器から砂糖を入れたときも、シロップのような液体にはまだティーバッグが浮かんでいた。わたしはコーヒーをひと口飲んで顔をしかめた。苦いうえに、熱すぎる。

「だいじょうぶ」と、わたしは言った。「ありがとう」

「すみませんでした」しばらくして彼が言った。最初はコーヒーのことかと思った。「あんなに苦しむことになるとは思ってもみなかった」

「閉所恐怖症ね」と、わたしは言った。「それと騒々しい音も」

「ええ、それはもちろん」

「緊急用のバルブを落としてしまって」

彼はそれには答えず、紅茶をかきまぜた。ティーバッグを取り出してトレーに置いた。ひと口飲む。

「何があったの?」と、わたしは言った。

「なんと言ったらいいでしょうね。あなたはパニックを起こした。そんなに珍しいことじゃありません。おっしゃったように、快適な空間ではないし」

わたしは自分のケーキに目を落とした。手つかずのままだ。乾いている。「あの写真だけど。彼らは誰だったの? どこで手に入れてきたの?」

「ごたまぜです。何枚かは、あなたの医療ファイルから持ってきました。ずっと前に、ベンから提供されたものです。あなたにもこの作業用に、家から二、三枚持ってきてほしいとお願いしました。鏡のまわりに並べてあるものだとあなたはおっしゃった。ぼくも何枚か提供しました。あなたが会ったことのない人たちの写真を。これは対照実験と呼ばれるものです。そういうのを全部いっしょに交ぜました。あなたが幼少のころ知っていた人のもあれば、あなたが思い出せるはずの人、思い出せるかもしれない人のもありました。家族。学校の友だち。あとは、思い出しようがない同時代の人たちです。ドクター・パクストンとぼくは、こういう時期の異なる記憶を取り出そうとするとき、そこに違いが生じるかどうか見定めようとしているんです。いちばん強い反応は夫へのもので、これは当然ですが、ほかの写真にも反応がありました。あなたの過去に存在した人たちを思い出せなくても、神経の興奮パターンはたしかに存在します」

「赤毛の女性は誰だったの？」と、わたしは言った。

彼は微笑んだ。「たぶん、古くからの友だちでは？」

「名前はわかります？」

「残念ながら。写真はあなたの医療ファイルにあったものです。名前は記されていなかった」

わたしはうなずいた。古くからの友だち。もちろん、それはわかっていた——知りたくてたまらないのは、彼女の名前なのだ。

「とにかく、わたしは写真に反応したのね？」

「ええ、何枚かに」

「それは、いいことなの？」

「どんな結論が導き出せるか判断するには、もっと詳しく結果を分析する必要があります。この研究はまだ、始まって日が浅い」と、彼は言った。「試行錯誤の段階なんです」

「そう」わたしはキャロットケーキの角を切り取った。これまた苦すぎる。逆に糖衣は甘すぎる。二人でしばらく黙っていた。ドクター・ナッシュにわたしのケーキを勧めると、彼はお腹をポンとたたいて断った。「これに気をつけないと！」と言って。心配する理由なんてなさそうなのに。まだ、ほとんど目立っていない。ぽこんと出るタイプのような気はする。でも、彼はまだ若いし、年齢もほとんど感じさせなかった。

自分の体のことを考えた。太ってはいないし、標準体重さえ超えてはいないが、それでもぎくっとすることはあった。すわるとき、予期しているのとちがった形を体が帯びる。尻が垂れ、脚を組むと太股《ふともも》がこすれる。身をのりだしてマグに手を伸ばすと、ブラの中で乳房がずれる。ここにあるよと思い出させるかのように。シャワーを浴びるとき、二の腕がプルプルするのがわずかながら感じられる。自分が思っているより体が大きくなっている。思った以上に場所を取る。骨と皮がくっつきそうな小さな女の子ではない。ティーンエイジャーでさえなく、体が脂肪の層をたくわえはじめている。

口をつけていないケーキを見て、この先どうなるのだろうと考えた。太りつづけるかもしれない。肉づきがよくなり、でっぷりし、どんどんふくらんでパーティの風船のようになるのか。それとも、いまと同じサイズで、それになじまないまま、顔のしわが深くなり、手の皮膚がタマネギの皮と同じくらい薄くなって、バスルームの鏡の中で一段また一段とお婆さんに変わっていくのを見ることになるのか。

ドクター・ナッシュが下を見て、頭のてっぺんを掻いた。髪の下の頭皮が見えた。てっぺんの丸い部分がほかより目立つ。まだ気がついていないだろうが、いつか気がつくだろう。後ろから撮られた写真を見たり、更衣室でぎょっとしたり、美容師からひと言あったり、ガールフレンドに言われたりして。彼が顔を上げると同時に、年齢はわたしたちみんなに追いつくのだと思った。追いつきかたはいろいろにせよ。

「そうだ」と、彼は無理したような明るい声で言った。「あなたに持ってきたものがあったんだ。贈り物です。いや、贈り物というのはちがうな。あなたが持っていたいんじゃないかと思って」彼は下に手を伸ばして、床からブリーフケースを持ち上げた。「もう持っているかもしれないですが」と言って、ケースを開けた。そして、包みを取り出した。「どうぞ」

手に取る前から、何かわかった。ほかに何があるというの？　手にずっしりと重い。クッション封筒に入れて、テープで封をしてあった。黒いマーカーでわたしの名前が書かれている。クリスティーン、と。「あなたの小説です」と、彼は言った。「あなたが書いた」

どう受け止めたらいいのかわからなかった。証拠だ、と思った。わたしが本当に書いていた証拠だ。あした証拠が必要になったとしても、これがその証拠になる。

封筒の中に一冊だけあった。それを取り出す。ペーパーバックだ、新品ではない。表紙に丸くコーヒーの染みがついていて、年月でページの縁が黄ばんでいる。ドクター・ナッシュが自分のをくれたのだろうか？　まだ絶版になっていないのだろうか？　手に持つと、先日のようにまた自分の姿がまぶたに浮かんだ。いまより若いわたしが。いまよりずっと若いわたしが二作目への道を切り開くため、この小説を手に取ろうとしているところが。理由はともかく、それが功を奏さなかったのをわたしは知っている――二作目が完成しなかったことを。

「ありがとう」と、わたしは言った。「感謝します」

彼は微笑んだ。「どういたしまして」

コートの下に収めたそれは、家に帰る途中も心臓のようにずっと脈を打っていた。

家に帰るなり自分の小説を見たが、ちらっと見るにとどめた。ベンが帰ってくる前に、思い出せるかぎりのことを日誌に書きたかった。書きおわると、日誌を片づけ、急いで一階に戻った。もらった本をきちんと見るために。

本をひっくり返した。表紙にパステルカラーで机が描かれ、その上にタイプライターがのっている。用紙を動かすキャリッジの上にカラスが一羽とまり、通り抜けてくる紙を読んでいるかのように首を傾けている。カラスの上にわたしの名前が記され、その上に題名があった。

『朝の小鳥たちのために』クリスティーン・ルーカス著。

本を開く手が震えてきた。扉があり、〝父へ〟と献辞があり、〝無性にあなたが懐かしい〟

と続いていた。

目を閉じた。ゆらゆら記憶が揺れる。明るい白色灯の下に寝ている父親が見えた。透き通るような青白い皮膚が汗で覆われ、きらきら光る感じだ。腕につながれた管、点滴台からぶら下がっている透明な液体のバッグ、厚紙のトレーと錠剤の容器が見えた。看護師が一人、脈と血圧を測っていて、父は目を覚まそうとしない。ベッドの反対側にすわっている母は泣くのをこらえようとし、わたしも必死に涙をとどめようとしている。

そこで、においがした。切り花と、汚れた土の。吐き気をもよおしそうな甘ったるいにおい。見えたのは、父親が火葬に付される日の情景だった。わたしは黒い服を着ている――珍しいことではないと、なんとなくわかる――が、ここでは化粧をしていない。母は祖母の隣にすわっていた。仕切りが開いて棺《ひつぎ》がすべり落ち、父が灰に変わってしまうところを思い描いて、わたしは泣く。母がわたしの手をぎゅっと握り、みんなで家に帰ると、日が傾いて薄明と化すなかで安い発泡性ワインを飲み、サンドイッチを食べた。

ため息をついた。情景が消え、目を開いた。目の前にわたしの小説があった。

扉のページに戻り、書き出しの部分を開いた。〝そのときだ〟と、わたしは書いていた。〝エンジンがギュンとうなりをあげ、彼女は右足でぐっとアクセルペダルを踏み、ハンドルから手を離して目をつむった。どうなるかは、わかっていた。どんな結果につながるかは。前からずっとわかっていた〟。

小説の真ん中あたりをめくった。一段落読み、終わりのほうの段落を読んだ。

わたしが書いたのは、ルーという女性とジョージというルーの夫らしき男性をめぐる小説で、背景には戦争があるようだ。がっかりした。自分が何を願っていたのか――ひょっとして、自伝的な小説を願っていたのか――知らないが、この小説が与えてくれる答えは限られたものになりそうだ。

それでも、裏表紙までめくっていくあいだに、とにかくわたしがこれを書いたのだ、これが出版されたのだ、と思った。

著者の写真があってもおかしくない場所に、写真はなかった。かわりに略歴があった。〝クリスティーン・ルーカスは一九六〇年、イギリス北部の生まれ〟とあった。〝ロンドン大学ユニヴァーシティ・カレッジで国文を専攻し、ロンドン市に在住。本書は彼女の第一作である〟。

幸福感と誇りがふくらんできて、思わず笑みが漏れた。わたしがこれを成し遂げたのだ。中身を読んで秘密を解き明かしたかったが、同時に、読みたくない気持ちもあった。この幸福感が現実にさらわれてしまうのではないかと心配になったのだ。この小説を気に入って、二作目を書けないことを悲しく思うか、気に入らず、自分の才能はまったく伸びていなかったのだと口惜しい思いをするか。どっちの可能性が高いかはわからないが、いずれ、自分が唯一成し遂げた業績の引力にあらがえなくなり、どっちかわかる日が来るだろう。答えを知ることになる。

でも、きょうじゃない。きょう知るべきなのは、それではない。悲しみよりはるかに始末が悪いこと、単なる不満より悲惨なことだ。わたしをばらばらに引き裂くかもしれないことだ。

本を封筒に戻そうとした。中に別の何かがあった。手が切れそうな真新しい紙を四つ折りにしたメモ。ドクター・ナッシュがそこに、〝興味があるかもしれないと思ったので！〟と書いていた。

紙を広げた。いちばん上に〝イブニング・スタンダード、一九八六年〟とあった。その下に新聞記事があり、その横に写真があった。一、二秒、紙面を見たところで、その記事がわたしの小説の書評であり、写真はわたしのものであることに気がついた。

紙を手に震えた。なぜかはわからない。これは、はるか昔の遺物だ。どんな反響があったかはともかく、遠い昔のものだ。いまから見れば過去のもので、そのさざ波は完全に消え失せている。だが、わたしにとっては大切なものだ。わたしの作品はどう受け止められたのか、ずっと昔に？　好評だったのか？

細かい分析を余儀なくされる前に、大まかな論調をつかめたらと、記事にざっと目を通した。単語がいくつか目に飛びこんできた。ほとんどは好意的なものだ。〝考え抜かれた〟〝洞察力に満ちた〟〝巧みな〟〝人間味ある〟〝容赦ない〟。

写真を見た。白黒写真だ。机の前に腰かけ、体をひねってカメラのほうを向いているわたし。どことなくぎごちない。どこかに落ち着かない要素があるのだ。カメラの向こうの人物なのか、それとも、すわっている姿勢なのか？　それでも、わたしは微笑んでいる。写真は白黒だが、束ねていない長い髪はいまより黒々としている感じがした。黒く染めているかのように。それとも、髪がしっとりしているのか。わたしの後ろに中庭へ出るドアがあり、戸口の向こうに落葉した木が一本あった。ドアの枠の隅に、ちょっとだけ見えている。写真の下にキャプションがあった。〝クリスティーン・ルーカス、ロンドン北部の自宅で〟と。

ドクター・ナッシュと訪ねた家にちがいない、と気がついた。一瞬、強烈な欲望に駆られた。あそこに戻り、この写真を持っていって、そうよ、本当だったのよと自分に言い聞かせたい。あのわたしは、たしかに存在したのだ。あれはわたしだった。

でも、もちろんそれはもうわかっていた。あれ以上は思い出せないが、あそこのキッチンに立って、ペンを思い出したのはわかっている。ペンを。勃起して軽く上下しているペニスを。

微笑んで、写真に手を触れ、指先を走らせて、隠れたカギを探った。頭髪の縁をなぞり、顔に指を走らせる。写真の中のわたしは居心地悪そうだが、どこか晴れ晴れとしていた。心に秘めていることがあるかのように。お守りを握り締めるように、その秘密を握っているみたいな感じがする。たしかに、小説が出版されたこともあるのだろうが、それ以外にも何かある。それだけじゃない。

じっと目を凝らした。ゆるやかなドレスに胸のふくらみが見え、片方の腕をお腹の前に交差させているのが見えた。どこからともなく記憶がぶくぶく泡立った——わたしは写真撮影のためにすわっている。目の前のカメラマンは三脚の後ろに立ち、さっきわたしの作品について議論したジャーナリストがキッチンをうろうろしている。彼女が向こうから呼びかけて進捗《しんちょく》状況をたずね、わたしたちは二人とも明るく「上々！」と答え、笑い声をあげる。「もうそんなにかからない」とカメラマンが言い、フィルムを取り替える。ジャーナリストは煙草に火をつけて、灰皿をもらえるかではなく、灰皿はあるかと訊く。癪《しゃく》に障るが、ほんの少しだけだ。じつは、わたし自身、煙草が欲しくてたまらないのだが、我慢していた。あれがわかって以来――

写真をもういちど見て、わかった。写真のわたしは妊娠していると。

一瞬停止した思考が疾走を始めた。そこでがくんとつまずき、鋭利な刃物にとらえられたみたいに、はっと思い当たった――ダイニングで写真撮影をしていたとき、わたしのお腹には赤ちゃんがいただけでなく、自分がそれを知っていて、喜んでいたという事実に。

わけがわからない。何があったの？　あのときの子どもがいるはずだ――いま、何歳？　十八歳？　十九歳？　二十歳？

でも、子どもはいない、と胸の中でつぶやいた。わたしの息子はどこにいるの？

世界がまたぐらりと傾く感じがした。いまの言葉――息子。わたしは確信を持ってそう考え、そう心の中でつぶやいた。なぜだか、心の奥深くで、自分が身ごもっていたのは男の子だと知っていた。

気を落ち着けようと椅子の端をつかみ、そのあいだに別の言葉が意識の表面に向かってぶくぶく泡立ち、爆発した。アダム。自分の世界がひとつの溝をはずれて別の溝にはまった心地がした。

わたしはあのお腹の子を産んでいた。わたしたちはアダムと呼んでいた。

立ち上がると、小説を包んでいた包装が床にするっと落ちた。ようやくかかってブンブンうなりを上げているエンジンのように、何かが頭を駆けめぐった。解き放たれたくてたまらないとばかりに、エネルギーが跳ね飛んだ。リビングのスクラップブックにはいなかった。それはわかっていた。けさぱらぱらめくったとき、自分の子の写真があったら覚えているはずだ。この子は誰？　と、ベンに訊いていたはずだ。そのことを日誌に書いていたはずだ。新聞の切り抜きを本といっしょに封筒に押しこんで、二階へ駆け上がった。バスルームで鏡の前に立った。自分の顔はちらりとも見ず、鏡のまわりを、過去の写真を、記憶がないとき自分を組み立てるのに使わなければならない写真の数々を見た。

わたしとベンの写真。わたしだけの写真。ベンだけの写真。わたしたち二人と、ベンの両親と思われる年配のカップルが写っている写真。スカーフを巻いて犬を撫でて楽しそうに笑っている、いまより若いわたしの写真。でも、アダムの写真はない。赤ん坊のも、よちよち歩きの幼児のも。小学校に入学したとき撮った写真も、運動会の日に撮った写真も、休日に撮った写真もない。砂でお城を作っている写真も。何ひとつ。

変だ。いま挙げたのは、どこの親でも撮る写真だし、絶対捨てたりしない写真でしょう？　ここになくてはおかしい、と思った。写真の下に別の写真がテープで留めてないか、地層のように歴史が重なっていないか、写真を持ち上げて確かめた。何もない。壁の青白いタイルと、鏡のなめらかなガラスのほかには、何ひとつ。空白だ。

アダム。頭の中で名前がぐるぐる渦を巻いた。目を閉じると、さらに記憶が湧き起こってきた。ひとつひとつがぱっと浮かんでは、一瞬きらめいて消えていき、それが次の記憶の引き金となった。アダムが見えた。いずれ茶色に変わるのがわかっているブロンドの髪。小さくなって着られなくなるまであの子が着ると言って聞かなかったが、結局処分しなければならなかったスパイダーマンのTシャツ。乳母車で眠っているあの子が見え、非の打ちどころのない赤ちゃんだ、こんな理想的な赤ちゃんは見たことがないと、自分が考えているところを思い出した。あの子が青いバイク――プラスチックの三輪車――に乗っているところが見え、なぜだか、わたしたちが誕生日にそれを買ってあげたこと、あの子はそれに乗ってどこへでも行ったことを思い出した。公園にいるあの子が見えた。ハンドルバーの上に覆いかぶさるように頭を突き出し、満面の笑みを浮かべて、下り坂をすごい勢いでわたしのほうへ走ってきたが、次の瞬間、前にひっくり返って地面に激突し、バイクは路上にあった何かにぶつかって、あの子の下でひしゃげてしまった。泣いているあの子を抱きかかえ、顔から血をぬぐい、まだ回っている車輪のそばに歯が一本落ちているのを見つけた。描いた絵をわたしに見せているあの子が見えた――細長い空は青色、地面は緑色で、その中間にぼやけた形の人間が三人いて、小さなおうちがある。あの子がどこへでも連れていったぬいぐるみのウサギも見えた。

ぱっと現在に戻った。立っていたバスルームに戻ったが、わたしはまた目を閉じた。学校にいるあの子や、十代のあの子を思い出したかった。わたしや父親といっしょにいるあの子を思い出したかった。だが、できなかった。記憶を軌道に乗せようとしたが、ゆらゆら揺れて消えてしまった。手でつかもうとするたび風にさらわれてしまう、鳥の羽毛のように。そのかわりに、ポタポタ垂れているアイスクリームを握っているあの子が、甘草《かんぞう》エキスの日焼け止めを顔に塗っているあの子が、車の後部座席で眠っているあの子が見えた。これらの記憶が浮かんでは、浮かんだときと同じくらいすばやく消えてしまうのを、ただ見つめることしかできなかった。

目の前の写真を引きちぎらずにいるには、全身全霊を傾ける必要があった。壁から引きはがして、息子がいる証拠を探したかった。しかし、なんとか思いとどまり、じっと動かず、全身の筋肉をこわばらせたまま鏡の前に立ち尽くしていた。ほんの少しでも動いたら、手足が勝手に動いてしまうかもしれないと恐れているかのように。

マントルピースの上に写真はない。壁に人気スターのポスターを貼った、ティーンエイジャーの寝室はない。洗濯物やアイロンをかける衣服の山に、Tシャツはない。階段の下の戸棚に、ぼろぼろになったトレーニングシューズはない。家を出たのだとしても、彼が存在する証拠はあるはずでしょう？　絶対に？　なんらかの痕跡が？

なのに、ない。あの子はこの家にいない。まるでこの世に存在しないかのようだ、存在したことなどなかったみたいではないかと気がつき、背すじに冷たいものが走った。

どれくらい、あのバスルームに立ってあの子の不在と向きあっていたのだろう。十分？二十分？　一時間？　ある時点で玄関の鍵が回る音がして、ベンが玄関マットで足を拭くシュッという音がした。わたしは動かなかった。彼はキッチンに入り、ダイニングに入り、それから二階に呼びかけて、何も問題はないかとたずねた。心配そうな感じで、けさとはちがい、声が不安げなかん高い調子を帯びていたが、わたしは口ごもりながら、ええ、だいじょうぶ、とだけ言った。

時間が止まった。頭が空になった。残っているのは息子の身に何があったのかを知る必要だけで、それがこれからわかるかもしれない事実への恐怖とぴったり均衡を取っていた。

ワードローブに自分の小説を隠し、下へ向かった。

リビングのドアの外に立った。呼吸のテンポをゆるめようとしたが、うまくいかない。息が荒くなった。ベンにどう言ったらいいのかわからない。アダムのことを知っていると、どう伝えたらいいのか。なぜ知っているのか訊かれたら、どう答える？でも、そんなこと関係ない。どうでもいい。大事なのは、息子のことを知ることだけだ。目を閉じて、しっかり心が落ち着いたと感じたところで、そっとドアを押し開けた。ざらざらした敷物の抵抗を受けながら、ドアがすっと開いた。

ベンはわたしのたてた音に気づかなかった。ソファにすわってテレビを見ていて、かじりかけのビスケットの皿が膝の上にのっている。怒りが波となって押し寄せてきた。この男はくつろいで楽しそうにしている。口元に笑みを浮かべている。笑い声をあげはじめた。駆け寄って、彼をつかみ、洗いざらい白状するまで怒鳴ってやりたかった。なぜわたしから小説を隠していたのか、息子がいる証拠をなぜ隠していたのか。わたしが失ったものをすべて返してと要求したかった。

だが、そんなことをしても仕方がない。かわりに、コホンと咳払いをした。小さく、控えめに。〝じゃましたくないんだけど……〟といった感じで。

彼がわたしを見て微笑んだ。そして「ダーリン！」と言った。「いたのか！」

部屋に足を踏み入れた。「ベン？」と切り出した。声が緊張している。「ベン、話があるの」

彼の顔がこわばり、不安の表情になった。立ち上がってわたしのほうへ向かい、膝の皿が床へすべり落ちた。「どうした？　だいじょうぶか？」

「いいえ」と、わたしは言った。彼はわたしから一メートルくらい離れたところで立ち止まった。わたしが胸に飛びこめるよう両腕を伸ばしたが、わたしは飛びこまない。

「どうしたんだ、いったい？」

夫を見た。彼の顔を。うろたえてはいないようだ。前にもこんなことはあった、こういう興奮状態には慣れていると言わんばかりに。

これ以上、息子の名前を口にせずにはいられなかった。「アダムはどこ？」と、わたしは言った。あえぎながら。「あの子はどこ？」

ベンの表情が変わった。驚き？　それとも、ショック？　彼はごくりと唾をのんだ。

「教えて！」と、わたしは言った。

彼はわたしを抱き寄せた。押しのけたかったが、思いとどまった。「クリスティーン」と、彼は言った。「お願いだ。落ち着いてくれ。何もかも説明できるから。いいか？」

彼にその何もかもを話してほしかった。全然よくはなかったが、口に出しては言わなかった。彼から顔を隠し、シャツのしわに埋めた。

体が震えてきた。「教えて」と、わたしは言った。「お願いだから、早く教えて」

二人でソファに腰かけた。わたしがいっぽうの端に。彼が反対側に。それだけの距離を置きたかった。

話をした。何分か。何時間か。どれだけだったのか、よくわからない。もう二度と言ってほしくなかったが、彼は言った。

「アダムは死んだ」

体がぎゅっと縮んだ。軟体動物のように。彼の言葉がレーザーワイヤーのように鋭利に切りこんでくる。

祖母の家から帰る途中、車のフロントグラスにとまっていた蠅《はえ》を思い出した。

彼がまた口を開いた。「クリスティーン、愛しい人。本当にすまない」

怒りを感じた。彼に。ろくでなし、と無言で悪態をついた。彼のせいではないとわかってはいたが。

自分を叱咤《しった》して、口を開いた。「どうやって？」

彼はため息をついた。「アダムは軍隊にいた」

感覚が失せた。すべてが遠ざかり、残ったのは痛みだけだ。それ以外、何ひとつなかった。痛みしか。その一点と化していた。

自分にいたことも知らなかった息子。その子が軍人になっていた。ある考えが頭を飛び交った。ばかげた考えが。〝わたしの母はどう思うだろう？〟と。

ベンがふたたび口を開いた。はじけたように、一気に言う。「イギリス海兵隊にいた。アフガニスタンに駐留していた。そこで死んだ。去年」

喉に渇きをおぼえ、唾をのんだ。

「なぜ？」とわたしは言い、さらに、「どうやって？」と訊いた。

「クリスティーン――」

彼が手を伸ばして、わたしの手を取った。わたしは拒みこそしなかったが、ソファの上で彼が距離を縮めてこなかったことにほっとしていた。

「本当に、何もかも知りたいのか？」

怒りが衝き上げてきた。抑えられなかった。怒りを。そして、うろたえを。「わたしの息子なのよ！」

彼は窓のほうへ顔をそむけた。

「装甲車両で移動中のことだ」と、彼は言った。ゆっくり、ささやくような声で語る。「部隊の護衛にあたっていた。爆弾があった。路上に。一人の兵士は生き延びた。アダムともう一人はだめだった」

目をつむり、わたしも声を落としてささやいた。「即死だったの？　それとも苦しんだの？」

ベンがため息をついた。「いや」ひと呼吸置いて、彼は言った。「苦しまずにはすんだ。一瞬の出来事だっただろうと、当局は考えている」

彼に目をやった。彼はわたしを見なかった。

嘘をついている、と思った。

道路わきに倒れたアダムが出血多量で死んでいくところが見え、その考えを押しのけて、虚空に心の目をそそいだ。空白に。

頭がぐるぐる回りはじめた。質問があった。答えを聞いたら死んでしまうかもしれないと、あえて訊けなかった質問が。彼はどんな子だったの？　子どものころ？　ティーンのころ？　大人になってから？　わたしと仲がよかった？　喧嘩《けんか》をした？　あの子は幸せだった？　わたしはいい母親だった？

そして、プラスチック製の三輪車に乗っていた小さな男の子が、どうして世界の裏側で命を落とすはめになったの？

「アフガニスタンで何をしていたの？」と、わたしは言った。「なぜあそこなの？」

戦争があったのだ、とベンは教えてくれた。対テロ戦争と言ったが、どういう意味か、わたしにはわからない。アメリカが攻撃を受けた、恐ろしい攻撃を、と彼は言った。何千人も命を落としたと。

「そしたら、わたしの息子がアフガニスタンで死ぬはめになるの？」と、わたしは言った。「理解できない……」

「事情は複雑だ」と、彼は言った。「あの子は前々から入隊を望んでいた。自分の務めを果たそうと考えて」

「自分の務め？　それがあの子のすべきことだと、あなたは思ったの？　あの子の務めだと？　わたしもそう思ったの？　どうして、別の道を選ぶよう説得しなかったの？　どんな道でもいいから？」

「クリスティーン、あの子がそれを望んだんだ」

恐怖に駆られ、一瞬、笑いそうになった。「殺されることを？　あの子がそれを求めたっていうの？　なぜなの？　わたしは息子がいることすら知らなかった」

ベンは黙っていた。彼がわたしの手をぎゅっと握り、わたしの顔を涙がひと粒伝い落ちた。酸のように熱い涙が。またひと粒。さらに、もっと。泣きだしたら止まらなくなるのではないかと、それが怖くて涙をぬぐった。

心が閉じて、空っぽになり、虚空へ後退していく気がした。「息子がいることさえ知らなかったなんて」と、わたしは言った。

後刻、ベンは二階から箱を持ってきて、わたしの前のコーヒーテーブルに置いた。「上に保管している」と、彼は言った。「安全を考えて」

何から守るため？　と、わたしは思った。箱は灰色で、金属でできていた。現金とか大事な書類を保管するたぐいの箱だ。

何が入っているか知らないが、危険なものにちがいない。野生動物、サソリや蛇《へび》、腹を空かせたネズミ、毒蛙。それとも、目に見えないウイルスか、放射性物質か。

「安全を考えて？」わたしはおうむ返しに言った。

彼はため息をついた。「きみが一人のとき、たまたま出くわしたらまずいもの、ぼくから説明をしたほうがいいものが入っている」

彼はわたしの隣にすわって、箱を開けた。見えたのは紙だけだった。

「これは赤ん坊のころのアダムだ」彼はひと握りの写真を取り出して、一枚をわたしに手渡した。

写真のわたしは外の通りにいた。抱っこひもで赤ん坊――アダム――を胸に抱き、カメラに向かって歩いている。アダムの体はわたしと向きあっているが、首をひねって肩越しに撮影者を見ている。顔は笑っている。わたしに歯がなかったら、こんな感じだろう。

「あなたが撮ったの？」

ベンはうなずいた。もういちど写真を見た。破れがあり、縁に染みがついていて、じわじわ漂白されているかのように色あせている。

わたし。赤ん坊。現実のこととは思えない。あなたは母親だったのよと、自分に言い聞かせようとした。

「いつの？」と、わたしは訊いた。

ベンはわたしの肩越しに写真を見た。「生まれて半年くらいのころだ」彼は言った。「だから、ええと。一九八七年ごろだ」

わたしは二十七歳。はるか昔のことだ。

息子の一生分の時間、昔のことだ。

「生まれたのは、いつ？」

ベンはまた箱に手を入れて、一枚の紙をよこした。「一月だ」と言った。もろそうな黄色の紙。出生証明書だ。わたしは無言で読んだ。彼の名前があった。アダム。

「アダム・ウィーラー」わたしは声に出して読み上げた。ベンにというより、自分自身に向かって。

「ウィーラーは、ぼくの名字だ」と、彼は言った。「ぼくの名字にすることに、二人で決めた」

「そう」と、わたしは言った。目の前に紙を持ち上げる。重大な意味を運ぶ器としては軽すぎる気がした。吸いこんでしまいたかった。わたしの一部になるように。

「ほら」と、ベンが言った。わたしから紙を取り上げ、折りたたむ。「もっと写真がある」

彼は言った。「見るか？」

　さらに何枚か手渡された。

「あまり多くはない」わたしが見ているあいだに、彼は言った。「たくさんなくなったから」

　電車に置き忘れたり、人にあげてしまったみたいな口ぶりだ。

「ええ」と、わたしは言う。「覚えてるわ。火事があったのね」何も考えずにわたしは言った。

　彼は怪訝《けげん》そうにわたしを見た。きゅっと目を細くして。

「覚えてる？」と、彼は言った。

　急に、よくわからなくなった。けさ彼が火事の話をしてくれたのか、それとも、先日彼が話していたのを思い出したのか？　それとも、朝食後に日誌で読んだだけなのか？

「ええと、あなたが教えてくれたのよ」

「ぼくが？」と、彼は言った。

「ええ」

「いつ？」

　いつだった？　けさだった？　それとも、何日か前？　日誌のことを考え、ベンが仕事に出かけたあと日誌を読んだのだと思い出した。パーラメント・ヒルでいっしょにすわっていたとき、火事の話をしてくれた。

　ここで日誌のことを話すこともできただろうが、何かがわたしを思いとどまらせた。わたしが何か覚えていたことが、彼はあまり嬉しそうに見えなかった。「あなたが仕事に出かける前よ」と、わたしは言った。「スクラップブックを見ていたとき。教えてくれたはずよ」彼は眉をひそめた。嘘をつくのはつらかったが、これ以上の発覚には対処できる気がしなかった。「それ以外に、どうしてわたしが知っているの？」

彼はわたしをまっすぐ見た。「そうだよな」

つかのま言葉を止めて、手に持ったひと握りの写真を見た。哀れなほど少ないし、箱の中にはもうそんなに残っていないのがわかった。本当にこれだけで、息子の人生を語らなければいけないの？

「火事の原因はなんだったの？」と、わたしは訊いた。

マントルピースの時計がチャイムを鳴らした。「ずっと前だ。ぼくらが以前暮らしていた家でのことだ。ここに来る前に住んでいた家で」わたしが訪ねたあの家のことだろうか、と思った。「いろんなものを失った。本や、書類。そのたぐいのものを」

「だけど、どうして火は出たの？」と、わたしは言った。

一瞬、彼は言葉を失った。口が開きかけて閉じ、それから、「事故だった。単なる運命のいたずらだったんだ」と言った。

何を言わずにいるのだろう？　わたしが煙草の火を消し忘れたのか、アイロンのプラグをはずさなかったのか、中身が干からびるまで鍋を熱してしまったのか？　一昨日わたしが立っていた、コンクリートの調理台と白い設備《ユニット》があるキッチンに自分がいるところを思い描いた。ただし、ずっと昔のことだ。わたしはジュージュー音をたてるフライ用の鍋の前に立ち、薄くスライスしたジャガイモが入ったワイヤー・バスケットを揺すり、ジャガイモが油の表面に浮いてきて、くるりと回ってまた沈んでいくところを見ている。電話の鳴る音が聞こえ、腰につけたエプロンで手を拭いて、廊下に出る。

そのあとは？　電話に出ているあいだに油に引火したの？　それとも、夕食の支度にとりかかっていたのをすっかり忘れて、リビングやバスルームへ、ぶらりと戻っていってしまったの？

わからない。わかりようがない。でも、それを事故と言ったのは、ベンのいたわりだ。記憶をなくした人間にとって、家事にはいろんな危険がひそんでいるし、ほかの夫だったら、わたしの過ちで失ったのだとはっきり言ったかもしれない。道義的に優位な立場から非難する誘惑にあらがえなかったかもしれない。わたしが彼の腕に触れると、彼は微笑んだ。

数少ない写真に急いで目を通した。プラスチック製のカウボーイハットをかぶって黄色いネッカチーフをつけ、プラスチック製のライフルでカメラの人物を狙っているアダムの写真があった。もう二、三歳上のころの写真もあった。顔が細くなり、髪の色が暗くなりはじめている。その写真では、シャツの首元までボタンをはめ、子ども用ネクタイを着けていた。「学校で撮ったものだ」と、ベンが言った。「ちゃんとした肖像写真だよ」彼は写真を指差して笑った。「ほら。まったくなんてこった。せっかくの正装が台無しだろ！」

ネクタイのゴムひもが見える。襟の下にきちんと収まっていない。わたしは写真に手を走らせた。台無しなんかじゃない、と思った。どこにも問題なんてない。

息子を思い出そうと努力し、伸縮性のネクタイを手に、あるいは彼の髪を櫛《くし》で梳《す》こうと、あるいは擦りむいた膝から血を拭いて乾かそうと、彼の前で膝をついている自分を頭に浮かべる努力をした。

何も浮かんでこなかった。写真の少年の唇はわたしと同じようにふっくらしていて、目はわたしの母にどことなく似ているが、それを除けば赤の他人であってもおかしくない。

ベンが別の写真を取り出して、よこした。アダムはもう少し大きくなっていた。七歳くらいだろうか。「ぼくに似ていると思わないか？」と、彼は言った。

アダムは半ズボンにTシャツという格好で、サッカーボールを持っていた。髪は短く、汗が浮かんでいる。「少し」と、わたしは言った。「言われてみれば」

ベンは微笑み、二人でさらに写真を見ていった。ほとんどはわたしとアダムの写真で、ときおりあの子一人のもあった。ほとんどはベンが撮ったものにちがいない。友だちといっしょのも何枚かあった。パーティに出ているときのが二枚あった。海賊の衣装を着て、厚紙で作った剣を持っている。ある一枚では、黒い小さな犬を抱いていた。

写真の中に手紙が一通まじっていた。青いクレヨンでサンタクロース宛てに書かれたものだ。へたくそな文字が紙のあちこちに躍っている。自転車か子犬が欲しいと書いて、いい子にすると約束していた。サインをし、年齢を書き加えていた。四つと。

なぜだか、これを読んだとき、自分の世界がくずれてきそうな気がした。胸の中で悲しみが手榴弾《しゅりゅうだん》のように爆発した。落ち着いているつもりだったのに――嬉しくはなかったし、あきらめの気持ちさえなかったが、冷静ではあるつもりだったのに――心の平静が消えてなくなった。蒸発してしまったかのように。その下はむきだしの生身だった。

「ごめんなさい」とわたしは言い、写真の束をベンの手に戻した。「見られない。いまは」

彼はわたしを抱き締めた。喉元に吐き気がふくらんできたが、それをのみこんだ。心配するな、だいじょうぶだ、とベンが言い、ぼくがいる、いつもそばにいると慰めた。わたしは彼にすがりつき、そこに二人ですわって、いっしょに体を揺らした。麻痺《まひ》したように呆然《ぼうぜん》としていた。いまいる部屋から完全に切り離されて。彼がグラスに入った水を持ってきてくれ、写真の箱を閉じた。わたしはすすり泣きを漏らしていた。彼も動揺しているのがわかったが、その表情はすでに別の何かを帯びているようだった。あきらめかもしれないし、受け入れの姿勢だったのかもしれないが、ショックのそれではなかった。

ベンはこれまでにも、こういう一切合財をくぐってきたのだと気がつき、震えが走った。彼の悲しみは新しいものではない。彼の中に悲しみがねぐらを作り、彼の土台を揺るがすものではなく土台の一部になる時間があったのだ。

真新しいのは、わたしの悲しみだけだ。毎日それが繰り返される。

わたしはその場を立った。二階へ戻った。寝室へ。ワードローブに戻る。そして、続きを書いた。

例の浮かんでは消える一瞬一瞬を書き記した。わたしはワードローブの前に膝をつき、あるいはベッドに寄りかかっていた。書いた。熱に浮かされたように。わたしの中から言葉があふれ出てくる。ほとんど考えもせずに。ページからページへと。ベンはわたしが休んでいると思っているが、いま、わたしはまたここにいる。止められない。何もかも書き留めたい。

小説を書いたときも、こんな感じだったのだろうか？　こんなふうに紙に言葉がほとばしっていたのだろうか？　それとも、もっと時間をかけ、じっくり考えながら書いていたのだろうか？　思い出したくてたまらない。

一階に下りると、二人分の紅茶を淹《い》れた。ミルクをかき混ぜながら、わたしはアダムのために何回食事を作ったのだろう、と考えていた。野菜をピューレにし、そこにジュースを混ぜて。ベンのところへ紅茶を運んだ。「わたしはいい母親だった？」彼にカップを渡しながら、わたしは訊いた。

「クリスティーン――」

「知る必要があるの」と、わたしは言った。「つまり、わたしはどんなふうに接していたの？子どもに？　あの子はまだすごく小さかったはずよ、わたしが――」

「事故に遭ったときか？」と、彼が割りこんだ。「あの子は二歳だった。でも、きみはすばらしい母親だった。そのときまでは。その後は、その――」

彼は途中で言いやめて、顔をそむけた。言わずにおいたのはどんな話だろう？　自分から説明したほうがいいと考えて隠していたのは、どんなことなのだろう？

空白の一部を埋められるだけのことは知っていた。そのときのことは思い出せないかもしれないが、想像ならできる。結婚していて子どもがいることを毎日思い出させてもらい、夫と息子が訪ねてくることを人から教えてもらっているわたし。初めて会った人のように毎日二人に挨拶をしているわたし。それも、ひょっとしたら、ちょっと冷ややかに。あるいは、ただとまどいながら。わたしたちが味わっていたにちがいない痛みが見える。わたしたち全員が痛みを味わっていたのだ。

「いいわ」と、わたしは言った。「わかってる」

「きみは自分で自分の面倒をみられなかった。ぼくが自宅で面倒をみるには状態がひどすぎた。一人で置いておくことができなかった。ほんの二、三分でも。自分が何をしているか忘れてしまった。よく彷徨《ほうこう》していた。浴槽に一人でお湯を張らせたら、出しっぱなしにしてしまうんじゃないかと心配だった。あるいは、自分で何か料理をしようとしたら、料理を始めたことを忘れてしまうんじゃないかと。ぼくの手には余った。だから、ぼくが家にいて、アダムの世話をした。ぼくの母親が手伝ってくれた。それでも、毎晩きみに会いにいった。そのたび――」

わたしは彼の手を取った。

「すまん」と、彼は言った。「ちょっとつらいんだ、あのころのことを思い起こすのは」

「わかるわ」と、わたしは言った。「わかる。でも、わたしの母は？　母は手伝ってくれたの？　お祖母ちゃんを楽しんでいた？」彼はうなずいて、どう話したものか言葉を探していた。「母はもう亡くなっているんでしょ？」と、わたしは言った。

彼はわたしの手をぎゅっと握った。「しばらく前に亡くなった。残念ながら」

思ったとおりだった。もうこれ以上の悲しみは処理できない、こんな混沌《こんとん》とした過去にはこれ以上耐えられないとばかりに心が閉じていく気がしたが、あした目が覚めたらこれも何ひとつ覚えていないことを、わたしは知っていた。

どんなことを日誌に書き留めたら、あしたを、その次を、そのまた次を乗り切ることができるのだろう？

目の前にイメージが浮かび上がった。赤毛の女性。軍隊にいるアダム。ふっと、名前が浮かんだ。〝クレアはどう思うだろう？〟

「じゃあ、クレアは？」と、わたしは言った。「わたしの友だちのクレアよ。彼女はまだ生きている？」

「クレア？」と、ベンが言った。しばらく怪訝そうな顔をしたあと、表情が変わった。「クレアを覚えているのか？」

驚いているみたいだ。とにかく、日誌を読んだかぎり、パーティ会場の屋上にいる彼女を思い出したとベンに話したのは何日か前のことだったと気がついた。

「ええ」と、わたしは言った。「わたしたちは友だちだった。彼女はどうなったの?」

ベンは悲しげな顔でわたしを見、一瞬わたしは凍りついた。おもむろに口を開いた彼の知らせは、恐れていたほどひどいものではなかった。「彼女は遠くへ引っ越した」と、彼は言った。「ずっと前に。もう二十年近くになるはずだ。つまり、ぼくらが結婚して二、三年後のことだ」

「どこへ?」

「ニュージーランドだ」

「連絡は取っているの?」

「きみはしばらく取っていたが、取っていない。いまはもう」

ありえない気がする。パーラメント・ヒルで彼女のことを思い出したあと、〝いちばんの親友〟と書いていたし、きょう彼女のことを考えたときも同じような親近感をおぼえた。そうでなかったら、彼女がどう思うか、なぜ気にしたりするの?

「仲たがいしたの?」

ベンはためらった。ここでも計算が感じられた。事実を調整している感じがした。もちろん、何がわたしの心を乱すか、ベンは知っているからだ、と思った。どんなことなら受け入れが可能で、どんな橋を渡ると危険か、ベンは長い年月をかけて学んできた。彼がこういう会話をするのは初めてではないのだから。彼には練習の機会があった。わたしの人生の風景を引き裂いたりしない経路へどうやって舵《かじ》を取り、どう別の場所に落としこめばいいかを学ぶ機会があった。

「いや」と、彼は言った。「ちがうと思う。仲たがいしたわけじゃない。いずれにしても、きみから聞いたわけじゃないが。少しずつ疎遠になり、クレアが誰かと出会って、結婚して、引っ越していっただけのことじゃないかな」

そのとき、ふっと情景が浮かんだ。わたしたち、絶対結婚しないわねと、クレアと二人で冗談を言っている場面だ。「結婚なんて、負け犬がすることよ！」と言いながら、彼女は赤ワインのボトルを口元に持ち上げ、わたしも同意していたが、そのいっぽうでわかってもいた。いつかわたしが彼女の花嫁付添人になり、彼女がわたしの花嫁付添人になり、二人でオーガンジーのドレスを着て、ホテルの部屋に腰かけ、誰かに髪をととのえてもらいながらフルートグラスのシャンパンを飲んでいることを。

ふいに、愛情がぐっと湧き上がってきた。彼女といっしょにいた時間、いっしょに過ごした人生はほとんど思い出せないし、あしたになれば、なけなしの記憶さえ消えてしまうのだが、なんとなく、二人はまだつながっている感じがした。一時期、彼女はわたしにとって大切な人だったと。

「わたしたちは結婚式に行った？」と訊いた。

「ああ」と彼はうなずき、膝の上で箱を開けて中を探った。「ここに何枚かある」

結婚式の写真だったが、フォーマルなものではない。素人が撮った、不鮮明な暗い写真だ。ベンが撮ったのだろう、と推測した。注意深く一枚目にとりかかった。

想像していたとおりの彼女だった。背が高く、痩せている。むしろ、想像以上に美しい。断崖の上で半透明のドレスを風になびかせ、背後の海に日が沈みかけている。この写真を置いて、残りを見た。わたしには誰かわからない夫と写っているのもあれば、わたしが加わっているのもあった。薄青色のシルクをまとったわたしは、華やかさでわずかに劣っている。それはしかたがない。わたしは花嫁付添人だったのだから。

「わたしたちの結婚式のはある?」と訊いた。

ベンは首を横に振った。「別のアルバムの中にあって」彼は言った。「紛失した」

そうか。例の火事で。

写真をベンの手に返した。自分の人生ではなく、別人の人生を見ている気がする。無性に、二階へ上がって、わかったことを書きたくなった。

「疲れちゃった」と、わたしは言った。「少し休みたい」

「いいとも」と、彼は言った。「じゃあ」と手をさしだし、わたしから写真の束を受け取って箱に戻した。

「これは大切に保管しておく」と彼は言い、ふたを閉めた。そしてわたしは、日誌のあるここへ上がって、これを書いたのだ。

真夜中。わたしはベッドにいる。一人で。きょうあったことの意味をすべて理解しようと努力している。きょう知ったことを、すべて。できるかどうかはわからない。

夕食前、風呂に入ることにした。バスルームに入って鍵をかけ、鏡のまわりに貼ってある写真をざっと見た。何が欠落しているのか、いまはわかる。お湯の栓をひねった。

ほとんどの日はアダムのことを何も覚えていないのだろう。でも、きょうは写真を一枚見ただけで浮かんできた。ここの写真は選び抜かれたものなのだろうか？　自分が何を失ったのか思い出すことなく、わたしが自分を自分につなぎ止められるように？

部屋に湯気がたちこめてきた。夫が下でたてている音が聞こえた。ラジオをつけていて、不明瞭ながらかすかにジャズの調べが流れこんでくる。その合間に、キッチンナイフがまな板でたてるリズミカルな音も聞こえた。ニンジンやタマネギやパプリカを刻んでいるのだろう。夕食の準備をしているのだ。きょうもふだんと変わらぬ一日であるかのように。

彼にとってはふつうの一日なのだ、と気がついた。わたしは悲しみに満ちているが、ベンはそうではない。

彼は毎日、アダムや母やクレアのことを教えようとしない。それをどうこう言う気はない。彼の立場なら、わたしも同じことをしただろう。こういう物事には苦痛がともなうし、思い出さずに一日を過ごせたら、わたしは悲しまずにすみ、彼はその悲しみを引き起こした心の痛みにさいなまれずにすむ。彼にしてみれば、隠しておきたい気持ちに駆られるのは当然のことだ。わたしがこういうとがった記憶のかけらを小さな爆弾のように所かまわずいつも持ち運んでいて、いつなんどきそのひとつが意識の表面を突き破り、初めてのことのようにわたしを苦しませ、いっしょに自分も苦しむことになるかもしれないとわかっていたら、彼の人生はどんなにつらいことか。

服を脱いでたたみ、浴槽のそばの椅子に置いた。裸で鏡の前に立ち、しっくりこない体を見つめる。勇気を奮い起こして、肌のしわを、垂れた乳房を見た。わたしは自分のことをわかっていないと思った。自分の体も、自分の過去も知らない。

もう少し鏡に近づいた。やはりあった。お腹のあたりにも、お尻にも、乳房にも。銀白色の細い線、歳月が残したギザギザの跡が。これまで見えていなかったのは探さなかったからだ。しわの成長をグラフにし、お腹がふくらんでいくあいだ、消えてくれますようにと念じている自分を思い描いた。いまは、そこにあってくれて嬉しい。思い出させてくれるから。

鏡の中のわたしが霧の中へ消えていく。運がいいと思った。わが家の記憶はなくてもわが家であるこの場所に、ベンがいてくれて。わたしを世話してくれる人がいてくれて。苦しんでいるのはわたしだけじゃない。きょう経験したことは彼もくぐり抜けてきているが、彼はまたあした、あれを全部また繰り返すはめになるかもしれないのだ。そう思いつつ、わたしはベッドに向かう。ほかの夫だったら、手に負えないと思ったかもしれない。あるいは、もう耐えられないと思ったかもしれない。ほかの夫だったら、わたしを捨てていたかもしれない。自分の顔をじっと見つめた。あした目覚めたときそれほど違和感や衝撃を受けずにすむよう、脳にイメージを焼きつけ、意識の表面近くにとどめておこうとするかのように。そのイメージが完全に消えると、わたしは鏡の中の自分から顔をそむけ、お湯に足を踏み入れた。そして眠りに落ちた。

夢を見ていたわけではない――つまり、見たとは思っていなかったが――目が覚めたときとまどった。わたしは別の浴槽にいて、お湯はまだ温かく、ドアをコツコツたたく音がした。目を開けたが、どこにも見覚えがない。鏡は簡素なもので、なんの飾りもなく、青いタイルではなく白いタイルにボルトで取り付けられていた。上のレールからシャワーカーテンが垂れ下がっている。洗面台の上の棚にグラスがふたつ、逆さに置かれていた。便器の横にビデがある。

声がした。「入るわよ」とその声が言い、自分の声だと気がついた。浴槽の中で体を起こし、かんぬきのかかったドアのほうに目をやった。反対側の壁にいくつかフックがあり、化粧着が二枚掛かっていた。どちらも白い揃いのもので、R. G. H. というイニシャルが刺《し》繍《しゅう》されている。わたしは立ち上がった。

「早く!」ドアの外から声が言った。ベンの声のような気もするが、ベンではない気もする。声が一本調子になってきた。「早く! 早く、ほら、早く!」

「誰?」と言ってみたが、声はやまなかった。浴槽を出た。床には白と黒のタイルが斜めの模様を描いていた。濡れていて、気がつくとすべっていた。足が浮く。床に激突し、シャワーカーテンを体の上に引き落とす。倒れるとき、洗面台に頭をぶつけた。悲鳴をあげた。

「助けて!」

そこで目が覚め、現実に戻った。別の声が呼びかけてきた。「クリスティーン! クリス! だいじょうぶか?」と声は言い、それがベンの声で自分は夢を見ていたのだと気がつき、ほっとした。目を開く。わたしは浴槽に体を横たえていた。そばの椅子に服がたたんであり、わたしの人生を表す写真が洗面台の上の、薄青色のタイルにテープで貼りつけられていた。

「ええ」と、わたしは言った。「だいじょうぶよ。悪い夢を見ただけ」

起き上がって夕食を食べ、それからベッドに向かった。書きたかった。わかったことを全部、頭から消える前に書き留めておきたかった。ベンがベッドに来る前にその時間があるかどうかわからないから。

でも、どうしたらいい？　きょうは長い時間書いてきた。きっと彼は不審に思うだろう。二階で、一人で何をしていたのだろうと。わたしは、疲れた、ちょっと休みたいと言ってきた。それは彼も信じている。

後ろめたくないと言えば、嘘になる。日誌の前にかがみこみ、猛然と書き記しているあいだ、彼が家の中をそっと歩いているのがわかった。わたしを起こさないよう、そっとドアを開け閉めしていた。でも、こうするしかない。こういう物事を記録する必要がある。それがほかの何より大事に思えるのは、そうしないと永遠に消えてなくなるからだ。口実をもうけて、日誌に戻る必要がある。

だから、「今夜は予備の寝室で寝ようと思うの」と言ってきた。「気が動転してしまって。かまわない？」

彼はわかった、朝になったらきみがだいじょうぶか確かめて、それから仕事に行くと言ってくれ、おやすみのキスをした。そしていま、テレビのスイッチを切って、玄関の鍵を回す音がしている。施錠をする音が。わたしがふらりと外に出たりしたらまずいからだ。いまの、このありさまでは。

眠りに落ちたらすぐまた息子のことを忘れてしまうなんて、信じられない。あの子の記憶はものすごく生々しく、おそろしく鮮烈だった――いまでもそうだ。浴槽でうたた寝したあとも、わたしはあの子のことを覚えていた。もっと長い時間眠ると全部消えてしまうなんて、ありえない気がするが、ベンもドクター・ナッシュも本当にそうなるのだと言っている。

おこがましいだろうか？　二人が間違っているのを願うなんて？　日ごとに思い出すことが増えているし、目が覚めたとき、自分がどんな人間かもわかっていることが増えている。状況は良くなっていて、この日誌を書く作業がわたしの記憶を意識の表面へ運びはじめているのかもしれない。

あとから振り返れば、きょうが突破口だったとわかるのかもしれない。その可能性はある。

疲れてきた。そろそろ書くのをやめて、日誌を隠し、明かりを消そう。眠ろう。あした目が覚めたとき、息子を覚えていることを祈って。

十一月十五日、木曜日

バスルームにいた。どれだけの時間そこに立っていたのかわからない。ただ見つめていた。わたしとベンがいっしょに楽しそうに微笑んでいる写真の数々を——本来は親子三人で写っているべき写真を。身じろぎもせずに写真を見つめた。そうすればアダムの姿が浮かび上がり、頭に甦《よみがえ》るかもしれないとばかりに。だが、浮かんではこなかった。まだアダムは見えなかった。

目覚めたとき、あの子のことを覚えていなかった。何ひとつ。母親になるのはまだ先のことだと信じていた。輝きと不安が入り混じった未来のことだと思っていた。中年になった自分の顔を見、そろそろ孫ができてもおかしくない年齢の人妻であることを知り、その事実にくらっとめまいがしたあとでも、ドクター・ナッシュがワードローブに保管していることを電話で教えてくれた日誌には心の準備ができていなかった。そこで自分が母親だったことを知ろうとは想像もしていなかった。子どもがいたことを知ろうとは。

その日誌を手に取った。読むと同時に、本当のことだとわかった。わたしには息子がいた。そんな気がした。いまもそばにいるような気がした。毛穴の奥にいるような気がした。何度も繰り返し読んだ。その事実を頭に刻みつけようと。

さらに読み進め、息子がこの世にいないことを知った。現実のこととは思えなかった。ありえない気がした。事実と知ってもなお、わたしの心はそれにあらがい、拒もうとした。吐き気をもよおした。喉に胃液がこみ上げ、それをこらえるあいだに、部屋がぐるぐる回りはじめた。一瞬、前に倒れていきそうな気がした。膝から日誌がすべり落ち、苦悶の叫びを抑えこむ。立ち上がり、気力を振り絞って寝室を出た。

バスルームへ行った。あの子がいるべき写真を、もういちど見るために。身を切られる思いだった。ベンが帰ってきたとき自分がどうするかわからなかった。帰ってきて、わたしにキスし、夕食を作っている彼を想像した。それをいっしょに食べているところを頭に描いた。そのあと、わたしたちはテレビを見、いつも夜にしていることをするだろう。そのあいだずっと、息子を亡くしたことを知らないふりをしなければならない。やがて二人はいっしょにベッドに行き、そのあと——

耐えられない。自分を抑えることができなかった。自分が何をしているかも、よくわからなかった。爪で引っかくように写真を引きはがしはじめた。あっという間に写真はなくなった。バスルームの床に散らばっていた。便器の水に浮かんでいた。

日誌をつかみ、バッグに入れた。財布は空っぽだったので、マントルピースの時計の裏に隠してあると書いてあった二十ポンド札二枚のうちの一枚を取って、家から外へ駆けだした。どこへ行ったらいいかわからない。ドクター・ナッシュに会いたかったが、どこにいるか知らないし、知っていたとしてもどう行けばいいのかわからない。無力だった。孤独だった。だから、走った。

通りに出ると左へ行って、公園に向かった。よく晴れた午後だった。駐車中の車や朝の嵐が残していった水たまりにオレンジ色の光が反射していたが、空気は冷たかった。自分の吐く息が白い。コートをぎゅっとかき寄せ、耳の上をスカーフで覆って、先を急いだ。風に飛ばされて木の葉が落ち、溝に積もって茶色くぬかるんでいた。

縁石から足を踏み出した。ブレーキの音。ギギーッときしみをたてて車が止まった。ガラスの向こうから男のくぐもった声がした。

「どけ！」声が言った。「ばか野郎！」

わたしは目を上げた。道路の真ん中で、わたしの前に一台の車が立ち往生し、運転手が怒って怒鳴っていた。頭に情景が浮かんだ。わたしの姿が。金属が骨にぶつかり、がくんと倒れ、すべるようにボンネットの上にはね上げられたか、その下に倒れてもつれた塊と化し、人生が一巻の終わりになるところが。

本当は、こういう単純なことだったの？　最初の衝突で始まった悲劇が、二次的な衝突で終止符を打たれたの？　遠い昔に？　もう二十年前から死んでいたような気がするが、やっぱり原因はこういうことだったの？

わたしがいなくなって悲しんでくれるのは、誰？　夫だ。お医者さんも寂しく思ってくれるかもしれない。彼にとっては、ただの患者にすぎなくても。でも、それだけだ。わたしの人づきあいはそこまで縮んでしまったの？　友人たちは一人また一人と見捨てていったの？死んだら、どんなに早く忘れ去られることだろう。

車の男を見た。この男が、つまり、この男みたいな誰かが、わたしにこんな仕打ちをしたのだ。自分の書いた小説のこと、自分が育てた子どものことを考えた。さらには、遠い昔に親友と過ごした花火パーティのことも。わたしにはまだ発掘しなければならない記憶がある。発見しなければならない物事がある。見つけださなければならない、自分についての真実が。

ごめんなさい、と口だけ動かして、また駆けだした。道路を越えて、ゲートを通り、公園に入った。

芝生の真ん中に小屋があった。カフェだ。入ってコーヒーを買い、ベンチのひとつにすわって、発泡スチロールのカップで手を温めた。反対側に遊び場があった。すべり台に、ブランコに、回転遊具。重いばねで地面に固定されたテントウムシのような形の座席に、小さな男の子がすわっていた。こんな寒い中でも、片手にアイスクリームを持って、前後に体を揺らしている。

自分がもう一人別の女の子と公園にいる情景が、ぱっと頭にひらめいた。二人で木の囲いまで階段を上がっていく。そこから金属製のすべり台で地面にすべり下りるのだ。遠い昔には、どんなに高く感じられたことか。けれど、いま遊び場を見ているわたしには、いまの自分の身長よりほんの少し高いくらいだったにちがいないと見当がつく。二人で服を泥んこにして、母親からお目玉を食らっているところが浮かんだ。安キャンディのたぐいや明るいオレンジ色のチップス類が入った袋をつかんだまま、スキップして家路につくところも。

これは記憶なの？　それとも頭がこしらえたこと？

男の子を見た。その子一人しかいない。公園はがらんとしていた。黒い雲に覆われた空の下、冷たい空気の中にいるのはわたしたち二人だけだ。コーヒーをひと口飲む。

「ねえ！」と、男の子が言った。「ねえ！　おばさん！」

目を上げて、また自分の手に視線を落とした。

「ねえ！」彼はさらに声を張り上げた。「おばさん！　手伝って！　回してよ！」

彼は立ち上がって、回転遊具に歩み寄った。そして、「回して！」と言った。金属の仕掛けを押そうとするのだが、懸命の表情で頑張ってもびくともしない。彼はあきらめて、落胆の表情を浮かべた。「ねえってば？」と、彼は言った。

「だいじょうぶ、できるわよ」と、わたしは呼びかけた。そしてコーヒーを口にした。どこにいるのか知らないが、あの子のお母さんがいまいる場所から戻ってくるまで待つことにした。彼から目を離さずに。

彼は回転遊具に上がり、真ん中へ移動していった。「回してよ！」とまた言った。さっきより小さな声で。嘆願の声だ。ここに来なければよかった、あの子を追い払えたらいいのに、と思った。世の中から取り残されたような気がした。不自然なことのような気もする。危険な気もする。壁から剝《は》ぎ取ってバスルームに撒き散らしてきた写真のことを思い出した。安らぎを求めてここへ来たのよ。そんなことをしに来たわけじゃない。

男の子を見た。場所を変え、もういちど押して回そうとしていたが、遊具の回転台の上からうまく地面に足が届かない。弱々しい。どうにもなりそうにない。わたしは男の子に歩み寄った。

「押して！」と、彼は言った。わたしはコーヒーを地面に置いて、にっこりした。

「しっかりつかまって！」と、わたしは言った。バーにぐっと体重をかける。びっくりするほど重かったが、動きだす感触がした。スピードを上げるため、動きについてぐるっと回っていく。「そーれ！」と声をかけた。回転台の端に腰を下ろす。

男の子は興奮の面持ちで顔をくしゃくしゃにし、もっとずっと速く回っているみたいに両手で金属の棒を必死につかんでいる。手が冷たそうだ。青白く見える。緑色のコートを着ているが、この気候には薄すぎる感じだし、ジーンズは足首のところですそを折り返していた。手袋もスカーフも帽子もなしで、この子を外に送り出すなんて、どういう人なのだろう？

「ママはどこにいるの？」と、わたしは訊いた。彼は肩をすくめた。「パパは？」

「知らない」と、彼は言った。「パパは出ていっちゃったって、ママが言ってた。ぼくたちのこと、もう愛していないんだって」

　わたしは少年を見た。彼は心の痛みも失望もにおわせずに、いまの台詞を言ってのけた。彼にとっては単なる事実の羅列なのだ。一瞬、遊具が静止して、世界がわたしたち二人のまわりを回りはじめたような気がした。わたしたちが回っているのでなく。

「でも、きっとママは、あなたのことを愛しているわよね？」と、わたしは言った。

　彼はしばらく黙っていた。それから、「そういうときもある」と言った。

「そうじゃないときもあるの？」と、わたしは訊いた。

　彼は言いよどんだ。そして、「まあね」と言った。胸に何かがドンとぶつかった心地がした。何かがひっくり返りかけているかのように。あるいは、何かが目を覚ましかけているかのように。「ママは、そうでもないって言うよ、ときどき」

「ひどいわね」と、わたしは言った。さっきまですわっていたベンチが近づいてきて、また遠ざかっていく。もう一回、回転した。さらに、もう一回。

「名前は？」

「アルフィー」と、彼は言った。回転が遅くなってきて、彼の頭の向こうで世界が止まっていく。地面に足がつくと、わたしはそこを蹴って、また回りはじめた。自分に言い聞かせるみたいに彼の名前をつぶやいた。アルフィー、と。

「ママがときどき言うんだ。ぼくは別のところで暮らしたほうが、いまよりいい暮らしができるって」と、彼は言った。

笑顔を浮かべたまま、声も明るいまま変わらないよう努力した。「でも、きっと冗談よ」

彼は肩をすくめた。

全身が緊張した。いっしょに来る？　と彼に訊いている自分が目に浮かんだ。わたしのおうちに来る？　いっしょに暮らす？　知らない人についていっちゃいけないと言いながらも、彼の顔がぱっと明るくなるところを想像した。〝でも、もう知らない人じゃないでしょ〟と、わたしは言う。彼を抱き上げ――重くて、チョコレートみたいに甘い香りがするだろう――いっしょにカフェに入る。〝どのジュースがいい？〟と訊くと、彼はアップルと答える。アップルジュースと、お菓子も少し買ってあげ、二人で公園を出る。彼がわたしの手を握り、いっしょにおうちへ、夫と暮らしている家へ帰っていく。その夜、わたしは彼のために肉を切ってあげ、ジャガイモをつぶしてあげる。そのあと彼がパジャマに着替えたら、お話を読んであげ、眠りこんだ彼の体にカバーをかけてあげ、おでこにそっとキスをする。そして、あした、あした――

あした？　わたしにあしたはない、と思った。きのうがなかったように。

「ママ！」と、彼が叫んだ。一瞬、わたしに言ったのかと思ったが、彼は遊具から飛び下り、カフェのほうへ駆けていった。

「アルフィー！」とわたしは叫んだが、女の人がわたしたちのほうへ歩いてくるのが見えた。両手にプラスチックのカップをひとつずつ握っている。

アルフィーがたどり着くと、彼女はしゃがみこんだ。「だいじょうぶ、タイガー？」彼が腕の中に飛びこむと、彼女はそう言って顔を上げ、彼の向こうからわたしを見た。目を細めた顔がこわばっている。〝なんにも悪いことしてない！〟と叫びたかった。〝何見てるのよ！〟と。

でも、叫びはしなかった。思い直して顔をそむけ、彼女がアルフィーを連れて離れていくと遊具から降りた。もう空は暗くなり、青インク色に変わっていた。ベンチに腰かける。いまが何時か、どのくらい外にいたのか、わからなかった。わかっていたのは、まだ家には帰れないことだけだ。ベンと顔を合わせられない。アダムのことはいっさい知らず、子どもがいたことも知らないふりをしなくてはならない。その状況に向きあえない。一瞬、ベンに洗いざらい話してしまいたくなった。日誌のこと、ドクター・ナッシュのこと。何もかもを。だが、その考えは頭から押しのけた。家に帰りたくないが、ほかに行く場所もない。

立ち上がり、黒く変わっていく空の下を歩きはじめた。

家は真っ暗だった。玄関のドアを押し開けたとき、自分が何を予期していたのかはわからない。ベンはわたしがいなくて寂しい思いをしているだろう。五時には帰ると言っていた。リビングを行ったり来たりしている彼を思い描いた。彼がけさ煙草を吸っているところを見たわけではないが、わたしの想像力はこの場面に火のついた煙草を付け加えていた。あるいは、外に出て車で通りを探しているかもしれない。警察とボランティアのチームがわたしの写真のコピーを手に、近所を一軒一軒訪ねているところを想像し、罪悪感に駆られた。記憶はなくしていても、わたしは子どもじゃないし、まだ行方不明者でもないと、自分に言い聞かせようとしたが、それでも言い訳の準備をしてから家に入った。

呼びかけてみた。「ベン？」返事はなかったが、何か動きがあったのが、聞こえたというより感じられた。上で床板がギーッときしみ、家のバランスが感知できないくらい微妙に変化した。もういちど呼びかけた。こんどは、もっと大きな声で。「ベン？」

「クリスティーン？」と、声が言った。弱々しく、ひび割れた声だ。

「ベン」わたしは言った。「ベン、わたしよ。ただいま」

彼が上に現れた。階段のいちばん上に立っている。寝ていたように見えないでもなかった。けさ仕事に出かけたときの服装だが、しわの寄ったシャツがズボンからだらんと垂れ、四方八方突き出た髪の毛は漫画の電気に打たれた人を思わせ、ショックの表情をいっそう際立たせた。ひとつの記憶——理科の授業とヴァンデグラーフ起電機——が浮かんできたが、像は結ばなかった。

彼が階段を下りてきた。「クリス、帰ってきたのか！」

「ちょっと……外の空気を吸いたくなって」と、わたしは言った。

「よかった」と、彼は言った。わたしの立っているところへ歩み寄り、わたしの手を取った。振り立てるためか、現実のものであるのを確かめるかのように手を握ったが、動かしはしなかった。「よかった！」

彼は大きく見開いた目を輝かせて、わたしを見た。薄明かりのなか、いままで泣いていたみたいに目がきらめいた。どれだけわたしのことを愛しているのだろう、と思った。罪悪感がいっそう強くなる。

「ごめんなさい」と、わたしは言った。「こんなに遅くなるつもりじゃ――」

彼が途中で割りこんだ。「いいから、そんなこと気にしなくても」

彼はわたしの手を口元に持ち上げた。表情が変わり、喜びのそれになった。幸せの表情に。不安の痕跡は消し飛んでいた。彼はわたしにキスをした。

「でも――」

「きみは帰ってきた。大事なのはそこだ」彼はパチンと照明のスイッチを入れ、髪を撫でつけてうわべだけととのえた。「そうだ！」と彼は言い、シャツをズボンにたくしこんだ。「顔を洗うなり、着替えるなり、さっぱりしてきたらいい。そしたら、ちょっと出かけないか？どうだ？」

「えっ、でも」と、わたしは言った。「わたし――」

「いいや、クリスティーン。そうしたほうがいい！どうやら、きみには気分転換が必要みたいだ！」

「でも、ベン、そんな気には」

「いいじゃないか」と、彼は言った。またわたしの手を取って、そっと握り締めた。「ぼくにとっても大事なことだ」もう片方の手を取って、両方を握り合わせた。「けさ、言ったかな。きょうはぼくの誕生日なんだ」

わたしに何ができただろう？　出かけたくはなかった。それどころか、何もしたくなかった。あなたの言うとおり、さっぱりして、出かける気になるかどうか見てみる、と答えた。そして二階に上がった。彼の様子を見て心がかき乱れた。ものすごく心配していたみたいだが、わたしが無事帰ってくるや、その心配も吹き飛んだ。そんなにわたしのことを愛しているの？　そんなに信じているの？　心配なのはどこへ行っていたかじゃなく、無事かどうかだけなんて？

バスルームに入った。もしかしたら、床に写真が散らばっているのを見ておらず、わたしは散歩に出かけたのだと心から信じているのかもしれない。証拠を隠す時間はまだある。わたしの怒り、わたしの悲しみを隠す時間は。

中に入り、ドアに錠をかけた。ひもを引いて、明かりをつけた。床はきれいに片づけられていた。写真は剝がされたことなどなかったかのように、鏡のまわりに並べられ、みんな完全に元どおりになっていた。

三十分で用意する、とベンに言った。そして寝室にすわり、大急ぎでここまで書いた。

十一月十六日、金曜日

あのあと何があったかはわからない。ベンから、きょうは自分の誕生日だと言われたあと、わたしは何をしたの？　二階に上がって、わたしが引きはがす前のとおりに写真が戻っているのを知ったあと？　わからない。シャワーを浴びて、着替えをして、食事か映画に出かけたのかもしれない。よくわからない。そのときのことは書き留めていなかったし、覚えてもいない。何時間か前のことにすぎないのに。ベンに訊いてみないとそこだけぽっかり欠落してしまう。頭が変になりそうだ。

けさ、早い時間に目が覚めると、隣に彼が寝ていた。また、見知らぬ人として。部屋は暗く静かだった。わたしは恐怖に体を硬直させて、横たわっていた。自分が誰かわからなかった。どこにいるのかも。駆けだすこと、逃げ出すことしか考えられなかったが、動けなかった。頭の中身がえぐり出されたみたいなうつろな感覚があり、やがて言葉がいくつか浮かび上がってきた。ベン。夫。記憶。事故。死。息子。

アダム。

こんな言葉がわたしの前に浮かび、焦点が合ってはぼやけた。言葉を結びつけることができなかった。どういう意味かわからなかった。呪文のように頭の中で渦を巻いては反響し、そのあと夢が戻ってきた。目覚める直前まで見ていたにちがいない夢が。

わたしは部屋で、ベッドにいた。腕を体に巻きつけていた。男の体に。男がわたしの上にいた。重くて、背中が広い。おかしい、変だ、と思った。やたらと頭がふらつくし、体が重すぎる。わたしの下で部屋が揺れ、目を開くと、天井がぐらぐらして焦点が定まらない。

男が誰かはわからなかった——頭の位置が近すぎ、顔が見えなかった——が、いろんなものが感じられた。裸の乳房にごわごわ当たる、胸毛の感触まで。わたしの舌は味をとらえていた。柔らかく、甘い味。男がわたしにキスしているのだ。荒々しすぎる。やめてほしかったが、口には出さなかった。「愛している」と男がささやき、その言葉が首の横の髪に埋もれていく。言葉を発したいのはわかったが——何を言いたいかはわからない——どうすれば発せられるのかわからない。口と脳がつながっている感覚がなく、男がキスして髪にささやいているあいだ、ただ横たわっていた。彼を求めながら、やめてほしいとも思っていた。彼がキスしはじめたとき、最後までは許すまいと自分に言い聞かせたが、手が背中の曲線からお尻へ下りてきても、あらがいはしなかった。ブラウスをたくし上げた手が中に入ってきたとき、またわたしは思った。ここまで。ここまでよ、あなたに許すのは。あなたを止めないのは、まだ止めないのは、これを楽しんでいるから。乳房に置かれたあなたの手が温かいから。わたしの体が反応して小さな悦びの震えが走っているから。いつになく、大人の女の気分だから。でも、あなたとセックスはしない。今夜はしない。ここまでしか。ここまでで、それ以上は行かない。次に彼はブラウスを剝ぎ取って、ブラのホックをはずし、乳房に触れているのは手ではなく唇になった。それでもまだ、彼を止めよう、もうすぐ、と思っていた。〝だめ〟という言葉が形を取り、頭の中に固まってもきたが、それが口をついたとき、彼はわたしをベッドへ押し戻して、下着を下ろしかけていて、拒絶の言葉は別の何かに変わっていた。おぼろげに悦びのそれとわかる、うめきへと。

膝のあいだに何かを感じた。硬いものだ。「愛している」と、また男は言い、膝を割ってきたのが彼の膝で、脚でわたしの脚を広げようとしているのだと気がついた。あらがいたかったが同時になぜか、許すしかない、こうなってはもう遅いとわかっていた。何かを言うチャンス、これを阻止するチャンスが、ひとつまたひとつと消えていく。そして、どうしようもなくなった。男がズボンのファスナーを下ろし、おぼつかない動きで下着を脱ぎ捨てているあいだ、わたしはそれを求めていたのだ。だから、いまも求めているにちがいない。彼の体が覆いかぶさってきたいまも。

緊張を解こうとした。男が体を丸め、うめき声をあげた。体の奥底から、ぎょっとするような低い音を。彼の顔を見た。夢の中では誰の顔かわからなかったが、いまわかった。ベンだ。「愛している」と彼が言い、わたしは何か言うべきだと思った。けさ初めて会ったばかりの気はするが、この人はわたしの夫だ。止められる。自制してくれるはず。

「ベン、わたし――」

彼が濡れた唇でわたしを黙らせ、押し入ってきた。痛みか、それとも悦びか。前者がどこで終わり、後者がどこから始まったのか、よくわからない。汗で湿った背中にしがみつき、迎え入れてとりあえず成り行きを楽しもうとしたが、それができないとわかると、気にしないようにした。求めているが、同時に、絶対求めてなんかいない、と考えていた。何かを求めると同時に拒絶するなんて、ありえるの？　欲望と恐怖が同居するなんて？

目を閉じた。顔が浮かんだ。黒い髪に髭を生やしている、見知らぬ男だ。頬に傷跡が走っている。見覚えがあるが、いつ見たのかはわからない。見つめるうちに男の顔から笑みが消え、そこでわたしは絶叫した。夢の中で。その瞬間、目が覚めて、気がつくと静まり返ったベッドにいた。隣にベンが寝ていて、自分がどこにいるのかわからなかった。

ベッドを抜け出した。用を足しに？　逃げ出すため？　自分がどこに行くのか、何をするのかわからなかった。なんらかのかたちでその存在を知っていたなら、ワードローブの扉をできるだけそっと開け、日誌の入った靴箱を取り出していただろうが、わたしは知らなかった。だから、一階に下りた。玄関のドアは施錠されていて、曇りガラスから青白い月光が射しこんでいた。自分が裸なのに気がついた。

階段の下にすわりこんだ。日が昇り、廊下が青色を経て濃いオレンジ色に変わった。何ひとつ理解できない。いちばんわからないのは、あの夢だ。生々しすぎた。夢の中で寝ていたのと同じベッドで、わたしは目を覚ました。隣には、いると思ってはいなかった男がいた。そして、ドクター・ナッシュから電話がかかってきて日誌を読んだいま、頭の中でひとつの考えが形を取った。あれは、記憶だったのではないか？　前夜の記憶が頭に残っていたのではないか？

どうだろう。記憶だとしたら、前進の兆候かもしれない。でも、ベンが強引にのしかかってきたことにもなる。もっとまずいのは、彼がそうしているあいだ、わたしが髭を生やした顔に傷跡のある知らない男のイメージを見ていたことだ。いろんな記憶があっておかしくないが、よりによってこんな記憶、残酷すぎる。頭から追い払いたい。

だけど、なんの意味もないのかもしれない。ただの夢なのだ。単なる悪夢なのだ。ベンはわたしを愛しているし、髭を生やした見知らぬ男なんて存在しないのだ。

でも、本当にそう言いきれる？

後刻、わたしはドクター・ナッシュに会った。二人の乗った車が信号待ちをしていて、わたしが前を見つめているあいだ、ドクター・ナッシュはハンドルの縁をトントン指でたたいていた。ステレオから流れてくる音楽に合わせてというわけでもなく。ポップな感じの曲だが、なんという曲かわからなかったし、いい曲だとも思わなかった。けさ、日誌を読みおわり、記憶だったかもしれない夢のことを書きおえると、すぐ彼に電話をかけた。誰かに話す必要があったのだ。自分が母親だったという情報は人生に開いた小さな裂け目の気がしていたが、いまではそれがわたしの前に立ちはだかり、人生を引き裂こうとしている。ドクター・ナッシュは面談をきょうに変更しましょうと言ってくれた。そして、日誌を持ってきてくださいと言った。どんな問題があったのかは診療所に着いてから話すつもりで話してなかったが、もう、それまで待てるかどうかわからなかった。

信号が変わった。彼がハンドルをたたくのをやめ、車は勢いよく走りだした。「ベンはなぜ、アダムのことをわたしに教えてくれないの?」と、気がつくと言っていた。「理解できない。なぜなの?」

彼はわたしをちらっと見たが、返事をしなかった。車がまた少し進んだ。前の収納ボックスに置かれたプラスチックの犬の頭がコミカルに上下し、その向こうに金髪のよちよち歩きの幼児が見えた。アルフィーを思い出した。

ドクター・ナッシュがコホンと咳払いをした。「何があったのか話してください」

つまり、アダムがいたのは本当なのだ。なんのお話ですかと訊かれることを半分願っていたのだが、アダムの名前を口にすると同時に、その願いがどんなにはかなく見当違いなものだったかに気がついた。アダムは作り事じゃない。実在の人間だ。わたしの中、わたしの意識の中にいて、ほかの誰ともちがう空間を占めている。ベンやドクター・ナッシュとは異なる空間を。

怒りを感じた。わたし自身さえ占めていない空間を。彼は初めから知っていたのだ。

「それと、あなた」わたしは言った。「あなた、わたしの小説をくれたでしょう。だったらなぜ、アダムのことは教えてくれなかったの?」

「クリスティーン」と、彼は言った。「何があったのか話してください」

わたしはフロントグラスの外を見つめた。そして、「思い出したの」と言った。

彼はわたしをちらっと見た。「確かですか?」わたしは答えなかった。「クリスティーン」と、彼は言った。「ぼくはなんとか力になろうとしているんです」

彼に話した。「先日のことよ」と、わたしは言った。「あなたからわたしの小説をもらったあと。あなたが本に挟んでくれていた写真を見たら、いきなり、それを撮った日のことを思い出したの。なぜかはわからない。ただ、ぱっと頭に浮かんだの。そして、自分が妊娠していたことを思い出したの」

彼は黙っていた。

「あの子のことを知っていたの?」わたしは言った。「アダムのことを?」

彼はおもむろに口を開いた。「はい」と言った。「知っていました。あなたの資料に入っています。あなたが記憶を失ったとき、彼は二歳でした」彼はいったん言葉を切った。「それに、われわれは前にも彼の話をしたことがありました」

冷水を浴びせられた心地がした。車内は暖かいのに、体が震えた。これ以前にもアダムのことを思い出した可能性はある、その可能性はかなり高いとさえ思っていたが、赤裸々な事実を突きつけられて、体がわなわなと震えた。これまでも経験していた。つまり、また全部経験することになるということだ。

ドクター・ナッシュはわたしの驚愕を感じ取ったにちがいない。

「二、三週間前」と、彼は言った。「外の通りで子どもに会ったと、あなたはお話しになっていた。小さな男の子に。最初あなたは、この子を知っているという強烈な感覚に見舞われた。この子は迷子になって途方に暮れているが、おうちに帰ってくる、あなたのおうちに帰ってくる、自分はこの子の母親だと。その後もその感覚は戻ってきた。ベンに話すと、彼がアダムの話をしてくれた。その日のうちに、あなたはぼくに話してくれました」

いっさい覚えていなかった。ドクター・ナッシュがしているのは見知らぬ他人の話ではなく、わたしの話なのだと自分に言い聞かせる。

「でも、それ以来、あなたはあの子の話をしていなかった？」

彼はため息をついた。「はい――」

ふと、けさ読んだことを思い出した。わたしがスキャナーに横たわっているあいだに、彼らが見せた画像のことを。

「あの子の写真があったわ！」わたしは言った。「スキャンを受けていたとき！　写真があった……」

「はい」と、彼は言った。「あなたの資料にあったものです」

「でも、あなたはあの子のことを言わなかった！　なぜなの？　理解できない」

「クリスティーン、面談を始めるにあたって、ぼくは知っているがあなたは知らないことを、毎回漏らさず話すわけにはいきません。そこは納得していただかないと。それに今回は、かならずしもあなたの利益にならないと判断したんです」

「利益にならない?」

「ええ。自分に子どもがいて、その子のことを忘れてしまっていると知ったら、あなたの気持ちは大きく乱れるでしょう」

地下の駐車場に入っていった。やわらかな日射しが薄れ、味気ない蛍光灯の光、ガソリンとコンクリートのにおいに取って代わられた。これ以外にも、どんなことを話したら倫理にもとると、この人は思っているのだろう? わたしはこれ以外に、どんな時限爆弾を頭の中にかかえているのだろう? 刻々と秒を刻む、爆発寸前の爆弾を?

「ほかには——?」と、わたしは言いはじめた。

「いません」と、彼が途中で受けた。「アダムだけです。あなたのお子さんは彼だけでした」

過去形。つまり、ドクター・ナッシュはあの子が死んだことも知っているのだ。質問したくはなかったが、しなければならないと思った。

「あの子が殺されたのは知っているの?」

ドクター・ナッシュは車を止め、エンジンを切った。駐車場は薄暗く、照らしているのは蛍光灯の光だけで、しんと静まり返っていた。ときおりドアが閉められるバタンという音と、エレベーターのガタガタいう音しか聞こえない。一瞬、まだ可能性はあると思った。わたしの間違いかもしれない。アダムはまだ生きているのかもしれない。そう考えて、心に灯がともった。けさアダムのことを読むなり、自分には息子がいたのだと思えたが、彼が死んだのは現実のことと思えなかった。息子の死を頭に描こうとした。つまり、あの子が殺されたと知ったときどんな心地がしたか、思い出そうとしたができなかった。納得がいかない気がした。悲しみに打ちのめされるはずだ。毎日、絶え間ない痛みに満たされるだろう。渇望に満たされるだろう。自分の一部が死んで、二度と元には戻らないという思いに。息子への愛は強烈だ。自分が何を失ったのか、思い出すはずだ。本当に息子が死んでいたら、その強烈な悲しみは記憶喪失を凌駕《りょうが》するはずだ。

夫を信じていないことに気がついた。わたしは息子が死んだと信じていなかった。一瞬、わたしの幸福が宙に静止し、ぴたりとバランスを取ったが、そこでドクター・ナッシュが口を開いた。

「はい」と、彼は言った。「知っています」

わたしの中で、興奮が小さな爆発を起こしたようにしぼんでいき、その対極に変わった。落胆より始末に負えないもの。痛みに満ちあふれた、もっと破滅的なものに。

「あの子は、どうやって……?」と言うのが精一杯だった。

彼はベンと同じ話をした。アダムは軍隊にいた。道路わきに爆弾があった。わたしは気力を振り絞って、泣くまいと意を決し、耳を傾けた。彼の話が終わり、言葉がとぎれ、一瞬沈黙が下りたあと、彼はわたしの手に手を重ねた。

「クリスティーン」彼は小声で言った。「本当にお気の毒です」

なんて言ったらいいのか、わからなかった。彼を見た。わたしのほうに身をのりだしている。わたしは視線を落とし、手に重ねられた彼の手を見た。あちこちに小さな引っかき傷がついている。このあと自宅に戻った彼を、目に浮かべた。子猫と——小犬かもしれないが——遊んでいるところを。ふつうの暮らしを送っているところを。

「夫は、アダムの話をわたしにしてくれないの」と、わたしは言った。「あの子の写真は全部、金属の箱にしまいこんでいるの。わたしの安全を考えて」ドクター・ナッシュは答えなかった。「なぜそんなことをするの？」

彼は窓の外を見た。前方の壁に〝あばずれ〟という言葉がスプレーされていた。「同じ質問をさせてください。なぜ彼は、そんなことをするのだと思います？」

考えた。思いつけるかぎりの理由を。わたしを管理したいから。わたしを思いどおり操りたいから。この一点を与えてしまうと、わたしが思い上がってしまうから。どれも信じられそうな気がしない。残ったのは、ありきたりの事実だけだ。「そのほうが楽だからかもしれない。思い出せないのなら、話さないほうが」

「なぜ、そのほうが楽なんでしょう？」

「それを知ったら、わたしが心を痛めるから？　話すのは、そりゃつらいでしょう。わたしには子どもがいただけでなく、その子が死んでしまったと、毎日説明しなければならないなんて」

「それ以外に理由はあると思いますか？」

わたしは黙ったあと、気がついた。「そう、あれは、彼にとってもつらいことにちがいない。彼はアダムの父親だったわけだし、その……」きっとベンはわたしの悲しみだけでなく、自分の悲しみにもうまく対処しなければならないのだ。

「これは、あなたにとってつらいことです、クリスティーン」ドクター・ナッシュは言った。「でも、ベンにとってもつらいことなのだと、そこを思い出すようにしなければいけません。ある意味では、あなた以上につらいということを。彼はあなたのことを、心から愛していると思いますし――」

「なのに、彼が存在していることをわたしは覚えていない」

「おっしゃるとおりです」と、彼は言った。

わたしはため息をついた。「ベンのこと、愛していたんでしょうね。昔は。結婚したくらいだもの」ドクター・ナッシュは何も言わなかった。けさいっしょに目を覚ました見知らぬ男のことを考え、二人で暮らしてきた写真のことを考えた。深夜に見た夢――もしくは、記憶――のことを。アダムのこと、アルフィーのこと、わたしがしたこと、しようと考えたことを。パニックが湧き上がってきた。罠《わな》にかかった心地がする。そこから脱け出すすべがなく、頭が自由と解放を探し求めて駆けまわっているような。

ベン、と心の中でつぶやいた。ベンにしがみつけばいい。彼は頼りになる。

「頭が混乱して」と、わたしは言った。「つぶれてしまいそう」

ドクター・ナッシュはわたしのほうに顔を戻した。「その点で、あなたが楽になれるよう、何か手を打てるといいんですが」

本気でそう思っている表情だ。わたしを救える手だてがあるなら、なんでもしますと言わんばかりの。優しい目だ。わたしの手に手を重ねた優しさに似て。この地下駐車場の薄明かりの中、ふとわたしは考えていた。わたしが彼の手に手を重ねたら、あるいはほんの少し顔を前へやって、彼の視線をとらえながら口をわずかに開いたら、どうなるだろう？　彼も身をのりだすだろうか？　わたしにキスしようとするだろうか？　そしたら、わたしは許すだろうか？

それとも、滑稽と思われるだろうか？　ばかじゃないかと？　けさ目が覚めたとき、わたしは二十代のつもりだったかもしれないが、現実はそうではない。五十歳に近いのだ。彼の母親であってもおかしくない年齢だ。だから、思いとどまり、彼を見た。身じろぎもせずに、わたしを見ている。頼もしく見えた。わたしを救えるくらい強そうに。苦境を乗りきらせてくれるくらい強そうに。

自分が何を言おうとしているのかわからないまま口を開いたが、電話のくぐもった音にじゃまされた。重ねた手を放した以外、ドクター・ナッシュは動かず、この電話はわたしの電話のひとつにちがいないと気がついた。

鳴っている電話を、バッグから取り出した。パチンと開くタイプのではなく、夫からもらったほうだ。画面に〝ベン〟とあった。

彼の名前を見たとき、自分が恥ずべきことをしているのに気がついた。彼も息子を亡くしたのだ。息子の死を受け入れて、毎日過ごさなければならない。その話をわたしにできず、妻に支えを求めることもできないまま。

そうしてきたのは、愛ゆえだ。

なのに、わたしはこの駐車場で、夫がろくに存在さえ知らない男とすわっている。けさスクラップブックで見た写真を思い起こした。何度となく、わたしとベンの写真を見た。微笑んでいる二人。楽しそうな二人。愛しあっている二人。いま家に帰って見たら、写真に欠落しているものしか見えないかもしれない。アダムしか。だけど、あそこにあるのはいつもと同じ写真だ。その中でわたしたちは、この世にほかの人間など存在しないみたいに見つめあっている。

わたしたちは愛しあっていた。それは明らかだった。

「彼には、あとでかけなおします」と、わたしは言った。バッグに電話を戻す。今夜、彼に話そう、と思った。日誌のことを。ドクター・ナッシュのことを。何もかも。

ドクター・ナッシュがコホンと咳払いをした。「そろそろ診療所に行きますか。治療にとりかかりましょう」

「いいわ」と、わたしは言った。彼の顔を見ずに。

ドクター・ナッシュが家まで送ってくれ、その車内でこれを書きはじめた。読みやすいとは言えないところが多い。急いで書いたからだ。わたしが書いているあいだ、ドクター・ナッシュは黙っていたが、わたしがぴったりの言葉やもっといいフレーズはないかと探しているあいだ、わたしをちらちら見ているのがわかった。何を考えているのだろう、と思った。診療所を出る前、彼から、招聘《しょうへい》されている会議でわたしの症例を議論することを了承してほしいと要望があった。「ジュネーヴであるんです」と、彼は言った。自尊心を隠しきれない様子で。わたしは承諾した。彼がすかさず、日誌のコピーを取っていいかと訊いてくるのが目に浮かぶようだった。研究のために。

家に着くと、彼はさよならを言い、それから付け加えた。「車の中で日誌を書きたいとあなたが言ったことに驚いています。なんだか、すごく……決意を感じました。どんなことも書き落としたくないんですね」

でも、どういう意味かはわかっている。死に物狂い、という意味だ。必死、という意味だ。なりふりかまわず、洗いざらい書き留めようとしている、という意味だ。

彼の言うとおりだ。わたしは決意を固めている。家に入ると、ダイニングテーブルで書き留めるべき内容を書きおえ、日誌を閉じて、隠し場所に戻してから、ゆっくり服を脱いだ。ベンが留守番電話を残していた。「今夜、出かけよう」と、彼は言っていた。「夕食に。きょうは金曜日だし……」

けさワードローブで見つけたネイヴィーブルーのズボンを脱いだ。ズボンにいちばん合うと判断した薄青色のブラウスも脱いだ。とまどっていた。面談中、ドクター・ナッシュに日誌を預けていた。読んでもかまわないかと訊かれ、了承したのだ。ジュネーヴの会議に招聘された話を聞く前だ。あれを読んだから彼は願い出たのだろうかと、いまにして思う。「すばらしい！」読みおえると、彼は言った。「じつにいい。あなたはいろんなことを思い出してきています、クリスティーン。いろんな記憶が戻ってきている。それが続かない理由はない。心強く思っていいし……」

だが、心強くは思わなかった。とまどっていた。わたしが彼に色目を使ったのか、彼がわたしの気を引いたのか？　彼のほうから手を重ねてきたのだが、わたしはあそこで拒まず、ずっと手を重ねさせていた。「このまま書きつづけるべきです」日誌を返すとき、彼はそう言い、わたしはそうすると答えた。

いま寝室で、わたしは何も悪いことはしていないと、自分に言い聞かせようとした。まだ後ろめたさを感じていた。あれを楽しんでいたからだ。自分への関心を。つながりの感触を。あそこで起こっていたいろんなことに、一瞬、チクッと小さな喜びを感じていた。自分には魅力があるのだと感じていた。女として好ましいのだと。

下着の引き出しに向かった。奥に、黒いシルクのショーツとそろいのブラが押しこまれていた。それを着けてみた――これらの衣類は自分のものという気がしなくても自分のものにちがいないとわかっている。着けているあいだ、ワードローブに隠した日誌のことをずっと考えていた。あれを見つけたら、ベンはどう思うだろう？　わたしの書いたことを、わたしの感じたことを、みんな読んでしまったら？　理解してくれるだろうか？

鏡の前に立った。彼はわかってくれる、と自分に言い聞かせた。きっとわかってくれる。目と手で自分の体を調べた。丹念に探り、体の線と起伏に指を走らせる。新品の体であるかのように。神様からの贈り物であるかのように。一から学習すべきものであるかのように。

ドクター・ナッシュはわたしの気を引いていたわけではないとわかっていたが、彼が気のあるそぶりをしていると思ったあの短い時間、わたしは年齢を感じなかった。若返った気がした。

どれくらいの時間、あそこに立っていたかわからない。時間の長さは、わたしにはほとんど意味がない。分単位など存在しない。二十年近い時間がわたしからするりとすべり落ち、なんの痕跡も残っていない。ふとした拍子に、一階の時計のチャイムが時間の経過を教えてくれるだけだ。わたしは自分の体を調べた。臀部《でんぶ》の重みを、脚とわきの下の黒い毛を。バスルームでかみそりを見つけ、脚に石鹸《せっけん》を塗ってから、肌に冷たい刃を当てて、すーっと引いた。前にも何度となく同じことをしたにちがいない、と思ったが、それでも奇妙なことをしている気はした。ちょっと滑稽な気さえ。ふくらはぎの皮膚を傷つけた——チクッと刺すような痛みがして、ビロードのような質感の赤いものが湧き出し、小さく震えてから脚を流れはじめた。指で流れを止め、その血を糖蜜のようにこすりつけ、口元に持ってきた。石鹸と温かい金属の味。固まらない。ツルツルになった肌を血が流れ落ちるにまかせ、そのあと湿ったティッシュでぬぐった。

寝室に戻って、ストッキングを穿き、タイトな黒いドレスを身につけた。化粧台の上の箱から金のネックレスを選び、それに合ったイヤリングを選んだ。化粧台の前にすわって、化粧をし、髪をカールしてヘアスプレーをかけた。腰と耳の後ろに香水を振りかける。そのあいだずっと、ひとつの記憶がわたしの中をただよっていた。ストッキングを穿き、ガーターベルトのスナップを留め、ブラのホックを留めている自分が見えたが、それは別の部屋の、別のわたしだった。部屋は静かだった。音楽がかかっているが小さな音で、遠くの人の声や、ドアが開閉する音や、車が走り去るときのブーンというかすかな音が聞こえた。平穏と幸せを感じた。鏡に体を向け、キャンドルの光で自分の顔を調べた。悪くない、と思った。けっこういける。

記憶はもう少しで手の届きそうなところにあった。意識の表面の下でゆらゆら揺らめき、細かな部分や、とぎれとぎれの情景や、瞬間瞬間は見えるのだが、その先をたどれないくらいの深さにはあった。ベッドわきのテーブルにシャンパンのボトルが見えた。グラスがふたつ。ベッドに花束があり、カードがあった。ホテルの部屋でわたしが一人、愛する人を待っている。ノックの音がして、自分が立ち上がり、ドアに向かって歩いていくのが見えたが、そこでおしまいになった。テレビを見ていたら、いきなりアンテナがはずれたかのように。顔を上げると、自分の姿が見えた。家に戻っていた。鏡に映っている女は別人のようだが――化粧とヘアスプレーをかけた髪で、いつも以上になじみのなさがいっそう際立つが――準備はととのった気がした。なんの準備かはよくわからないが、準備はととのった気がした。階段を一階に下りて、夫を待った。結婚相手を。愛する人を。

愛する、と自分に言い聞かせる。わたしの愛する人、と。

声がした。「クリスティーン？　クリスティーン、だいじょうぶか？」

「ええ」と、わたしは言った。「ここにいるわ」

咳をする音。アノラックを掛ける音。ブリーフケースを下に置いている音。

彼が上に呼びかけた。「何も問題なかったか？」と、彼は言った。「ちょっと前に電話をしたんだ。メッセージを残しておいたんだが」

階段のきしむ音。一瞬、ここには立ち寄らず、二階のバスルームか自分の書斎へまっすぐ向かうのだと思った。愚かなことをしている気がした。ばかげたことだ。こんな服装をして、別の人の服を着て、いつからかずっと夫だったという男を待っているなんて。服を脱いで、化粧をこすり落とし、本来の自分に戻りたかったが、彼がうめき声をあげながら靴べらで靴の片方を脱ぎ、もう片方を脱ぐ音がした。すわってスリッパに履き替えているところだ。階段がまたきしみをたて、彼が部屋に入ってきた。

「ダーリン――」と言いはじめ、そこで言葉が止まった。彼の目がわたしの顔をひと巡りし、上から下へ体を移動し、また戻ってきて、わたしと目が合った。どう思ったかはわからない。

「いや」彼は言った。「これは――」と、頭を振る。

「こんな服を見つけて」と、わたしは言った。「少しはお洒落《しやれ》しようかと思って。金曜日の夜だし。週末だもの」

「うん」戸口に立ったまま、彼は言った。「たしかに。でも……」

「どこかへ出かけるんでしょ？」

そう言って立ち上がり、彼のところへ歩み寄った。「キスして」と言い、そうするつもりだったかどうかはともかく、正しい行動のような気がしたので、彼の首に腕を巻きつけた。石鹸と汗と仕事のにおいがした。クレヨンのような甘い香りがした。記憶が――アダムといっしょに床に膝をついて、絵を描いているところが――浮かび上がってきたが、頭にくっついてはくれなかった。

「キスして」と、もういちど言った。彼が両手を腰に回す。

二人の唇が重なった。最初は、軽く触れる感じだった。おやすみや、さよならのキス、公衆の面前や、母親にするようなキスだ。わたしは腕を離さず、彼はもういちどキスをした。同じようなキスを。

「キスして、ベン」わたしは言った。「ちゃんと」

「ベン」後刻、わたしは言った。「わたしたち、幸せ?」

彼と二人でレストランにいた。前にも来たことのある店だと彼は言ったが、もちろん、わたしには全然わからない。二流どころの有名人と思われるフレーム入りの写真が壁のところどころにあり、店の奥でかまどが口を開けて、ピザが来るのを待っていた。わたしは目の前のお皿にのったメロンを少し口にした。注文した覚えはなかったが。

「つまり」と、わたしは続けた。「わたしたち、結婚して……何年?」

「ええと」と、彼は言った。「二十二年だ」信じられないくらい長い時間のような気がした。きょうの午後、身支度をととのえているときに浮かんできた情景を思い起こした。ホテルの部屋にあった花束。この人を待っていたとしか思えない。

「わたしたち、幸せ？」

彼はフォークを置いて、自分の注文した辛口の白ワインを少し口にした。どこかの家族が到着し、隣のテーブルに着いた。年配の両親に、二十代の娘。ベンが口を開いた。

「ぼくらは愛しあっている。それがきみの言っていることなら。ぼくは間違いなくきみを愛している」

やっぱり来た。わたしも愛していると言う、きっかけの合図が。男はいつも問いかけのかわりに〝愛している〟と言う。

でも、わたしに何が言えるというの？　彼は見覚えのなかった人間だ。愛は二十四時間で生まれるものではない。かつてのわたしは、そんな愛もあると信じたがっていたかもしれないが。

「ぼくを愛していないのはわかっている」と、彼は言った。一瞬ショックに打たれ、彼を見た。「気にするな。きみの置かれている状況はよくわかっている。ぼくたちの置かれた状況は。きみは覚えていないが、ぼくたちはかつて愛しあっていた。とことん。心底から。物語の中みたいに。『ロミオとジュリエット』とか、愚にもつかない作り話のように」彼は笑おうとしたが、思いとどまり、ばつの悪そうな表情を見せた。「ぼくはきみを愛していて、きみはぼくを愛していた。二人は幸せだった。すごく幸せだった」

わたしは日誌を読んでいたけど、彼がしゃべりすぎた？　わからなかったが、それでも、わたしみたいな状況に置かれた人間なら、誰でも〝事故〟に遭ったという合理的な推論を立てるだろう。

「そう」と、彼は悲しげに言った。「それまでは。ぼくらは幸せだった」

「いまは？」

「いま？　こんな状況でなかったらとは思うが、ぼくは不幸じゃないよ、クリス。きみを愛している。ほかの誰も欲しいとは思わない」

わたしはどう？　と、思った。わたしは不幸せ？

隣のテーブルを見た。父親は眼鏡をかけて、ラミネート加工されたメニューに目を凝らしていて、妻のほうは娘の帽子に気を配り、自分のスカーフをはずしていた。娘は誰の力も借りずに腰かけ、何を見るでもなく、わずかに口を開いている。その右手がテーブルの下でピクッと引きつった。あごから唾液が細い糸を引く。わたしが見ているのに父親が気づき、わたしは目をそらし、夫のほうへ顔を戻した。見つめてなどいなかったと思わせるには、急いで戻しすぎた。彼らはこういうのに慣れているにちがいない――まわりの人が顔をそむけるが、一瞬手遅れ、という状況に。

わたしはため息をついた。「何があったか思い出せたら、どんなにいいか」

「何があったか?」と、彼は言った。「どうして?」

これまでに浮かんできたほかのいろんな記憶のことを考えた。どれも短い、つかのまのものだった。もう、なくなっている。消えている。でも、わたしはそれらを書き留めてきた。記憶が存在したことを——いまもどこかに存在していることを——知っている。迷子になっているだけなのだ。

鍵があるにちがいない、という確信があった。残りの記憶を全部解き放ってくれる特定の記憶が。

「事故のことを思い出せたら、と思ってるだけ。そしたら、ほかのことも思い出せるかもしれないって。たとえば、わたしたちの結婚式とか、新婚旅行のことを。わたしはそれさえ思い出せないのよ」ワインを少し飲んだ。息子の名前を思わず口にしそうになり、そこで、わたしがあの子の話を読んだのをベンは知らないのだと思い出した。「目が覚めたとき自分が誰か思い出せたら、すてきじゃない」

ベンは両手の指を組み合わせ、固めたこぶしにあごをのせた。「そうはならないと、医者たちは言った」

「でも、何があるかわからないでしょ。本当に確かなの? 彼らが間違っている可能性はないの?」

「あるとは思えない」

わたしはグラスを置いた。彼は間違っている。全部消えてしまったと、彼は思っている。

わたしの過去は完全に消えてなくなったと思っている。ふっと頭に浮かんでくる切れ切れの情景がまだあることや、ドクター・ナッシュのことを、そろそろ話してもいいのではないだろうか。日誌のことを。何もかも。

「でも、わたし、少し思い出しているの。ときどき」と、わたしは言った。彼は驚きの表情を浮かべた。「記憶が戻ってきている気がするの、一瞬のひらめきのかたちで」

彼は組み合わせていた手をほどいた。「本当か？　どんなことを？」

「うーん、時と場合によるんだけど。記憶というほどのものじゃないときもあるわ。妙な気分とか感覚だけで。ちょっと夢にも似ているけど、頭が作り出しているにしては生々しすぎる気がするの」彼は黙っていた。「あれは記憶にちがいないわ」

わたしは待っていた。彼がもっと質問してくること、どんなものが見えたか全部話してくれないかと言われることを予期していた。さらには、どんな記憶を経験したか、いまでも覚えているのかと訊かれるのではないかと。

ところが、彼は口を開かなかった。悲しそうにずっとわたしを見ていた。わたしは自分の書き留めた記憶を思い起こした。最初の家のキッチンで彼がわたしにワインをすすめているところを。「あなたも出てきたわ」と、わたしは言った。「もっと若いころの……」

「ぼくは何をしていた？」と、彼はたずねた。

「特に何ってわけじゃなかったわ」と、わたしは答えた。「キッチンに立って――」隣の席に女の子と両親がすわっていることを思い出した。声をひそめて、「わたしにキスしていただけ」とささやいた。

それを聞いて、彼はにっこりした。

「思ったの。ひとつ思い出すことができるのなら、たくさん思い出せるようになるかもしれないって――」

彼はテーブル越しに手を伸ばし、わたしの手を取った。「しかし、あしたになったら、その記憶を忘れてしまっている。そこが問題なんだ。きみには記憶を築くための土台がない」

わたしはため息をついた。彼が言っているのは事実だ。自分の身に起こったことを、死ぬまで全部書き留めつづけるわけにはいかない。毎日それを読まなければならないとしたら。

隣の家族に目を向けた。女の子はミネストローネをスプーンでたどたどしく口に運び、母親が首のまわりに押しこんだ布の胸当てをびしょ濡れにしていた。彼らの人生が目に浮かんだ。保護者の役割――何年も前に解放されていたはずの役割――によって打ち砕かれ、そこから抜け出すことができない人生が。

わたしたちも同じだ、と思った。わたしにも過剰な保護が必要なのだから。そして、彼らとその娘と同じく、ベンは等価のもので報われることが決してないままわたしを愛していることに気がついた。

それでも、あの家族とはちがうかもしれない。わたしたちにはまだ希望があるかもしれない。

「わたしに良くなってほしい？」と、わたしは訊いた。

彼は驚きの表情を浮かべた。「クリスティーン」と、彼は言った。「頼むから……」

「でも、もし、診てもらえる人がいたら？　お医者さんとか？」

「前にも試してみたが――」

「だけど、もういちど試してみる価値はあるんじゃない？　医学は日進月歩よ。新しい治療法があるかもしれないし」

彼はわたしの手をぎゅっと握った。「クリスティーン、それはないんだ。信じてくれ。ぼくたちはあらゆることを試してきた」

「どんな？」と、わたしは訊いた。「どんなことを試してきたの？」

「クリス、お願いだ。これ以上――」

「どんなことを試してきたの？」と、わたしは言った。「どんなことを？」

「何から何までだ」と、彼は言った。「ありとあらゆることを。どんなだったか、きみは覚えていないが」彼は居心地悪そうだった。こぶしが飛んでくるのを予期しているがどこから来るかわからないみたいに、視線が右へ左へ飛び交う。いまの質問をあきらめることもできたが、わたしはあきらめなかった。

「どんな、ベン？　知る必要があるの。どんなだったの？」

彼は答えなかった。

「教えて！」

彼は顔を上げ、ごくりと唾をのんだ。おびえているような表情だ。顔が赤らみ、目を大きく見開いている。「きみは昏睡状態に陥った」と、彼は言った。「みんな、きみが死んでしまうと思った。でも、ぼくは思わなかった。きみは強い人間だと、きみなら乗り越えられると信じていた。良くなると信じていた。そんなある日、病院から電話があって、意識が戻ったという。彼らは奇跡と思っていたが、ぼくはちがうと思った。きみだから、ぼくのクリスだから、ぼくのところへ戻ってきたんだ。きみは朦朧《もうろう》としていた。頭が混乱していた。自分がどこにいるのかわからず、事故のことは何ひとつ思い出せず、ぼくときみのお母さんに見覚えはあったが、ぼくらが誰かはきちんとわかっていなかった。病院の医師たちは、心配いらない、ああいう重傷を負ったあと記憶がなくなるのはよくあることで、そのうち治ると言った。ところが――」彼は肩をすくめて、手に持っていたナプキンに目を落とした。一瞬、このまま先を続けてくれないのかと思った。

「そのあと？」

「つまり……症状は悪化していく感じだった。ある日、訪ねていくと、ぼくが誰かまったくわからなかった。ぼくを医者と思いこんでいた。その次は、自分が誰かもわからなくなった。自分の名前を思い出せず、何年生まれかも思い出せなかった。何ひとつ。きみが新しい記憶を形成できなくなったことに、病院も気がついた。検査をし、スキャンを撮った。あらゆることをした。でも、効果はなかった。事故で記憶が破損したのだと、彼らは言った。一生このままだろうと。治療法はなく、自分たちにできることは何もないと」

「何もない？　なんにもしてくれなかったの？」

「そうだ。きみの記憶は、回復するかしないか、ふたつにひとつで、時間が過ぎるほど回復の見込みは小さくなると彼らは言った。ぼくにできるのは、きみの世話をすることだけだと。だから、そうするよう努めてきた」彼はわたしの両手を取って、指を撫《な》で、結婚指輪の硬いリングに触れた。

そして身をのりだし、わたしの顔から数センチまで顔を近づけた。「愛している」と彼はささやいたが、わたしは答えることができず、二人ともほとんど無言のまま食事の残りを食べた。憤りの思いがふくらんできた。怒りが。わたしには手のほどこしようがないと、彼は決めつけているらしい。頭から。急に、日誌のことを話す気が失せた。ドクター・ナッシュのことも。自分の秘密をもう少し守りたくなった。いまのわたしに自分のものと言えるのは、この秘密だけのような気がした。

二人で家に戻った。ベンは自分にコーヒーを淹れ、わたしはバスルームに向かった。そこで、この日これまでにあったことを書けるだけ書き、それから服を脱いで化粧を落とした。部屋着に着替えた。また一日が終わろうとしている。もうすぐわたしは眠り、脳はすべてを消去しはじめる。あしたもまたそれの繰り返しだろう。

大きな望みがあるわけじゃない、と思った。大それた希望なんて持てない。あたりまえの感じに戻れたら、それでいい。ほかのみんなと同じように暮らし、経験の上に経験を築いて、それぞれの日が次の一日を形作っていくことができればいい。成長し、物事を学び、物事から学びたい。あそこで、バスルームの中で、老年期のことを考えた。どんなふうになるか想像しようとした。七十代、八十代になっても、目が覚めたとき、まだ人生のとば口にいる気がするのだろうか？　自分の骨が老いさらばえ、関節が固く鈍重になっているのをまったく知らずに目を覚ますのだろうか？　自分の人生が過ぎ去り、すでに現実となっていて、そこから生まれたものは何ひとつないとわかったとき、わたしはどう対処するのか、想像がつかなかった。思い出の宝庫も、豊かな経験も、先へ受け渡していく蓄積された知恵もない。記憶の蓄積でなかったら、わたしたちは何者なの？　鏡の中に自分の祖母のような姿が見えたら、どんな気持ちがするだろう？　よくわからないが、いまそれを考えているわけにはいかない。

ベンが寝室に入ってくる音がした。日誌をワードローブに移す時間はないと判断し、浴槽の横の椅子に置いた。自分の脱いだ服の下に。あとで、彼が寝入ったときに移そうと考えて。わたしは明かりを消し、寝室に入っていった。

ベンがベッドにすわって、わたしを見た。わたしは黙って彼の隣に入った。彼が裸なのに気がついた。彼は「愛している、クリスティーン」と言い、わたしにキスしはじめた。首に、頬に、唇に。息は熱く、少しニンニクのにおいがした。キスされたくなかったが、押しのけはしなかった。みずから求めたことではないか、と思った。出かける前、あのばかみたいなドレスを着て、化粧をし、香水を振りかけ、彼にキスをせがむことで。

彼と向きあい、気が進まないまま、キスを返した。二人で家にいて、調理のすんでいない昼食をキッチンに残したまま、寝室へ向かう途中でわたしの服がむしり取られているところを思い浮かべようとした。あのころ、わたしは彼を愛していたにちがいない、と自分に言い聞かせた。さもなければ、なぜ結婚したの？　だから、いま彼を愛すべきでない理由はどこにもないのだ、と言い聞かせた。いましているのは大事なことだ、愛情と感謝の表現なのだと言い聞かせ、彼の手がわたしの乳房に移ったときもそれを止めず、これは自然なふつうのことなのだと言い聞かせた。脚のあいだに手がすべりこみ、柔肌を覆いはじめたときも抵抗せず、あとになって――ずっとあとになって――小さなうめき声が漏れはじめたとき、それは彼の行為がもたらしたものではないことに初めて気がついた。悦びなんかじゃない。恐怖だ。目を閉じたとき見えたもののせいだった。

ホテルの部屋にいるわたし。夕方、出かける支度をしているときに見えたのと同じ部屋だ。キャンドルが、シャンパンが、花束が見える。ドアにノックの音がして、飲んでいたグラスを置き、ドアを開けるために立ち上がったわたしが見える。興奮を、期待を感じている。空気は期待に満ちている。セックスと解放に。わたしはドアに手を伸ばし、冷たく硬い取っ手をつかむ。深呼吸。最後はみんなうまくいく。

そのあと、ぽっかり穴が開いていた。記憶の空白だ。ドアが開いてくる。わたしのほうへ開いてくるが、その向こうにいる人が見えない。そこで、夫といるベッドの中で、どこからともなくパニックが押し寄せてきた。「ベン！」と叫んだが、彼はやめなかった。わたしの声が聞こえている様子さえない。「ベン！」と、もういちど言った。目を閉じて、彼にしがみついた。渦を巻くように、また過去へと落下していった。

部屋に男がいる。わたしの後ろに。この男、なんてことを！　くるりと体を回すが、何も見えない。痛みが走る、焼けつくような。喉に圧力がかかる。息ができない。男は夫ではなく、ベンではないのにその手がわたしをなぞる。全身を。手が、体が、覆いかぶさってくる。息をしようとするが、できない。体が震え、ドロドロに溶けて、無に帰する。灰と空気になる。肺に……水が。目を開けるが、真っ赤な色しか見えない。死ぬのだ、ここで、このホテルの部屋で。神様、と心の中でつぶやく。一瞬だって、こんなことを願いはしなかった。こんなことを求めはしなかった。誰か、助けて。誰か、来て。とんでもない過ちを犯したのは確かでも、こんな罰を受けるいわれはない。命を落とすいわれはない。

自分が消えていく心地がする。アダムに会いたい。夫に会いたい。でも、彼らはここにはいない。誰もここにはいない。わたしと、この男、わたしの喉に手を回しているこの男しかいない。

すべり落ちていく、下へ、下へ。真っ暗闇に向かって。眠ってはならない。眠ってはいけない。眠っ。て。は。だめ。

記憶がぷつんと切れ、おぞましいがらんどうの空洞だけが取り残された。ぱっと目を開いた。自分の家に戻っていた。ベッドに戻り、夫を迎え入れていた。「ベン！」と叫んだが、手遅れだった。小さなくぐもったうめき声とともに、彼は射精した。わたしは彼にしがみつき、可能なかぎりぎゅっとつかまった。それから、しばらくして、彼はわたしの首にキスをし、また愛していると言い、そのあと、「クリス、泣いているのか……」と言った。

すすり泣きが漏れた。とめどなく。「どうした？」と、彼は言った。「痛かったのか？」なんて言ったらいいの？　首を横に振りながらも、頭はいま見えたことを理解しようとしていた。花がいっぱいの、ホテルの部屋。シャンパンにキャンドル。知らない男がわたしの首に手を回していた。

なんて言ったらいいの？　いっそう激しく泣きじゃくり、ベンを押しのけて、あとは待つことしかできなかった。彼が眠ったあと、ベッドからそっと抜け出し、すべてを書き留められるようになるまで待つことしか。

十一月十七日、土曜日――午前二時七分

眠れない。ベンは二階のベッドに戻り、わたしはこれをキッチンで書いている。わたしはココアを飲んでいるものと、彼は思っている。彼がわたしのために淹れたばかりのココアを飲んでいるものと思っている。わたしはすぐ戻ってくるものと思っている。

戻りはするが、その前にもういちど書かなくてはならない。

家はもう静かで暗くなっているが、さっきは何もかもが躍動していた。活力が増幅されたかのように。セックスしているとき見えたことを書き留めたあと、ワードローブに日誌を隠してベッドに戻ったが、心はざわついていた。下の時計のカチカチいう音が聞こえ、毎時ごとにチャイムが鳴り、ベンは軽いいびきをかいていた。胸に羽根布団の繊維が感じられ、わたしの側に置かれた目覚まし時計の光しか見えなかった。仰向けに寝て、目を閉じた。わたし自身と、息ができないよう喉を絞めつけてくる手しか見えない。こだまするわたし自身の声しか聞こえない。わたしは死にかけていた。

日誌のことを考えた。もっと書いたら効果があるだろうか？　もういちど読んでみたら？　ベンを起こさずに、隠した場所からうまくあれを持ち出せるだろうか？

彼は寝ていて、影の中でほとんど見えない。わたしは彼に嘘をついている、と胸の中でつぶやいた。彼が嘘をついているからだ。わたしの小説のこと、アダムのこと。そしていまは、どういう経緯でわたしがいまに至ったのか、何があってこんな抜き差しならない状況に陥ったのかについても、彼は嘘をついている。絶対に。

揺り起こしてやりたかった。どうして、と叫びたかった。なぜあなたは、わたしが凍結した道路で車にはねられたなんて言っているの？　と。彼はわたしから何を隠しているのだろう？　そこまでひどい真実があるのだろうか？

ほかにはどんなことがあるのだろう？　わたしの知らないどんなことが？

日誌から金属の箱へ考えが移った。アダムの写真が保管されている箱へ。あそこにもっと答えがあるかもしれない、と考えた。真実が見つかるかもしれない。

ベッドから抜け出すことにした。夫を起こさずにすむよう、羽根布団をそっと折り曲げた。日誌を隠した場所からつかみ取り、裸足でそっと踊り場へ出た。青みがかった月光に照らされて、別の家にいるみたいな気がした。寒々として、動くものとてない。

寝室のドアを引いていくと、木が絨毯《じゅうたん》をこするやわらかな音がし、カチッとかすかな音をたてて閉まった。踊り場で自分の書いたものをざっと斜め読みした。わたしは車にはねられたとベンが言っているところを読んだ。わたしが小説を書いたことを彼が否定しているところを読んだ。息子のところを読んだ。

アダムの写真を見る必要があった。だけど、どこを探せばいいの？「これは二階に保管しておく」と、彼は言った。「安全を考えて」と。だけど、実際、どこに？予備寝室？書斎？前に見た記憶さえないものを、どう探せばいいの？

日誌をさっきまであった場所に戻し、書斎に入って、またそっとドアを閉めた。窓から月光が射しこみ、部屋に灰色がかった輝きを投げている。ベンに見つかる危険を冒すわけにはいかなかったので、照明のスイッチを入れずに探した。何を探していたのか訊かれたとき、どう答えればいいかわからないし、そこにいる理由も説明できない。答えきれないくらいたくさん質問を浴びるだろう。

箱は金属製で、灰色をしていると書いてあった。まず机を調べた。やけに平たい画面がついた、ちっぽけなコンピュータがあって、マグの中にペンと鉛筆が立てかけられ、書類はきちんと山にして並べられ、タツノオトシゴの形をしたセラミックのペーパーウェイトがあった。机の上の壁にウォール・プランナーがあり、色つきのステッカーと丸印と星印がそこかしこに見えた。机の下には革の肩掛けかばんと屑かごがあり、どっちも空っぽで、その横に書類整理棚があった。

まずそこを見た。いちばん上の引き出しをゆっくりと、静かに引いた。書類が詰まっていて、〝家〟〝仕事〟〝財務〟というラベルがあった。バインダーは飛ばした。その奥に錠剤が入ったプラスチックの瓶があったが、薄暗くて名前は判読できなかった。二番目の引き出しには文房具が詰まっていて――箱、便箋、ペン類、修正液――そっと閉めてから、しゃがみこんでいちばん下の引き出しを開けた。

毛布か、タオルか。薄暗い中では見分けがつかなかった。隅を持ち上げ、下を探っていくと、冷たい金属に触れた。上の布を引っぱりだす。その下に金属の箱があった。思ったより大きな箱だった。引き出しのほとんどを占拠するくらい大きなものだ。まわりに手をくぐらせていくと、これまた思ったより重いことがわかり、危うく落としそうになりながら持ち上げて、床に置く。

箱がわたしの前に鎮座した。一瞬、自分が何をしたいのかわからなくなった。それを開けてみたいのかどうかさえ。どんな新しい衝撃が、この中にはあるの？ 記憶そのものと同じように、想像もつかない真実が入っているかもしれない。思いもよらない夢と、思いがけない恐怖が。怖かった。でも、自分にはこういう真実しかないのだと気がついた。これはわたしの過去だ。わたしを人間らしい心地にしてくれるものなのだ。これがないと、わたしは無に等しい。ただの動物にすぎない。

深呼吸をしながら目を閉じて、ふたを持ち上げはじめた。

ふたは少し動いたが、それ以上動かない。つかえているのかと思い、もういちど試み、さらにもういちど試みたあと、気がついた。鍵がかかっているのだ。ベンが鍵をかけたのだ。

冷静を保つよう努めたが、怒りがこみ上げてきた。記憶が詰まったこの箱に鍵をかけるなんて、どういう人なの？　わたしのものにわたしが手を触れられないようにするなんて？

鍵は近くにあるだろう。そうにちがいない。引き出しの中を見た。タオルを広げて、振りほどいた。立ち上がって、机の上のマグを傾け、ペンと鉛筆を出して、中を見た。何もない。

死に物狂いでほかの引き出しを調べた。薄暗い中で可能なかぎり。鍵は見つからず、どこにあってもおかしくないと気がついた。どんな場所にあってもおかしくないと。がくりと膝をつく。

そのとき、物音がした。きしみが聞こえたが、かすかな音だったので、自分の体がたてた音かもしれないと思った。だが、また音がした。呼吸の音か。それとも、ため息か。

声がした。ベンの声だ。「クリスティーン？」と呼びかけ、その次は音量が上がった。「クリスティーン！」

どうしよう？　わたしは金属の箱を目の前に置いて、あそこに、彼の書斎の床にすわっていた。わたしは覚えていないとベンが思っている箱を前にして。パニックに陥りはじめた。ドアが開いて、踊り場の照明がパチッとつき、ドアの周囲のすきまを照らした。彼が来る。

急いで移動した。箱を戻し、音がするのを承知でスピードを優先し、引き出しをバタンと閉めた。

「クリスティーン？」彼がまた呼びかけた。踊り場に足音がした。「クリスティーン、愛しい人？　ぼくだ。ベンだ」わたしはペンと鉛筆を机のマグに押し戻し、床に伏せた。ドアが開きはじめる。

　自分がどうするつもりか、よくわからないまま行動していた。はらわたより一段低いところから、本能が反応していた。

「助けて!」開いた戸口に彼が現れると、わたしは言った。踊り場の照明を受けて、彼の輪郭が浮かび上がり、装おうとしていた恐怖を本当に感じた。「お願い! 助けて!」

　彼が照明のスイッチを入れ、わたしのほうに向かってきた。「クリスティーン! どうした?」と言った。そして、体をかがめはじめた。

　あとずさって彼から離れ、窓の下の壁に背中を押しつけた。「あなたは誰?」と、わたしは言った。いつの間にか泣き叫びはじめ、狂乱したみたいに震えはじめていた。後ろの壁をかきむしり、上から吊り下がっているカーテンをつかんだ。体を引き起こそうとするかのように。ベンは部屋の反対側にいた。さっきの場所に。彼がわたしのほうへ手をさしだす。わたしが危険な野生動物であるかのように。

「ぼくだ」と、彼は言った。「きみの夫だ」

「わたしの、何?」とわたしは言い、さらに、「わたし、どうなっているの?」と訊いた。

「記憶をなくしているんだ」と、彼は言った。「ぼくらは結婚して何年にもなる」

　そしてこのあと、いまわたしの前にあるココアを彼が作ってくれたとき、一から説明してもらった。すでに自分が知っていることを。

十一月十八日、日曜日

いまの話は土曜の明け方のことだ。きょうは日曜日。正午くらいだ。何も記録しないまま丸一日が過ぎていた。二十四時間が行方不明になっている。ベンが話してくれたことを全部信じて二十四時間過ごしたのだ。わたしは小説を書いたことなどなく、息子もいないと信じて。わたしから過去を奪ったのは事故だと信じて。

たぶん、きょうとちがって、ドクター・ナッシュから電話がなく、この日誌が見つからなかったのだろう。それとも、電話をもらったのに、わたしが読むことを拒んだのか。冷たいものを感じる。いつか、彼がもう二度と電話をしないと決めたら、どうなるのだろう？　二度と日誌は見つからず、二度と読むことがなく、日誌が存在していることさえわからなくなる。自分の過去がわからなくなる。

考えられない事態だ。いまそれを痛感する。夫が説明してくれる記憶を失った経緯に、わたしは違和感をおぼえている。ドクター・ナッシュに訊いたことはあったのだろうか？　あったとしても、彼の話を信じられるだろうか？　わたしの手にある真実はこの日誌に書かれていることだけだ。

わたしの手で書かれたことだ。そのことを忘れてはならない。わたしの手が書いたものなのだ。


けさのことを思い返す。日射しがカーテンを力強く通り抜け、いきなり目が覚めた。ぱっと目を開き、どこにも見覚えがなくてとまどった。それでも――特定の出来事が甦ったわけではなかったが――ほんの何年かではなく長い歴史を振り返っている感覚があった。ぼんやりではあっても、その歴史の中に自分の子どもが含まれているのがわかった。完全に目覚める何分の一秒か前に、自分は母親だとわかった。わたしは子どもを産んでいる、大切に育んで守る義務があるのは自分の体だけではないと。

寝返りを打って、別の体がベッドにあるのに気がついた。腕がだらんと、わたしの腰にかかっていた。警戒の気持ちは湧かず、安全を感じた。幸せな気分だった。しっかり目が覚めてくると、イメージと感覚が溶けあい、事実と記憶と化した。まず、わたしの小さな息子が見え、その子の名前を――アダムと――呼ぶ自分の声が聞こえ、アダムがわたしに向かって駆けてくるのが見えた。次に、夫のことを思い出した。彼の名前を。深く愛している感覚があった。わたしは微笑んだ。

平穏な感じは長続きしなかった。横にいる男を見やると、その顔は思っていた男のものではなかった。次の瞬間、それまで寝ていたのがどこの部屋かわからないことに気がついた。自分がそこへ来た記憶もなかった。そのあと結局、何ひとつはっきり思い出せないことがわかった。あの短い切れ切れの断片はわたしの記憶の一部ではなく、総量だったのだ。

もちろん、ベンが説明してくれた。ともあれ、一部だけは。ドクター・ナッシュから電話があって、この日誌が見つかると、それが残りの説明をしてくれた。全部を読む時間はなかった。一階に声をかけて、頭痛をよそおい、あとは下に少しでも動きがないか耳を澄ませていた。ベンがアスピリンと水を持って上がってこないか心配だったからだ。でも、とりあえず充分な分量は読んだ。わたしがどんな人間で、どういう経緯でここにいて、何を持っていて何を失ったかを、日誌が教えてくれた。徐々にでも、わたしの記憶は戻りはじめていることを。ドクター・ナッシュがわたしの日誌を読むのを見ていた日、彼もそう言った。〝あなたはいろんなことを思い出しはじめています〟クリスティーン〟と、彼は言った。〝それが続かない理由はどこにもない〟と。さらに日誌は、ひき逃げされたというのは嘘で、いまは頭の奥深くに隠れているが、記憶を失った夜に何があったか思い出すことは可能だと教えてくれた。その記憶の中には車と凍結した道路はなく、ホテルの部屋のシャンパンと花束とドアをノックする音があることを。

そしていま、ひとつの名前が浮かんだ。けさ目を開いたとき、隣にいると思っていた男の名前はベンではなかった。

エド。目が覚めたとき隣にいると思っていたのは、エドという人だった。

あのときは、このエドというのが誰かわからなかった。具体的な誰かではなく、どこかから頭が引き抜いてきて作り出した名前かもしれないと思った。あるいは、昔の男とか、頭の片隅に残っていた一夜限りの相手だったのかもしれないと。でも、もうわたしはこの日誌を読んだ。自分がホテルの部屋で襲われたことを知った。だから、このエドというのがどんな人間か知っている。

あの夜、ドアの向こうで待っていた男だ。わたしを襲った男だ。わたしの人生を奪った男だ。

今夜、夫を試してみた。そんなことはしたくなかったし、する予定もなかったのだが、一日ずっと気に病んでいた。なぜ彼はわたしに嘘をついてきたの？　なぜ？　彼は毎日、嘘をついているの？　彼の話すわたしの過去は、ひと通りだけ？　それとも何通りかあるの？　彼を信じる必要がある、と胸のなかでつぶやいた。ほかには誰もいないのだから。

二人で子羊の肉を食べていた。安物の肉で脂っこいうえに焼きすぎの感があった。わたしはフォークに刺した同じ肉を皿のあちこちへ押しやり、グレイヴィーソースにつけて口元まで運んでは、また皿に戻していた。

「何があって、わたしはこんなことになったの？」と、わたしはたずねた。ホテルの部屋の記憶を呼び出そうとしたが、もう少しで手が届きそうなのに、するりするりと巧みにすり抜けていく。考えようによっては、喜ばしいことでもあった。

ベンが自分の皿から顔を上げた。驚きに目を見開いて。「クリスティーン」と、彼は言った。「ダーリン。ぼくは――」

「お願い」と、みなまで聞かずに言った。「知る必要があるの」

彼はナイフとフォークを置いた。「いいだろう」

「何もかも教えてもらう必要があるの」と、わたしは言った。「一切合財を」

彼は眉根を寄せてわたしを見た。「本気なんだな?」

「ええ」と、わたしは言った。一瞬ためらったが、意を決してこう言った。「わたしには一部始終を話さないほうがいいと考える人もいるかもしれない。特に、それが心の痛む話である場合には。でも、わたしはそうは思わない。あなたには何もかも話してほしいの。どう感じるか、わたしが自分で判断できるように。わかってくれる?」

「クリス」と、彼は言った。「どういう意味だ?」

顔をそむけた。サイドボードに置かれた二人の写真に目を向ける。「なんて言ったらいいのか」と、わたしは言った。「前からずっとこんなじゃなかったのはわかっている。いまはこんなだけど。だから、何かあったにちがいない。何かとんでもないことが。それはわかると言ってるだけなの。恐ろしいことだったにちがいないのは。でも、そうだとしても、何があったのか知りたい。どんなことだったのか知る必要がある。わたしの身に何が起こったのか。嘘はつかないで、ベン」と、わたしは言った。「お願いだから」

彼はテーブルの上に腕を伸ばし、わたしの手を取った。「ダーリン、絶対に嘘をついたりしない」

それからベンは語りはじめた。「十二月のことだ」と、彼は言った。「道路が凍結していて……」彼が自動車事故の話を語るあいだ、わたしは恐怖の思いをつのらせながら耳を傾けていた。話しおえると、彼はナイフとフォークを持ち上げ、また食べはじめた。

「間違いないの？」わたしは言った。「本当に事故だったの？」

彼はため息をついた。「どうして？」

どこまで話したものか、見極めをつけようとした。わたしがまた書いていること、日誌をつけていることは明かしたくなかったが、できるだけ嘘はつきたくない。

「きょう、妙なイメージが浮かんだの」と、わたしは言った。「記憶みたいな感じのものが。なんだか、それはわたしがこうなった理由と関係があるような気がしたの」

「どんなイメージが？」

「なんて言ったらいいのか」

「記憶なのか？」

「のようなもの」

「つまり、自分に何が起こったのか、具体的に何かを思い出したのか？」

ホテルの部屋とキャンドルと花を思い出した。ベンから贈られたものではなかった感じがした。あの部屋でわたしがドアを開いて迎え入れたのは彼ではなかったという感触があった。息ができなくなる感じも思い出した。「どういうたぐいのこと？」

「だから、どんな細かなことでもいい。きみをはねた車の車種とか？　色だけでもいい。運転している人間が見えたかどうかでも」

　怒鳴りつけてやりたくなった。〝車にはねられたなんて、どうして信じろって言うの？〟と。本当にあったことよりそっちを信じるほうが楽なんて、本当にありえるの？

　そっちのほうが耳に入りやすいの？　つまり、教えやすいの？

〝ありえない。車にはねられた覚えさえないのよ。ホテルの部屋にいて、あなたではない誰かを待っていたのは覚えているわ〟と言ってやったら、彼はどうするだろう？

「ちがうの」と、わたしは言った。「そういうことじゃないの。なんて言うか、ただの漠然とした印象で」

「漠然とした印象？」と、彼はおうむ返しに言った。「どういう意味だ、〝漠然とした印象〟って？」

　語気が荒くなった。怒ったような感じだ。自分がこの議論を続けたいのかどうか、もうよくわからなくなった。

「これってことじゃないの」と、わたしは言った。「たいしたことじゃないの。ただ、何かとんでもないことが起こっていたような、妙な感じがしたの。それと、痛みの感覚も。でも、具体的なことは何も思い出せなくて」

　彼の肩から力が抜けた感じがした。「たぶん、なんでもないんだ」と言った。「脳が錯覚を起こしているだけだ。いいから、取り合わないようにしろ」

取り合うな？　どうしてそんな要求ができるの？　わたしが本当のことを思い出すのを恐れているの？

その可能性はあるだろう。車にはねられたのだと、彼はきょう、すでにいちど説明している。嘘をついていると思われて気分がいいはずはない。わたしがその記憶を保てるのは、今夜眠りにつくまでだとしても。とりわけ、わたしのためを思って嘘をついているのだとしたら。車にはねられたと信じるほうが、おたがいどんなに楽かはよくわかる。でもそれじゃ、本当は何があったのか、いつまでたってもわからない。

あの部屋で、わたしが誰を待っていたのかも。

「わかった」と、わたしは言った。ほかにどう言えばいいの？「たぶん、あなたの言うとおりだわ」二人でもう冷めてしまった子羊肉に戻った。そのとき、別の考えが浮かんだ。やりきれない、残酷な考えが。〝彼の言うとおりだとしたら？〟。ひき逃げが原因だったとしたら？　わたしの頭があのホテルの部屋を、あの襲撃を作り出しただけだとしたら？　みんな作り事なのかもしれない。記憶ではなく、想像の産物なのかもしれない。凍結した道路で事故に遭ったという単純な事実を受け入れられず、自分で全部作り出していた可能性はないの？

だとしたら、わたしの記憶は機能していないことになる。戻ってこないことになる。改善はされず、正気を失うことになる。

自分のバッグを見つけ、ベッドの上にひっくり返した。中身が飛び出てきた。財布、花柄の手帳、口紅、コンパクト、ティッシュ。携帯電話。もうひとつのほうも。箱入りのミントキャンディ。小銭が少し。正方形の黄色い紙が一枚。

ベッドにすわって、がらくたの山をくまなく探した。まず小さな手帳を取り出し、後ろに黒インクでドクター・ナッシュの名前が走り書きされているのを見て、しめたと思ったが、名前の下に書かれた電話番号の横に括弧《かっこ》して〈事務所〉とあった。きょうは日曜日だ。ここにはいない。

黄色い紙の端にゴム糊《のり》がついていて、埃《ほこり》と髪の毛がくっついていたが、何も書かれてはいなかった。いったいどうしてドクター・ナッシュが私用の番号を教えてくれたなんて――ほんの一瞬でも――考えたのだろう、と首をかしげはじめたところで、はっと思い出した。日誌の前のほうに彼が電話番号を書いてくれたと読んだことを。〝頭が混乱したら、かけてください〟と言って。

それを見つけ、電話を両方手に取った。ドクター・ナッシュがくれたのはどっちか思い出せない。大きいほうを急いで調べると、どの通話もベンにかけたものかベンがかけてきたものとわかった。もうひとつのほう――パチンと開くほう――は、ほとんど使われていなかった。こういうときのためにドクター・ナッシュはこれをくれたのだ、と思った。電話を開き、彼の番号をダイヤルして、〈通話〉を押した。

つかのま静かになって、そのあと呼び出し音が一度鳴り、続いて声がした。

「もしもし？」と、彼は言った。眠そうな声だが、遅い時間ではない。「どちらさま？」

「ドクター・ナッシュ」と、ささやき声で言った。下にいるベンがテレビのスター発掘番組を見ている音が聞こえる。歌声と笑い声の間にときどき拍手が挟まれた。「クリスティーンです」

一瞬、沈黙が下りた。頭を調整しなおす間《ま》だ。

「ああ。だいじょうぶです。どうやって――」

思いがけず、きゅっと落胆が差しこんだ。わたしから電話があったのを喜んでいる声ではない。

「ごめんなさい」と、わたしは言った。「日誌の最初のほうにあなたの番号を見つけて」

「なるほど」と、彼は言った。「そうでした。お元気ですか？」わたしは答えなかった。「何も問題ありませんか？」

「ごめんなさい」と、わたしは言った。言葉がひとつまたひとつと自分から抜け落ちていく。「会ってもらう必要があるの。いますぐ。だめなら、あした。そう。あしたでいいから。ひとつ思い出したの。ゆうべ。書き留めてあるわ。ホテルの部屋のことを。誰かがドアをノックして。息ができなくなって。わたし……。ドクター・ナッシュ？」

「クリスティーン」と、彼は言った。「落ち着いて。何があったんですか？」

ひとつ息を吸った。「あることを思い出したの。わたしがなんにも思い出せない理由に関係があるにちがいないの。でも、筋が通らないの。わたしは車にはねられたとベンは言っていて」

　彼が姿勢を直しているかのように、何か動く音がして、別の声がした。女の声だ。「なんでもない」と彼は小声で言い、わたしにはよく聞こえなかったが、何事かささやいた。

「ドクター・ナッシュ？」と、わたしは言った。「ドクター・ナッシュ？　わたしは車にはねられたの？」

「いま、ちょっと取りこんでいて」と彼は言い、また女の声が聞こえた。さっきより大きな声で不平を言っている。自分の中で何かが頭をもたげる感じがした。怒りか、それともパニックか。

「お願いよ！」と、わたしは言った。うわずった声で言葉が吐かれた。

　まず静かになり、そのあと彼がまた口を開いた。威厳を持った声で。「申し訳ない」と、彼は言った。「いまちょっと手が放せなくて。それを書き留めたんですね？」

　わたしは答えなかった。手が放せない。彼に恋人がいたことを思い出し、どういうところをじゃましてしまったのだろうと思った。彼がまた口を開いた。「思い出したことは――日誌に書いてあるんですね？　かならず書き留めてください」

「わかりました」と、わたしは答えた。「でも――」

　彼が途中で割りこんだ。「あした、お話ししましょう。電話します、この番号に。約束します」

　安堵《あんど》の思いに、何かしら別のものが混じっていた。思いがけないものが。しかとは定義しがたいものが。幸せ？　喜び？

ちがう。それだけではない。不安もあった。確信も。きたるべき喜びへの小さなスリルも満ちていた。一時間かそこらしてこれを書きながら、まだそれを感じているが、いまはそれが何か知っている。よくわからないが、前にも感じたことがあるもの。期待だ。

だけど、何に対する期待？　知る必要のあることを彼が教えてくれ、わたしの記憶は少しずつ戻りはじめていて、わたしの治療はうまくいっていると確認してくれること？　それとも、それ以上のこと？

駐車場で彼に触れられたとき、自分がどう感じたか、どんなことを考えながら夫の電話を無視したのか、思い起こす。もっと単純なことかもしれない。ドクター・ナッシュと話すときを、わたしは待ちわびているのだ。

電話をすると彼が言ったとき、わたしは「ええ」と返した。「ええ。お願いします」と。だが、そのときすでに電話は切れていた。女の声に思いを馳せ、二人はベッドにいたのだと思った。

その考えを頭から追い払った。それを追いかけていたら、本当に頭がおかしくなってしまう。

十一月十九日、月曜日

カフェは活気に満ちていた。チェーン店のひとつだ。どこもかもが緑色か茶色で、カーペットで覆った壁にちりばめられているポスターは、環境に優しい方法で使い捨てができると謳《うた》っていた。びっくりするくらい大きな紙コップでわたしがコーヒーを飲んでいるあいだに、ドクター・ナッシュは向かいの肘掛け椅子に落ち着いた。

彼をちゃんと見る機会は初めてだ。つまり、少なくともきょうは初めてだ。結局、同じことなのだけれど。朝食の後片づけがすんでしばらくすると、パチンと開くタイプの携帯電話に彼がかけてきた。それから一時間くらい、わたしが日誌のほとんどを読んだところで、彼が車で迎えにきた。コーヒーショップに向かう途中、わたしは窓の外を見つめていた。頭がこんがらがっていた。わけがわからなかった。けさ、自分の名前もおぼつかない状態で目を覚まし、自分は大人であると同時に母親でもあるのはなんとなくわかったが、自分がこの年になっていて、息子が亡くなっているとは夢にも思わなかった。目が覚めてからここまでに頭は激しく混乱した。バスルームの鏡、スクラップブック、そのあとはこの日誌と、次から次へショックを受けた末に、自分は夫を信用していないと信じるに至った。それ以外のことは、あまりじっくり検討する気になれなかった。

しかしいま、ドクター・ナッシュは思っていたより若いことがわかり、体重に気をつける心配なんてないとわたしは書いていたが、思ったほど痩《や》せてはいないこともわかった。どっしりした感じがあり、肩から羽織ったぶかぶかのジャケットがそれを際立たせていて、ときどき、びっくりするくらい毛深い前腕が袖《そで》から突き出ることもあった。

「きょうはどんな気分ですか?」腰を落ち着けると、ドクター・ナッシュが言った。

わたしは肩をすくめた。「どうかしら。混乱している、かな」

彼はうなずいた。「続けてください」

ドクター・ナッシュが勝手によこしたビスケットを、わたしはわきへ押しのけた。「そうね、目が覚めたとき、自分は大人だとなんとなくわかったわ。結婚しているという自覚はなかったけど、同じベッドに誰かがいることに驚いたわけでもなくて」

「それはいい兆候ですが――」と、彼が言いはじめた。

わたしは途中でさえぎった。「でも、きのうは、目が覚めたとき自分には夫がいるとわかったって書いてあったし……」

「それじゃ、日誌は書きつづけているんですね?」と彼は言い、わたしはうなずいた。「きょうは持ってきましたか?」

持ってきていた。バッグの中にある。でも、彼には読まれたくないことが書いてあった。誰にも読まれたくないことが。個人的なことが。わたしの記憶のことが。いまのわたしにある、唯一の歴史が。

彼について書いたことが。

「忘れてきちゃった」と、嘘をついた。彼ががっかりしたかどうかはわからなかった。

「そうですか」と、彼は言った。「かまいません。さぞ、もどかしいでしょうね。ある日何かを思い出しても、翌日になるとまた消えてしまったらしい、なんて。それでも、前進しているのは間違いありません。全体的には、以前よりたくさん思い出すようになっていますし」

いまでもそうなのだろうか？　日誌の最初のほうに、子どものころのこと、両親のこと、いちばんの親友と過ごしたパーティのことを思い出したと書いてあった。わたしたちが若く、初めて恋に落ちたころの夫が頭に浮かび、小説を書いている自分が浮かんだ。でも、それからあとは？　最近は、失った息子のことと、わたしをこんな状態にした襲撃のことしか見えていない。忘れてしまったほうがいいかもしれない出来事しか。

「ベンのことが気がかりだとおっしゃいましたね？　あなたが記憶を失った原因について、彼はどう言ってます？」

ごくりと唾をのんだ。きのう書いたことが、はるか遠くの気がした。切り離されてしまったみたいに。作り話のように。自動車事故。ホテルの寝室でわたしを襲った暴力。どっちも自分とは関係ないことのような気がする。でも、自分が書いたことは真実と信じるほかにない。わたしがこうなった理由でベンが嘘をついているのは間違いないと。

「さあ……」と、ドクター・ナッシュがうながした。

ベンがしてくれた事故の話から、ホテルの部屋が頭に浮かんできたことまで、日誌に書き留めた内容を話したが、ホテルの部屋の記憶が浮かんでいる最中にベンとセックスしたことや、記憶の中にあったロマンスの香り――花束とキャンドルとシャンパン――のことには触れなかった。

わたしが話すあいだ、彼はじっと見ていた。ときおり励ましの言葉をつぶやき、あるところではあごを掻《か》いて眉間にしわまで寄せたが、その表情は驚いているというよりは、考えこむような感じだった。

「あなたはこの話を知っていたのね?」話しおわると、わたしは言った。「みんなもう知っていたのね?」

彼は飲み物を置いた。「いえ、そういうわけじゃありません。あなたの問題を引き起こしたのが自動車事故でないのは知っていましたが、先日あなたの日誌を読みましたから、いまは、ベンがずっとあなたにそう説明してきたことも知っています。あなたが……ええと……記憶をなくした夜、ホテルに泊まっていたらしいことも知っていました。でも、それ以外の、いま話してくださった細かなことは新しい情報です。そして、ぼくの知るかぎり、あなたが自力で何かをはっきり思い出したのは、これが初めてです。これはいい兆候ですよ、クリスティーン」

いい兆候？　わたしは喜ぶべきだと、彼は考えているのかしら。「だったら、本当なのね？」と、わたしは言った。「自動車事故じゃなかったのは？」

彼は一瞬ためらい、それから、「はい。自動車事故ではありません」と言った。

「だったら、ベンは嘘をついているって、なぜ教えてくれなかったの？　わたしの日誌を読んだとき？　なぜ本当のことを教えてくれなかったの？」

「ベンにも彼なりの理由があるはずですから」と、彼は言った。「それに、彼は嘘をついているとあなたに言うのには抵抗がありました。あの時点では」

「だから、あなたも嘘をついたの？」

「いいえ」と、彼は言った。「あなたに嘘をついたことはありません。自動車事故だったと言ったことはいちどもありませんよ」

けさ読んだ内容を思い起こした。「でも、この前」と、わたしは言った。「あなたの事務所で。わたしたちはその話をしていたわ……」

彼は首を横に振った。そして、「ぼくは事故の話をしていたのではありません」と言った。「何があったのかベンが話してくれたとあなたが言ったので、あなたは本当のことを知ったのだと思ったんです。その時点では、あなたの日誌を読んでいなかった。そこをお忘れなく。話が錯綜《さくそう》してしまったにちがいない……」

ありがちな状況だと思った。できれば避けて通りたい話題だったから、はっきり確認せずに話を進めてしまったのだ。

「だったら、何があったの？」と、わたしは言った。「あのホテルの部屋で？　あそこでわたしは何をしていたの？」

「ぼくも、何もかも知っているわけじゃありません」と、彼は言った。

「だったら、いま知っていることを教えて」出てきた言葉は怒りの口調を帯びていたが、引っこめるには遅すぎた。わたしが見つめるなか、彼はズボンから存在しない糸くずを払いのけた。

「本当に知りたいんですか？」と、彼は言った。

　わたしに最後のチャンスを与えているのだ。〝いまならまだ背を向けることもできますよ〟と言っている気がした。〝いまからお話しすることを知らないまま、生きていくこともできるんですよ〟と。

　でも、彼は間違っている。そんなことはできない。本当のことがわからなかったら、わたしの人生は半分に満たなくなってしまう。

「知りたい」と、わたしは言った。

　彼は物憂げな声で口を開いた。ためらいがちに。話しはじめては、二、三語で言葉が途切れた。話が堂々めぐりする。恐ろしい話、言わずにおきたい話の周囲を巡っているかのように。このカフェでよく話されているにちがいないたわいもない話とは一線を画した、重い話のまわりを巡っているかのように。

「本当です。あなたが襲われたのは。それも……」彼は一瞬ためらった。「その、かなりひどい攻撃でした。通りをさまよい歩いているところを発見されたんです。混乱しきっていた。身分を証明できるものを何ひとつ持たず、自分が誰かも、何があったのかもまったく覚えていなかった。頭に怪我をしていました。警察は最初、強盗に遭ったのだと思ったそうです」また言葉が途切れた。「血まみれで、毛布にくるまっていたらしい」

ぞっとした。「誰が見つけてくれたの？」

「わかりません……」

「ベン？」

「いいえ。ちがいます、ベンじゃありません。通りすがりの人です。誰かはわかりませんが、その人があなたを落ち着かせた。そして救急車を呼んでくれた。もちろん、病院に運ばれました。内出血が見られ、緊急手術が必要でした」

「でも、わたしが誰か、どうしてわかったの？」

恐怖の一瞬、わたしの身分は見つからなかったのかもしれない、と思った。発見されたその日に、あらゆること、つまり名前も含めたあらゆる過去が与えられたのかもしれない。アダムのことまで。

ドクター・ナッシュが口を開いた。「難しいことじゃありません」と言った。「あなたは本名でホテルにチェックインしました。すでにベンからも、あなたの行方がわからなくなっていると警察に連絡が入っていました。あなたが発見される前から」

あの部屋でドアをノックした男、わたしが待っていた男のことを考えた。

「わたしがどこにいるか、ベンは知らなかったの?」

「はい」と、彼は言った。「見当がつかなかったようです」

「わたしが誰といたかも? 誰がわたしにこんな仕打ちをしたかも?」

「はい」と、彼は言った。「これまで、逮捕された人間はいません。手がかりになる証拠がほとんどないうえに、もちろんあなたは警察の捜査に力を貸すことがまったくできなかった。襲撃犯はホテルの部屋からあらゆる証拠をぬぐい去ったのちに、あなたを放置して逃げたものと考えられました。部屋を出入りした人間は目撃されていません。その夜、ホテルは忙しかったようです——一室で何かの催しがあって、いろんな人が出入りしていたらしく。おそらくあなたは、襲われたあと、しばらく意識を失っていた。あなたが階下《した》に下りてホテルを出たのは真夜中のことでした。あなたが出ていくところを見た人はいなかった」

ため息をついた。警察は捜査を打ち切っただろう。何年も前に。わたし以外のみんなにとって——ベンにとってさえ——これは昔の話で、周知の事実だったのだ。わたしにこんな仕打ちをしたのは誰なのかも、その理由も、決してわかることはないのだろう。わたしが思い出さないかぎり。

「そのあと、何があったの?」と、わたしは言った。「病院に運ばれたあと?」

「手術は成功でしたが、二次的な障害が起こりました。術後の容態を安定させるのに苦労したんです。特に、血圧が」彼はいちど言葉を切った。「あなたはしばらく昏睡状態に陥りました」

「昏睡状態？」

「はい」と、彼は言った。「予断を許さない状況でしたが、まあ、とにかくあなたは運がよかった。適切な病院に運ばれ、医師たちも積極果敢に処置にあたった。あなたは意識を取り戻しました。ところが、そこで判明したんです。どうやら、記憶をなくしているらしいと。最初、医師たちは、一時的なものではないかと考えていた。頭部の負傷と無酸素症《アノキシア》の組み合わせだ。妥当な仮定だし――」

「ごめんなさい」わたしは言った。「アノキシアって？」その言葉につまずいたのだ。

「失礼」と、彼は言った。「酸欠のことです」

頭がくらくらしてきた。あらゆるものが縮んでゆがみはじめた。周囲が小さくなってきたか、わたしが大きくなってきたかのように。思わず、「酸欠？」と訊き返していた。

「はい」と、彼は言った。「脳の酸素がいちじるしく欠乏したとき特有の症状が見られました。炭酸ガス中毒と共通する症状が。でも、ほかにはそれを裏打ちする証拠がなかった。頸《けい》部《ぶ》を圧迫された証拠も。首に、それを示唆する跡はありました。でも、溺《おぼ》れかけたというのがいちばん現実的な解釈でした」彼はいちど言葉を切り、そのあいだにわたしは話の理解に努めた。「溺れかけた記憶が甦ったことはないですか？」

目を閉じた。〝愛している〟と書かれた枕の上のカード以外、何も見えてこなかった。わたしは首を横に振った。

「体は回復したが、記憶は改善しなかった。あなたは二週間ほど入院しました。最初は集中治療室で、その後は一般病棟で。退院できるくらい体が回復すると、ロンドンに送り返されました」

ロンドンに送り返された。そうか。わたしはホテルの近くで発見されたのだ。自宅から遠く離れたところにいたにちがいない。場所はどこだったのか訊いてみた。

「ブライトンです」と、彼は言った。「なぜそこにいたのか、思い当たることはないですか？あの地域と結びつくことで？」

休日のことを思い出そうとしたが、何も浮かばなかった。

「いいえ」と、わたしは言った。「何も。わたしの知るかぎりでは」

「そのうち、そこへ行ってみたら進展があるかもしれません。何か思い出せないか、確かめにいってみたら」

ぞっとした。わたしは首を横に振った。

彼はうなずいた。「わかりました。まあ、言うまでもなく、あなたがあそこにいた理由はいくらも考えられますし」

そうね、と思った。でも、夫がいなくて、ゆらゆら揺らめくキャンドルの光と薔薇《ばら》の花束の組み合わせとくれば、考えられるのはひとつしかない。

「ええ」と、わたしは言った。「たしかに」わたしかこの人のどっちかが〝浮気〟という言葉を口にするのだろうか、わたしがどこにいて、なぜそこにいたのか知ったとき、ベンはどんな思いをしたのだろう、と思った。

そこで、はっと思い当たった。わたしが記憶をなくした状況を、ベンが説明しなかった理由に。どんなに短い期間でも、夫がいながら別の男を選んだことがあったのを思い出させたいわけがない。背すじに冷たいものが走った。理由はともかく、わたしは夫がいながら別の誰かを選んだのだ。いまのこの状況は、その代価なのだ。

「そのあとは？」と、わたしは言った。「ベンといっしょに自宅に戻ったの？」

ドクター・ナッシュは首を横に振った。「いえ、ちがいます」と言った。「あなたの症状はまだ、とても重かった。病院を出るわけにはいかなかった」

「どのくらい？」

「最初は一般病棟にいました。二、三カ月」

「そのあとは？」

「移されました」彼は躊躇《ちゅうちょ》して――先を続けてちょうだいとうながさなければならないのかと思った――そのあとこう言った。「精神科病棟へ」

その言葉に衝撃を受けた。「精神科病棟？」恐ろしい場所を想像した。頭のおかしな人だらけで、その人たちが錯乱してわめいているような場所を。そんなところに自分がいるなんて、想像がつかなかった。

「はい」

「でも、どうして？　なぜそこへ？」

彼はおだやかな声で話していたが、いらだちは隠せなかった。はっと、わたしは確信した。これまでにも、わたしにこういう話をしたことがあるのだ。ひょっとしたら、何回も。きっと、わたしが日誌をつけはじめる前に。「そのほうが安全だったんです」と、彼は言った。「体の怪我からはかなり回復していましたが、記憶のほうは最悪の状態でした。自分が誰かも、どこにいるかも、わからなかった。被害妄想の兆候を示していて、医師たちが自分を陥れようとしているとあなたは主張した。たえず脱走しようとした」彼はしばらくわたしの出かたを待った。「あなたはいよいよ手に負えなくなってきた。精神科病棟に移されたのは、あなたの安全だけでなく、まわりの安全を守るためでもありました」

「まわりの？」

「あなたがときどき殴りかかったので」

どういう状況だったか、想像しようとした。毎日、目を覚ますたびに混乱し、自分が誰か、ここはどこか、なぜ病院にいるのかよくわからない人間を。答えを求めるが、それを得られない。自分のことを自分よりよく知っている人たちに囲まれている。地獄だったにちがいない。

いましているのは自分の話であることを思い出した。

「そのあとは？」

ドクター・ナッシュは答えなかった。目が上を向き、わたしを通り越してドアのほうへ向かった。誰かを待っているかのように。でも、そこには誰もいなかった。ドアは開かず、出ていく人も入ってくる人もいなかった。本当は逃げ出したくてたまらないのだろうか？

「ドクター・ナッシュ」と、わたしは言った。「そのあと、何があったの？」

「しばらくそこにいました」と、彼は言った。もう、ささやくような小さな声になってい
た。前にもわたしにこの話をしたことがあるのだ、と思った。でも今回は、わたしが話を書
き留めて、少なからぬ時間、日誌を持ち歩くことになるのがわかっている。

「どのくらい？」

答えない。わたしはもういちど訊いた。「どのくらい？」

彼は目を上げて、わたしを見た。悲しみと痛みが混じった表情で。「七年間」

彼が支払いをし、わたしたちはコーヒーショップを出た。呆然としていた。自分が何を予
期していたのか、最悪の時期をどこで乗り越えたと思っていたのかは知らないが、ああいう
場所でとは思わなかった。ああいう痛みが渦巻く中でとは。
歩きながら、ドクター・ナッシュがわたしを見た。「クリスティーン」と、彼は言った。
「ひとつ提案があるんです」彼のさりげない口ぶりに気がついた。まるでアイスクリームは
どっちの風味が好きか訊いているかのようだ。不自然としか思えない。
「どうぞ」と、わたしは言った。
「あなたが運びこまれた病院の病棟を訪ねたら、状況が進展するかもしれないと思うんで
す」と、彼は言った。「それだけの時間を過ごした場所ですし」

とっさに反応した。反射的に。「いやよ！」と、わたしは言った。「どうして？」

「あなたは記憶を取り戻しはじめている」と、彼は言った。「むかし住んでいた家を訪ねたとき、どんなことが起こったか思い出してください」わたしはうなずいた。「あのときは、記憶が戻ってきた。同じことが起こるかもしれない。もっと記憶を呼び起こせるかもしれない」

「でも――」

「どうしてもというわけじゃありません。でも……いいですか。正直に言います。病院とはすでに段取りをつけてあるんです。歓迎すると言ってくれました。ぼくたちを。いつでも。電話をかけて、これからおじゃましたいと連絡するだけでいい。ぼくも同行します。気が動転したり、いやな感じになったりしたら、帰ってもいい。だいじょうぶです。保証します」

「それが回復につながるかもしれない。そう思うの？　本当に？」

「保証はできません」彼は言った。「でも、可能性はある」

「いつ？　いつ行きたいの？」

彼が立ち止まった。横にあるのが彼の車にちがいない。

「きょう」と、彼は言った。「きょう行ったほうがいいと思うんです」そのあと、彼は妙なことを言った。「時間を無駄にしたくない」

行く必要があったわけではない。ドクター・ナッシュに押し切られて同意したわけでもない。しかし、そこへ行くことで記憶が戻らないとしても——たいしたことは思い出せないとしても——わたしは了承したにちがいない。

長い道中ではなく、わたしたちは黙っていた。何も思いつかなかった。何を言ったらいいのかも、どう感じたらいいのかも。頭が空っぽだった。中身をえぐり出されたように。バッグから日誌を取り出し——ドクター・ナッシュに持ってこなかったと言ったのもかまわず——直前の話を書いた。交わした会話を細かなところまで、いっさい漏らさず書き留めたかった。無言で、ほとんど考えもせずに書き記していった。彼が車を駐めたときも、すえたコーヒーや塗りたてのペンキの臭いが混じる消毒された廊下を歩いていくあいだも、わたしたちはずっと黙っていた。点滴を付けた車輪つき担架《ストレッチャー》で人が通り過ぎていく。壁にはポスターを剝がした跡があった。頭上の照明がちらちら明滅し、ブーンとうなりをあげている。ここで過ごした七年間のことしか考えられなかった。一生涯くらい長い時間の気がする。その時間を、自分では何ひとつ思い出すことができない。

両開きのドアの外で、わたしたちは足を止めた。フィッシャー病棟、とある。ドクター・ナッシュが壁に取り付けられたインターホンのボタンを押し、小声で何事か言った。ドアが開いたとき、彼は間違っていると思った。わたしはあの襲撃を生き延びたのではない。あのホテルの部屋のドアを開けたクリスティーン・ルーカスは死んだのだ。

もうひとつ、両開きのドアがあった。「だいじょうぶですか、クリスティーン？」と彼が言い、ひとつ目のドアが後ろで閉まって、わたしたちは閉じこめられた。わたしは返事をしなかった。「この施設には保安措置がほどこされているんです」後ろのドアは閉まったまま二度と開かない、もう帰れない、という確信にとつぜん打たれた。

ごくりと唾をのんだ。「そう」と答える。内側のドアが開きはじめた。その向こうに何が見えるのかわからなかったし、前に来たことがあるなんて信じられなかった。

「いいですか？」と、彼が言った。

長い廊下があった。右にも左にもドアがいくつかあり、進むにつれて、ドアの向こうの部屋にガラス張りの窓がついているのがわかった。どの部屋にもベッドがあり、ととのっているのもあればそうでないのもあり、人が寝ているのもあればそうでないのもあった。「ここの患者がかかえている問題は、種々様々です」ドクター・ナッシュが言った。「多くの人が統合失調症の症状を示していますが、躁鬱《そううつ》病や、急性不安や、鬱病をかかえた人もいます」

ひとつの窓をのぞいてみた。女の子が裸でベッドにすわって、テレビに見入っていた。別の窓からは、寒さから身を守ろうとしているかのように腕で膝をかかえてしゃがみこんでいる男が見えた。

「鍵をかけられているの？」と、わたしは訊いた。

「ここの患者は〈精神保健法〉によって区分され、拘束を受けています。当人のためにそうしているわけですが、本人の意志には背いています」

「当人のため？」

「はい。自分自身にも周囲にも危険を及ぼします。保護する必要があるんです」

さらに歩きつづけた。部屋のそばを通ったとき、大人の女性が目を上げ、わたしと目が合ったが、顔にはなんの表情も浮かばなかった。かわりに彼女はわたしを見たまま自分をぴしゃりとたたき、わたしが顔をしかめるとまた同じことをした。頭をさっと情景がかすめた──子どものころに動物園を訪れ、檻《おり》のなかをゆっくりと行きつ戻りつするトラをながめているところだ──が、わたしはそれを押しのけて先へ進んだ。もう右も左も見ないと心に決めて。

「なぜ病院はわたしをここに入れたの？」

「ここに来る前、あなたは一般病棟にいました。ほかのみんなと同じように、ベッドにいた。週末は家で過ごすこともあった。ところが、どんどん手がつけられなくなってきた」

「手がつけられない？」

「さまよい歩くようになりました。ベンは家に出入りするドアを施錠せざるをえなくなってきた。あなたは何度かヒステリーを起こした。彼にひどい目に遭わされた、自分の意志に反して閉じこめられていると思いこんで。病棟に戻ると、しばらくは問題なかったが、その後そこでも同じようなふるまいを見せはじめた」

「だから、わたしを閉じこめる方法を見つける必要があったのね」と、わたしは言った。看護師のステーションにたどり着いた。机の向こうに制服の男がいて、コンピュータに何か打ちこんでいる。彼はわたしたちが近づいていくと顔を上げ、すぐ医師が迎えにきますと言った。そして、座席にかけるようすすめてくれた。何かのきっかけで少しでも記憶が甦らないかと、彼の顔をつくづくながめた——曲がった鼻、金をあしらったイヤリング。でも、何も浮かばない。この病棟にはまったくなじみを感じなかった。

「はい」と、ドクター・ナッシュが答えた。「行方不明になったこともありました。四時間半くらい。運河のそばで警察に保護されました。パジャマとガウンしか着ていなかった。ベンが署へ引き取りにいくはめになりました。どの看護師が迎えにいっても、いっしょに帰ろうとしなかった。そうするしかなかったんです」

病状が落ち着きはじめると、ベンはわたしを別のところへ移そうと、あちこち掛け合いはじめた、とドクター・ナッシュは言った。「精神科病棟はあなたに最適の場所ではないと考えて。じっさい、そのとおりでした。そのころ、あなたはもう自分にも周囲にも危険なことはしていなかった。自分より病状の重い人たちに囲まれていると、かえって悪化する可能性さえあった。ベンは医師たちに、病院長に、あなたの地元選出の国会議員に、手紙を書きました。しかし、埒《らち》が明かなかった。

その後、脳に慢性的な障害をかかえている人たちのための療養施設が開設されました。ベンは一生懸命議員に働きかけ、評価を受けた結果、あなたは適合と見なされましたが、費用を捻出《ねんしゅつ》する問題があった。ベンはあなたの世話をするため、いっとき仕事を休んでいたし、それだけの経済的な余裕もなかったが、あきらめるわけにはいかなかった。どうやら彼は、あなたの話をマスコミに持ちこむと脅しをかけたようです。話しあいや陳情やその他もろもろの末に、彼は説得に成功し、あなたは患者として受け入れられ、病状が続くあいだずっと滞在費を出すことに州が同意してくれた。そこで、十年くらい前にそこへ移りました」

　夫を思い浮かべ、手紙を書いていろんなところに掛け合ったり脅しをかけたりしている彼を想像しようとした。考えられない気がした。けさわたしが会ったのは、おとなしくて温和な感じの人だった。気弱な感じはしなかったが、聞き分けのいいタイプのような気がした。波風を立てるたぐいの人間とは思えなかった。

　わたしの障害によって性格が変わったのは、わたし一人ではないのだ、と思った。

「かなり小さな施設でした」ドクター・ナッシュが言った。「リハビリ施設の部屋は二つか三つで。入居者はあまり多くなかった。大勢であなたの世話に当たってくれた。あそこのほうが病棟よりも多少自立を得られた。危険もなかった。病状は改善していきました」

「でも、ベンはいっしょじゃなかったのね？」

「はい。彼は自宅で暮らしていました。仕事を再開する必要があったし、仕事をしながらあなたの世話もすることはできなかった。だから――」

　記憶がぱっと頭にひらめき、突如、わたしは引きちぎられるように過去へ戻っていた。周囲の焦点がわずかながらどこもぼやけていて、まわりに靄《もや》がかかり、浮かんでいる情景は明るすぎた。目をそむけたくなるくらい。ここと同じ廊下を歩きながら、なんとはなしに自分の部屋とわかる部屋へ案内されていくわたしの姿が見えた。家庭用スリッパを履いていて、背中に結び目のある青いガウンを着ている。わたしを先導しているのは黒人の女性で、制服を着ている。「さあ、どうぞ、ハニー」と、彼女が言う。「誰が会いにきてくれたのかしら！」彼女はわたしの手を放し、わたしをベッドにいざなう。

ベッドのまわりに見知らぬ人たちがすわって、わたしを見ている。黒い髪の男の人とベレー帽をかぶった女の人が見えるが、顔を見ても誰かわからない。部屋がちがうと言いたい。間違っていると。でも、わたしは黙っている。

子どもが一人――四つか五つくらいの子が――立ち上がる。それまでベッドの端にすわっていた子だ。わたしのほうへ駆け寄ってきて、「マミー」と言い、わたしに話しかけているのだと気がついて、そこでようやく誰だかわかる。アダムだ。わたしがしゃがむと、彼はわたしの腕の中へ飛びこみ、わたしは彼を抱き締めて、おでこにキスし、それから立ち上がる。「あなたたちは誰？」と、ベッドのまわりの人たちに言う。「ここで何をしているの？」

男の人が急に悲しい表情になり、ベレー帽の女性が立ち上がって、「クリス。クリッシー。わたしよ。誰かわかるでしょ？」と言い、わたしのほうへ来る。彼女は泣いていた。「いいえ」と、わたしは言う。「知らない！　出てって！　出ていって！」部屋を出ようと体を回すと、また別の女がいる。わたしは泣きだす。わたしの後ろに立っていたのだ。でも、彼女が誰かも、なぜここへ来たのかもわからず、わたしは泣きだす。床にくずおれていくが、そこには子どもがいて、わたしの膝に抱きついている。誰なのかわからないが、その子はわたしを「マミー」と呼びつづけ、何度も繰り返し「マミー、マミー、マミー」と同じことを言うが、わたしにはわからない。なぜそう呼んでいるのか、この子が誰なのか、なぜわたしに抱きついているのか……。

腕に手が触れた。何かに刺されたみたいにわたしはたじろいだ。声がした。「クリスティーン？　だいじょうぶですか？　こちらはドクター・ウィルソンです」

目を開いて、周囲を見まわした。白衣の女性がわたしたちの前に立っていた。「ドクター・ナッシュ」と彼女は呼びかけ、彼と握手をして、それからわたしに顔を向けた。「クリスティーンね？」

「はい」と、わたしは言った。

「会えて嬉しいわ」と、彼女は言った。「ヒラリー・ウィルソンです」彼女と握手をした。わたしより少し年上だ。髪に白いものが交じり、首にかけた金の鎖に半月形の眼鏡がぶら下がっている。「初めまして」と彼女は言うが、どこからともなく、この人には前に会ったことがあるという確信が湧いてきた。彼女はうなずいて、身ぶりで廊下を示した。「行きましょう」

彼女のオフィスは大きく、本が並んでいて、書類であふれた箱が積み重なっていた。彼女は机の向こうに腰かけて、向かいにあるふたつの椅子を身ぶりで示し、ドクター・ナッシュとわたしはそこに腰かけた。わたしが見守るうちに、彼女は机に積み上がった箱の中からファイルを取り出して、それを開いた。「さてと」と、彼女は言った。「では、拝見しましょう」

彼女のイメージが固まった。わたしはこの人を知っている。スキャナーの中に横たわっていたとき彼女の写真を見たし、最初はわからなかったが、いまわかった。わたしはここに来たことがある。何度も。いまいるこの場所で、わたしはこの椅子か、これとよく似た椅子に腰かけ、彼女が慎重な手つきで眼鏡をかけて、目を凝らしながらファイルにメモを取っているところを見ていた。

「あなたに会ったことがある……」と、わたしは言った。「覚えています」ドクター・ナッシュがわたしを見やり、またドクター・ウィルソンに目を戻した。

「ええ」と、彼女は言った。「たしかに、会ったことはあります。そんなに何度もじゃないけれど」ここで働きはじめたばかりのころにわたしは出ていってしまったし、わたしの担当でもなかったから、と彼女は説明した。「でも、わたしを覚えていてくれたなんて、こんなに明るい材料はないわ」と、彼女は言った。「ここで暮らしていたのは、ずいぶん前のことだもの」ドクター・ナッシュが身をのりだし、わたしが暮らしていた部屋を見たら何か進展があるかもしれない、と言った。彼女はうなずいてファイルに目を凝らし、しばらくして、どの部屋かわからないと言った。「ずいぶん昔のことだし、いろいろ部屋を移った可能性もあります」と言った。「多くの患者さんがそうですから。旦那さまに問い合わせてもかまいませんか？　資料によると、彼と息子さんのアダムは、毎日のように面会に来ていました」

けさ、アダムのことを読んでいたから、彼の名前が出たことに一瞬喜びを感じ、彼が成長しているところを少しは見ていたのだとわかってほっとしたが、わたしは首を横に振り、

「いいえ」と言った。「できたら、ベンには電話したくありません」

ドクター・ウィルソンは異を唱えなかった。「クレアというあなたのお友だちも定期的に訪ねてきていたようです。彼女はどうかしら？」

わたしは首を横に振った。「いまは連絡を取りあっていないので」

「そう」と、彼女は言った。「残念だわ。でも、気にしないで。当時、ここでどんな暮らしをしていたか、少し教えてあげましょう」彼女は自分のメモをちらっと見て、両手を組み合わせた。「あなたの治療は、ほとんど一人の顧問医が受け持っていました。面談中に催眠治療も何度か受けましたが、残念ながら、成功しても限られたものでしかなく、それを維持することができなかった」彼女はさらに読み進めた。「薬物療法はあまり受けていません。ときどき鎮静剤を使うことはあったが、どちらかといえば眠りをうながすためだった——想像はつくと思いますが、ここはすごく騒がしくなることもあったので」と、彼女は言った。

さきほど想像したわめき声を思い出し、それはかつての自分だったのかもしれない、と思った。「わたしはどんな感じでした？」と、わたしは訊いた。「幸せそうでした？」

彼女は微笑んだ。「ええ、おおむね。とても人に好かれていましたし。看護師の一人と特に仲が良かったみたいです」

「その人の名前は？」

彼女はメモを調べた。「書いてないの、ごめんなさい。あなたはよくソリティアをしていた」

「ソリティア？」

「トランプ遊びよ。ドクター・ナッシュがあとで説明してくれるんじゃないかしら？」彼女は顔を上げた。「このメモによると、あなたはときどき凶暴になった」と言った。「心配しないで。こういう症例では珍しいことじゃありませんから。頭部に重い外傷を負った人が暴力的な傾向を示すことはよくあるの。特に、脳の自制をつかさどる部位を損傷した場合には。それに、あなたのような記憶喪失者は〝作話《さくわ》〟と呼ばれる行動に走りやすい。自分を取り巻く状況に納得できないらしく、細かな身の上をこしらえないと気がすまなくなるのね。自分自身や身近な人たちのこと、自分の経歴や自分に何があったのかについて。記憶の空白を埋めたいという欲求によるものと考えられています。ある意味では、もっともな行動と言ってもいい。だけど、記憶喪失者の空想が否定されたときには、それが暴力行為を引き起こすこともあるの。毎日、さぞ混乱したでしょうね。特に、来客があったときは」

来客。息子をぶったかもしれないと、急に不安になった。

「わたし、どんなことをしたの？」

「ときどき、スタッフに殴りかかりました」と、彼女は言った。

「でも、アダムにはしなかった？　息子には？」

「ええ、このメモを見るかぎりでは」ほっと吐息をついた。心から安堵したわけではなかったが。「あなたがつけていた日記のたぐいも、少し残っています」と、彼女は言った。「それを見たら、何かの手がかりになるかしら？　自分がどのくらい混乱していたのか理解しやすくなるかもしれない」

これは危険な気がした。ドクター・ナッシュをちらっと見ると、彼はうなずいた。ドクター・ウィルソンが青い紙を一枚、わたしのほうへ押しやり、わたしは受け取ったが、最初は見るのも怖かった。

見てみると、紙は乱暴な殴り書きに覆われていた。書きだしのあたりは文字の形もしっかりしていて、横に引かれた罫線内にきれいに収まっていたが、下に向かうにつれて、字が大きく乱雑になっていく。高さが何センチもあり、横に二、三語しか収まっていない。どんなことが書かれているのか恐怖をいだきながらも、わたしは読みはじめた。

まず、〝午前八時十五分〟とあった。〝目が覚めた。ベンがいる〟。そのすぐ下に〝午前八時十七分。直前のは気にしないで。誰かほかの人が書いたものだから〟とあり、その下に、〝八時二十分、いま目が覚めた。それ以前は目覚めていなかった。ベンがいる〟とあった。

わたしの目はさらに下へと向かった。〝九時四十五分、いま目が覚めた、いまが初めてよ〟とあり、二、三行あとに〝十時七分、いまよ、ちゃんと目が覚めたのは。それまでに書かれたことは嘘。いま目が覚めたんだから〟とあった。

顔を上げた。「これが本当にわたしなの？」と言った。

「ええ。長いあいだ、とても長く深い眠りからいま目覚めたばかりという感じが続いていたようで。ここを見て」ドクター・ウィルソンが紙のある箇所を指差し、声に出して読みはじめた。「〝わたしはいままでずっと眠っていた。死んだみたいに。いま目覚めたところだ。また物が見える。久しぶりに〟。医師たちは以前あったことを思い出してもらおうとして、いま感じていることを書き留めるよう勧めたようですけど、残念ながらあなたは、それまでの内容は全部別の人が書いたものと思いこんだ。ここの人たちは自分を実験台にしている、自分の意志を無視して拘束しているのだと考えはじめた」

もういちど、いまのページを見た。何分かおきにほとんど同じ内容が記され、それでページ全体が埋め尽くされていた。自分のことながらぞっとした。

「本当に、こんなにひどかったの？」と、わたしは言った。自分の言葉が頭の中にこだまする感じがした。

「はい、しばらくは」と、ドクター・ナッシュが言った。「この走り書きは、あなたが何秒かしか記憶を維持できなかったことを示しています。ときどき、一分か二分のこともあった。長い年月をかけて、その時間が徐々に延びていったんです」

自分がこれを書いたなんて、信じられなかった。頭が壊れた人間のすることとしか思えない。頭がはじけ飛んだ人のすることとしか思えない。さっきの言葉をもういちど見た。〝死んだみたいに〟。

「ごめんなさい」と、わたしは言った。「わたし――」

ドクター・ウィルソンがわたしから紙を取り上げた。「わかるわ、クリスティーン。動揺してもしかたない内容よね。わたしは――」

ここでパニックに見舞われた。立ち上がったが、部屋がぐるぐる回りだした。「帰りたい」と、わたしは言った。「これはわたしじゃない。こんなのがわたしのはずない、わたしは――わたしは、絶対に人を殴ったりしない。絶対に。だって――」

ドクター・ナッシュも立ち上がった。さらに、ドクター・ウィルソンも。彼女が前に足を踏み出し、机にぶつかって、書類が飛んだ。写真が一枚、床にこぼれ落ちた。

「そんな――」とわたしが言うと、ドクター・ウィルソンが下を見てしゃがみこみ、別の紙でそれを覆おうとした。だが、もう充分見てしまった。「いまのは、わたし？」と言った。叫び声くらい声を張り上げて。「いまのが、わたし？」

若い女の顔写真。髪を後ろに束ねていた。最初は、ハロウィーンのマスクをかぶっているのかと思った。片方の目は開いていて、カメラを見ていたが、もう片方は巨大な紫色のあざにふさがれていた。唇が上下とも腫《は》れ上がっていた。ピンク色で、切れて裂けていた。頬がふくれ上がり、顔全体がグロテスクな印象だ。ドロドロになった果実を連想した。腐って破裂しかけているスモモのようだ。

「いまのがわたし？」と、わたしは叫んだ。腫れ上がってゆがんでいても、わたしには自分の顔だとわかった。

ここで記憶が割れ、ふたつに裂けた。片方の自分は落ち着いていた。おだやかだった。もう片方の自分がのたうち回り、金切り声をあげてドクター・ナッシュとドクター・ウィルソンに制止されるところを、前者が見つめていた。お行儀よくしなさいと言っているみたいに。なんとも居心地の悪い状況だ。

だが、もう一人のほうが強かった。そっちが支配権を握って現実のわたしになっていた。声を限りに、何度も何度も絶叫し、くるりと向きを変えてドアに突進した。ドクター・ナッシュがあとを追う。ドアを引きむしるように開けて駆けだしたが、どこに行けるというのか？　かんぬきのかかったドアが頭に浮かぶ。警報音が。男が一人、わたしを追っている。息子が泣いている。前にも同じことをしたことがある、と思った。全部したことがある。

記憶がうつろになった。


二人がどうにか落ち着かせてくれたのだろう。ドクター・ナッシュと帰るよう言い聞かせたのだろう。次に覚えているのは、彼の車の中にいて、運転をする彼の横にすわっていたことだ。空は曇りはじめていた。通りは灰色で、どことなくのっぺりした感じがした。ドクター・ナッシュがしゃべっていたが、意識を集中できなかった。頭がぶっ飛んで、別の何かに戻ってしまったかのようで、もう追いつくことができなかった。窓の外を見て、買い物をしている人や犬の散歩をしている人たち、乳母車を押している人や自転車に乗っている人たちを見ながら、わたしは思った。本当にこんなことを――こんな真実の探求を――わたしは求めていたの？　たしかに、状況の改善には役立つかもしれないが、どれだけの前進を期待できるというの？　ふつうの人と同じように、目が覚めたときに何もかも思い出せたり、前の日に何をしたか、次の日にどんな予定があるかを思い出したり、どんな遠回りをして自分がいまここにたどり着いたかわかることなんて、わたしは期待していない。せいぜい、ある日ふと鏡を見ても仰天せず、ベンという人と結婚し、アダムという息子を亡くしたことを覚えていて、自分の書いた小説を見なくても自分が小説を書いたことを思い出せたら、それでいい。

なのに、その程度の願いもかなえられそうにない。フィッシャー病棟で見たことを思い出した。狂気。そして、苦痛。粉々に砕けた頭脳。回復するどころか、あっちに近そうだと思った。結局、状況に慣れるのがいちばんいいのかもしれない。ドクター・ナッシュにもう会いたくないと告げて、日誌を焼き、これまでに知った真実を埋めて、まだ知らないことと同じようにすっぽり隠してしまうこともできる。自分の過去から逃げ出すことになるが、後悔はないだろう――そもそも、ほんの何時間か過ぎたら、自分に日誌や医師が存在することさえわからなくなるのだ。そうなって、ただ生きていくこともできる。その日その日を、前後の脈絡なしに。たしかに、アダムの記憶はときおり浮かび上がってくるだろう。悲しみと痛みに満ちた一日はあるだろうし、失ったものを思い出す日もあるだろうが、それも長くは続かない。いずれ眠って、そっと忘れてしまう。そのほうがどんなに楽か、と思った。こんな状況よりはずっと楽だろう。

さっき見た写真を思い出した。イメージが焼きついている。誰がわたしにあんな仕打ちをしたの？　どんな理由があって？　頭に甦ってきたホテルの部屋の記憶を思い起こした。あれはいまでもあそこにある。意識の表面のすぐ下にある。もう少しで手の届きそうなところに。自分は浮気をしていたと断じられるだけの理由がわたしにはあると、けさ日誌を読んでわかったが、本当だったとしても相手が誰だったのかわかっていない、といま気がついた。つい二、三日前、目が覚めたときに思い出したひとつの名前しかわかっていないし、思い出したくても、それ以上思い出せる保証はどこにもない。

ドクター・ナッシュはまだしゃべっていた。なんの話かさっぱりわからず、話の途中で割りこんだ。「わたしは良くなっているの?」

心臓が一回打つあいだに、彼には答えなどないのだと気がつき、そこで彼が言った。「あなたは、良くなっていると思いますか?」

わたし? なんとも言えない。「どうかしら。ええ。良くなっていると思うわ。ときどき、過去のことを思い出せるし。稲妻みたいな一瞬の記憶だけど。日誌を読んだとき、頭に浮かぶの。本当のことだという感触があるわ。クレアのことを覚えている。アダムのことを。母のことを。でも、彼らは握りつづけることのできない糸のようなもの。つかみそこねて空へ漂っていく風船みたいなものよ。自分の結婚式を思い出せない。アダムが初めて歩いたときや、初めてしゃべったときを思い出せない。あの子が入学したときも、卒業したときも思い出せない。何ひとつ。そこに自分がいたかどうかもわからない。たぶんベンは、わたしを連れていってもしかたがないと判断したでしょうけど」ここでひとつ間を置いた。「あの子が死んだのを知ったことさえ思い出せないのよ。あの子を埋葬したことも」わたしは泣きだした。「頭がおかしくなりそう。あの子は死んでいないと思っているときまであるのよ。信じられる、そんなこと？　ときどき、ベンが嘘をついているのよって思うの。ほかのいろんなこととといっしょに」

「ほかのいろんなこと？」

「ええ」と、わたしは言った。「わたしの小説のこと。誰かに襲われたこと。わたしに記憶がない理由。その他もろもろよ」

「では、なぜ彼はそんなことをするのだと思います？」

ひとつの考えが浮かんだ。「わたしが浮気してたから？」と、わたしは言った。「彼を裏切っていたから？」

「クリスティーン」ドクター・ナッシュは言った。「それは考えにくいですね。そう思いませんか？」

わたしは答えなかった。もちろん、彼の言うとおりだ。心の底では、彼の嘘が遠い昔にあったことへのいつ果てるとも知れない復讐だなんて思ってはいなかった。もっとずっとありふれた理由である可能性が高い。

「ええと」と、ドクター・ナッシュが言った。「あなたは良くなってきていると思います。いろんなことを思い出すようになってきた。ぼくたちが初めて会ったころと比べると、ずっと頻繁《ひんぱん》に。例の、記憶の断片、ですか？　それは前進のしるしに間違いない。なぜなら、あれは――」

わたしは彼のほうに顔を向けた。「前進？　これを前進と呼ぶの？」もう叫び声に近いくらい声を張り上げていた。もうこれ以上包みこめないとばかりに怒りがあふれ出てくる。「それが前進だとしたら、前進したいかどうかわからない」涙がどっとあふれてきた。とめどなく。「もういや！」

目を閉じて、悲嘆に身をゆだねた。どうしようもない自分のほうが、なぜか気が楽だった。恥ずかしいとは思わなかった。ドクター・ナッシュがわたしに話しかけていた。まず、取り乱さないで、うまくいきますからと言い、それから、落ち着いてと言っていた。わたしは耳を貸さなかった。落ち着くことなんてできないし、落ち着きたいとも思わなかった。

彼が車を止めた。エンジンを切る。わたしは目を開けた。大通りを離れると、目の前に公園があった。涙でぼやける目に、十代と思われる男の子たちがゴールポストのかわりに上着を積み重ねてふたつの山を作り、サッカーに興じているのが見えた。雨が降りはじめていたが、やめる気配はない。ドクター・ナッシュが体を回し、わたしと向きあった。

「クリスティーン」と、彼は言った。「すみません。きょうは間違いだったのかもしれない。なんとも言えませんが。ほかの記憶を呼び覚ますきっかけになるかもしれないと思ったんです。間違いでした。いずれにしても、あの写真は見るべきじゃなかった……」

「あの写真のせいだったのかどうかもわからない」と、わたしは言った。もうすすり泣きは止まっていたが、顔は涙でくしゃくしゃで、鼻水が垂れて大きな輪をつくっているのがわかった。「ティッシュ、ある？」と訊いた。彼はわたしの上から手を伸ばし、グラブコンパートメントを調べた。「いろんなことが積み重なったのよ」と、わたしは続けた。「あそこの人たちを見て、自分もかつてああだったのかと想像して。それと、あの日記。あれがわたしだなんて、あれをわたしが書いたなんて、信じられない。あんなにひどかったなんて、信じられない」

ドクター・ナッシュがティッシュをさしだした。「でも、もういまはちがう」と、彼は言った。わたしはティッシュを受け取り、鼻をかんだ。

「もっとひどいかも」と、わたしは小声で言った。「死んだみたいにって、書いてあったわ。じゃあ、いまの状態は？　こっちのほうがひどい。毎日死んでいるみたいなものよ。何度も繰り返し。もっと良くならなくちゃ」わたしは言った。「この先もずっとこんな状態が続くなんて、想像できない。今夜眠りについて、あした起きたら、また何ひとつわからないのよ。次の日も、その次の日も、永遠に。そんなの想像できない。そんな状態と向きあえない。そんなの人生じゃない。ただ存在しているだけで、過去のことが何ひとつわからないま、未来になんの展望もないまま、ある瞬間から別の瞬間に飛び移るだけなんて。動物はそんな感じなんでしょうね。最悪なのは、自分が何を知らないのかさえわからないこと。この先、わたしを傷つけようと、いろんなことが待ち構えているかもしれない。まだ夢にも思っていないようなことが」

ドクター・ナッシュがわたしの手に手を重ねた。わたしは彼に身をゆだねた。彼がどうするか、どうしなければならないかわかっていて。彼はそのとおりにした。腕を広げてわたしを受け止め、わたしは彼に抱き締められるにまかせた。「だいじょうぶ」と、彼は言った。

「だいじょうぶです」彼の胸を頬に感じ、呼吸して、彼のにおいを吸いこんだ。洗いたての服のにおいに、それ以外の何かがかすかに混じっている。汗と、セックスのにおいだ。背中に置かれた手が動いて、髪に、頭に触れた。最初は軽く。けれど、わたしがまたすすり泣きを漏らすと、もっと力をこめて。「だいじょうぶですよ」と彼がささやき声で言い、わたしは目を閉じた。

「何があったのか、思い出したいだけなの」と、わたしは言った。「襲われた夜に。なんだか、それを思い出せたら何もかも思い出せそうな気がして」

彼は小声で言った。「そうなる保証はありません。そう信じる理由も——」

「でも、わたしはそう思うの」と、わたしは言った。「なぜだか、それがわかるの」

彼はわたしを抱き締めた。そっと。抱き締めているのがわからないくらいそっと。体がぎゅっと押しつけられると、深く息を吸った。そうするうちに、同じような別の場所が甦った。また別の記憶が。わたしの目は同じように閉じていて、やはり別の体に体が押しつけられているが、状況はちがう。この男には抱き締められたくない。わたしを傷つけようとしている。逃れようと必死に努力しているが、相手は力が強い。わたしを引きずりこむ。男が口を開く。〝売女《ばいた》〟と言う。〝あばずれ〟と。言い返したいが、言い返さない。ドクター・ナッシュのときと同じように、男のシャツに顔を押しつけて、わたしは泣いている。叫んでいる。目を開くと、シャツの青い繊維が見え、ドアが見え、三面鏡のついた化粧台が見え、その上に写真が一枚見える——鳥の写真だ。男の腕が見える。強靭《きょうじん》な腕だ。筋肉質で、長い血管が走っている。放して！　と、わたしは言い、そのあとくるくる回って、倒れていく。それとも、床がわたしのところに持ち上がってくるのか。よくわからない。男がわたしの髪をわしづかみにして、ドアのほうへ引きずっていく。わたしは首を回し、相手の顔を見る。

ここで、また記憶がとぎれた。男の顔を見たのは覚えているが、どんな顔だったかは思い出せない。目鼻立ちがわからない。空白だ。この真空に耐えられないとばかりに、頭が自分の知っている顔を繰り返し映し出す。不条理な、相手であるはずのない顔の数々を。ドクター・ナッシュが見える。フィッシャー病棟にいた受付の男が見える。わたしの父が。ベンが。自分の顔まで見える。笑い声をあげながら、こぶしを上げて打ちかかろうとしている。

お願いだから、とわたしは叫ぶ。お願い、やめて、と叫ぶ。だが、わたしを襲った多くの顔を持つ男はかまわず殴り、舌に血の味がする。床を引きずられて、バスルームに入る。白黒模様の、冷たいタイルの上だ。結露して湿っている。部屋にはオレンジの花の香りがたちこめていて、わたしは思い出す。お風呂に入ってきれいになるのを楽しみにしていたことを。彼が着いたとき、わたしがまだ浴槽にいたら、彼も入ってくるかもしれない、セックスして、石鹸の泡だらけのお湯を波立たせ、床が、二人の服が、あたり一面がずぶ濡れになるだろう、と考える。この何カ月か迷ってきたけど、やっとはっきりわかった。わたしは彼を愛している。やっとわかったの。彼を愛している。

頭が床にぶつかる。一回、二回、三回。目がかすみ、物が二重に見え、やがてふつうに戻る。耳にブーンといううなりが聞こえ、男が何か叫ぶが、なんて言ったのか聞き取れない。

声がこだまする。相手が二人いて、二人でわたしをつかみ、二人で腕をねじり、二人でわたしの後ろに膝をついて、髪をわしづかみにしているみたいな感じだ。来ないで、と懇願する。わたしも二人いる。唾をのみこむ。血の味がする。

頭がぐいっと引き戻される。パニックだ。わたしは膝をついている。お湯が見える。もう泡はまばらになっている。口を開こうとするが、できない。男の手に喉をつかまれ、息ができない。前へ投げ出される。下へ、下へ。またたく間のことで、もう止まらないと思った。次の瞬間、頭がお湯の中にあった。喉に、オレンジの花の香り。

声が聞こえた。「クリスティーン！」と。その声が言った。「クリスティーン！ 止まれ！」目を開いた。なぜか、わたしは車から外に出ていた。走っていた。全速力で公園を横切っていて、追いかけてくるのはドクター・ナッシュだった。

二人でベンチにすわった。コンクリートの台に木の板を渡したものだ。板が一枚なくなっていて、残りも下にたわんでいる。首の後ろに日射しを感じ、日光が地面に投げる長い影が見えた。男の子たちはまだサッカーをしていたが、試合はもう終わっているにちがいない。のんびり歩いて離れていく子たちもいれば、おしゃべりしている子たちもいる。コートの山のひとつが取り去られ、ゴールのしるしはなくなっていた。何があったのかと、ドクター・ナッシュが質問していた。

「思い出したの」と、わたしは言った。

「襲われた夜のことですか？」

「そうよ」と、わたしは言った。「どうしてわかったの？」

「叫んでいたから」と、彼は言った。「『放して』と、何度も何度も言ってました」

「本当にあそこにいるみたいだったの」と、わたしは言った。「ごめんなさい」

「お願いだから、謝らないでください。どんな場面が見えたか、話してもらえますか？」

本当は話したくなかった。自分の奥深くにある本能のたぐいが、この記憶は胸にしまっておくのがいちばんいいと言っている気がした。でも、わたしには彼の助けが必要で、彼が信用できるのもわかっていた。洗いざらい話してみた。

話しおわると、彼はしばらく口を開かず、そのあと「ほかには？」と言った。

「何も」と、わたしは言った。「ないと思う」

「どんな顔をしていたか、覚えていないんですか？　あなたを襲った男ですが？」

「ええ。なんにも見えなくて」

「名前もわからない？」

「ええ」と、わたしは言った。「何ひとつ」そこで一瞬ためらった。「わたしにこんな仕打ちをした犯人がわかったら、状況は進展すると思います？　あの男が見えたら？　あの男のことを思い出したら？」

「クリスティーン、襲われたときのことを思い出せば病状が改善するという保証はありません」

「でも、可能性はある？」

彼は黙ったあと、こう言った。「前にも提案しましたが、あそこに戻れば、ひょっとすると……」

「いや」と、わたしは言った。「いやよ。冗談でもそんなこと言わないで」

「ぼくも付き添います。だいじょうぶです。保証します。もういちどあそこに行ったら……あのブライトンに――」

「いや」

「そしたら、思い出すかも――」

「いや！　お願いだから！」

「うまくいくかもしれなくても？」

膝の上で組み合わせた自分の手に目を落とした。

「あそこには戻れない」と、わたしは言った。「どうしても、いや」

彼はため息をついた。「わかりました」と言った。「あらためてご相談することも？」

「だめ」わたしはささやくように言った。「できない」

「わかりました」彼は言った。「かまいません」

彼は微笑んだが、がっかりしているようだ。彼のためにできるだけのことをしたい、さじを投げられたくない、と強く思った。「ドクター・ナッシュ？」と、わたしは言った。

「はい？」

「先日、何か頭に浮かんできたと書いてあったわ。それと関係があるかもしれないの。よくわからないけど」

彼は体を回して、わたしと向きあった。

「続けて」と彼が言い、二人の膝が触れあった。どちらも引っこめなかった。

「目が覚めたとき」わたしは言った。「なぜか、男の人とベッドにいるとわかったの。ある名前が浮かんだわ。でも、その名前はベンじゃなかった。浮気相手の名前なのだろうかと思ったわ。わたしを襲った男の」

「可能性はありますね」と、彼は言った。「それが、抑圧された記憶が浮上してくるきっかけだったのかもしれない。その名前は？」

急に言いたくなくなった。声に出したくなかった。口に出したらそれが現実になり、わたしを襲った男が魔法のように甦《よみがえ》ってくるような気がした。目を閉じた。

「エド」と、わたしはささやいた。「エドという人といっしょに目を覚ましたつもりだった」

沈黙が下りた。心臓がひとつ打ち、それが永遠に続きそうな気がした。

「クリスティーン」と、彼は言った。「それはぼくの名前です。ぼくの名前はエド。エド・ナッシュです」

いろんな考えが頭をよぎった。最初に浮かんだのは、彼がわたしを襲ったのかという考えだ。「なんですって？」狼狽《ろうばい》して、わたしは言った。

「それはぼくの名前です。前に教えましたよ。あなたは書き留めなかったかもしれませんが。ぼくの名前はエドマンド。エドなんです」

彼が犯人のはずはない、と気がついた。まだほんの子どものころだろう。

「でも――」

「作話《さくわ》かもしれませんね」と、彼は言った。「ドクター・ウィルソンの説明にあったでしょう？」

「ええ」と、わたしは言った。「わたし――」

「あるいは、同じ名前の人物に襲われたとか？」

彼はそう言いながら、ぎこちない笑みを浮かべて場の空気を取り繕《つくろ》おうとしたが、そうすることでかえって露呈してしまった。あのあと――この前、車でわたしを送ったあと――わたしに何があったのか、もう気がついてしまったことを。あの朝、目が覚めたとき、わたしは幸せな気分だった。エドという人とベッドにいて幸せだった。でも、あれは記憶ではなかった。空想だったのだ。エドといっしょに目が覚めるのは、過去にあったことではなく――目覚めている意識は相手が誰かわかっていなくても――未来の願望だったのだ。わたしはドクター・ナッシュと寝たいのだ。

そしていま、図らずも、心ならずも教えてしまった。わたしが彼をどう思っているか、漏らしてしまった。もちろん彼はプロだった。二人とも、いまあったことにはなんの意味もないふりをし、そうすることで、どんなに重い意味があるかを露呈してしまっていた。二人で歩いて車に戻り、彼が自宅へ送ってくれた。たわいもない話をした。天気のこと。ベンのこと。話題にできる材料なんて、そんなにあるものじゃない。わたしは経験という分野から丸ごと締め出されている。途中で彼が、「ぼくらは今夜、映画に行くことになっていて」と言い、彼が思慮深く複数形を使ったことに、わたしは気がついた。心配しないで、と言いたかった。身のほどはわきまえていると。でも、何も言わなかった。苦々しく思われたくなかったから。

あした電話します、と彼は言った。「本気で続けたければ、ですが?」

いまさらやめるわけにいかないのはわかっていた。本当のことを知るまでは。その点で、わたしは自分に借りがある。本当のことを知らないと、人生が半分になってしまう。「ええ」と、わたしは言った。「続けます」いずれにせよ、彼には日誌のことを思い出させてもらう必要があった。

「わかりました」と、彼は言った。「よかった。次回は、あなたが前に行ったことがある別の場所を訪ねようと考えています」彼は座席のわたしを見やった。「心配しないで。あそこじゃありません。フィッシャー病棟を出たあと移ったケアハウスに行ってみようと思うんです。ウェアリング・ハウスという施設ですが」わたしは何も言わなかった。「あなたの自宅からもそんなに遠くない。連絡しておいてかまいませんか?」

少し考え、それでどんないいことがあるのだろうと思ったが、ほかに選択肢があるわけではないし、何もしないより何かしたほうがいいと判断した。

「ええ。かまいません。連絡してください」と、わたしは言った。

十一月二十日、火曜日

朝だ。ベンから、窓拭きをしてはどうかと提案があった。「ボードに書いておいた」と、車に乗りこむとき彼が言った。「キッチンのボードに」

だから見てみた。〝窓を拭く〟のあとに、ためらいがちな疑問符が書き加えられている。わたしが忙しいと思っているのだろうか？　明るいあいだ、何をしていると思っているのだろう？　いまのわたしが何時間かかけて日誌を読み、さらに何時間かかけて日誌を書くこともあることを、彼は知らない。ドクター・ナッシュに会う日もあることを、彼は知らない。

こうやって日々を過ごすようになる前は、何をしていたのだろう？　本当に、テレビを見たり散歩に行ったり雑用をしたりして、日がな一日過ごしていたのだろうか？　肘掛け椅子にすわって時計のチクタクいう音を聞き、どう生きていったらいいのだろうとか考えながら何時間も過ごしていたのだろうか？

〝窓を拭く〟。たぶん、ああいう指示を読んで憤慨し、わたしの人生を管理しようとしているのだと思う日もあるのだろうが、きょうは好意的に受け止めた。わたしが手持ち無沙汰にならないよう気を遣ってくれただけで、他意はないのだと。顔をほころばせながら、わたしと暮らすのはどんなに大変なことだろうと思った。途方もない時間をかけてわたしの安全を確保しなければならず、確保できたとしても、わたしが取り乱さないか、外に出て迷子にならないか、もっとまずいことをしでかさないかと、つねに心配しなければならない。火事の話を読んだ。二人の過去の大半を葬り去った火事の話を。きっとわたしが何かしでかしたにちがいないのだが、ベンはいちどもわたしが原因と言ったことがない。頭に情景が浮かんだ。煙がもうもうとたちこめてよく見えない火のついたドア。溶けて蠟《ろう》に変わりかけているソファ。そんな情景がもう少しで手の届くところに浮かんでいながら、どうしても記憶を結ぼうとせず、想像なかばの夢にとどまっていた。でも、ベンはそんなわたしを許してきたのだ、と思った。同じように、もっといろんなことでわたしを許してきたにちがいない。キッチンの窓から外を見ると、窓に映った自分の顔の向こうに刈りこまれた芝が見えた。きれいにととのった境界。小屋。垣根。ブライトンで発見された時点で、わたしが浮気していたことをベンは知ったはずだ。それまでは知らなかったとしても。わたしの世話をするには、どんなに強い心が必要だっただろう――わたしの記憶が消えてなくなり、それといっしょに、ほかの男とファックするつもりで自宅から遠く離れた場所にいて事件が起こったことまで忘れてしまったときは。自分が何を見て、日誌にどんなことを書いてきたか、思い浮かべた。わたしの頭は砕けていた。壊れていた。それでも彼はわたしに寄り添ってくれた。ほかの男なら、自業自得と見捨てていたかもしれないところを。

窓から目を戻し、流しの下を見た。掃除用具。石鹼。洗剤の大箱に、プラスチックのスプレーボトル。赤いプラスチックのバケツがあって、そこにお湯を入れ、石鹼をそそいで、お酢をほんの一滴加えた。わたしは彼の恩にどう報いてきたの？　と思った。スポンジを手に取り、石鹼水で窓を洗いはじめる。上から下へ。わたしはロンドンの街を内緒で動きまわって医者たちに会い、スキャンを受け、昔の家を訪ね、災難に遭ったあと治療を受けていた場所を訪ねてきた。彼にはいっさい話をせずに。だけど、なぜ？　彼を信用していないから？　彼がわたしを真実から守ることに決め、わたしの人生をできるだけ単純かつ簡単にしようと決めたから？　石鹼水の細い筋が流れ落ちて底に溜まっていくのを見つめたあと、別の布を手に取って、ピカピカになるまで窓を磨いた。

事実のほうがずっとひどいことを、いまわたしは知っている。けさは激しい罪悪感とともに目が覚めた。〝恥を知れ〟という言葉が頭に渦を巻いていた。〝後悔するぞ〟という言葉も。最初は、横にいるのは夫ではないと思っていて、あとから真相を知った。わたしは夫を裏切った。二度裏切った。最初は遠い昔、最終的にわたしからすべてを奪った男のことで。そしていま、わたしはまた裏切った。少なくとも、心の中では。わたしの力になろうとし、わたしを慰めようとしている医師に、子どもじみた愚かしい熱を上げてしまったのだ。いまはその医師を頭に描くことさえできず、会った覚えもない。しかし、自分よりずっと若くて恋人がいるのは知っている。医師にのぼせたばかりか、彼に自分の気持ちを教えてしまった！　たしかに、うっかり誤ってだが、教えてしまったことに変わりはない。罪悪感どころじゃない。愚かもいいところだ。どうしてこんなことになってしまったのか、想像もつかない。自分がみじめでしかたない。

そこで、ガラスを拭きながら決心した。治療はうまくいくというわたしの考えにベンは同意しないかもしれないが、自分で確かめる機会を拒むとは思えない。それがわたしの望みなら。わたしは大人だし、彼は鬼でも獣でもない。本当のことを打ち明けて何か問題があるとは思えない。流しで水をザーッと出して、バケツに入れなおした。夫に話そう。今夜。彼が帰ってきたら。このままじゃいけない。わたしは窓拭きを再開した。

一時間前にこう書いたものの、いまはあまり自信がない。アダムのことを考える。金属の箱にしまわれた写真のところは読んだが、いまだにあの子の写真はどこにも貼られていない。一枚も。ベンでも誰でも、息子を失った人が、その子の痕跡をすべて家から取り払えるなんて、わたしには信じられない。そんなのおかしいし、納得がいかない。そんなことができる男を信じていいの？　パーラメント・ヒルでベンチに腰かけ、単刀直入にたずねた日のこと、それを読んだときのことを思い出した。彼は嘘をついていた。日誌を前のほうへぱらめくり、もういちど読んでみる。〝子どもはいなかったの？〟とわたしが訊くと、彼は〝そうだ、いなかった〟と答えた。わたしを守るためだけに、本当にそんな嘘をつくものだろうか？　それがいちばんいいと本気で思うなんて、ありえるのだろうか？　自分が教える必要のあること、自分に都合のいいこと以外、何も教えないのがいちばんいいなんて？

手っ取り早い方法ではある。毎日、何度も繰り返し同じ話をすることに倦《う》み疲れているにちがいない。彼が説明を省いたり事実を曲げたりしているのは、わたしのためなんかじゃないのかもしれない、という考えが浮かんだ。絶えず同じことを繰り返していると頭がおかしくなるからなのかもしれない。

頭がどうにかなりそうだ。確かなことがひとつもなく、何もかもが変化する。あることを考え、次の瞬間にはその逆を考えている。夫の言うことを全部信じたと思ったら、次には何ひとつ信じない。信じていたのが、すぐまた信じなくなる。何ひとつ本当とは思えない。みんな作り事のような気がする。自分自身まで。

ひとつでも確かなことがあってほしい。たったひとつでいい。教えてもらわなくても、指摘されなくてもいいことがあってほしい。

あの日、ブライトンで誰といたのか知りたい。わたしをこんな目に遭わせたのは誰なのか知りたい。

後刻。いま、ドクター・ナッシュとの話が終わったところだ。リビングでまどろんでいると、電話が鳴った。テレビがついていたから音を小さくした。一瞬、わからなくなった。自分がどこにいるのか、眠っているのか、起きているのか。声が聞こえたような気がした。それが大きくなってくる。ひとつは自分の声とわかった。もうひとつはベンの声のようだ。ところが、彼はこう言っていた。このろくでなしのあばずれ、いやもっと始末が悪い、と。わたしは彼に金切り声で叫んだ。最初は怒りにまかせて、次は恐怖に駆られて。ドアがバタンと大きな音をたて、こぶしの当たるゴツンという音がして、ガラスが割れる音がした。そこで夢を見ていたことに気がついた。

目を開いた。テーブルの上に、冷めたコーヒーが入っている縁の欠けたマグがあり、その横で電話がプルプル鳴っていた。パチンと開くタイプのほうだ。それを手に取った。

ドクター・ナッシュからだった。彼は名を名乗ったが、なんとなく声に聞き覚えがあった。何も問題はないかと、彼はたずねた。ないと答え、日誌を読んだと告げた。

「きのう、どんな話をしたか、覚えていますか？」と、彼は言った。

はっと衝撃に打たれた。恐怖にも。それじゃ、彼は現状に取り組むことにしたの？　わずかな希望があぶくとなって湧き上がった――じつは彼もわたしと同じ気持ちだったのかもしれない、欲望と不安が混じって心が乱れていたのかもしれない――が、長くは続かなかった。「病棟を出たあと暮らしていた場所を訪ねるというお話ですが？」

「はい」と、わたしは言った。

「ええと、けさ、そこに電話をしました。問題ないそうです。訪問できます。いつでも好きな時間に来てもらってかまわないと言ってくれました」先の話だ。また、自分には関係のない話のような気がした。「きょうとあした、ぼくは用がありまして」と、彼は言った。「木曜日はどうでしょう?」

「いいんじゃないかしら」と、わたしは言った。いつでも関係ない気がした。いずれにせよ、その成果については楽観していなかった。

「よかった」と、彼は言った。「では、また電話します」

さよならを言いかけたところで、うたた寝する前に書いていたことを思い出した。眠りが深くなかったのだろう、さもなければ全部忘れていたはずだから、と思った。

「ドクター・ナッシュ?」と、わたしは言った。「ちょっと訊きたいことがあるんですが?」

「はい?」

「ベンのことで」

「いいですよ」

「えっと、ちょっと気になって。ベンは事情を話してくれないの。大事なことを。アダムのことを。わたしの小説のことを。ほかにも嘘をついていることがあるわ。わたしがこんなふうになったのは事故に遭ったからだと言うし」

「なるほど」と、彼は言った。「なぜ彼はそんなことをするのだと、あなたは思います?」

ここでは〝なぜ〟より〝あなた〟が強調された。

しばらく考えた。「わたしがいろいろ書き留めていることを、彼は知らない。違いがわかることを知らない。そのほうが彼にとっては楽なんじゃないかしら」

「彼にとってだけ?」

「いえ。わたしにとってもでしょうね。つまり、彼がそう思っているという意味だけど。でも、楽なんかじゃない。彼を信じていいかどうかもわからない」

「クリスティーン、われわれはたえず事実をゆがめ、過去を書き換えています。そのほうが状況が楽になるし、自分にとって都合がいいからです。わたしたちは自動的にそうしている。記憶をこしらえる。意識することもなく。こんなことがあったと何度も自分に言い聞かせていると、それを信じはじめ、やがては本当にそう記憶してしまう。ベンがしているのは、それではないでしょうか？」

「かもしれない」と、わたしは言った。「でも、彼につけこまれているような気がするの。わたしの病気につけこまれているような気が。彼は自分の好きなように歴史を書き換えることができて、わたしは絶対それに気がつかない、気づかれることはないと思っている。でも、わたしは知っている。彼が何をしているか、ちゃんと知っている。だから、彼を信用できない。つまり、彼はわたしを追い払っているのよ、ドクター・ナッシュ。何もかも自分で仕切ろうとしているの」

「なら」と、彼は言った。「そこをどうしたらいいと思いますか？」

その答えはもう出ていた。自分が書いたものを、けさから読んできた。何度も、繰り返し読んできた。彼をどの程度信用すべきか。どれくらい自分が信用していないか。結局、わたしに考えられるのはこれだけだった――このままではいけない。

「日誌をつけていることを、彼に話す必要があるわ」と、わたしは言った。「あなたと会ってきたことを話す必要がある」

しばらく彼は口を開かなかった。自分が何を予期していたかはわからない。不賛成？　だが口を開いたとき、彼は「おっしゃるとおりかもしれない」と言った。

安堵の思いが押し寄せてきた。「賛成してくれるの？」

「はい」と、彼は言った。「ここ数日、そうするのが賢明かもしれないと考えていたんです。ベンのこしらえた過去が、あなたが思い出しはじめている過去とそこまでちがうとは思ってもみなかった。それがどんなに心を痛めるかも。しかし、じつはいま、われわれは全体像の半分しか把握していないという考えもある。あなたのお話を聞くかぎり、抑えつけられている記憶がどんどん浮かび上がってきています。ベンと話しあうのは有益なことかもしれません。過去について。それが記憶の消化を助けてくれるかもしれない」

「そう思います？」

「はい」と、彼は言った。「われわれの取り組みをベンから隠しておくのは間違いかもしれません。それに、きょう、ウェアリング・ハウスのスタッフから話を聞いたんです。あそこではどういう状況だったのか知りたいと思って。あなたと親しくなったスタッフから話を聞きました。ニコルという女性です。最近ハウスに復帰したところだそうですが、あなたが自宅に戻ったと知って、とても喜んでいました。とにかくベンは誰にも真似できないくらいあなたを愛していたそうです。毎日欠かさず、あなたに会いにきていた。あなたの部屋や庭で、よくあなたの世話をしていたそうです。何はともあれ明るくふるまおうと、懸命に努力していた。スタッフはみんな、ベンと親しくなった。彼が来るのが楽しみだったそうですよ」ドクター・ナッシュはここで少し間を置いた。「あそこを訪ねるとき同席してくれないかと、ベンに持ちかけてみてはどうでしょう？」また、ひと呼吸置いた。「いずれにしても、ぼくは彼と会ったほうがよさそうだ」

「会ったことはないの？」

「はい」と、彼は言った。「あなたに会いたいと申し入れたとき、電話でちょっとだけ話しました。けんもほろろでしたが……」

そこではっと思い当たった。だからベンを誘おうと提案しているのだ。つまり、彼に会いたいのだ。すべてを明らかにし、きのうみたいな気まずい思いを繰り返すことがないようにしたいのだ。

「いいわ」と、わたしは言った。「あなたがそう思うなら」

そう思う、と彼は言った。しばらくわたしの反応をうかがってから、彼は言った。「クリスティーン？　日誌を読んだと言いましたね？」

「ええ」と、わたしは言った。

彼はまた言いよどんだ。「けさ、ぼくは電話をしていません。日誌がどこにあるか教えていません」

言われてみればそのとおりだ、と思った。自分でワードローブに行って、中に何があるかは知らなかったが、靴箱を見つけ、ほとんど考えもせずに開けたのだ。わたしは自力で日誌を探し出した。あそこにあるのを覚えていたかのように。

「すばらしい」と、彼は言った。


ベッドでこれを書いている。もう遅い時間だが、ベンは踊り場の向こうの書斎にいる。仕事をしている音が聞こえる。キーボードをたたく音、マウスをクリックする音。ため息や、彼の椅子がたてるきしみも、ときおり聞こえる。彼が神経を集中し、画面に目を凝らしているところを想像する。ベッドに向かう準備をするために機械のスイッチを切ったらその音が聞こえるし、それからでも日誌を隠す時間はあるはずだ。けさはああ考え、ドクター・ナッシュに同意したものの、わたしは自分の書いてきたものを夫に見つかりたくないにちがいない。


今夜、ダイニングで彼と話をした。「ひとつ訊いてもいい?」とわたしは言い、彼が顔を上げると、「なぜわたしたちには子どもがいなかったの?」と訊いた。彼を試していたのだろう。真実を語らせ、わたしの主張に反することを言わせようと。

「まだ早いと思っていた」と、彼は言った。「そしたら、手遅れになった」

わたしは料理の皿をわきへ押しやった。がっかりだった。彼は遅い時間に帰ってきて、入ってくると大声でわたしの名前を呼び、元気かと訊いた。「どこにいるんだ?」と言った。責めるような声で。

キッチンよ、と大声で言った。わたしは夕食の用意をしていた。レンジで熱したオリーブオイルで炒めようと、タマネギを刻んでいた。彼は戸口に立っていた。入るのをためらっているみたいに。疲れた顔をしている。浮かない表情だ。「だいじょうぶ?」と、わたしは訊いた。

彼はわたしの手のナイフを見た。「何をしているんだ?」

「夕食を作ってるだけよ」と、わたしは言った。笑顔を向けたが、彼は返してこなかった。

「オムレツを作ろうと思って。冷蔵庫に卵とマッシュルームがあったから。ジャガイモはない? どこにも見当たらなくて――」

「ポークチョップにするつもりだったんだ」と、彼は言った。「少し買っておいた。きのうのうちに。きょうはそれのつもりだった」

「ごめんなさい」と、わたしは言った。「わたし――」

「でも、いい。オムレツでいい。それを食べたいのなら」

会話がまずいところへすべり落ちていく気がした。彼はまな板を見つめていた。わたしの手はナイフを握ったまま、まな板の上で止まっていた。

「ううん」と、わたしは言った。笑ってみたが、彼はいっしょに笑わなかった。「べつにいいの。わかってなくて。いつも――」

「もうタマネギを刻んだわけだ」と、彼は言った。言葉に抑揚がない。ありのままの、事実の羅列だ。

「そうだけど……まだチョップにできるでしょ?」

「きみの思うものでいい」と、彼は言った。それからくるりと向き直り、ダイニングへ入っていった。「テーブルの用意をしてくる」

わたしは返事をしなかった。自分が何をしたのかわからなかった。何かしたとすればだが。タマネギの作業に戻った。

そして、食卓で向きあっていた。ほとんどしゃべらずに食事をしてきた。何も問題はないかと訊いてみたが、彼は肩をすくめて、ないと言った。「きょうは大変だったんだ」とだけ言い、わたしがそのあとを待っていると、「仕事で」とだけ付け足した。議論は始まる前から中止になり、日誌とドクター・ナッシュの話をするのは考え直そうと思った。料理をつき、心配しないよう努力し、彼にも虫の居所の悪い日があって当然だと自分に言い聞かせたが、不安に心を揺さぶられた。話す機会が逃げていく気がしたし、あした目が覚めたとき、きょうと同じように話すのが正しいと確信できるかどうかわからない。とうとう、我慢できなくなった。「でも、子どもは欲しいと思っていた?」と、わたしは訊いた。

彼はため息をついた。「クリスティーン、もういいだろう?」

「ごめんなさい」と、わたしは言った。自分が何を言おうとしているのか、まだちゃんとわかっていなかった。これ以上言わないほうがよかったのかもしれない。でも、それはできないと思った。「ただ、きょう、すごく変なことがあって」と、わたしは言った。軽い口調に努めようとしていた。感じてもいないうららかさを込めようと。「ちょっと、何か思い出した気がしたの」

「何か？」

「そうよ。まあ、よくわからないんだけど……」

「続けて」と、彼は言った。とつぜん前向きになって、身をのりだした。「何を思い出したんだ？」

彼の後ろの壁に目を凝らした。絵が掛かっていた。いや、写真だ。花びらを接写したものだが、白黒写真だ。花びらにまだ露がついている。安っぽい、と思った。ふつうの自宅とかじゃなく、百貨店にありそうなものだ。

「赤ちゃんがいたのを思い出したの」

彼は椅子に深々とすわった。目を大きく見開き、そのあとぎゅっとつぶった。息を吸いこんで、長いため息をつく。

「本当なの？」と、わたしは訊いた。「わたしたちには子どもがいたの？」ここで彼が嘘をついたら、わたしは何をするかわからないと思った。諍《いさか》いになるだろう。抑えが利かず、破滅するならしろとばかりに洗いざらいぶちまけてしまうだろう。ベンは目を開き、わたしの目を見た。

「ああ」と、彼は言った。「本当だ」

彼はアダムのことを語りだし、安堵の思いが押し寄せた。ほっとしたが、そこには一抹《いちまつ》の痛みも混じっていた。永遠に失われたままの長い年月が。何ひとつ覚えていなくて二度と取り戻すことができない、長い長い時間が。自分の中で強い願望がうごめき、ふくらむ感じがした。自分をのみこんでしまいそうなくらい大きな願望が。ベンはアダムが生まれたときのこと、子どものころのこと、どんな人生を送っていたかを語った。学校に通いはじめたころ出演したキリスト降誕劇のことを。サッカーのグラウンドや陸上のトラックでどんな腕前を見せたかを。試験の結果にがっかりしたことを。ガールフレンドたちのことを。羽目をはずして手巻きのタバコを吸い、マリファナと間違われたときのことを。わたしが質問し、彼が答えた。息子の話をしている彼は楽しそうだった。思い出が不機嫌さを拭き払ったかのように。

目を閉じて、彼の話に聞き入った。イメージが浮かび上がってきた――アダムの、わたしの、ベンのイメージが浮かび上がってきたが、記憶なのか想像の産物なのかは見分けがつかなかった。彼の話が終わると、わたしは目を開き、自分の前にすわっている人物を見てショックを受けた。どんなに彼が年を取ったか、わたしの目に浮かんでいた若い父親とどんなにちがうかがわかって。「でも、あの子の写真がない」と、わたしは言った。「どこにも」

彼は居心地悪そうな表情を浮かべた。「わかっているからだ」と、彼は言った。「きみが取り乱すのは」

「取り乱す?」

彼は答えなかった。いまはアダムの死を語れるだけの気力がないのかもしれない。なんとなく打ちひしがれた表情だ。力が涸《か》れ果ててしまったような。自分が彼にしていること、毎日彼にしていることに罪悪感をおぼえた。

「だいじょうぶよ」と、わたしは言った。「あの子が死んだのは、知っているから」

彼は驚きの表情を浮かべた。おずおずとした表情を。「知って……いる？」

「ええ」と、わたしは言った。日誌のことを話し、前にあなたから何もかも聞いたと言いそうになったが、思いとどまった。彼の表情にはまだ力がないし、空気が緊迫していた。話すのは日を改めてもかまわない。「そんな気がしただけ」と、わたしは言った。

「そうか。この話は前にもしたことがあったし」

もちろん、それはそのとおりだ。あの子が死んだ話は、前にもしたことがあった。アダムの人生について話したことがあったように。にもかかわらず、片方の話は本当の気がするのに、もう片方はそう思えないことに気がついた。息子は死んだことをわたしは信じていないと気がついた。

「もう一回、話して」と、わたしは言った。

彼は戦争の話、道路わきの爆弾の話をした。わたしはできるかぎり冷静に耳を傾けた。彼はアダムの葬儀のこと、棺《ひつぎ》の上で行われた葬送の一斉射撃のこと、棺の上にかけられたイギリス国旗のことを語った。わたしは意識を記憶のほうへ押しやろうとした。それがアダムの死のような、つらい――恐ろしい――記憶であっても。だが、何ひとつ浮かばなかった。

「そこへ行きたい」と、わたしは言った。「お墓を見にいきたい」

「クリス」彼は言った。「しかし……」

記憶を失っている以上、あの子が死んだ証拠を見る必要があると思った。さもないと、死んでいないのではないかという願望を永遠に持ちつづけることになる。「行きたい」と、わたしは言った。「見る必要があるの」

拒まれるかもしれないと、まだ思っていた。それはいい考えじゃないと思う、きみは激しく動揺するかもしれないと言われるのではないかと。そしたらどうしよう？　どう圧力をかければいい？

だが、彼は拒まなかった。「週末に行こう」と言った。「約束する」

恐怖が混じった安堵の思いに、わたしは呆然《ぼうぜん》となった。

二人で夕食の後片づけをした。わたしは流しに立って、彼が渡してくれる皿を石鹸水のお湯に浸け、こすり洗いして、彼の手に戻し、水気を取ってもらった。そのあいだずっと、窓に映った自分の姿を見ないようにした。あえてアダムの葬儀のことを考え、曇りの日に盛り上がった土の横で芝生の上に立ち、地面の穴に架けられた棺を見ている自分を想像した。葬送の一斉射撃を思い浮かべようとし、わたしたちが――あの子の家族と友人たちが――静かにすすり泣くあいだ演奏をしている、たった一人のラッパ手を思い浮かべようとした。

でも、できなかった。そんなに昔のことではないはずなのに、何ひとつ見えなかった。自分がどんな思いをしたか想像しようとした。その日の朝、わたしは自分が母親であることさえ知らずに目が覚めたのだろう。ベンはまず、わたしに息子がいることを説明し、そのあとさらに、その日の午後に彼を埋葬すると説明しなければならなかっただろう。恐怖ではなく呆然と麻痺《まひ》した感覚を、わたしは想像した。信じられない思いを。現実離れした感じを。頭が取りこめることは数知れないが、これに耐えられる頭はどこにもない。わたしの頭はもちろんのこと。着るべき服を教えられ、家から待っている車へ導かれて、後部座席にすわる自分を想像した。車が走っているあいだ、わたしは誰の葬式に行くのだろうと思っていたかもしれない。自分の葬式のような気がしていたかもしれない。

窓に映ったベンの姿を見た。自分自身が悲しみの絶頂にあるときに、彼はこういういろんなことに対処しなければならなかったのだ。わたしたち全員にとって、わたしを葬儀に連れていかないほうが、いっそ親切だったかもしれない。じつは連れていかなかったのだろうか、と考え、背すじに冷たいものが走った。

ドクター・ナッシュのことを話したものか、まだ踏ん切りがつかなかった。ベンはいま、また疲れた表情に戻っていた。意気消沈したように。笑みを浮かべるのは、わたしが目を合わせて微笑みかけたときだけだ。時を改めたほうがいいかもしれない、と思った。いまよりいい時機があるかどうかは知らないが。彼がふさいでいるのはわたしのせいだと思わざるをえなかった。わたしがしたことか、しなかったことのせいだ。この男をどんなに好ましく思っているか、実感した。愛しているかどうかはなんとも言えないが――いまだによくわからないが――それは愛のなんたるかがわかっていないからだ。彼については漠然と揺らめく記憶しかないが、アダムには愛を感じ、あの子を守ろうとする本能を感じ、あの子にすべてを与えたいという強い願いを感じ、あの子はわたしの一部であり、あの子のいないわたしは不完全だと思う。自分の母にも、彼女が心の目に浮かんだときは、別の種類の愛を感じる。注意書きと条件つきの、もっと複雑なきずなを。はっきりのみこめないなりに、きずなを感じる。でも、ベンには？　魅力的だとは思う。信頼している——いろいろ嘘をついてきたのは確かだが、わたしにとって最善の利益を考えてくれているのは知っている——けど、彼を知って短い時間しかたっていないのに、愛していると言えるものだろうか？

わからない。でも、彼には幸せでいてほしいし、ある程度、彼を幸せにできる人間でありたいと思っているのもわかっていた。もっと努力しなければ、と思った。しっかりしなければ。この日誌は、わたしの人生のみならず、二人の人生を改善する道具になるかもしれないのだ。

だいじょうぶ？　と訊こうとしたとき、それは起こった。彼がつかむ前にわたしが皿を放してしまったにちがいない。皿はガシャンと床に落ち——〝くそっ！〟というベンのつぶやきとともに——砕け散って、何百もの破片と化した。「ごめんなさい！」と言ったが、ベンはわたしを見なかった。床にしゃがんで小さく悪態をついた。「わたしがする」と言ったが、彼はそれを無視して大きな破片をつかみはじめた。右手で集めていく。

「ごめんなさい」もういちど言った。「なんてぶきっちょなの！」

何を期待していたのかはわからない。許しの言葉か、たいしたことじゃないと慰める言葉だったのかもしれない。ところがベンは、「ちきしょう!」と言った。皿の破片を放り出して、左手の親指を吸いはじめた。リノリウムに血が飛び散った。

「だいじょうぶ?」と、わたしは言った。

彼は顔を上げ、わたしを見た。「ああ、なんでもない。自分で切っただけだ。まったく、まぬけも——」

「見せて」

「なんでもない」と、彼は言った。そして立ち上がった。

「見せて」と、もういちど言った。彼の手に手を伸ばす。「包帯を取ってこなきゃ。それか、絆創膏《ばんそうこう》を。うちに——?」

「いいから!」と彼は言い、わたしの手をピシャッと払いのけた。「かまうな! 放っといてくれ!」

呆然とした。傷が深いのがわかった。端から血が湧き出し、細い筋となって手首を伝い落ちていく。どうしたらいいのか、何を言ったらいいのか、わからない。彼は怒鳴ったわけではないが、いらだちを隠す努力も何ひとつしなかった。二人で向きあって、諍いの一歩手前でバランスを取り、どっちつかずの状態で、おたがい相手が口を開くのを待っていた。何が起きたのか、この瞬間にどんな重みがあるのか、おたがい見極められないまま。

耐えられなかった。「ごめんなさい」と、わたしは言った——わたしの中には憤りを感じている自分がいたにもかかわらず。

彼の表情がやわらいだ。「いいよ。ぼくも悪かった」彼は一瞬、言いよどんだ。「ちょっとピリピリしてるんだと思う。きょうはすごく大変だったから」

キッチンロールを取って、彼にさしだした。「拭かなくちゃ」

彼は受け取った。「ありがとう」と言い、手首と指の血に当てて軽くたたいた。「上に行く。シャワーを浴びてくる」彼は体を折って、わたしにキスをした。「いいかい？」

彼は向き直って、部屋を出ていった。

バスルームのドアが閉まり、栓をひねる音がした。わたしの横のボイラーが点灯する。皿の破片の残りを集め、まず紙でくるんで、小さな破片を掃いてから、最後にスポンジで血を吸い取った。掃除が終わるとリビングに行った。

パチンと開くタイプの電話が、バッグの中でくぐもった音をたてていた。それを取り出す。ドクター・ナッシュだ。

テレビはついたままだ。二階でベンがあちこちへ移動して、床がきしみをたてていた。わたしが持っているのを知らない電話で話しているところを聞かれたくない。「もしもし」と、ささやき声で言った。

「クリスティーン」声がした。「エドです。ドクター・ナッシュです。聞こえますか？」

昼間は考えこむような穏やかな声だったのに、いまは差し迫った感じがした。不安が頭をもたげる。

「ええ」いっそう声を小さくした。「どうしたの？」

「よく聞いて」と、彼は言った。「もうベンと話をしましたか？」

「ええ、まあ」と、わたしは言った。「なぜ？　どうかした？」

「日誌のことを話しましたか？　ぼくのことを？　ウェアリング・ハウスに誘いましたか？」

「いいえ」と、わたしは言った。「もう少しでするところだったけど。いま、彼は二階にいて、わたし――。どうしたというの？」

「すみません」と、彼は言った。「心配するほどのことではないかもしれないんですが。ただ、ちょっと、いまウェアリング・ハウスの人から電話があって。けさ、お話しした女性です。ニコル、でしたか？　彼女から、電話番号を教えたいと連絡がありました。あなたの友だちのクレアからあそこに連絡があったらしいんです。あなたに連絡を取りたいと。彼女は電話番号を残していった」

　緊張が走った。トイレの水を流す音が聞こえ、洗面台の水が出る音がした。「話がよくわからないわ」と、わたしは言った。「最近のこと？」

「いいえ」と、彼は言った。「あなたがベンといっしょに暮らすためにあそこを出て、二、三週間してからです。あなたがいなかったので、クレアはベンの電話番号を教えてもらった。ところが、その、そこへかけてみたら、つながらなかったそうなんです。住所を教えてもらえないかと、彼女は頼んだ。もちろんそれはできなかったので、あなたかベンから電話があったとき伝えられるよう、電話番号を控えてもらった。けさ、ぼくと話をしたあと、ニコルはあなたの資料の中にメモがあるのに気がついて折り返し電話をくれ、番号を教えてくれたんです」

話が理解できなかった。「でも、わたしに郵送してくれたら、それですんだことじゃないの？　あるいは、ベンに？」

「それがその、ニコルの話では、ハウスはそうしてくれたんです。ところが、あなたからもベンからも、なんの音沙汰もなかったそうです」ドクター・ナッシュはいったん言葉を切った。

「郵便物は全部ベンが処理しているの」と、わたしは言った。「朝、取ってきて。ええと、きょうも取ってきたわ、とりあえず……」

「ベンはクレアの番号を教えてくれましたか？」

「いいえ」と、わたしは言った。「いいえ。わたしたちはもう長いあいだ連絡を取りあっていないって、彼は言ったわ。わたしたちが結婚してから間もなく引っ越していったって。ニュージーランドへ」

「うーん」と彼は言い、それから、「クリスティーン？　前にもこの話はあなたから聞いていますが……ただ……これは国外の番号じゃない」と言った。

恐怖がむくむく頭をもたげてきたが、その理由はまだわからなかった。

「つまり、彼女は戻ってきたってこと？」

「ニコルの話では、クレアはあなたを訪ねて、しょっちゅうウェアリング・ハウスへやってきたそうです。ベンと同じくらい頻繁に。彼女が引っ越していったという話を、ニコルは聞いていません。ニュージーランドにも。どこにも」

とつぜん世界が動きはじめた心地がした。展開が速すぎて、ついていけない。二階でベンのたてる音が聞こえる。水はもう止まっていて、ボイラーの音も消えていた。合理的な説明があるはずだ、と思った。なければおかしい。とにかく、展開の速度を落として話に追いつき、理解しなければ、と思った。ドクター・ナッシュに、話をやめていま言ったことを取り消してほしかったが、彼はやめなかった。

「それだけじゃない」と、ドクター・ナッシュは言った。「申し訳ないが、クリスティーン、ニコルからあなたはいまどんな感じか訊かれて、話しました。そのうち、あなたがまたベンと暮らしているのは驚きだと彼女は言いました。なぜかと、ぼくは訊きました」

「いいわ」と、わたしは言っていた。「続けて」

「すみません、クリスティーン。でも、よく聞いてください。あなたとベンは離婚したと、彼女は言うんです」

部屋が斜めに傾いた。椅子の肘掛けをつかんだ。体を支えようとするかのように。わけがわからない。テレビでブロンドの女性が年配の男に金切り声をあげ、大嫌い、と言っていた。わたしも叫びたかった。

「なんですって？」

「あなたとベンは別れたと、彼女は言いました。ベンがあなたの元を去ったのだと。あなたがウェアリング・ハウスに移って一年くらいたったころです」

「別れた?」と、わたしは言った。部屋が遠ざかり、見えないくらい小さく縮んでいくような心地がした。消えてなくなりそうな気がした。「確かなの?」

「はい。そのようです。彼女はそう言いました。クレアと何か関係があったのかもしれない、とニコルは言いました。それだけで、あとは何も言おうとしなかった」

「クレアと?」

「はい」と、彼は言った。わたし自身もとまどっていたが、ドクター・ナッシュがどんなにこの会話に苦労しているかが受話器から伝わってきた。声にためらいが感じられた。どう話すのがいちばんいいかを判断するため、いろんな可能性から慎重に言葉を選んでいるのがわかった。「なぜベンがあなたに何もかも話していないのかはわかりません」彼は言った。「それが正しいことと彼なりに信じているにちがいないと、ぼくも一度は考えました。あなたを守っているのだと。でも、こうなるとどうでしょう? よくわからない。クレアはいまもこっちにいると、なぜあなたに教えないのか? 離婚したことを、なぜ話さないのか? わからない。おかしな気がしますが、彼には彼なりの理由があるにちがいない」わたしは返事をしなかった。「あなたにクレアと話をしてもらうべきではないかと思いました。何か解決の糸口がつかめるかもしれない。彼女がベンと話しあってくれる可能性もある。なんとも言えませんが」また言葉が途切れた。「クリスティーン? 何か書く物はありますか? 電話番号を言っていいですか?」

ごくりと唾をのんだ。「ええ」と、わたしは言った。「どうぞ」

コーヒーテーブルに載っていた新聞の隅に手を伸ばし、その横のペンを取って、彼の読み上げる数字を書き留めた。バスルームのドアのかんぬきがはずれる音がして、ベンが踊り場に出てくるのがわかった。

「クリスティーン？」ドクター・ナッシュが言った。「あした、電話します。ベンには何も言わないで。どうなっているのか、状況の見極めがつくまでは。いいですね？」

同意して、いとまを告げた。眠りにつく前に日誌を書くのを忘れないように、と彼は言った。わたしは電話番号の横に、クレアと書いた。自分がどうするか、まだわからないままに。そこを破り取って、バッグに入れた。

ベンが下りてきたとき、わたしは黙っていた。彼がわたしの向かいのソファに腰かけたときも、テレビに目をそそいでいた。野生生物のドキュメンタリー物だ。海底に棲《す》む生物たちの。遠隔操作を受けた水中艇《てい》が小刻みに揺れながら海溝を探査している。かつて光が当たったことのない場所を、ふたつのランプが照らしだす。深海の幽霊たちを。

いまもクレアとは連絡を取っているのか訊きたかったが、また嘘をつかれたくない。薄明かりの中に巨大なイカが浮かび、ゆるやかな潮の流れに乗ってたゆたっていた。カメラが初めて捕らえた生物ですと、電子音楽のBGMに合わせてナレーターの声が言った。

「だいじょうぶか？」と、ベンが言った。わたしは画面から目を離さずにうなずいた。

ベンは立ち上がった。「仕事をしてくる」と言った。「二階で。すぐベッドに行くよ」

そこで彼を見た。この人は誰なのだろう、と思った。

「ええ」わたしは言った。「じゃあ、あとで」

十一月二十一日、水曜日

午前中いっぱいかけて、この日誌を読んだ。それだけかけても全部は読みきれなかった。斜め読みしたページもあれば、何度も繰り返し読んで内容を信じこむよう努力したページもあった。そしていま、寝室の張り出し窓の前にすわって、さらに書き足している。

膝の上に電話がある。クレアの番号をダイヤルするのに、なぜこんなに難渋しているのだろう？　意志の力で指を動かす。必要なのはそれだけのはずだ。複雑なことは何ひとつない。難しいことはどこにもない。なのに、電話をかけずにペンを手に取り、そのことを書いているほうがずっと簡単な気がする。

けさ、キッチンに入っていった。わたしの人生は流砂の上に築かれていると思った。ある一日から次の日へ移動する。知っているつもりのことは間違っていて、確信のあること、自分の人生や自分自身に関する事実は、ひと昔前のことばかりだ。自分の歴史を読んでいると、まるで小説のような気がする。ドクター・ナッシュ、ベン、アダム、そしてこんどはクレア。彼らは存在しているが、暗闇の中の影法師としてだ。初めて出会う見知らぬ他人としてわたしの人生を行き交い、わたしとつながっては、また離れていく。とらえどころのないエーテルのようだ。幽霊のようだ。

彼らだけじゃない。何もかもがだ。全部作り事なのだ。何もないところから魔法で呼び出されたものだ。確かな土台が欲しい。喉から手が出るくらい欲しい。絶対的なものが。眠っているあいだに消えてしまったりしないものが。自分をしっかり固定する必要がある。

ごみ箱のふたをカチッと開けた。温かいものがたちのぼって——分解と腐敗から生まれる熱だ——かすかに臭う。腐りかけた食べ物特有の、甘ったるくて胸が悪くなりそうな臭いだ。新聞紙が見えた。クロスワードに字が書きこまれ、ティーバッグで茶色に染まっている。息を止めて、床にしゃがみこんだ。

新聞紙の中に割れた磁器と小さなかけらと細かな白い粉があり、その下に取っ手を結んで閉めた買い物袋があった。汚れたおむつを連想しながらそれを取り出し、必要ならあとで破り開けようと決意した。その下にはジャガイモの皮と、空っぽに近いポリ袋があり、袋からケチャップが漏れている。両方とも、わきへ押しやった。

卵の殻——四つか五つ——と、紙のように薄いタマネギの皮がひと握り。種を取った赤唐辛子に、腐りかけた大きなマッシュルーム。

満足してごみ箱に戻し、ふたを閉めた。本当だった。昨夜、わたしたちはオムレツを食べたのだ。皿が砕け散っていた。冷蔵庫の中を見た。ポリスチレンのトレーにポークチョップがふたつ。廊下の階段の下にはベンのスリッパがあった。何もかもそこにあった。昨夜、日誌に書き記したとおりに。わたしが創作した話ではなかった。全部本当だった。

つまり、この数字はクレアの電話番号ということだ。ドクター・ナッシュは本当にわたしに電話してきたのだ。ベンとわたしは離婚していたのだ。

いまドクター・ナッシュに電話をかけたい。どうすればいいか訊きたい。あるいは、もっといいのは、わたしに代わってそれをしてほしいと頼むことだ。でも、いつまで自分の人生の傍聴人でいられるというの？　黙って見ていられるというの？　自分で処理しなければいけない。自分の気持ち、恋心を知られてしまった以上、ドクター・ナッシュには二度と会ってはいけないのかもしれないという考えがよぎったが、頭に根づかせはしなかった。いずれにしても、わたし自身でクレアと話をする必要がある。

だけど、なんて言えばいい？　二人で話すべきことはたくさんある気がするが、それでいて、ほとんどない気もする。二人のあいだには多くの歴史があるが、そのひとつとしてわたしは知らない。

ベンとわたしが別れた理由についてドクター・ナッシュが言ったことを思い起こす。〝クレアと何か関係があった〟。

すべてのつじつまが合う。わたしがいつより彼を必要とし、いつより彼を理解していなかった遠い昔に、夫はわたしと離婚した。そしていま、二人はまた元の鞘《さや》に収まり、わたしの親友はこういう状況になる前に地球の裏側へ引っ越したと彼は話している。

だから、彼女に電話できないの？　彼女には、わたしが夢にも思っていなかったような秘密があるかもしれないから？　わたしがいろいろ思い出すのをベンがあまり望んでいないように見えるのは、だからなの？　治療を試みても全部徒労になると指摘してきたのも、それが理由なの？　わたしが記憶と記憶をつなげ、その結果、何があったか知られるわけには絶対にいかないから？

彼がそんなことをしたなんて、想像できない。誰ができるというの。ばかげた話だ。そういえば、わたしが入院していたころの話をドクター・ナッシュがしていた。〝あなたは医師たちが自分を陥れようとしていると主張していた〟と。〝被害妄想の兆候を示していた〟と。いままた同じことをしているのだろうか？

ふっと記憶が押し寄せてきた。わたしの空っぽな過去から起き上がって、猛然と襲いかかり、わたしをひっくり返すが、また同じようにふっと消えていく。クレアとわたし、別のパーティだ。「ああ、もう」と、彼女が言っている。「癪に障るったら！　わたしの考え、間違ってる？　みんな、頭の中はセックスのことばっかり。それって、動物の交尾といっしょじゃない？　どんなに一生懸命とりつくろって、別の何かみたいに装ったところでね。それだけなのよ」

わたしが地獄を見ているあいだ、クレアとベンがたがいに慰めを求めてきたなんてことは？

下に目を落とす。膝に電話がのっている。毎朝、ベンは出かけるが、本当はどこへ行くのか、わたしにはわからない。帰宅の途中、どこに立ち寄るかも。どこに立ち寄っていてもおかしくない。それにわたしには、疑いの上に疑いを築き、ひとつの事実と別の事実をつなげるチャンスがない。ある日、クレアとベンがベッドにいるのを発見したとしても、次の日には自分が見たことを忘れている。騙《だま》すにはうってつけの人間だ。ひょっとしたら、二人はいまも会っているのかもしれない。わたしは前にも二人のことに気がついたのに、忘れてしまったのかもしれない。

こう考えるが、なぜかそうは思えない。ベンを信じ、それでいて信じていない。心の中に相反するふたつの見かたを同時に持ち、そのあいだを揺れ動くこと自体はなんら不自然ではない。

だけど、なぜ彼は嘘をつくの？　自分は正しいことをしていると思っているだけなのよと、ここでもわたしは自分に言い聞かせる。彼はあなたを守っているのよ。知る必要のないことから。

当然ながら、わたしは電話番号をダイヤルした。できない理由はどこにもない。呼び出し音がしばらく鳴って、カチッと音がし、声がした。「こんにちは」と、その声が言った。「メッセージをお願いします」

聞くと同時にわかった。クレアの声だ。間違いない。

メッセージを入れた。「電話をください」と、わたしは言った。「クリスティーンです」

一階に下りた。自分にできることはすべてやった。

わたしは待った。一時間が二時間になった。そのあいだに日誌を書き、まだ電話が来ないので、サンドイッチを作ってリビングで食べた。キッチンで調理台を隅々まで拭き、パンくずを手のひらに掃き集めて流しに捨てようとしたとき、玄関の呼び鈴が鳴った。その音を聞いて、ぎょっとした。スポンジを置いて、オーブンの取っ手に掛かっている布巾で手を拭き、誰が来たのか見にいった。

すりガラスの向こうに、男の人の輪郭が見えた。制服ではなく、スーツを着てネクタイを締めているようだ。ベン？　と思ったが、彼はまだ仕事中だと気がついた。ドアを開けた。ドクター・ナッシュだった。彼とわかったのは、ひとつには、ほかの人間はありえなかったからだが、もうひとつは――けさ日誌で読んだときも彼の顔は思い描けなかったし、夫でさえ夫と教えられてもまだしっくりこないのだが――服装と見かけに特徴があったからだ。短い髪を分け、ネクタイはゆるんで締まりがなく、セーターが上着にそぐわない。

わたしの顔に浮かんだ驚きの表情に気づいたのだろう。「クリスティーン？」と、彼は言った。

「ええ」と、わたしは言った。「はい」ドアはほんの少ししか開けていなかった。

「ぼくです。エドです。エド・ナッシュ。ドクター・ナッシュですが？」

「わかります」と、わたしは言った。「わたし……」

「日誌は読みましたか？」

「ええ、でも……」

「だいじょうぶですか？」

「ええ」と、わたしは言った。「だいじょうぶよ」

彼は声をひそめた。「ベンは中に？」

「いいえ。いないわ。ただ、その、あなたが来るとは思っていなくて。会う約束になっていた？」

彼は一瞬、言いよどんだ。ほんの一瞬だけ。言葉のやり取りのリズムが崩れるくらいのわずかな時間。約束はなかったのだ、と思った。少なくとも、わたしは書き留めていなかった。

「はい」と、彼は言った。「書き留めてなかったですか？」

書いてなかったが、わたしは何も言わなかった。まだ自分の家と思えない家の敷居を挟んで、二人で顔を見合わせていた。「入ってかまいませんか？」と、彼が訊いた。

すぐには答えなかった。招き入れていいものかどうか、よくわからなかった。なんだかいけないことのような気がした。裏切りのような。

でも、何を裏切るというの？　ベンの信頼？　もはや、それがどれほどの問題なのかわからない。あれだけいろいろ嘘をつかれたあとだ。その嘘を、わたしは午前中のほとんどをかけて読んできた。

「どうぞ」と、わたしは言った。ドアを開ける。彼はうなずいて中に足を踏み入れ、そのあいだに左右をちらっと見た。彼の上着を受け取り、コート掛けの、自分のものと察しのついたレインコートの横に掛けた。「あそこへ」とわたしがリビングを指差すと、彼は入っていった。

二人分の飲み物を作って、彼のを渡し、自分のを持って、彼の向かいにすわった。彼は口を開かず、わたしはゆっくり飲み物を口にして、彼が同じことをするあいだ待っていた。二人を隔てるコーヒーテーブルに、彼はカップを置いた。

「来てほしいとぼくに頼んだのを、覚えていないんですか?」と、彼は言った。

「ええ」と、わたしは言った。「いつ?」

答えを聞いてぞっとした。「けさです。日誌の場所を教えるために電話をしたとき」けさ彼から電話があったなんて、全然思い出せなかった。いまも思い出せない。彼が帰っていったいまも。

自分の書いてきたほかのことを思い起こした。注文した覚えのないメロンの皿。頼んでもいないクッキー。

「覚えてないわ」と、わたしは言った。パニックがふくれ上がってきた。

彼の顔に憂慮の表情が浮かんだ。「きょう、一回でも眠りましたか? ちょっとまどろむだけじゃなく?」

「いいえ」と、わたしは言った。「いいえ。一回も。さっぱり思い出せないわ。いつのこと？　いつ？」

「クリスティーン」と、彼は言った。「落ち着いて。なんてことはないと思います」

「でも、もし――わたしが――」

「クリスティーン、お願いだから。なんてことはありません。ただ忘れてしまった。それだけです。どんな人でも、ものを忘れるときはある」

「でも、話したことを丸ごと忘れたりする？　ほんの二時間くらい前のことにちがいないのに！」

「はい」と、彼は言った。わたしを落ち着かせようとおだやかな声で話しているが、彼はすわっている場所から動かなかった。「でも、あなたは最近、いろんなことをくぐり抜けてきた。記憶がたえずゆうつろってきた。ひとつのことを忘れたからといって、悪化しているとか、もう良くならないとかいうことにはならない。いいですか？」うなずいて、彼を信じようとした。必死に。「ぼくに来てほしいとあなたが頼んだのは、クレアと話をしたいけど、できるかどうか自信がなかったからです。それと、自分のかわりにベンと話をしてほしいとおっしゃいました」

「わたしが？」

「はい。自分一人ではできない気がすると言って」

彼を見て、自分の書いてきたことを全部思い返した。信じられない、と思った。日誌は自力で見つけたにちがいない。きょう、ここへ来てほしいなんて頼んでいない。ベンに話をしてほしいなんて思っていない。ベンにはまだ何も言うまいと自分で決めたのに、なぜわたしがそんなことを言うの？　それに、なぜクレアと話をするのに、彼にここへ来てもらう必要があるの？　もう自分で電話をかけて、メッセージを残したというのに？

　この人は嘘をついている。いまの説明以外に、彼がここへ来るにはどんな理由がありえるだろう？　わたしには言えないと思っていることが、何かあるのだろうか？

　記憶を失っていても、わたしはばかじゃない。「ここに来た本当の理由は、何？」と、わたしは言った。彼は椅子の中で位置を変えた。ただ、わたしが暮らしている場所をのぞいてみたかっただけなのかもしれない。それとも、わたしに会いたかっただけなのか。わたしがベンに話す前に、もう一度だけ。「わたしたちのことをベンに話したら、彼がもうあなたに会わせないんじゃないか、心配しているの？」

　別の考えが浮かんだ。ひょっとしたら、彼は研究報告なんて全然書いていないのかもしれない。わたしに多くの時間を割きたい理由は、ほかにあるのかもしれない。その考えを頭から追い払う。

「いえ」と、彼は言った。「全然ちがいます。ぼくが来たのは、あなたに来てほしいと言われたからです。それに、ぼくと会っていることはベンに言わないと決めたはずですよ。クレアと話をするまでは。覚えていませんか？」

　首を横に振った。思い出せなかった。なんの話をしているのかわからない。

「クレアはわたしの夫と寝ている」と、わたしは言った。

ドクター・ナッシュがぎょっとした表情を浮かべた。「クリスティーン」と、彼は言った。「それは――」

「彼はわたしをまぬけ扱いしている」と、わたしは言った。「事あるごとに嘘をつく。でも、わたしはまぬけじゃない」

「あなたがまぬけでないのはわかっています」と、彼は言った。「でも、まさか――」

「二人は何年もファックしてきたのよ」と、わたしは言った。「そう考えればすべて説明がつく。なぜ彼が、彼女は引っ越していったと言うのか。わたしのいちばんの親友だったはずなのに、なぜわたしは彼女と会っていなかったのか」

「クリスティーン」と、彼は言った。「どうかしてますよ」と言って、ソファのわたしの横に来た。「ベンはあなたを愛している。それはわかっています。あなたに会わせてほしいと説得を試みたとき、彼と話をしましたから。彼は一〇〇パーセント誠実でした。徹頭徹尾。あなたをいちど失ったから、もう二度と失いたくないと言っていた。誰かがあなたを治療しようとするたびあなたが苦しむのを見てきたから、これ以上苦しむところを見たくないと。彼はあなたを愛している。そこに疑いの余地はない。彼はあなたを守ろうとしているんです。おそらく、真実から」

けさ読んだ内容を思い起こした。離婚のことを。「でも、彼はわたしを捨てた。彼女とくっつくために」

「クリスティーン」と、彼は言った。「よく考えてください。そうだとしたら、なぜ彼はあなたを連れ戻したりしたのか？　またここに？　ウェアリング・ハウスにあなたを預けておけば、それでよかったはずですよ。でも、そうはしなかった。彼はあなたの面倒をみています。毎日」

くずれ落ちて、つぶれてしまいそうな気がした。彼の言葉は理解できる気がしたが、同時に、理解できない気もした。彼の体が放つ温かさを感じ、彼の目に優しさが見えた。彼を見ると、彼は微笑んだ。彼が大きくなった気がした。彼の体しか見えず、彼の呼吸する音しか聞こえないくらい。彼が口を開いたが、何を言ったか聞こえなかった。聞こえたのは、たったひとつの言葉だけ。〝愛〟だけだった。

そんなつもりはなかった。そんな予定もなかった。とつぜん起こったことだ。固く閉まったままのふたがついに動いたみたいに、わたしの人生のギアが入れ替わった。一瞬、わたしに感じられるのは、彼の唇に重ねた自分の唇と、彼の首に回した自分の腕だけだった。彼の髪はしっとりしていた。なぜなのかわからなかったし、気にもしなかった。口を開いて、自分の気持ちを言いたかったが、思いとどまった。言ったら、彼へのキスが中断し、永遠に続いてほしい瞬間がおしまいになる。やっと、大人の女の心地がした。自分の気持ちに素直な気がした。キスはしてきたにちがいないが、夫以外の誰かとした覚えはない――そんなところは日誌に書いてない。初めても同然だ。

どのくらい続いたのかわからない。どうしてああなったのかわからない。あそこのソファで彼の横にすわっていたわたしが、どうやって、消えてしまいそうなくらい小さく縮み、彼にキスするに至ったのかも。そうしようと意を決した覚えはない。といって、そうしたかった覚えがないわけではない。始まりが思い出せないのだ。ある状態から別の状態に移ったことしか覚えていない。その中間には何もなかった。意識して考える機会も、判断する機会も。

彼はわたしを乱暴に押しのけたりしなかった。優しかった。少なくとも、優しさだけは与えてくれた。気色ばんだりしなかった。まして、〝どういうつもりだ〟とののしったりは。彼はまず、わたしの唇から唇をはずし、次に、肩に置かれていたわたしの手をはずして、おだやかな声で「いけません」とだけ言った。

呆然としていた。自分がしたことに？　それとも、彼の反応に？　よくわからない。ただ、一瞬、自分は別のどこかにいて、新しいクリスティーンが登場して完全にわたしを支配したあと、ぱっと消えてしまった感じがした。でも、震え上がったりはしなかった。がっかりさえ。嬉しかった。彼女のおかげで何かが起こったのだ。

ドクター・ナッシュがわたしを見た。「すみません」と彼は言ったが、どんな気持ちかわからなかった。怒り？　憐れみ？　後悔？　どれであってもおかしくなさそうだ。わたしが見たのは、三つ全部が入り混じった表情だったのかもしれない。彼はまだわたしの手を握っていた。その手をわたしの膝に押し戻してから、手を放した。「すみません、クリスティーン」と、彼はまた言った。

なんて言えばいいのか、わからなかった。どうしたらいいのかも。黙っていて、自分も謝ろうとした次の瞬間、「エド。愛してる」と言っていた。

彼は目を閉じた。「クリスティーン」と、彼は言いはじめた。「ぼくは――」

「お願い」わたしは言った。「やめて。そんな気持ちはないなんて言わないで」彼は眉をひそめた。「わかっているはずよ、わたしを愛しているのは」

「クリスティーン」彼は言った。「いいですか、あなたは……つまり……」

「何？」と、わたしは言った。「狂ってる？」

「ちがう。こんがらがっている。頭がこんがらがっているんです」

わたしは声をあげて笑った。「こんがらがっている？」

「はい」と、彼は言った。「あなたはぼくを愛しているのではない。作話《さくわ》の話をしたのを覚えていますか？　とてもありふれたことなんです、記憶を――」

「ああ」と、わたしは言った。「そういえば。覚えているわ。記憶を失った人にはよくあることだって。これがそうだというの？」

「可能性はあります。充分に」

ここで、彼が憎らしくなった。彼は何もかもわかった気でいる。わたし自身よりわたしのことをわかっている気でいる。彼がちゃんとわかっているのは、わたしの状況だけだ。

「わたしはばかじゃない」と、言った。

「わかっています。それはわかっています、クリスティーン。そんなことは思っていない。

ただ――」

「わたしを愛しているはずよ」

彼はため息をついた。もうわたしに業を煮やしている。堪忍袋の緒が切れかけている。

「そうじゃなかったら、なぜ何度もここへ来たの？　わたしを車に乗せてロンドンをあちこち走ってきたわ。どんな患者ともそうするの？」

彼は「はい」と言い、それから、「いや、ちがうな。かならずしもそうじゃありません」と言った。

「だったら、なぜ？」

「ずっと、あなたの力になろうとしてきた」と、彼は言った。

「それだけ？」

彼は一瞬言いよどんだ。「いや、ちがう。論文も書いてきた。学術論文を――」

「わたしの研究の？」

「ええ、まあ」と、彼は言った。

彼の言っていることを頭から押しのけようとした。「でもあなたは、ベンとわたしが別れたことを教えてくれなかった」と、わたしは言った。「なぜ？　どうして教えてくれなかったの？」

「知らなかったんです！」と、彼は言った。「ほかに理由はない。あなたの資料にはなかったし、ベンからも聞いていなかった。知らなかったんだ！」わたしは黙っていた。彼はまたわたしの手を取ろうとするかのように動きだしたが、思いとどまり、かわりに額をポリポリ掻いた。「教えていたでしょう。知っていたら」

「本当に？」と、わたしは言った。「アダムのことを教えてくれたときと同じように？」

彼は傷ついた顔をした。「クリスティーン、お願いです」

「なぜあの子のことを、わたしから隠していたの？」と、わたしは言った。「ベンと変わらないじゃない！」

「弱ったなあ」と、彼は言った。「この話は何度もしたはずですよ。ぼくは最善と判断したことをしただけです。ベンはアダムのことをあなたに話していなかった。ぼくから言うことはできなかった。それはまずいでしょう。倫理に反する」

わたしは笑い声をあげた。力ない、自嘲《じちょう》的な笑い声を。「倫理？　あの子のことを隠すことのどこが倫理的なの？」

「アダムのことをあなたに話すかどうか、決めるのはベンだった。ぼくではなく。でも、ぼくは日誌をつけるよう提案した。わかったことを書き留めておけるように。それが最善だと思ったからです」

「だったら、襲われたことは？　ひき逃げ事故に巻きこまれたものとわたしが思いつづけていても、平気だったじゃない！」

「クリスティーン、ちがう。それはちがう。そう話したのはベンです。彼がそう説明していたのを、ぼくは知らなかった。知るわけがないでしょう？」

これまで頭に浮かんできたことを思い起こした。オレンジの香りの浴槽と、わたしの喉に回された手。息ができない感じ。男の顔はいまも謎のままだ。わたしは泣きだした。「だったら、そもそも、どうしてわたしに話したの？」と、わたしは言った。

彼は優しく語りかけたが、まだわたしには触れなかった。「ぼくは話していません」と言った。「あなたが襲われた話は、ぼくがしたんじゃない。あなたが自分で思い出したことですよ」たしかに、彼の言うとおりだ。怒りを感じた。「クリスティーン、ぼくは――」

「帰ってちょうだい」と、わたしは言った。「お願いだから」わたしはもう泣きじゃくっていたが、不思議と生きている心地がした。いま何が起こったのかわからなかったし、何を言われたのかさえ思い出せなかったが、何か恐ろしいものがせり上がってきた気がした。自分の中で何かをせき止めていたダムが決壊したかのような。

「お願い」と、わたしは言った。「お願いだから、帰って」

食い下がってくると思った。そうはいかないと懇願してくると。そうしてほしいくらいだった。だが、彼はそうしなかった。「いいんですね？」と言った。

「ええ」と、わたしはささやくような声で言った。もう彼を見ないと決め、窓のほうを向いた。きょうは見ない。あしたになれば、会ってなかったも同然になる。ドクター・ナッシュは立ち上がり、玄関に向かった。

「電話します」と、彼は言った。「あしたはどうですか？　あなたの治療です。ぼくは――」

「いいから帰って」と、わたしは言った。「お願いだから」

それきり、彼は何も言わなかった。玄関を出てドアが閉まる音がした。

しばらくそこにすわっていた。何分か？　何時間か？　わからない。心臓がドキドキする。胸にぽっかり穴が開いた感じがした。一人ぽつんと取り残された感じがした。最後に、二階へ上がった。バスルームで写真を見た。わたしの夫。ベン。わたしは何をしてきたの？　もう、わたしにはなんにもない。信じられる人もいない。頼れる人もいない。頭がぐるぐる回って抑えが利かない。ドクター・ナッシュが言ったことを考えつづけた。〝彼はあなたを愛しています。あなたを守ろうとしているんです〟。

でも、何から？　真実からだ。真実は何より大切だと思っていた。それは間違いなのかもしれない。

書斎に入った。ベンはいろんな嘘をついてきた。彼が教えてくれたことは何ひとつ信じられない。何ひとつ。

どうする必要があるかはわかっていた。知る必要があった。彼を信じていいかどうか。その一点だけは。

箱は、わたしが書いたとおりのところにあり、思ったとおり鍵がかかっていた。あわてはしなかった。

探しはじめた。鍵が見つかるまでやめない、と自分に言い聞かせた。まず書斎を探した。別の引き出しを。机を。順を追って、手際よく。見つけたものは全部、元あった場所に戻し、探しつくすと寝室に行った。引き出しの中を調べ、彼の下着の下をほじくり返し、きちんとアイロンのかかったハンカチの下を探し、ヴェストとTシャツの下を探した。何もない。わたしの使った引き出しの中にも、何ひとつなかった。

ベッドの両わきのテーブルにも引き出しがあった。ベンの側から始め、ひとつひとつ調べていくつもりだった。いちばん上を開けて、引っかきまわし――ペン類、針の止まった腕時計、なんの錠剤かわからないブリスターパック――そのあと、いちばん下の引き出しを開けた。

最初は空っぽだと思った。そっと閉めたが、そこでカラッと小さな音がした。金属が木に転がる音だ。もういちど開けた。すでに心臓は早鐘を打ちはじめていた。

鍵だ。

ふたを開けた箱を手に、床にすわった。中身がぎっしり詰まっている。ほとんどは写真だ。アダムの写真、わたしの写真。覚えがあるものも見えた――前にベンが見せてくれたものだろう――が、多くはちがった。アダムの出生証明書があり、あの子がサンタクロースに書いた手紙があった。赤ん坊のころの写真がひと握りあった。這《は》い這いしているところ、歯を見せて笑っているところ、カメラに向かってくるところ、授乳のところ、緑色の毛布にくるまって眠っているところ。そして、成長の足跡もあった。カウボーイの装いに身を包んだ写真、学校での写真、三輪車に乗っている写真。みんなここにあった。わたしが日誌に書いたとおりのものが。

全部取り出して床に広げ、一枚一枚見た。ベンとわたしの写真もあった。国会議事堂の前にいる一枚では、二人とも笑っているが、おたがい知らない同士のように不自然な感じで立っている。わたしたちの結婚式のもあった。あらたまった感じの一枚だ。曇り空の下、教会の前にいる。幸せそうだ。ばかばかしいくらい。そのあとの新婚旅行先にちがいない一枚は、なおさらだった。レストランで微笑み、食べかけの料理の上に二人で身をのりだしている。愛と日焼けで顔が赤く染まっていた。

その写真を見つめた。安堵の思いが湧き上がってきた。結婚したばかりの夫といっしょにすわって、予測のつかない——予測の必要もない——未来を見つめている女性の写真に目をそそぎながら、彼女といまの自分にはどれだけの共通点があるだろう、と考えた。もちろん、変わらないのは肉体的な要素だけだ。細胞と組織。DNA。化学的特徴。それだけで、ほかには何もない。彼女は別人だ。彼女とわたしを結びつけるものはどこにもなく、彼女のところまで道を縫い戻るすべもない。

それでも彼女はわたしだし、わたしは彼女だ。彼女が愛しているのは、目にも明らかだった。ベンを。結婚したばかりの相手を。いまもわたしはその男と、毎日いっしょに目を覚ましている。あの日マンチェスターの小さな教会で誓った愛の言葉に、彼は背かなかった。わたしの信頼に背かなかった。写真を見て、愛がふたたび湧き出てきた。

それでもその写真を置いて、調べを再開した。何を見つけようとしているかわかっていた。同時に、それが見つかるのを恐れてもいた。夫が嘘をついてないことを証明するものだ。それが見つかれば、息子が生きていることは否定されるが、パートナーだけは残る。

あった。箱のいちばん下の、封筒の中に。新聞記事のコピーを折りたたんだものだ。真新しく、端は手が切れそうだった。それが何か、ほとんど開く前からわかっていたが、それでも読んだときは体が震えた。〝アフガニスタンのヘルマンド郡で部隊を護送中に亡くなった英国人兵士を国防大臣が確認。アダム・ウィーラー〟と、そこにはあった。〝十九歳。ロンドン生まれ……〟写真が一枚、クリップで留められていた。墓石に飾られた花。墓碑銘に〝アダム・ウィーラー、一九八七〜二〇〇六〟と記されていた。

悲しみが打ち寄せた。かつてこれほどの経験があっただろうかと思うほどの、強烈な悲しみが。紙を落とし、泣くことさえかなわない強烈な痛みに体をくの字に折り、傷を負った獣の咆哮《ほうこう》にも似た音を吐き出しながら、この痛みに終止符が打たれることを切に願い、祈った。目を閉じると、見えた。短いひらめきが。わたしの前にひとつの映像が浮かんで揺らめいていた。黒いビロードの箱に収めてわたしに進呈されたメダル。棺。旗。この情景から目をそむけ、二度と戻ってきませんようにと祈った。ないほうが楽な記憶もある。永遠に失われたほうがいい記憶もある。

記事のコピーをしまいはじめた。彼を信じるべきだった、と思った。最初から。わたしから事情を隠していたのは、毎日そのたびに向きあうにはあまりに痛ましすぎるからにすぎないのだと。彼はわたしがこれを味わわずにすむよう努力していただけなのだ。この情け容赦ない事実を味わわずにすむように。箱に写真を戻し、新聞のコピーを戻した。元あったところへ。もう満足した。箱を書類整理棚に戻し、鍵を引き出しに戻した。これで、見たいときはいつでも見られる、と思った。好きなだけ。

まだ、もうひとつだけ、しなければいけないことがあった。なぜベンがわたしの元を去ったのか、知る必要があった。そして、遠い昔、ブライトンでわたしが何をしていたのか知る必要があった。わたしから人生を剝奪《はくだつ》したのは誰か、知る必要があった。もういちどやってみなくては。

きょう二度目だ。クレアの番号をダイヤルした。

ザーッという雑音。静けさ。そのあと、ツートーンの呼び出し音が鳴った。出ないだろう、と思った。わたしのメッセージを聞いてもかけてこなかったくらいだから。何か秘密があるのだ。わたしから隠しておきたいことが。

嬉しいくらいだ。話したいというのは建前にすぎない。痛ましい話にしかなりえない気がした。メッセージをどうぞという感情のこもらない応答に、こんども迎えられるものと思っていた。

カチッと音がした。続いて声がした。「もしもし?」

クレアだ。聞いた瞬間わかった。自分の声と同じくらい聞きなれた声のような気がした。

「もしもし?」彼女がまた言った。

　口が開かなかった。情景がどっとあふれてきて、浮かんではきらめいた。彼女の顔が見えた。ショートカットで、ベレー帽をかぶっている。笑っている。結婚式の彼女が見えた――わたしのかもしれないが、なんとも言えない――エメラルド色のドレスを着て、シャンパンをついでいる。子どもを抱いて、運んできて、〝ディナー・タイム！〟という言葉とともに、わたしに預けるところが見えた。ベッドの端にすわって、そこに寝ている人物に話しかけている。その相手がわたしであることに気がついた。

「クレア？」と、わたしは言った。

「はい」と、彼女は言った。「もしもし？　どなた？」

　神経の集中に努め、かつて二人は親友だったのよ、その後の年月で何があったとしても、と自分に言い聞かせた。彼女がわたしのベッドに寝そべってウォッカの瓶をつかみ、くすくす笑いながら、男どもってクソばかとわたしに言っている場面が心の目に浮かんだ。

「クレア？」と、わたしは言った。「わたしよ。クリスティーンよ」

　沈黙が下りた。時間が延びて、永遠に続きそうな気がした。最初、彼女はしゃべらない、わたしが誰か忘れてしまったか、わたしとは口をききたくないのだ、と思った。目をつむった。

「クリッシー！」と、彼女が言った。爆発したように。唾をのみこむ音がした。何か食べていたかのように。「クリッシー！　なんてこと。ダーリン、本当にあなたなの？」

　目を開いた。わたしの顔に刻まれた、目になじまないしわを、涙がひと粒ゆっくり伝い落ちた。

「クレア？」わたしは言った。「そうよ。わたしよ。クリッシーよ」

「ああ、神様。なんてこと《ファック》」と彼女は言い、もういちど「ファック！」と言った。小さな声で。「ロジャー！ ロジュ！ クリッシーよ！ 電話が来た！」声が急に大きくなって「元気なの？ どこにいるの？」と言い、また「ロジャー！」と呼びかけた。

「え、ああ、おうちよ」と、わたしは言った。

「おうち？」

「ええ」

「ベンのところ？」

とつぜん心が身構えた。「ええ」と、わたしは言った。「ベンのところよ。留守番電話、聞いてくれた？」

息を吸いこむ音がした。驚き？ それとも、煙草を吸っているの？「聞いたわ！」彼女は言った。「折り返しかけたかったけど、これは固定電話で、あなたは電話番号を吹きこんでいなかったし」彼女はそこで言いよどみ、一瞬、電話を返してよこさなかった理由はほかにもあるのだろうか、といぶかった。クレアが続けた。「それはともかく、元気なの、ダーリン？ 嬉しいわ、声が聞けて！」どう返事したらいいかわからず黙っていると、クレアは、「どこで暮らしているの？」と言った。

「ちゃんとした住所は知らないけど」と、わたしは言った。喜びが波となって打ち寄せてきた。いまの質問は、つまり彼女とベンは会っていないということだ、と思った直後、わたしに疑われないように質問しているのかもしれない、と気がついた。彼女を信じたくてたまらなかった。ベンがわたしの元を去ったのは、彼女にひと筋の光明を——わたしから奪い取られたものに代わる愛を——見つけたからではないと思いたかった。それが確信できたら、夫も信頼できることになるからだ。「クラウチ・エンド？」と、わたしは自信なさげに言った。

「わかった」と、彼女は言った。「それで、どうなの、いまは？」

「ええと、それが」と、わたしは言った。「クソみたいに、なんにも思い出せなくて」

二人で笑った。こうして悲しみ以外の感情を爆発させるのは気分のいいものだったが、それも長続きはせず、沈黙が下りた。

「元気そうね」しばらくして彼女が言った。「声を聞くかぎり、すごく元気そう」また書いていることを、わたしは伝えた。「本当？　すごい。最高。何を書いてるの？　小説？」

「じゃなくて」と、わたしは言った。「次の日には何ひとつ覚えていない状況だから、小説を書くのはちょっと難しいわ」沈黙が下りた。「自分の身にどんなことが起こっているか、書き留めているだけよ」

「そう」と彼女は言い、そこで言葉が途切れた。もしかしたら、わたしの状況をちゃんと理解していないのだろうかと考え、彼女の口調が気になった。落ち着いた口調だった。二人が最後に会ったときはどんな状況だったのだろう？　「それで、どんなことが起こっているの？」と、そこで彼女が訊いた。

なんて言ったらいい？　彼女にわたしの日誌を見てほしい、一人で全部読んでもらいたいという衝動に駆られたが、もちろんそんなことはできなかった。少なくとも、まだこの時点では。言うべきことがありすぎる気がした。知りたいことがありすぎる。わたしの人生を丸ごと知りたかった。

「なんて言ったらいいか」と、わたしは言った。「うまく言えない……」

声が動揺していたにちがいない。「クリッシー、ダーリン、いったいどうしたの？」と、彼女が言った。

「なんでもない」と、わたしは言った。「だいじょうぶよ。ただ……」声がかぼそくなり、途切れた。

「ダーリン？」

「よくわからないの」と、わたしは言った。ドクター・ナッシュのこと、彼に言ってしまったことを思い浮かべた。本当に彼は、ベンに話したりしないだろうか？　「ちょっと頭が混乱してるだけ。愚かなことをしてしまったような気がして」

「そう、でもきっと気のせいよ」そこでまた沈黙が下り――計算しているの？――そのあと彼女は言った。「ねえ。ベンと話せる？」

「いま彼はいないの」と、わたしは言った。具体的なことに話題が移った気がして、ほっとした。「仕事で」

「よね」と、クレアは言った。また沈黙が下りた。ふと、話をしていても埒《らち》が明かないような気がした。

「あなたに会う必要があるの」と、わたしは言った。

「〝必要〟？」と、彼女は言った。「〝会いたい〟じゃなくて？」

「ええ」と、まず言った。「もちろん、会いたいんだけど……」

「いいのよ、クリッシー」彼女は言った。「冗談だから。わたしだって、会いたいわ。死ぬほど会いたい」

ほっとした。話がぎくしゃくして進まなくなり、慇懃《いんぎん》な別れの言葉と、また話しましょうというあいまいな約束でおしまいになって、わたしの過去につながる道がまた一本、ピシャリと永遠に閉ざされてしまうかもしれないと思っていたのだ。

「ありがとう」と、わたしは言った。「ありがとう」

「クリッシー」と、彼女は言った。「あなたがいなくて、すごく寂しかったんだから。毎日。このばか電話が鳴るのを、来る日も来る日も待っていたのよ。あなたからかかってこないかと。ずっと思ってた」彼女はいちど言葉を切った。「どんな状態なの……いま、あなたの記憶は？　どれくらいわかっているの？」

「どうかしら」と、わたしは言った。「前よりは良くなっていると思うのよ。でも、まだそんなに思い出せるわけじゃなくて」自分が書き留めたこと、わたしとクレアのイメージを、みんな頭に思い起こした。「パーティのこと、覚えているわ」と、わたしは言った。「屋上で花火を見ていた。あなたは絵を描いていた。わたしは勉強していた。でも、そこから先のことはさっぱりなの」

「あれね！」と、彼女は言った。「すてきな夜だったわ！　まったく、はるか昔のことみたいな気がしちゃう！　あなたに教えなくちゃいけないことがいっぱいあるのよ。いっぱい」

どういう意味だろうと思ったが、訊かなかった。いまでなくていい。知らなくちゃいけないもっと大事なことがある。

「引っ越したことはある？」と、わたしは訊いた。「外国に？」

彼女は笑った。「あるある」と言った。「六カ月くらいね。ヤツと出会ったときよ、何年か前。とんだ災難だったわ」

「どこ？」と、わたしは言った。「どこへ行ったの？」

「バルセロナよ」と、彼女は言った。「どうして？」

「ううん」と、わたしは言った。「なんでもないの」気持ちが及び腰になっていた。親友の人生のこういう事実を知らないのが、きまり悪かった。「そんな話を聞いただけ。あなたはニュージーランドへ行っちゃったって。何かの勘違いだったのね」

「ニュージーランド？」彼女はそう言って笑った。「ないない。そんなとこ、行ったことないわ。一回も」

つまり、そこでもベンは嘘をついていたのだ。いまだに、なんのためなのかわからない。なぜわたしの人生からこれほど徹底的にクレアを遠ざける必要があると考えたのか、さっぱりわからない。これまでについてきたほかの嘘と同じ？　それとも、教えてはいけない特別な理由があるの？　それがわたしのためなの？

これも、彼に訊いてみなくてはならない質問だ――持ち出す必要があるといまわかった話を持ち出すときに。わたしがどんなことを知っているか、どうやって知ったか、洗いざらい打ち明けるときに。


二人でまたしばらく話をした。ときどき会話を途切らせたり、感情をほとばしらせたりしながら。クレアによれば、彼女は結婚して離婚し、いまはロジャーと暮らしている。「大学の先生なの」と、彼女は言った。「心理学の。ヤツは結婚してほしいって言うけど、わたしは急ぐ必要はないって思っていて。でも、愛しているわ」

彼女と話をし、彼女の声に耳を傾けるのが心地よかった。昔に帰ったような、くつろいだ感じがした。わが家に帰ったみたいに。彼女はいろいろ問い詰めたりしなかった。わたしから与えられるものはほとんどないと理解しているらしく。ついに彼女の言葉が途切れ、じゃあまたと言うのだろうかと思った。彼女もわたしもアダムの話題には触れていないことに、わたしは気がついた。

ところが、彼女は会話を切り上げず、こう言った。「じゃあ、ベンのことを教えて。どれくらいになるの、あなたたちが……？」

「元に戻って？」と、わたしは言った。「わからない。別れたことさえ知らなかったのよ」

「彼に電話しようとしたの」と、彼女が言った。緊張を感じたが、なぜかはわからなかった。

「いつ?」

「きょうの午後。あなたの留守電を聞いてから。うちの番号は彼から聞いたにちがいないと思って。彼は出なくて、あとは昔の勤め先の番号しかなくて、そこにかけたら、もう彼はいないって」

不安が忍び寄ってきた。肌になじまずしっくりこない寝室を見まわした。これは嘘にちがいない、と思った。

「彼とよく電話するの?」と、わたしは訊いた。

「いいえ。最近は」彼女の声が新たな響きを帯びた。押し殺したような感じだ。いやな気がした。「ここ何年か、してないわ」彼女は一瞬、言いよどんだ。「あなたのことが、ずっと心配だった」

不安になった。ベンに言う機会がないままクレアに電話したことを、彼女がベンに教えてしまうのではないかと。

「お願いだから、彼には電話しないで」と、わたしは言った。「わたしから電話があったことは言わないで」

「クリッシー!」と、彼女は言った。「いったいどうして?」

「とにかく、そうしてほしいの」

彼女は大きなため息をつき、怒ったような声で言った。「ねえ、いったいどうなってるの?」

「うまく説明できない」と、わたしは言った。

「やってみて」

アダムの話は持ち出す気になれなかったが、ホテルの部屋の記憶のこと、わたしは自動車事故に遭ったとベンが主張していることを打ち明けた。「本当のことを言わないのは、わたしが動転するのがわかっているからなんでしょうけど」と、わたしは言った。彼女は返事をしなかった。「クレア?」と、わたしは言った。「わたしはブライトンで何をしていたんだろう?」

二人のあいだに沈黙が広がった。「クリッシー」と、彼女が言った。「本当に知りたいのなら、教えてあげる。つまり、とりあえず、わたしの知っているかぎりのことは。でも、電話じゃだめ。会ったとき話すわ。約束する」

本当のこと。真実がわたしの前に浮かんで、きらめきを放っていた。手を伸ばしたら届きそうなくらい近くで。

「いつなら来られるの?」と、わたしは言った。「きょう?　あした?」

「できたら、迎えにいくのは控えたいわ」と、彼女は言った。

「どうして?」

「ちょっと……その……別の場所で会ったほうがいいと思って。コーヒーショップとかにしない?」

明るい声だったが、無理をしている感じがあった。心からではないような。何を恐れているのだろう、と思ったが、「いいんじゃない」と答えた。

「アレクサンドラ・パレスは?」と、彼女は言った。「あそこでいい? クラウチ・エンドからなら、簡単に来られるはずよ」

「わかった」と、わたしは言った。

「すてき。金曜日は? 十一時に待ち合わせ。それでいい?」

了承した。何も問題ないはずだ。「だいじょうぶ」と、わたしは言った。どのバスに乗ったらいいか彼女が教えてくれ、紙の端に詳細を書き留めた。そのあとさらに二、三分おしゃべりをして、二人でじゃあねと言い、わたしは日誌を取り出して書きはじめた。


「ベン?」彼が帰ってくると、わたしは呼びかけた。彼はリビングの肘掛け椅子にすわって新聞を読んでいた。疲れている様子だ。睡眠不足みたいに。「わたしのこと、信じてる?」と、わたしは言った。

彼が顔を上げた。目がぱっと明るくなり、愛の灯がともったが、別の何かも見えた。不安に似た感じのものが。無理もない、と思った。この質問は、そういう信頼が見当たらないと詰め寄る前に発せられるのがふつうだから。彼は額の髪をかき上げた。

「もちろんだ、ダーリン」と、彼は言った。こっちへやってきて、わたしの椅子の肘掛けに腰を下ろし、わたしの片方の手を自分の両手で取った。「言うまでもない」

先を続けたものか、急に不安になった。「クレアとは連絡を取っている？」

ベンはわたしの目をのぞきこんだ。「クレア？」と、彼は言った。「思い出したのか、彼女のことを？」

忘れていた。つい最近まで——つまり、花火大会のパーティの記憶が甦るまで——わたしの中にクレアはまったく存在しなかったことを。「ぼんやりと」と、わたしは言った。

彼はさっと目をそらし、マントルピースの時計のほうを見た。

「いや」と、彼は言った。「彼女は引っ越したはずだ。ずっと昔に」

わたしは顔をしかめた。痛みをおぼえたかのように。「本当に？」と、たずねた。この期に及んでまだ嘘をつくなんて、信じられない。ほかのどんな嘘より、この嘘は許しがたい気がした。嘘をつく必要なんてない単純な話のはずでしょう？　クレアはいまもロンドンにいると知ったところでわたしが痛みをおぼえるはずはないし、彼女に会えばわたしの記憶が改善される可能性さえある。なのに、なぜ嘘をつくの？　暗い考え——前と同じ黒い疑惑——が忍び寄ってきたが、わたしはそれを押しのけた。

「間違いない？　彼女はどこへ行ったの？」教えて、と心の中で言った。いまならまだ間に合うから。

「よく覚えていないんだ」と、彼は言った。「ニュージーランドだったかな。それとも、オーストラリアだったか」

希望がすっと、さらに遠のいていく気がしたが、どうする必要があるかはわかっていた。

「間違いない?」と、わたしは言った。一か八かだ。「なんだか、前に彼女から、しばらくバルセロナへ移ろうかなって言われた気がして。ずっとずっと前のことにちがいないけど」ベンは何も言わなかった。「本当に、あそこじゃないの?」

「それを思い出したのか?」と、彼は言った。「いつ?」

「さあ」と、わたしは言った。「そんな気がしただけ」

ベンはわたしの手をぎゅっと握った。慰めるように。「たぶん、きみの想像だ」

「でも、すごく真実味があったの。本当に、バルセロナじゃなかったの?」

彼はため息をついた。「いや。バルセロナじゃない。オーストラリアで間違いない。アデレード、だったかな。断言はできないが。ずっと昔のことだ」彼はかぶりを振った。「クレアか」と言って、彼は微笑んだ。「久しぶりに彼女のことを思い出したよ。もう何年も忘れていた」

わたしは目を閉じた。その目を開くと、彼は歯を見せて笑っていた。まぬけな感じで。情けなかった。ひっぱたいてやりたかった。「ベン」と、ささやくような声でわたしは言った。「彼女と話をしたの」

どんな反応が返ってくるかわからなかった。わたしが何も言わなかったみたいに彼はなんの反応も起こさなかったが、次の瞬間、目がかっと燃え上がった。

「いつだ?」と、彼は言った。ガラスのように硬い声で。

本当のことを話すことも、日々の出来事を書き留めてきたと打ち明けることもできた。

「きょうの午後よ」と、わたしは言った。「彼女から電話があって」

「彼女から電話？」彼は言った。「どうやって？　どうやって電話してきたんだ？」

嘘を言うことにした。「あなたからわたしの電話番号を聞いたって」

「どこの番号を？　そんなばかな！　なんでぼくが？　本当に彼女だったのか？」

「ときどき、あなたと話をしていたって。つい最近まで」

彼がわたしの手を放し、手が膝の上に落ちた。どさっと。彼は立ち上がり、回りこんできて、わたしと向きあった。「彼女が何を言ったって？」

「あなたたち二人は連絡を取っていたって。二、三年前まで」

彼が体を折って、顔を近づけてきた。息にコーヒーの香りがした。「あの女がただいきなり電話してきたというのか？　彼女だったことからして、間違いないのか？」

わたしはぎょろりと目玉を回した。「そんな、ベン！」と言った。「ほかの誰だったっていうの？」わたしは微笑んだ。おだやかな会話になるとは思っていなかったが、好ましからぬ重い空気が伝わってくる気がした。

彼は肩をすくめた。「きみは知らないが、過去にもきみを手に入れようとした連中がいた。新聞社。ジャーナリスト。きみの話を読み、何があったか読んで、きみに取材したがったり、きみがどんなにひどい状態かを嗅ぎまわって知ろうとしたり、きみがどんなに変わってしまったかを確かめようとする連中がいた。そんなやつらが前にも別の人間を装ってきた。きみから話を聞こうとして。医者たちもだ。自分ならきみの力になれると考えた、いんちき医者たちがいた。同種療法《ホメオパシー》。代替医療。呪術医までいた」

「ベン」と、わたしは言った。「彼女は長いあいだ、わたしの親友だったのよ。彼女の声だとわかったわ」彼の顔に失意の表情が浮かんだ。打ちひしがれた表情が。「彼女と話をしていたんでしょう？」彼が右手を握り締めてはほどき、こぶしに固めてはゆるめているのに気がついた。「ベン？」と、もういちどわたしは言った。

彼は顔を上げた。紅潮して、目が潤んでいた。「わかった」と、彼は言った。「いいだろう。クレアとは話をしてきた。連絡を絶やさないでほしい、きみの状況を教えてほしいと頼まれて。二、三カ月に一回くらい話をする。手短に」

「なぜ教えてくれなかったの？」彼は答えなかった。「ベン？　どうして？」口を開かない。「彼女をわたしから遠ざけたほうが楽と思っただけ？　遠くへ引っ越したと偽るほうが？　そういうことなの？　わたしは小説を書いたことなんていちどもないと偽ったみたいに？」

「クリス」と彼は言い、そのあと、「いったい――」

「フェアじゃないわ、ベン」と、わたしは言った。「あなたには、こういうことを自分の胸に収めておく権利なんてないのよ。そのほうが楽だからというだけで、わたしに嘘をつく権利はないわ。何ひとつ」

彼は立ち上がった。「そのほうが楽？」うわずった声で彼は言った。「そのほうがぼくには楽だった？　そのほうがぼくには楽だったから、クレアは外国にいると言ったと思っているのか？　それはちがう、クリスティーン。間違いだ。どこにも楽なことなんてない。何ひとつ。きみが小説を書いていたことを言わないのは、きみがどんなに次の一作を書きたがっていたか思い出すと耐えられないからだ。二度と書けないと知ったときの心の痛みが、見るに耐えないからだ。クレアは外国にいると言ったのは、あの施設で彼女がきみを見捨てていったと知ったとき、きみの声に混じる心の痛みが、聞くに耐えないからだ。ほかのみんなと同じように、悲惨な状況のままあそこできみを見捨てていったと知ったときに」彼は反応を待った。何も返ってこないと、「彼女はその話をしたのか？」と言い、わたしは思った。いいえ、彼女はそんなこと話していない。それどころか、彼女はずっとわたしを訪ねてきていたと、きょう日誌で読んだ。

ベンはもういちど言った。「彼女はその話をしたのか？　きみの前を離れて十五分たつと、彼女が存在していることさえきみは忘れてしまう――そうわかったとたん、訪ねてこなくなったことを？　たしかにクリスマスには、きみがどうしているか確かめに電話してくるかもしれないが、きみのそばに寄り添っていたのは、ぼくだ、クリス。来る日も来る日もきみを見舞いにいったのは、ぼくだ。あきらめずに、きみを連れ帰ることができるくらい良くなりますようにと祈って、あそこから連れ出し、ここに連れ帰って、きみと無事暮らしているのは、ぼくだ。ぼくなんだ。そのほうが楽だから、きみに嘘をついたんじゃない。ぼくがそんな人間だなんて誤った考えは、二度と持たないでくれ。絶対に！」

日誌で読んだドクター・ナッシュの話を思い出した。ベンの目を見た。残念だけど、それはちがう、と胸の中でつぶやいた。あなたはわたしのそばになんていなかった。

「クレアは言ったわ、あなたはわたしと離婚したって」

彼は凍りつき、一歩あとずさった。パンチを食らったかのように。口が開いたが、また閉じた。喜劇のように。最後に、ようやく一語だけ口から出た。

「くそ女《ビッチ》」

彼の顔が憤怒の表情に変わった。殴られると思ったが、かまわないと思った。

「わたしと離婚したの？」わたしは言った。「本当に？」

「ダーリン――」

わたしも立ち上がった。「教えて」と言った。「教えて！」二人で向きあっていた。彼がどうするかはわからなかった。どうしてほしいのかもわからなかった。正直に話してもらう必要があることだけはわかっていた。もう嘘はこりごりだ。「本当のことが知りたいだけなの」

彼は前に進み出て、わたしの前で両膝をつき、わたしの手を両方握った。「ダーリン――」

「わたしと離婚したの？　それは本当なの、ベン？　教えて！」彼は首をうなだれ、それから顔を上げてわたしを見た。目を見開き、おびえた表情で。「ベン！」と、わたしは叫んだ。彼は泣きだした。「ベン。彼女はアダムのことも教えてくれたわ。わたしたちに息子がいたことを。死んだのも知ってるわ」

「すまない」と、彼は言った。「本当にすまない。ああするのがいちばんいいと思ったんだ」彼はそう言ったあと、小さくすすり泣きながら、何もかも話す、と言った。

日の光が完全に薄れ、黄昏《たそがれ》が夜に変わった。ベンがランプのスイッチを入れ、薔薇《ばら》色の光の中、ダイニングテーブルを挟んで向きあった。二人のあいだには写真の山があった。見たことがあるものばかりだ。一枚手渡されて由来を説明されるたび、わたしは驚きを装った。彼は結婚式の写真に時間をかけ、それがどんなにすばらしい日だったか、どんなに特別な日だったかを語り、わたしがどんなに美しかったか説明したが、そのあとうろたえはじめた。「きみを愛さなくなったことは、いちどもない、クリスティーン」と、彼は言った。「それだけは信じてくれ。きみの病気のためだった。きみはあそこに入らなくちゃならなくて、だから……ぼくには……耐えられなかった。そばで見守れるなら、そうしただろう。きみを取り戻せるなら、どんなことでもしただろう。どんなことでも。でも、彼らは……許さなかった……きみに会えなかった……それが最善の選択だと、彼らは言った」

「誰が？」と、わたしは言った。「誰が言ったの？」彼は沈黙した。「お医者さん？」

彼は顔を上げて、わたしを見た。泣いて、目のまわりが赤くなっていた。

「そうだ」と、彼は言った。「そうだ。医者たちだ。それが最善の選択だと、彼らは言った。そうするしかないと……」彼は涙をぬぐった。「だから言うとおりにした。あらがえたらよかったんだが。ぼくは弱くて、愚かだった」と、声を落としてささやく。「たしかに、きみに会わないようにした」と言った。「でも、きみのためだった。死にそうな気持ちがしたが、きみのためにそうしたんだ、クリスティーン。信じてくれ。きみのため、ぼくらの息子のために。でも、別れたことなんてない。心底からは。ここへ来てからは」彼は体を傾けて、わたしの手を取り、自分のシャツに押しつけた。「ここではずっと夫婦だった。ずっといっしょだった」涙で濡れた温かいコットンを感じた。ドキドキ打つ彼の鼓動を。愛を。

なんてばかだったの、と思った。わたしを傷つけるためにあんなことをしたと考えるなんて。愛しているからだと言っているのに。この人を責めてはいけない。責めたりしないで、理解に努めるべきだ。

「許すわ」と、わたしは言った。

十一月二十二日、木曜日

きょう目が覚めて、目を開くと、部屋で椅子にすわっている男の人がいた。静かにすわっていた。わたしを見つめていた。待っていた。

うろたえはしなかった。誰かはわからなかったが、パニックに陥りはしなかった。心の片隅で、何も問題はないとわかっていた。この人にはここにいる権利があるのだと。

「誰？」と、わたしは言った。「わたし、どうしてここへ来たの？」彼は教えてくれた。恐怖は感じなかった。信じがたいとも思わなかった。そうなのかと納得した。バスルームに行って、長いあいだ忘れていた親戚か母親の幽霊と見まがうような自分の鏡像に近づいた。注意深く。用心深く。服を着替え、自分の体の新しい特徴と思いがけない動きに慣れていき、そのあと朝食を食べながら、かつてこの食卓には三つの席があったのではないかと、ぼんやり思っていた。夫に行ってらっしゃいのキスをし、それをおかしいとは思わなかった。そのあと、理由もわからないままワードローブの靴箱を開けると、この日誌があった。それが何か、すぐにわかった。わたしはこれを探していたのだ。

わたしを取り巻く真実は、もう意識の表面に近づいてきている。ある日、目が覚めたら、もうわかっているかもしれない。つじつまが合ってくるだろう。といって、正常に戻るわけではないのは承知している。わたしの過去が全部回復するわけではない。何年分もが跡形もなく消えてなくなっている。わたし自身やわたしの過去には、誰も教えられないことがある。ドクター・ナッシュでさえ、わたしが語ったことと、わたしの日誌で読んだこと、わたしの資料に書かれていることでしか、わたしを知らない。ベンでも教えられないことはある。彼に出会う前に起こったこと、出会ったあとでもあえて分かちあわなかったこと、秘密にしていたことは知らないのだ。

だけど、知っているかもしれない人が一人いる。その人が残りの真実を全部教えてくれるかもしれない。ブライトンでわたしは誰と会っていたのかを。わたしの人生から親友が消えてしまった本当の理由を。

わたしはこの日誌を読んだ。あしたクレアに会うのだ。

十一月二十三日、金曜日

いま、自宅でこれを書いている。ようやく自分の家であり、自分の居場所と納得した場所で。この日誌を通読し、クレアに会ったことで、知る必要のあることは全部知った。クレアはわたしの人生に戻ってきて、二度と離れないと約束してくれた。目の前にくたびれた封筒があり、わたしの名前が記してある。過去の遺産。わたしを完全にしてくれるものだ。少なくとも、これでわたしの過去には筋が通る。

そろそろ夫が帰ってくる。彼の帰りを待ちわびている。彼を愛している。いまはそれがわかる。

この話を書き記したら、二人で力を合わせ、あらゆる状況を改善できるだろう。

明るい日射しの中、わたしはバスを降りた。光は冬の陰気な冷たさに満ち、地面は硬かった。クレアは丘のてっぺんにある宮殿の石段のそばで待っているとのことだったから、彼女が行きかたを書いてくれた紙を折りたたみ、公園のまわりに弧を描いているゆるやかな坂を登りはじめた。思ったより時間がかかった。自分の体の限界にまだ慣れておらず、てっぺん近くでいちど休憩しなければならなかった。以前はもっと体力があったにちがいない、と思った。少なくとも、いまよりは。少し運動したほうがいいのだろうか？

公園で、きちんと芝の刈られた一画に入った。アスファルトの道が縦横に走っていて、ところどころにごみ入れや、ベビーカーといっしょの女性たちが見えた。神経が高ぶっているのがわかった。何を待ち受ければいいのかわからない。わかるはずがない。わたしにあるかぎりのイメージでは、クレアは黒い服を着ていることが多かった。ジーンズや、Tシャツも。重いブーツを履いてトレンチコートを着ている彼女が頭に浮かんだ。わたしならふんわり、した表現しそうな絞り染めのロングスカートをはいている彼女も。どっちの姿もいまの彼女を表すものでないのは――現在の年齢なのだから――想像がつくが、そのかわりにどうなっているかは見当がつかなかった。

腕時計を見た。待ち合わせまで、まだ時間はある。何も考えずに、クレアはいつも遅刻してくると胸の中でつぶやき、次の瞬間、なぜ自分はそれを知っているのだろう、と思った。どんな記憶の燃え殻が思い出させてくれたのだろう？　意識の表面のすぐ下に大量の記憶が存在する。小川の浅瀬を泳ぐ銀色の小魚のように、そこをおびただしい数の記憶がすいすい動いている。ベンチのひとつで待つことにした。

芝生の上に長い影が物憂げに延びていた。木々の上の遠くに、閉所恐怖症を起こしそうなくらいぎゅっと詰めこまれた家並みが広がっている。はっと気がついた。ほかの家と区別がつかないが、いま見えている中にわたしの住んでいる家があるのだ。

煙草に火をつけてせかせか吸いこむところを想像し、立ち上がって歩きまわりたい誘惑にあらがおうとした。神経が高ぶっている。ばかばかしいくらい高ぶっている。でも、高ぶる理由なんてどこにもない。クレアはわたしの親友だった。いちばんの親友だった。何も心配することなんてない。傷つく心配なんかいらない。

ベンチのペンキが剝《は》げかけていて、指で引っぱると、下の湿った木がいっそうむきだしになった。同じように、わたしがいまいるそばに誰かが二組のイニシャルを書きこみ、そこをハートマークで囲って日付を加えていた。わたしは目を閉じた。いまが何年か示す数字を見たときの衝撃に、いつになったら慣れるのだろう？　息を吸いこんだ。湿った草の香り、ホットドッグのにおい、ガソリンのにおい。

影が顔をよぎり、わたしは目を開けた。前に女の人が立っていた。背が高く、髪はもじゃもじゃの赤毛だ。ズボンに羊の毛皮《シープスキン》のジャケットという服装。その手を小さな男の子が握り、もう片方の腕を折り曲げてビニールのサッカーボールを抱えている。「ごめんなさい」とわたしは言い、二人がすわれるよう横にずれたが、そこで女性がにっこり微笑んだ。

「クリッシー！」と、彼女は言った。クレアの声だ。間違いない。「クリッシーったら！わたしよ」目を、子どもから彼女の顔へ上げた。かつてすべすべだったにちがいないところにしわが寄り、思い描いていたイメージより目が垂れ下がっていたが、これは彼女だ。疑いの余地はない。「まったくもう《ジーザス》」と、彼女は言った。「どんなに心配したか」彼女はわたしのほうへ子どもを押しやった。「この子はトービー」

男の子がわたしを見た。「ほら」と、クレアが言った。「こんにちはって」一瞬、わたしに言っているのかと思ったが、そこでトービーが前に一歩踏み出した。わたしは微笑んだ。この子はアダム？　という考えしか浮かばなかった。そんなことはありえないとわかっていても。

「こんにちは」と、わたしは言った。

トービーは足を引きずって、よく聞き取れない声で何事かつぶやくと、クレアのところに戻って、「もう遊んできていい？」と言った。

「いいけど、見えないところに行っちゃだめよ。いい？」彼女が髪を撫でると、彼は公園に向かって駆けだした。

立ち上がって、彼女と向きあった。二人を隔てる溝はあまりに大きく、自分もくるりと向きを変えて駆けだしたいような気持ちになったが、そこで彼女が両手をさしだした。「クリッシーってば」と彼女は言い、両手首からぶら下がったプラスチックのブレスレットがぶつかってカチャッと音をたてた。「あなたがいなくて寂しかった。死ぬほど寂しかったんだから」わたしを押さえつけていた重みがとんぼ返りして、はずれて消え、わたしはむせび泣きながら彼女の腕の中へ飛びこんだ。

ほんの一瞬、彼女のことを全部知っていて、自分のことも全部わかっているような気がした。あの空っぽの場所、わたしの魂の中心に巣食う虚空に、太陽より明るい光がともったようだった。過去が――わたしの歴史が――ぱっと目の前に浮かんだが、あまりにすばやく、引っつかもうとしたときには消えていた。「あなたを覚えてる」と、わたしは言った。「覚えてる」と言ったとたん、光が消えて、また暗闇に支配された。

二人でベンチにすわり、男の子の一団とサッカーをしているトービーをしばらく黙ってながめていた。行方不明の過去とつながったのが嬉しかったが、二人のあいだには、わたしには振り払うことのできないぎこちなさがあった。頭の中でひとつのフレーズが繰り返されていた。〝クレアと何か関係がある〟というフレーズだ。

「元気?」ようやくわたしが言うと、彼女は笑った。

「気分は最悪」と、彼女は言った。バッグを開けて、煙草の箱を取り出した。「やめてから、もう吸ってないの?」と言って箱をすすめるが、わたしは首を横に振り、彼女のほうがわたしよりずっとたくさんわたしのことを知っているのだと、また気がついた。

「どうして?」と、わたしは訊いた。

彼女は煙草を巻きはじめ、自分の息子のほうをあごでくいっと示した。「ああ、そうだったわね。トービーはＡＤＨＤなの。ひと晩じゅう起きていたから、わたしも寝てなくて」

「ＡＤＨＤ?」

彼女は微笑んだ。「ごめんなさい。かなり新しい言葉よね。注意欠陥多動性障害といってね。リタリンという薬を与えなくちゃいけないんだけど、わたしはいやでたまらないの。でもあれしか方法がなくて。ほかの方法もほとんど全部試してみたけど、あれを与えないと、あの子は手に負えない獣になっちゃうの。恐怖の子どもに」

遠くで走っている彼を見やった。健康な体の中で思うように働かない脳が、ここにもあるのだ。

「でも、元気なのね?」

「ええ」と彼女は言い、ため息をついた。膝の上で巻き煙草用の薄い紙のバランスを取り、折り目にそって煙草の葉をちりばめはじめた。「ときどき、くたくたにさせられるだけで。終わりの来ない二歳児の反抗期みたいな感じ」

わたしは微笑んだ。彼女の言う意味はわかったが、理屈の上でしかない。評価の基準を何ひとつ持ち合わせていないからだ。トービーと同じ年ごろのアダムや、もっと小さなころのアダムがどんな感じだったか、ひとつも思い出せなかったからだ。

「トービーはすごく小さい気がするけど?」と、わたしは言った。

彼女は笑った。「わたしはこんなに年を取ったのにって意味ね!」彼女は紙の糊《のり》の部分をなめた。「たしかにそうね。高齢で産んだから。自分は妊娠しないとばっかり思っていたから、注意を怠っていて……」

「へえ」と、わたしは言った。「それって、つまり……?」

彼女はまた笑った。「計画外とは言わないけどね、まあ、ちょっとした衝撃とだけ言っときましょう」彼女は煙草をくわえた。「アダムのことは覚えてる?」

彼女の顔を見た。ライターを風から守るためにわたしから顔をそむけたせいで表情が見えなかったし、意図的なごまかしの動作だったかどうかもわからなかった。

「いいえ」と、わたしは言った。「二週間くらい前、自分に息子がいたことを思い出して、そのことを書いて以来、その知識をずっと持ち歩いてきた感じ。胸に重い石を入れたみたいに。でも、だめ。あの子のことは、何も思い出せないの」

彼女はひとかたまりの紫煙を空に向かって吐き出した。「それは悔しいわね」と、彼女は言った。「本当に残念だわ。でも、ベンが写真を見せてくれるでしょ? それで救われない?」

どこまで彼女に話したらいいか推し量った。二人は連絡を取っていたようだし、友人どうしだった。かつては。慎重を期す必要があるが、本当のことを話す必要がどんどん高まってきた。本当のことを聞かせてもらう必要とともに。

「たしかに写真は見せてくれるわ。だけど、家の中に一枚も貼らないの。わたしが動転するからと言って。隠して保管しているの」もう少しで〝鍵をかけて〟と言いそうになった。

彼女は驚いた様子を見せた。「隠してる? 本当に?」

「ええ」と、わたしは言った。「あの子の写真を偶然見つけたら、気が動転すると思っているの」

クレアはうなずいた。「あの子を見ても、彼とわからない? 誰なのか?」

「あの子がいっちゃったいまは」

「まあ、たしかにそうかもしれないわね」と、彼女は言った。そして一瞬ためらった。「あの子がいっちゃったいまは」

いっちゃった、と胸の中でつぶやいた。まるで、ちょっと二、三時間、ガールフレンドと映画を見にいったとか、靴を買いにいっただけみたいな言いかただ。でも、理解できた。アダムの死を話題にしないという了解は理解できた。まだ、時期尚早なのだ。クレアもわたしを守ろうとしているのだ。

わたしは言葉を返さなかった。かわりに想像しようとした。どんな感じだったのだろう？〝毎日〟という表現になんらかの意味があって、毎日が前日から切り離されるようになる以前、わたしは毎日、自分の子を見ていたのだ。毎日、目が覚めるたびにあの子が誰だかわかり、計画を立てることができ、クリスマスを、あの子の誕生日を、心待ちにできる。そんな状況を想像しようとした。

こんなばかげた話があっていいの。あの子の誕生日がいつかさえ、わたしは知らないのだ。

「彼を見たくない？」

心臓が飛び出しそうになった。「写真があるの？」わたしは言った。「もしかして――」

彼女は驚きの表情を浮かべた。「もちろんよ！　いっぱいあるわ！　うちに」

「できたら、一枚」と、わたしは言った。

「いいわよ」と、彼女は言った。「でも――」

「お願い。わたしにとっては、すごく大きな意味があるの」

彼女はわたしの手に手を重ねた。「あたりまえよ。こんど、一枚持ってくる。でも――」

遠くから泣き声が聞こえ、彼女の言葉が途切れた。わたしは公園を見やった。サッカーの試合はまだ続いていたが、トービーがわたしたちのほうへ泣きながら走ってきた。「あちゃあ」と、クレアが小声で言った。彼女は立ち上がり、大声で呼びかけた。「トービーちゃん！　トービー！　どうしたの？」彼は走りつづけた。「くそっ」と、彼女は言った。「ちょっと、落ち着かせてくる」

彼女は息子に追いつき、どうしたのか訊くためにしゃがみこんだ。わたしは地面を見た。散歩道は苔《こけ》に覆われ、アスファルト道路から奇妙な草の葉が突き出ていた。光に向かって懸命に伸びようとしている。嬉しかった。アダムの写真をあげるとクレアが言ってくれたことだけでなく、こんど会うとき持ってくると言ってくれたことも。また会えるのだ。毎回、例によって初めてみたいな気がするだろう。皮肉な話だ。自分に記憶がないことを忘れる傾向が、わたしにはある。

ベンの話をしたときの彼女の口ぶりから――ちょっと懐かしげな様子から――二人が関係を持っていると考えるのはばかげているような気もした。

彼女が戻ってきた。

「もうだいじょうぶ」と、彼女は言った。煙草をはじき飛ばし、踵《かかと》でもみ消した。「ボールが誰のものかで、ちょっとした誤解があったらしくて。歩かない?」わたしはうなずき、彼女はトービーに向き直った。「ダーリン! アイスクリームにする?」

彼はうんと言い、わたしたちは宮殿に向かって歩きはじめた。トービーはクレアの手をつかんでいた。二人はとてもよく似ている、と思った。二人の目には同じ炎がともっている。

「ここに来るのが大好きでね」と、クレアが言った。「この景色を見ると元気が出てくるのよ。そう思わない?」

緑が点在する灰色の家々を見た。「そうね。いまも絵を描いてるの?」

「ほとんど描かないわ」と、彼女は言った。「まねごとだけで。遊び半分で描く人になったの。うちの壁は一面、わたしの絵だらけだけど、買ってくれる人は全然いないのよ。残念ながら」

わたしは微笑んだ。自分の小説の話は口に出さなかったが、彼女が読んだかどうか、どう思ったか訊いてみたかった。「じゃあ、いまは何をしているの?」

「ほとんどはトービーの世話よ」と、彼女は言った。「あの子は自宅学習だから」

「そうなの」と、わたしは言った。

「選択の余地がないの」と、彼女は返した。「どこの学校もあの子を受け入れてくれなくて。秩序を乱しすぎるって。学校の手には負えないのよ」

いっしょに歩きながら、彼女の息子を見た。何事もなくおだやかに母親の手を握っているようだ。アイスクリーム食べられるの、と彼は訊き、クレアはもうすぐねと言った。この子が手に負えなくなるなんて想像ができなかった。

「アダムはどんな子だった？」と、わたしは訊いた。

「子どものころ？」と、彼女は言った。「いい子だったわ。とっても大人しくて。行儀がよかったわ」

「わたしはいい母親だった？　あの子は幸せだった？」

「やだ、クリッシー」と、彼女は言った。「幸せだったわよ。もちろんよ。あの子くらい愛されていた子はいなかったわ。思い出せないの？　あなたたちはしばらく子作りに励んでいたの。そしたら子宮外妊娠をしてね。もう妊娠できないかもしれないって、あなたは心配していたけど、その後、アダムに恵まれた。すごく喜んでたわ。二人とも。それに、あなたは妊娠を楽しんでいた。わたしなんか、うんざりだったけど。一軒家みたいにデブっちゃうし、あのひどいつわりときたら。げんなりしちゃって。でも、あなたはちがった。一瞬一瞬を楽しんでいた。あの子がお腹にいるあいだ、ずっと光り輝いていた。あなたが入ってくると、部屋がぱっと明るくなったのよ、クリッシー」

歩いているのに目を閉じて、まず妊娠中の自分を思い出そうとし、そのあと想像しようとした。どっちもできなかった。クレアを見た。

「そのあとは？」

「そのあと？　出産よ。すばらしかったわ。もちろん、ベンが付き添って。わたしもできるかぎり急いで駆けつけたわ」彼女は歩みを止めて体の向きを変え、わたしを見た。「それに、あなたはすばらしい母親だった、クリッシー。すばらしかった。アダムは幸せだった。大事にされて、愛されていた。どんな子だって、あれ以上は望めなかったでしょうね」

母親だったころ、息子が子どもだったころを、思い出そうとした。何も思い出せない。

「ベンは？」

彼女は一瞬ためらい、それから言った。「ベンはすばらしい父親だったわ。いつだって。あの子を愛していた。あの子に会いに、毎晩、仕事から駆け足で帰ってきた。アダムが初めて言葉をしゃべったとき、ベンはみんなに電話をかけて報告したのよ。這い這いを始めたときも、初めて歩いたときも、同じことをしたわ。あの子が歩きはじめると、サッカーボールでもなんでも持って、すぐ公園に連れていった。それと、クリスマス！　いっぱいおもちゃをあげて！　あなたと揉《も》めたのって、あのときくらいじゃないかな――ベンがアダムにいくつおもちゃを買ってあげるかで、言い争っていたわ。甘やかされて育つのが心配だったのね」

後悔のうずきを感じた。息子におもちゃを与えさせないよう努力したなんて、謝りたい衝動に駆られた。

「いまだったら、買ってあげたいもの、みんな買わせてあげちゃうな」わたしは言った。

「できることなら」

彼女は悲しそうにわたしを見た。そして、「そうよね」と言った。「ほんとに。でも、あの子はあなたになんの不自由も感じていなかったんだから、それで良しとしときなさい」

さらに歩いていった。歩道に駐めたバンがアイスクリームを売っていて、そっちに向かった。トービーが母親の腕を引っぱりはじめた。彼女は体をかがめ、財布から一枚お札を取り出し、彼に渡して、買いにいかせてあげた。「ひとつだけよ！」と、彼の背中に叫ぶ。「一個だけよ！　お釣りをもらうのを忘れないで！」

彼がバンに駆けこんでいくのを見守った。「クレア」と、わたしは言った。「わたしが記憶をなくしたとき、アダムは何歳だった？」

彼女は微笑んだ。「三つだったはずよ。四つになったところだったかもしれないけど」

新しい領域に踏みこもうとしている気がした。危険な領域に。でも、そこは行かなくてはならない場所だ。発見しなければならない真実がある。「お医者さんから、わたしは襲われたって聞いたわ」と、わたしは言った。彼女は答えなかった。「ブライトンで。なぜわたしはそこにいたの？」

クレアを見て、表情を読んだ。判断しているみたいな感じだ。選択肢を比較考量し、どうすべきか測っているような。「知らないの、確かなことは」と、彼女は言った。「誰も知らないのよ」

彼女は話を止め、二人でしばらくトービーを見ていた。アイスクリームを手に持って包装紙を剥がしている。決然と、真剣な表情で。わたしの前に沈黙が広がった。わたしが何か言わないと、永遠にこの状態が続きそうな気がした。

「わたし、浮気してたのね？」

なんの反応も返ってこなかった。息を吸いこむ音も、否定しようと息をのむ音も、ショックの表情も。クレアはじっとわたしを見ていた。まばたきせず。静かに。「そうよ」と、彼女は言った。「あなたはベンに内緒で浮気をしていた」

彼女の声にはなんの感情もこもっていなかった。彼女はわたしをどう思っただろう？　そのときでも、いまでも。

「話して」と、わたしは言った。

「いいわ」と、彼女は言った。「でも、すわりましょう。ちょっとコーヒーが飲みたくなってきた」

三人で宮殿の中へ向かった。

カフェテリアはバーも兼ねていた。椅子はスチール製で、テーブルは飾り気がない。ところどころにシュロの木が置かれていた。誰かがドアを開けるたびに吹きこむ冷気で雰囲気が壊れないよう工夫しているのだろう。こぼれたコーヒーでびしょ濡れのテーブルに向かいあってすわり、飲み物で手を温めた。

「何があったの？」と、わたしはまた言った。「知る必要があるの」

「簡単には説明できないわ」と、クレアが言った。足の踏み場を選んで厄介な地形を少しずつ進んでいくみたいに、彼女はゆっくりと語りはじめた。「始まりは、アダムが生まれて間もないころだったと思うわ。最初の興奮が薄れてきて、すごく厳しい時期があったの」彼女はいちど言葉を切った。「すごく難しいでしょう？　何かの真っただ中にいるとき、客観的に状況を見るのって？　どういうことかわかるのは、あとで振り返ってからなのよ」うなずいたが、理解はしていなかった。あとで振り返るというのは、いまのわたしにはないことだから。彼女は話を続けた。「あなたは泣いてたわ、おいおいと。赤ちゃんとしっかりきずながでていないんじゃないか、不安だったのね。みんな、世間にはよくあることよ。ベンとわたしはできることをしたし、あなたのお母さんもお元気だったころは力になってくれたけど、厳しい状況だった。最悪の状況が過ぎても、まだあなたは悪戦苦闘していた。自分の仕事に戻れなかった。真っ昼間にわたしに電話をかけてきたわ。取り乱した様子で。自分は失格みたいな気がすると言って。母親としてじゃなく――アダムがどんなに幸せかは、見ればわかったから――作家としてよ。もう二度と書けないんじゃないかと思ったのね。ぶらっと訪ねていくと、あなたは混乱に陥っていた。泣き叫んでいるの、作品のことで」次はどんな話が来るのだろう、どこまでひどくなるのだろうと思った。クレアがこう言った。「ベンとも諍いになっていた。彼に憤っていたわ。彼が思っているほど人生は簡単じゃないって言って。彼はベビーシッターを雇おうかと提案したんだけど、それが……」

「それが？」

「彼はいつもそうなのよって、あなたは言った。問題が起こるとお金で解決しようとするって。たしかに一理あったけど……あまりフェアな言いかたじゃなかったかもね」

かもしれない、と思った。そのころの二人にはお金があったにちがいないと、ふと思った。わたしが記憶を失ったあとよりも。たぶん、いまよりも。わたしの障害で、わが家の財産はさぞかし枯渇しただろう。

ベンと言い争い、赤ん坊の世話をし、小説を書こうとしている自分を頭に思い描こうとした。哺乳瓶や、わたしのお乳を飲んでいるアダムを想像した。汚れたおむつを。自分と赤ちゃんの食事を無事にすませることしか満足に持てる望みがない朝や、疲れきってただひたすら眠りたいと願い――就寝時間は何時間も先だ――ものを書こうという気力が頭から遠くへ押しやられてしまう午後を。そういったことが全部見えた。ゆっくりと燃え上がる憤りを感じることができた。

でも、それだけだ。想像にすぎない。何も思い出せなかった。クレアの話は自分とはなんの関係もない話のような気がした。

「だから、わたしは浮気をしたの？」

彼女は顔を上げた。「わたしは自由が利いた。当時は、自分で絵を描いていただけだったから。あなたが書けるよう、わたしが週に二日、午後にアダムの面倒をみるって申し出たの。断固やるって言い張って」彼女は両手でわたしの手を取った。「あれは間違いだった、クリッシー。カフェに行ったらどうって、余計なことまで勧めてしまって」

「カフェ？」と、おうむ返しに訊いた。

「外出したほうがいいと思ったの。自由な空間を持ったほうが。週に何時間か、あらゆることから切り離されて。何週間かすると、状況が好転してきたようだった。あなたは自分に満足できるようになってきて、仕事の状況も良くなってきたと言ってたわ。わたしが面倒をみられないときは、アダムを連れて、毎日のようにカフェに出かけるようになった。ところが、服装もちがってきたことにわたしは気がついた。よくある話だけど、そのときはどうなっているのかわからなかった。状況が好転してきたからにすぎないと思って。自信が出てきたからだって。そしたら、ある晩、ベンから電話があったの。お酒を飲んでいたんでしょうね。あなたがますます角突き合わせるようになってきた、手に負えないって。セックスにも応じようとしないって。彼に言ったのよ。たぶん、赤ちゃんがいるからにすぎない、心配いらないって。ところが――」

ここで割りこんだ。「わたしは誰かとつきあっていた」

「あなたに訊いてみたの。最初はとぼけていたけど、言ってやったの。わたしはばかじゃないし、ベンもばかじゃないって。口論になったけど、しばらくしたら、あなたは本当のことを話してくれた」

本当のこと。華やかでも刺激的でもない。ただの赤裸々な事実だ。自分の子のベビーシッターを親友がしてくれ、よその誰かのために着ている服や下着の代金を支払うために夫がお金を稼いでいるあいだ、わたしは月並みな人間と化して、カフェで出会った誰かとの情事に熱を上げはじめたのだ。頭の中で想像した。こそこそ電話をしているところを。待ち合わせが可能な日に思いもよらぬことが起こって、約束が取りやめになったところを。いっとき夫より好ましいと思えた男とベッドで過ごした、さもしくも哀れな午後を。夫より刺激的だったの？　魅力的だったの？　色男だったの？　お金持ちだったの？　それが、あのホテルの部屋でわたしが待っていた男なの？　最後にわたしに襲いかかって、わたしから過去と未来を奪った男なの？

目を閉じた。ぱっと記憶がよみがえった。わたしの髪をつかみ、喉に回した手。水に浸けられた顔。恐怖にあえぎ、叫んだ。自分が何を考えていたか、思い出した。息子に会いたい。もう一度だけ。夫に会いたい。彼にあんなひどいことをした罰《ばち》だ。こんな男のために彼を裏切った罰だ。彼に謝ることができなくなる。永遠に。

目を開けた。クレアがわたしの手をぎゅっと握っていた。「だいじょうぶ？」と、彼女は言った。

「教えて」と、わたしは言った。

「ちゃんとは――」

「お願い」と、わたしは言った。「誰だったの？」

彼女はため息をついた。「あなたの話では、そのカフェにしょっちゅう来ていた人と出会った。すてきな人だと、あなたは言ってたわ。魅力的な人だって。思いとどまろうとしたけど、自分を抑えることができなかったって」

「名前は？」と、わたしは訊いた。「どういう素姓の人？」

「わからない」

「知ってるはずよ！」と、わたしは言った。「名前くらい！　わたしにこんな仕打ちをしたのは誰なの？」

クレアはわたしの目をのぞきこんだ。そして、「クリッシー」と小声で言った。「あなたは名前さえ教えてくれなかったのよ。コーヒーショップで出会ったこと以外。詳しいことは教えたくなかったんでしょうね。とりあえず知ってもらう必要のあること以外は」

希望のかけらがまたひとつ、手からするりとこぼれ落ち、川下へ流れていく気がした。わたしをこんな目に遭わせたのが誰か、知ることはできないのだ。

「どうなったの？」

「ばかなことをしている気がするって、あなたに進言したわ。あなたには考えるべきことがあるって。ベンのことだけじゃなく、アダムのことも。やめたほうがいいとわたしは思った。会わないようにするべきだって」

「でも、わたしは耳を貸さなかった」

「ええ」と、彼女は言った。「最初は耳を貸そうとしなかった。喧嘩《けんか》になったわ。言ったのよ。わたしの立場はどうなるのって。ベンはわたしの友だちでもあった。彼に嘘をつけってことだもの」

「どうなったの？　どれくらい続いたの？」

彼女は黙りこみ、それから言った。「どうかしら。そのあと二、三週間してだったと思うけど、ある日、あなたはきっぱり言った。終わりにしたって。その男に、うまくいきっこない、わたしの間違いだったと言ってきたって。後悔してる、ばかだったって、あなたは言ったわ。どうかしていたのって」

「嘘だったの？」

「わからない。嘘じゃなかったとは思うけど。わたしたちはたがいに嘘をつくような間柄じゃなかったから。絶対に」彼女はコーヒーの表面をふーっと吹いた。「それから二、三週間して、あなたはブライトンで発見された」と、彼女は言った。「そこで何があったのか、わたしは何ひとつ知らないの」

引き金になったのは、いまの〝そこで何があったのか、わたしは何ひとつ知らないの〟という言葉だったのかもしれないが――つまり、自分がなぜ襲われることになったのか永遠にわからないかもしれないという認識だったのかもしれないが――ふいに自分から音が漏れていた。抑えこもうとしたが、できなかった。あえぎ声と咆哮が混じったような、苦痛を受けた獣の叫びとなった。トービーがぬり絵帳から顔を上げた。カフェにいた全員が振り向いて、わたしを凝視した。記憶をなくし、頭がおかしくなった女を。クレアがわたしの腕をつかんだ。

「クリッシー！」と、彼女は言った。「どうしたの？」

わたしはむせび泣いていた。体を波打たせ、息を切らしながら。自分が失ったすべての年月を求めて泣いていた。いまからこの世を去る日まで失いつづけるあらゆるものを求めて泣いていた。泣いていたのは、クレアがどんな大変な思いをして、浮気のことや、わたしの結婚のことや、わたしの息子のことを教えてくれたかは知らないが、あしたになったら彼女はまた全部同じことをしなくてはならないからだ。でも、理由の大半は、すべて自業自得とわかったからだ。

「ごめんなさい」と、わたしは言った。「ごめんなさい」

クレアが立ち上がり、テーブルを回りこんできた。わたしのそばにしゃがんで、わたしの肩を抱き、わたしは彼女の頭に頭をあずけた。「ね、ほら」すすり泣くわたしに彼女は言った。「だいじょうぶよ、クリッシーってば。もう、わたしがいるわ。ここにいるわ」

カフェを出た。わたしが感情を爆発させたあと、お株を奪われてはたまらないとばかりにトービーが聞こえよがしに騒ぎはじめた。ジュースが入ったプラスチックのカップといっしょに、ぬり絵帳を床に投げつけた。それを片づけたクレアが、「風に当たりにいかない？」と言ったのだ。

こんどは、公園を見晴らすベンチのひとつにすわった。膝をおたがいのほうに向け、クレアがわたしの両手を両手で握り、冷たくなっているみたいにさすった。

「わたしは――」と、わたしは言いはじめた。「よく浮気したの？」

彼女は首を横に振った。「いいえ。全然。大学のころは、それなりに遊んでたわよ。でも、世間並み。ベンに出会ってからはそれもなくなったし。ずっと彼に忠実だったわ」

そのカフェにいた男の、どこが特別だったのだろう？　クレアに、すてきな人だと言ったらしい。魅力的だと。それだけだったの？　わたしはそんなに薄っぺらな女だったの？

そのふたつなら夫だって兼ね備えている、と思った。わたしが現状に満足していなかったのなら話は別だが。

「わたしの浮気を、ベンは知っていたの?」

「最初は知らなかったわ。気がついていなかった。あそこで発見されるまでは。彼はものすごいショックを受けていた。わたしたち、みんなが。最初、あなたは命も危ぶまれていた。あとで、あなたがブライトンにいた理由を知らないかと、ベンから訊かれたの。話したわ。話すしかなかった。すでに警察には、知っていることを全部話していたし。ベンにも話すしかなかった」

夫が、わたしの息子の父親が、なぜ妻は自宅から何キロも離れたところにいたのか知ろうとしているところを想像し、また刺しこむような痛みを感じた。どうして彼にそんな仕打ちができたのだろう?

「でも、彼はあなたを許した」と、クレアが言った。「決してそのことであなたを恨んだりしなかった。彼が心配したのは、あなたが死なずにすむか、快方に向かうかだけだった。命が助かり快方に向かうなら、何もかも投げ出したでしょう。何もかも。それ以外はたいしたことじゃなかったの」

夫に対する愛情がぐっと湧き上がってきた。心から。自然と。そんなことがありながら、彼はわたしを受け入れてくれた。わたしの面倒をみてくれたのだ。

「彼に話してくれる?」と、わたしは言った。

彼女はにっこりした。「もちろんよ！　でも、どんな話を？」

「彼は本当のことを話してくれないの」と、わたしは言った。「つまり、いつも話してくれるとは限らないのよ。彼はわたしを守ろうとしている。わたしが耐えられると思ったことや、教えておく必要があると思ったことしか話してくれないの」

「ベンがそんなことをするかしら」と、彼女は言った。「彼はあなたを愛しているわ。ずっと愛してきたのよ」

「でも、そうなの」と、わたしは言った。「わたしが知ってることに、彼は気づいていない。わたしがいろいろ書き留めていることを、彼は知らない。わたしが思い出して訊いたとき以外、アダムのことを話さない。わたしを捨てたことを話さない。あなたは世界の裏側で暮らしていると言う。わたしには耐えられないと、彼は思っているの。わたしに見切りをつけたのよ、クレア。以前の彼がどうであれ、彼はわたしに見切りをつけたの。わたしはこれ以上良くならないと思っているから、お医者さんにも会ってほしがらないけど、わたし、診てもらっている人がいるの、クレア。ドクター・ナッシュという人よ。内緒で会っているの。ベンにも話せなくて」

クレアが表情を曇らせた。落胆の表情だ。わたしに対する、だろう。「それはよくないわ」と、彼女は言った。「彼に話すべきよ。彼はあなたを愛している。あなたを信頼しているわ」

「だめよ。あなたとまだ連絡を取っていることだって、先日、やっと認めたんだから。それまでは、あなたとは何年も話をしていないって言ってたのよ」

とがめるような顔つきが変わった。驚いているのが、初めてわかった。

「クリッシー！」

「本当よ」と、わたしは言った。「彼がわたしを愛しているのはわかるわ。でも、彼には包み隠さず話してもらう必要があるの。何もかも。わたしは自分の過去を知らない。わたしを救えるのは彼しかいない。彼に力を貸してもらう必要があるの」

「だったら、率直に話すべきだわ。彼を信じるべきよ」

「でも、どうして信じられるというの？」と、わたしは言った。「さんざん嘘をつかれてきたのに？　どう信じろというの？」

彼女はわたしの手をぎゅっと握り締めた。「クリッシー、ベンはあなたを愛している。あなたはそれを知っている。彼は命よりもあなたを大切に思っている。ずっとそうだった」

「でも――」と言いかけたが、クレアが割りこんだ。

「彼を信じなくちゃ。悪いことは言わないわ。なんでも自分で解決してかまわないけど、彼には本当のことを言わなくちゃ。ドクター・ナッシュのことを話すのよ。いろいろ書き留めてきたのを話さなくちゃ。それしかないわ」

心の底ではそのとおりだとわかっていたが、それでも、日誌のことをベンに話すべきだと自分に言い聞かせることはできなかった。

「でも、わたしが書いたことを読みたがるかもしれないし」

彼女がすっと眉間にしわを寄せた。「彼に見られたら困るようなことはないんでしょ？」わたしは返事をしなかった。「あるの？　クリッシー？」

わたしは目をそらした。二人とも口を開かず、やがて彼女がバッグを開いた。

「クリッシー」と、彼女は言った。「あなたに渡すものがあるの。ベンから託されたものよ。あなたのそばを離れる必要があると、彼が決心したときに」彼女は封筒を取り出し、わたしに手渡した。しわくちゃになっていたが、封はしたままだ。「これを読めば全部わかると、彼は言ってたわ」わたしは封筒を見つめた。表に大文字で、わたしの名前が書かれている。「あなたに渡してほしいと頼まれたの。これを読んでもだいじょうぶなくらいあなたが回復したと判断したらって」わたしは彼女を見上げた。いろんな感情が一挙に押し寄せてきた。興奮が。そして、不安が。「これを読むときが来たみたい」と、彼女は言った。

彼女からそれを受け取り、バッグに収めた。なぜかわからなかったが、その場では、クレアの前では読みたくなかった。わたしの顔に表れた中身を彼女に読み取られ、わたしだけのものでなくなってしまわないか心配だったのかもしれない。

「ありがとう」と、わたしは言った。彼女は真顔のままだった。

「クリッシー」と、彼女は言った。そして目を落とした。自分の手に。「わたしは遠くへ引っ越したってベンが言うのには、わけがあるのよ」世界が変わりはじめる感じがしたが、どう変わるかはまだわからなかった。「あなたに話さなくちゃいけないことがあるの。わたしたちの連絡が途絶えた理由について」

そのとき、わかった。彼女が何も言わなくても、わたしにはわかった。抜け落ちているパズルの一片、ベンがわたしの元を去ったわけ、親友がわたしの人生から消えたわけ、こんなことになった理由について夫が嘘をついてきたわけが。思ったとおりだ。やっぱりそうだった。思ったとおりだったのだ。

「本当なのね」と、わたしは言った。「信じられない。本当なのね。あなたはベンとつきあっている。わたしの夫と寝ているのね」

彼女が顔を上げた。驚愕《きょうがく》の表情を浮かべて。「ちがう！」と、彼女は言った。「ちがう！」図星だったのだ。〝嘘つき！〟と叫びたかったが、思いとどまった。どんな話をしたいのか、もういちど訊こうとしたそのとき、彼女が目から何かをぬぐった。涙？　よくわからない。

「いまはちがう」と彼女はささやき、そのあと膝に置いた手の甲に目を戻した。「でも、いちどだけあった」

こんな思いをするかもしれないと、いろんな感情を覚悟していたはずだが、その中に安堵は入っていなかった。でも、事実だからしかたない。わたしはほっとしていた。彼女が正直に話してくれたから？　すべてを解き明かしてくれる説明、信じることのできる説明が、ようやく手に入ったから？　よくわからない。でも、感じていてしかるべき怒りは、そこにはなかった。心の痛みも。ささやかな嫉妬《しっと》の火花を感じ、夫を愛していた確証を感じ取ったのが嬉しかったのかもしれない。ベンがわたしの浮気と釣りあう不義をはたらいていて、やっと対等になったと安堵しただけなのかもしれない。これでおあいこになったと考えて。

「話して」と、ささやくようにうながした。

彼女は顔を上げなかった。「わたしたちはずっと仲良しだった」と、彼女は小声で言った。「わたしたち三人のことよ。あなた。わたし。ベン。でも、わたしと彼にはずっと何もなかった。それは信じてちょうだい。いちどもなかったの」彼女に先を続けるよう、わたしはうながした。「あなたが災難に遭ったあと、わたしはどんな手伝いでもしようとした。ベンがどんなつらい状況に立たされたかは想像がつくでしょう。現実的な問題だけ取っても。アダムの世話をしなくちゃいけない……わたしもできることをしたわ。長い時間、彼といっしょに過ごした。でも、いっしょに寝たことはなかった。その当時は。誓って言うわ、クリッシー」

「じゃあ、いつ？」と、わたしは言った。「いつ起こったの？」

「あなたがウェアリング・ハウスに移る直前よ」と、彼女は言った。「あなたは最悪の状態だった。アダムは手のかかる時期にさしかかっていた。厳しい状況だった」彼女は顔をそむけた。「ベンはお酒を飲んでいた。大酒じゃなくても、それなりの量を。飲まなきゃ耐えられなかったのよ。ある夜、あなたを訪ねたあと、二人で戻ってきた。わたしはアダムをベッドに寝かせた。ベンはリビングで泣いていた。『ぼくにはできない』と、彼は何度も言った。『いつまでも、こんなことは続けられない。彼女を愛している。でも、もう死にそうだ』

丘の上を一陣の風が吹き渡った。冷たい風が。身を切るような風が。わたしはコートをぎゅっとかき寄せた。

「彼の横にすわったわ。そして……」

何もかもが、まぶたに浮かんだ。肩にかけられた手。そして、抱擁《ほうよう》。涙越しにおたがいを見つける唇と唇。罪悪感とこれ以上はいけないという確信が、欲望と止まらないという確信に取って代わられる瞬間。

「それで？」

その次は？　ファックだ。ソファの上で？　床の上で？　知りたくない。

「ごめんなさい」と、彼女は言った。「そんな願望、いちどもいだいたことはなかった。でも、起こってしまった。だから……すごく後悔した。ものすごく。わたしたち、二人とも」

「いつまで？」

「え？」

「いつまで続いたの？」

彼女は一瞬ためらい、それから言った。「どうかしら。長くは続かなかった。二、三週間。セックスしたのは……二、三回。正しいこととは思えなかった。二人とも後悔したわ。あとから」

「どうなったの？」と、わたしは言った。「どっちが終わりにしたの？」

クレアは肩をすくめ、それからささやくように言った。「両方よ。二人で話しあったの。

もう続けちゃいけないって。今後はあなたと――そして、ベンと――距離を置く義務があると、わたしは判断した。罪の意識にさいなまれていたのね」

恐ろしい考えが浮かんだ。

「そのときなの？　彼がわたしを捨てることにしたのは？」

「クリッシー、ちがう」彼女はただちに言った。「そんなこと考えないで。彼も自己嫌悪していたのよ。でも、彼があなたのそばを離れたのは、わたしのためじゃない」

ちがうんだ、と心の中でつぶやいた。直接的にはちがうのかもしれない。だけど、喪失感の大きさを彼に気づかせたのはあなただったのかもしれない。

彼女を見た。まだ怒りを感じなかった。感じられなかった。いまでも彼と寝ていると言われたら別だったかもしれないが。彼女が語ったのは別の時代の話のような気がした。先史時代の出来事のような気がした。自分に関係のある話とはまったく思えなかった。

クレアが顔を上げた。「当初、わたしはアダムと連絡を取っていたけど、その後、何があったかベンから聞いたんでしょうね。もう会いたくないってアダムに言われたわ。ぼくに近づかないで、ママにも近づかないでって。でも、できなかった、クリッシー。とにかく、それはできなかった。ベンからその手紙を渡されて、あなたを見守ってほしいと言われた。だから、訪問を続けたわ。ウェアリング・ハウスに。最初は、一、二週間おきに。その後は二、三カ月ごとに。でも、行くとあなたは動転した。ひどく心を乱した。一人よがりだったのはわかっているけど、とにかく、あなたを放っておけなかった。独りぼっちにはしておけなかった。わたしは訪ねつづけた。あなたが元気かどうか確かめるためだけに」

「そして、わたしの状況をベンに報告したの？」

「いいえ。彼とは連絡を取っていなかった」

「最近、わたしを訪ねてきていなかったのは、だからなの？　自宅に？　ベンに会いたくないから？」

「ちがうわ。二、三カ月前、ウェアリング・ハウスを訪ねたら、あなたは出ていったと言うの。またベンと暮らすことになったって。ベンが引っ越したのは知っていた。住所を教えてほしいと言ったけど、ハウスのほうでは教えてくれなかった。個人情報の漏洩《ろうえい》になると言って。でも、あなたにわたしの電話番号を伝える、手紙を送りたければうちから転送すると言ってくれたの」

「それで、書いたの？」

「ベン宛てに手紙を書いたわ。ごめんなさい、過ちを後悔していると。あなたに会わせてほしいとお願いしたわ」

「でも、だめと言われた？」

「いいえ。あなたは返事をくれたわ、クリッシー。すごく良くなってきているって。ベンといっしょで幸せだって」彼女は目をそむけて公園を見渡した。「わたしには会いたくないと書いてあった。いつかは記憶が戻るし、戻ったら、わたしが裏切ったことを知ってしまうから」彼女は目から涙をぬぐった。「もう二度と、近くに来ないでと書かれていた。このまま一生、あなたはわたしのことを忘れたほうがいい、わたしもあなたのことを忘れたほうがいいって」

冷水を浴びせられた心地がした。そんな手紙を書く怒りとは、どれほどのものだったのか想像しようとしたが、それと同時に気がついた。怒りなんて全然感じていなかったのかもしれないと。わたしの頭の中にクレアは存在しないも同然だったのだし、二人のあいだにどんな友情があったとしても忘れてしまっていたはずだ。

「ごめんなさい」と、わたしは言った。彼女の裏切りを思い出せるなんて、想像がつかなかった。その手紙は、ベンが書くのを手伝ったにちがいない。

彼女は微笑んだ。「いやだ。謝ったりしないで。そう言われても当然だったし。でも、考え直してくれないかと願ってやまなかった。あなたに会いたかった。本当のことを話したかった。ちゃんと向きあって」わたしは黙っていた。すると彼女が、「本当にごめんなさい」と言った。「許してくれる?」

わたしは彼女の手を取った。クレアに腹を立てられるわけがない。ベンにも。わたしの病状はみんなに途方もない重荷を背負わせてきたのだ。

「ええ」と、わたしは言った。「わかったから。もう気にしないで」

それから間もなく、わたしたちは帰途についた。丘のふもとで、彼女はわたしと向きあった。

「また会える?」と、彼女は言った。

わたしは微笑んだ。「会いたい！」

彼女は安堵の表情を浮かべた。「あなたがいなくて寂しかった、クリッシー。あなたは知らないでしょうけど」

そのとおりだ。わたしは何も知らなかった。でも、彼女がいてこの日誌があるかぎり、生きる価値のある人生を築き直せる可能性があった。バッグの手紙のことを考えた。過去からのメッセージ。パズルの最後の一片。わたしに必要な答えのことを。

「またすぐ会いたい」と、彼女は言った。「来週の前半とか。いい？」

「いいわ」と、わたしは言った。彼女はわたしを抱き締め、わたしの声は彼女の巻き毛の中に埋もれた。彼女はたった一人の友人、ベンと並んで自分が頼りにできるたった一人の人だと思った。彼女をぎゅっと抱き締めた。「本当のことを話してくれて、ありがとう」と、わたしは言った。「感謝してる。いろいろと。愛しているわ」別れるとき顔を見合わせると、二人とも泣いていた。

家に戻り、ベンの手紙を読むために腰を下ろした。不安を感じていたが、同時に興奮もおぼえていた。知る必要のあることが書かれているの？　ベンがわたしの元を去った理由が、とうとうわかるの？　書かれているという確信があった。この手紙があってベンとクレアがいてくれたら、必要なことはすべてわかるだろう。

愛しいクリスティーン。

こんなに苦労したのは生まれて初めてだ。のっけから月並みな文句で心苦しいが、ぼくは文章家じゃない――それはつねにきみだった！　でも、最善を尽くそう。

これを読むころには、ぼくがきみのそばを離れる決心をしたことを、きみは知っているだろう。そう書くのは――考えただけでも――耐えがたいが、書かなければならない。別の方法を見つけようと精一杯努力してきたが、見つからなかったんだ。信じてくれ。

きみを愛しているのはわかってほしい。ずっと愛していた。これからもずっと愛している。何があったかも、その理由も、どうでもいい。仕返しとかそれに類することをする気は毛頭ない。きみが例の昏睡状態に陥ったとき、きみはぼくの一部なのだと痛感した。きみを見るたび、死にそうな気分になった。きみがあの日の夜、ブライトンで何をしていて誰と会っていたかなんて、どうでもいい。ただ、ぼくのところへ帰ってきてほしかった。

その後、きみは回復してくれた。本当に嬉しかった。どんなに嬉しかったかわからないだろうな、危機は脱した、生命の心配はありませんと病院から言われたときに。ぼくを置いて――ぼくたちを置いて――天に召されたりはしないとわかったときに。アダムはまだほんの子どもだったけど、わかっていたと思う。

何があったか、きみがまったく覚えていないと知ったとき、それはいいことだと思った。信じられるかい、そんなこと？　いまじゃ恥じ入るばかりだが、それがいちばんいいと思ったんだ。ところが、やがて、きみがほかのことも忘れていきはじめていることに気がついた。少しずつ、時間をかけて。最初は、隣のベッドに寝ている人たちの名前や、きみを担当している医者や看護師の名前だった。しかし、状況は悪化していった。自分がなぜ病院にいるのか、なぜぼくと家に帰ることが許されないのか、思い出せなくなった。医者たちに人体実験されているものと思いこんだ。一週間、きみを家に連れて帰ったとき、前の通りや家を見てもそうとわからなかった。きみの従姉妹《いとこ》が会いにきてくれたが、彼女が誰か全然わからなかった。病院に連れ帰ったときも、どこへ行くのか全然わかっていなかった。

状況が厳しくなってきたのは、あのときだと思う。きみはアダムを溺愛《できあい》していた。ぼくといっしょにアダムが来ると、きみは目を輝かせ、あの子はきみのところへ駆けていって、腕の中に飛びこみ、きみは彼を抱き上げ、あの子が誰かすぐにわかった。ところが、やがてきみは――ごめんよ、クリス、でも、この話はしておく必要があるんだ――アダムとは赤ん坊のときに隔離されたものと思いはじめた。あの子を見るたび、生後二、三カ月以来だと考えた。この前会ったのはいつだったと、ぼくがあの子に訊くと、あの子は「きのうだよ、マミー」とか「先週だよ」と言ったが、きみは信じなかった。「あの子に何を教えたの？」と、きみは言った。「そんなの嘘よ」と言った。ぼくをなじりはじめた。わたしをここに閉じこめてきた、と言って。自分が病院にいるあいだ、アダムは別の女性がその人の子として育てているのだと、きみは考えた。

ある日、ぼくが来ても誰かわからなかった。ぼくの見ていないとき、アダムをつかんで、ドアに向かって駆けだした。ヒステリックになった。アダムを救い出すためだったのだと思うが、あの子は悲鳴をあげはじめた。なぜきみがそんなことをするのか、わからなかったんだ。あの子を連れて家に帰り、説明しようとしたが、あの子はわかってくれなかった。きみのことをすごく怖がりはじめた。

さらに状況は悪化した。ある日、病院に電話をかけた。ぼくがいなくてアダムがいないとき、きみがどういう状態なのか、たずねてみた。「彼女がいまどうしているか教えてください」と、ぼくは言った。落ち着いている、と彼らは言った。楽しそうだと。きみはベッドのそばの椅子にすわっていた。「彼女は何をしているんですか？」と、ぼくは訊いた。ほかの患者の一人、友だちの一人と話をしている、と彼らは言った。ときどきいっしょにトランプをするのだと。

「トランプ？」と、ぼくは言った。信じられなかった。きみはトランプが上手だと、彼らは言った。毎日ルールを教えなければならないが、誰とやってもたいてい勝てるという。

「幸せそうですか？」と、ぼくは言った。

「はい」と、彼らは言った。「ええ。いつも幸せそうですよ」

「ぼくのことは覚えていますか？」と、訊いた。「アダムのことは？」

「あなたたちがいないと、思い出せません」と、彼らは言った。

いつかきみの前から姿を消さなければならないと思ったのは、このときだったと思う。きみが必要なだけ暮らせる場所を、ぼくは見つけてあげた。きみが幸せでいられる場所を。ぼくがいなくて、アダムがいなくても、きみは幸せなんだ。ぼくたちのことがわからないのなら、ぼくたちがいなくても寂しくない。

きみを心から愛している、クリッシー。そのことはわかってほしい。ほかの何より、きみを愛している。でも、ぼくらの息子に暮らしを与えなければならない。送る価値のある人生を。あの子もやがて、状況を理解できる年齢になるだろう。あの子に嘘をつくつもりはない、クリス。自分がどういう選択をしたか、説明してあげるつもりだ。きみにすごく会いたがるかもしれないが、会ったらものすごいショックを受けるだろうと説明するつもりだ。あの子はぼくを憎むかもしれない。責めるかもしれない。そうでないことを願っているが。でも、あの子には幸せでいてほしい。そして、きみにも幸せでいてほしい。たとえ、ぼくがいないことで初めてその幸せを見つけられるのだとしても。

きみがウェアリング・ハウスに入って、しばらくになる。きみはもうパニックを起こさない。日常の感覚がある。それはいいことだ。つまり、ぼくが去るときが来たということだ。

この手紙をクレアに託す。ぼくに代わってこれを保管し、きみがこれを読んで理解できるくらい回復したら見せてくれるよう、彼女にお願いしておく。自分で保管することはできない。くよくよ考えてしまうだけで、我慢できずに、きみに渡しにいってしまうだろう。翌週に。翌月に。翌年だって。まだその時期ではないときに。

いつか、またいっしょにいられることを願わないふりなんて、ぼくにはできない。きみが治ったときに。ぼくたち三人で。家族みんなで。その可能性はあると信じなければいけない。信じなかったら、悲しくて死んでしまう。

きみを見捨てるんじゃない、クリス。絶対にきみを見捨てはしない。こんなに愛しているのに、そんなことできるわけがない。

信じてくれ、これは正しい行動だ。ぼくにできるたったひとつのことなんだ。

ぼくを憎まないでくれ。きみを愛している。

ベン

X《キス》

もういちど読んで、紙を折りたたむ。きのう書いたものみたいにパリッとしているが、それを収める封筒はふやけた感じだ。端がすり切れ、香水のような甘ったるいにおいが染みついている。クレアがバッグの隅にしまって持ち歩いていたの？　それとも――こっちの可能性のほうが高いが――自宅の引き出しの見えないところに保管していて、思い出しては取り出していたの？　この手紙は何年も、読んでもらうにふさわしい時機を待っていたのだ。そのあいだ、わたしは夫を見ても誰かわからず、自分が誰かさえわからなかった。そのあいだ、わたしたち二人を隔てる溝をまったく埋めることができなかった。その溝が存在するのを知らなかったからだ。

封筒を日誌に挟んだ。泣きながらこれを書いているけど、不幸せとは感じていない。すべて理解した。なぜ彼が自分の元を去ったのか、なぜ彼がわたしに嘘をついていたのか。ずっと嘘をついてきたからだ。小説のことを話さなかったのは、二度と新しい作品を書けないという事実にわたしが打ちのめされることがないように。親友が遠くへ引っ越したと言ってきたのは、二人でわたしを裏切った事実からわたしを守るためだった。わたしの二人に対する愛情が彼らを許せるくらい大きいとは思えなかったからだ。わたしは車にはねられた、事故が原因だったと言ってきたのは、わたしが誰かに襲われたこと、すさまじい憎しみが誰かの意識的な行動を引き起こした結果こうなったという事実と、わたしが向きあわずにすむように。子どもはいなかったと言ってきたのは、一人息子が死んだという事実からわたしを守るためだけでなく、来る日も来る日も彼の死がもたらす悲しみに対処しなければならない状況からわたしを守るためでもあった。そして、それを教えなかったのは、わたしたち家族がいっしょにいられる方法を見つけようと何年も努力してきた末に、いっしょにはいられないという事実に直面し、幸せをつかむためには息子を連れて妻のそばを離れるしかなかったからだ。

あの手紙を書いたとき、彼は永遠の別れになる覚悟をしていたのだろうが、そうならないよう願ってもいたはずだ。そうでなかったら、あんな手紙を書くわけがない。自分の家、かつてわたしたちの家だったにちがいない場所にすわって、ペンを取り、妻の元を去るしかないと思った理由を、理解できるとは思えない妻に説明しようとしはじめたとき、彼は何を思っていたのだろう？　自分は物書きではないと言ったが、彼の言葉は、わたしには美しく深遠に思える。あれを読むと、彼は別人の話をしているような気がするが、それでも、心のどこかで——皮と骨で、組織と血液の下で——そうではないとわかる。彼はわたしの話をしているのだ。このわたしに向けて。クリスティーン・ルーカスに。彼の壊れた妻に。

でも、永遠にじゃなかった。彼が願っていたことが起きたのだ。どうにか、わたしの病状は改善した。それとも、わたしと離れるのが思ったよりずっとつらくて、わたしを迎えにきたのだろうか。

もういまは何もかも、前とちがった感じがする。いまわたしのいる部屋は、けさ起きて、水が飲みたくて、キッチンを探してばったり入りこみ、こま切れの情報を必死につなぎ合わせて昨晩何があったのか知ろうとしていたときと同じく、見慣れた感じがしない。それでももう、心の痛みや悲しみが満ちている感じはしない。送れそうに思えない人生の象徴という気はしない。肩のそばでチクタクいっている時計は、もはや、ただ時を刻んでいるだけではない。わたしに話しかけてくる。〝リラックスしなさい〟と。リラックスして、来るものを受け入れなさいと。

わたしは間違っていた。誤りを犯してきた。一度ならず、何度も繰り返し。何度、間違ったのだろう？　たしかに、夫はわたしの守護者だが、わたしの愛する人でもある。そしていま、彼を愛しているとしみじみ思う。ずっと愛してきたのだ。日が変わるたび、努力して愛せるようにならなければならないとしても、それでかまわない。わたしはそうしよう。

もうすぐベンが帰ってくる。近づいてくるのが、いまから感じられる。帰ってきたら、何もかも話そう。クレアに会ったことを――ドクター・ナッシュのことも、ドクター・パクストンのことまで――打ち明けて、彼の手紙を読んだと言おう。あの当時なぜあんなことをしたのか、なぜわたしの前から姿を消したのかもわかった、あなたを許すと言おう。自分が襲われたのも知っているが、もう何があったか知る必要はない、自分にこんな仕打ちをしたのが誰かなんて、もうどうでもいいと言おう。

そして、アダムのことを知っていると言おう。あの子に何があったか知っているし、毎日それと向きあわなければならないかと思うとぞっとするけど、それはわたしがしなければならないことなのだ。どんなに大きな痛みを招こうと、わたしたちの息子の思い出は、この家に――わたしの心にも――存在を許されるべきだ。

この日誌のことを打ち明け、やっとわたしは自分に物語を与え、人生を与えられるようになったと話し、見せてほしいと言われたら見せてあげよう。そのあとも引き続きこれを使って、わたしの物語を、わたしの自伝を紡ぎ上げることができる。一から自分を創り上げることが。

〝もう秘密はなしよ〟と、夫に言おう。〝何ひとつなしよ。愛しているわ、ベン、これからもずっと。わたしたちは誤解しあってきた。でも、どうかわたしを許して。遠い昔、あなたを置いてほかの誰かとつきあったりしてごめんなさい、誰に会うためにあのホテルの部屋にいたのかも、そこで何があったのかも、永遠にわからないのは残念よ。でも、どうかわかって。わたしが絶対にその埋め合わせをするつもりでいることは〟と。

そして、二人のあいだに愛しかなくなったとき、わたしたちは探しはじめることができる。本当の意味でひとつになれる方法を。

ドクター・ナッシュに電話をした。「もういちど会いたいんです」と、わたしは言った。「わたしの日誌を読んでほしいの」びっくりしたと思うが、彼は了承した。

「いつにしましょう？」と、彼は言った。

「来週」と、わたしは言った。「来週、取りにきて」

では火曜日に、と彼は言った。

第三部　きょう

ページをめくったが、あとは真っ白だ。そこで物語は終わっている。何時間もかけて日誌を読んできた。

わたしは震えている。呼吸もままならないくらい。この数時間で一生を生きてきた気がするが、それだけでなく自分が変わった気もする。いまのわたしは、けさドクター・ナッシュに会ったときと同じわたしではない。日誌を読むために腰を下ろしたときと同じ人間ではない。もう、わたしには過去がある。自分という感覚が。自分に何があり何を失ったか知っている。気がつくと泣いていた。

日誌を閉じる。なんとか自分を落ち着かせると、現在がまた自己主張を開始した。いますわっている暗くなりかけた部屋。外の通りからまだ聞こえているドリルの音。足下にある空のコーヒーカップ。

横の時計を見て衝撃に打たれた。ここで初めて、それが読んできた日誌の中と同じ時計であり、ここが日誌の中と同じリビングで、わたしは日誌の中のわたしと同一人物なのだと自覚する。ここで初めて、いままで読んできたのは自分の話なのだと納得する。

日誌とカップをキッチンへ持っていった。壁にはけさ見たのと同じ、消しては書けるホワイトボードがあり、けさと同じきれいな大文字で記された提案リストがあり、けさと同じく自分で付け足した〝今夜の荷造り？〟というメモがある。

そのメモを見る。どこか心がざわつくが、なぜかはわからない。

ベンのことを考える。どんなに苦しい人生だっただろう。いっしょに目を覚ますのがどんな人間かわからない。わたしにどれだけの記憶があるかわからない。どれだけの愛を与えてくれるかわからない。

でも、いまは？　もう、わたしは理解している。二人いっしょに生きていけるだけのことを、わたしは知っている。予定どおり、ベンに話したのだろうか？　そうするのが正しいと確信していたのだから、話したにちがいないが、そのことは何ひとつ書かれていない。それどころか、この一週間、何ひとつ書いていない。書く機会がないままドクター・ナッシュに渡してしまったのだろうか？　日誌に書く必要はないと思ったのだろうか？　もうベンに教えたのだからと。

日誌のいちばん前に戻る。あった。同じ青いインクで。わたしの名前の下に、あの三語が記されている。**ベンを信じちゃだめ**《ドント・トラスト・ベン》と。

ペンを手に取り、それを×印で消す。リビングに戻って、テーブルのスクラップブックを見る。まだ、アダムの写真は一枚もない。けさもまだ、ベンはアダムの名前を口にしなかった。金属の箱の中身もまだ見せてもらっていない。

自分の書いた小説――『朝の小鳥たちのために』――を思い起こし、自分の持っている日誌を見る。ふと思った。全部わたしの作り話だったとしたら？

立ち上がる。証拠が必要だ。自分の読んだ内容といまの状況を結びつけてくれるものが必要だ。自分の読んできた過去が創作でないという証拠が。

日誌をバッグに入れて、リビングを出る。階段の下にスリッパがあり、その横にコート掛けが立っている。二階に上がれば書斎があって、書類整理棚があるのだろうか？　いちばん下の引き出しの、タオルの下に、灰色の金属の箱が隠してあるのだろうか？　ベッドのそばの、いちばん下の引き出しに鍵があるのだろうか？

それがあったら、息子の写真が見つかるのだろうか？

知る必要がある。いちどに二段ずつ階段を駆け上がった。

書斎は想像していたより小さく、思ったよりずっと整然としていたが、ちゃんと書類整理棚があった。暗い灰色のが。

いちばん下の引き出しにタオルがあって、その下に箱がある。箱をつかんで、持ち上げる体勢に入った。ばかみたいな気がする。錠がかかっているか空っぽにちがいない。

どちらでもなかった。中にはわたしの小説があった。ドクター・ナッシュがくれたものではない。表紙にコーヒーカップの丸いしみがないし、ページも新しそうだ。ベンがずっと保管していたものにちがいない。もう一回所有者になれるだけの情報をわたしが得る日を、この本は待っていたのだ。わたしのは、どこ？　ドクター・ナッシュがくれたのはどこにあるの？

小説を取り出すと、その下に写真が一枚あった。わたしとベンが写っている。カメラに向かって微笑んでいるが、二人とも悲しそうだ。最近のものらしく、わたしの顔はけさ鏡に映ったあの顔だし、ベンの顔もけさ出かけたときと同じだ。背景に家があり、砂利の車寄せがあり、明るい赤色のゼラニウムが咲いた植木鉢がいくつかある。写真の裏に〝ウェアリング・ハウス〟と書かれていた。ここへ連れ帰るため、彼がわたしを迎えにきたときに撮ったものだろう。

でも、これだけだ。ほかの写真はない。アダムのも。前にここで発見して、日誌に書き留めた写真もない。

何か理由があるのだ。そう胸の中でつぶやく。何か理由があるはずだ。机に積み上げられた書類を調べてみる。雑誌、コンピュータ・ソフトの宣伝カタログ、授業時間を黄色いマーカーで際立たせた学校の日課表。封をした封筒があり、思わず手に取るが、アダムの写真は入っていない。

一階に下りて、飲み物をつくる。沸かしたお湯にティーバッグを入れる。煮出しすぎないこと。スプーンの背でバッグを押したりすると、タンニンの渋みが出すぎて紅茶が苦くなる。お産のことは覚えていないのに、どうしてこんなことは覚えているの？　電話が鳴った。リビングのどこかで。バッグから電話を取り出し――パチンと開くタイプではなく、夫から渡されたものだ――応答する。ベンだ。

「クリスティーン？　だいじょうぶか？　家にいるか？」

「ええ」と、わたしは言う。「だいじょうぶよ。ありがとう」

「きょう、外出したか？」と、彼は言う。なじみのある声だが、どこか冷たい感じがする。最後に言葉を交わしたときのことを思い出す。ドクター・ナッシュと予約している話を彼が持ち出した記憶はない。本当は知らないのかもしれない。あるいは、試しているのかもしれない。わたしが話すかどうか。ベンを信じちゃだめ――あれを書いたのは、彼を信じていいとわかる前だ。

いまは彼を信じたい。もう嘘はつきたくない。

「ええ」と、わたしは言う。「お医者さんに会いに」彼は口を開かない。「ベン？」と、わたしは言う。

「すまん、そうだった」と、彼は言う。「聞いていた」驚いた感じは受けなかった。つまり、彼は知っていたのだ、わたしがドクター・ナッシュに会っていることを。「いま渋滞につかまった」と、彼が言う。「ちょっと長引きそうだ。いや、荷造りするのを覚えているか確かめようと思っただけなんだ。旅行に出かける予定だから……」

「もちろんよ」とわたしは言い、そのあと「楽しみにしているわ！」と言い足し、自分が楽しみにしていることに気づく。お出かけはいい刺激になるだろう。二人の新しい出発点になるかもしれない。

「すぐ帰る」と、彼は言う。「二人分、荷造りしてみてくれないか？　帰ったら手伝うけど、早く出られるに越したことはない」

「やってみる」と、わたしは言う。

「予備寝室にかばんがふたつある。ワードローブの中に。それを使ってくれ」

「わかった」

「愛している」と彼は言い、そのあとほんのわずかに遅れた感じで、わたしも愛していると答えるが、もう電話は切れていた。


バスルームに行く。わたしは女、と心の中でつぶやく。大人の女だ。夫がいる。愛する夫がいる。自分の読んだ内容を思い起こす。セックスしたところ。彼に体を許したところ。楽しかったとは書かれていなかった。

わたしはセックスを楽しめるの？　そんなことさえわからないのだ、と気がつく。トイレの水を流し、ズボンを、タイツを、ショーツを下ろす。浴槽の縁に腰かける。自分の体に違和感がある。しっくりこない。自分のものと認識できない体をほかの誰かに与えて、幸せな気持ちになれるものなの？

バスルームのドアを施錠して、脚を開く。最初はほんの少しだけ、それからまた少し。ブラウスを持ち上げて、下を見る。アダムのことを思い出した日に見た妊娠線が見え、ごわごわした恥毛が見える。剃《そ》ることはあるのだろうか、自分の好みや夫の好みに基づいて剃らないことを選ぶのだろうか、と考える。もう、そんなことはたいした問題ではないのかもしれない。いまとなっては。

片手を丸め、恥丘に当てる。ひだに指を当て、ほんの少し開いてみる。クリトリスと思われる先端にさっと触れ、押しつけた指をそっと動かす。早くも、ほのかなうずきを感じはじめる。興奮そのものではなく、興奮の先触れだ。

どうなるのだろう？　このあと？

予備寝室にかばんがあった。彼の言った場所に。ふたつとも小ぶりだが、作りは頑丈だ。ひとつのほうがもう片方より、ほんの少し大きい。それを手に部屋を出て、けさ目を覚ました寝室に入り、ベッドの上に置く。いちばん上の引き出しを開けると、わたしの下着が見える。彼の下着の横に。

二人分の服を選ぶ。彼の靴下に、わたしのタイツ。日誌にあったセックスした夜のことを思い出し、どこかにストッキングとガーターベルトがあるにちがいないと気がつく。あれを探して持っていったらすてきだろう。盛り上がるかもしれない。

ワードローブに移動する。ドレスを選び、スカートを選ぶ。ズボンに、ジーンズ。底に靴箱がある――日誌を隠していた箱にちがいないが、いまは空っぽだ。わたしたちはどんな夫婦なのだろう？　休みに遊びにいくときは？　レストランで夜を過ごすのか、居心地のいいパブに落ち着いて、赤々とした本物の炎が発する熱の中でくつろぐのだろうか？　歩いて街やその周辺を散策するのだろうか？　それとも、念入りに選んだどこかの会場へ、車で向かうのだろうか？　まだ、わたしの知らないことがいろいろある。残りの人生をかけて発見すべきことがたくさんある。楽しむべきことが。

二人のために服を何着か無作為に選び、それを折りたたんでケースに入れる。そのうち何かがぐっと突き上げてきた。エネルギーが押し寄せてきて、目を閉じた。情景が浮かぶ。明るい映像だが、ゆらゆら揺らめいている。最初は不鮮明で、手が届かず焦点も合わないまま宙に浮かんでいる感じだった。それが入ってこられるよう心を開いてみる。

かばんの前に立っている自分が見える。革のすり切れたソフトスーツケース。興奮している。若返った気分だ。休日にお出かけをする子どものように。あるいは、きょうはどうなるのだろう、彼におうちへ誘われるだろうか、ファックするのだろうかと、デートの準備をしながら考えているティーンエイジャーのように。そんな新鮮さを感じ、そんな期待を感じ、味わうことができた。舌の上で転がし、その味わいを楽しむ。長続きしないのはわかっているからだ。こんどは引き出しを開けて、ブラウスを、ストッキングを、下着を選ぶ。わくわくする。セクシーだ。脱ぐことを期待して着ける下着。いま履いているフラットシューズのほかに、ヒールも一足入れ、それを取り出し、また入れる。自分の好みではないが、今夜は幻想《ファンタジー》の時間だ。ドレスアップして、等身大の自分とは別人になる。ここでようやく、実用的なものに移った。真っ赤なレザーのキルトポーチを出して、香水を、シャワージェルを、歯ブラシを追加する。今夜は美しくありたい。愛する人のため、危らく失いかけた人のために。バスソルトを追加する。オレンジブロッサムだ。ブライトンに行くために荷造りした夜を思い出しているのだ、と気がついた。

記憶が蒸発する。目が開く。あのときは荷造りの先に自分からすべてを奪う男がいるなんて知らなかったのだ。

いまもそばにいてくれる人のために、わたしは荷造りを続ける。

外に車が止まる音がした。エンジンが切れる。ドアが開き、そのあと閉まる。錠に鍵を差す音。ベンだ。帰ってきた。

神経の高ぶりを感じる。怖い。いまのわたしは、けさ彼が出かけたときと同じ人間ではない。自分の物語を知った。自分を発見した。わたしを見たとき、彼はどう思うだろう？　なんて言うだろう？

訊かなくては。わたしの日誌のことを知っているかどうか。あれを読んだかどうか。どう思うか。

彼が中に入ってドアを閉め、呼びかける。「クリスティーン？　クリス？　帰ったよ」でも、はずむような声ではない。疲れきった感じだ。わたしは返事をし、寝室よと言う。

階段のいちばん下の段に彼の体重がかかって、きしみをたてた。彼が片方の靴を脱ぎ、もう片方を脱ぎながら息を吐く音が聞こえる。次はスリッパを履いて、わたしを探しにくるだろう。彼のいつもの行動を知っていることに喜びが湧いてくる。わたしの記憶にはできなくても、日誌がその情報を入力してくれたのだ。ところが、彼が階段を上がってくるあいだにその喜びは別の感情に取って代わられた。不安に。日誌の最初のほうに書かれていたことを思い出す。**ベンを信じちゃだめ。**

彼が寝室のドアを開けた。「ダーリン！」と、彼が言う。わたしは動いていなかった。まだベッドの端にすわっていて、その後ろでかばんが口を開けている。わたしが立って腕を広げるまで彼はドア口で待ち、それから歩み寄ってキスをする。

「どうだった、きょうは？」と、わたしは訊く。

彼がネクタイをはずす。「うーん」と言う。「仕事の話はやめとこう。これから休暇に出かけるんだ！」

彼がシャツのボタンをはずしはじめる。目をそらそうとする本能にあらがい、この人はわたしの夫なのよ、わたしは彼を愛しているのよと自分に言い聞かせる。

「かばんに荷物を詰めといた」と、わたしは言う。「あなたの、それでだいじょうぶかしら。どんなものを持っていきたいか、わからなかったから」

彼はズボンを脱ぎ、折りたたんでワードローブに掛ける。「きっとだいじょうぶだ」

「どこに出かけるかよくわからなかったし。何を詰めたらいいかわからなくて」

彼が向き直る。いま彼の目にさっと浮かんだのは、いらだちの表情だろうか？「確認するよ、車に運ぶ前に。だいじょうぶ。始めていてくれてありがとう」彼は化粧台の椅子にすわって、色あせたブルージーンズを穿《は》く。前にアイロンをかけた完璧な折り目があるのに気がついて、二十何歳かの自分が〝ばかみたい〟と言いたがり、その衝動にあらがわなくてはならなかった。

「ベン？」と、わたしは言う。「きょう、わたしがどこへ行ったか知ってる？」

彼がわたしを見る。「ああ」と言う。「知っている」

「ドクター・ナッシュのことは知ってる？」

彼はわたしから目をそらす。「ああ」と言う。「きみが教えてくれた」化粧台の三面鏡に彼が映っている。わたしが結婚した人のスリー・バージョンだ。わたしの愛する人の。「何もかも」と彼が言う。「全部話してもらった。みんなわかってる」

「平気なの？　わたしが彼に会っていても？」

彼は振り向かない。「早く言ってくれたらよかったんだ。でも、かまわない。気にしないよ、ぼくは」

「じゃあ、わたしの日誌は？　わたしの日誌のことは知っている？」

「ああ」と、彼が答える。「きみから聞いた。役に立つと言っていた」

ある考えが浮かんだ。「読んだことは？」

「ない」と、彼は言う。「きみが秘密と言ったから。きみのプライベートをのぞき見したりするもんか」

「だったら、アダムのことは知っている？　わたしがアダムのことを知っているのは知っている？」

彼がたじろぐ。まるで、わたしがいまの言葉を乱暴に投げつけたみたいに。わたしは驚いた。彼は喜ぶものと思っていた。もうあの子の死について、何度も繰り返し説明せずにすむことを。

彼がわたしを見る。

「うん」と、彼は言う。

「写真がないわ」と、わたしは言う。どういう意味かと彼が訊く。「わたしとあなたの写真はあるけど、まだあの子のは一枚もない」

彼は立ち上がって、わたしの元へ歩み寄り、隣に腰かける。わたしの手を取る。もろくて壊れやすい人間みたいな扱いは、いいかげんにやめてもらいたい。真実を知ったら壊れてしまう人間みたいな扱いは。

「きみをびっくりさせたかったんだ」と、彼は言う。ベッドの下に手を伸ばし、アルバムを取り出す。「ここに貼っておいた」

彼がアルバムを手渡す。ずっしりとした感じで、色は黒っぽい。黒革に似せて作られた表紙で綴《と》じられているが、革には見えない。表紙を開くと、中にたくさん写真がある。

「きちんとまとめておきたかった」と、彼は言う。「今夜のプレゼントにと思っていたんだが、時間がなくて。ごめんよ」

写真に目を通していく。整理されてはいない。赤ん坊のころ、子どものころの写真がある。金属の箱にあったものにちがいない。一枚、目につく写真があった。あの子は若者で、横に女の人がいる。「恋人？」と、わたしは訊く。

「の一人だ」と、ベンが言う。「いちばん付き合いが長かった子だな」

かわいい子だ。ブロンドの髪をショートにしている。クレアを彷彿《ほうふつ》させた。アダムは笑顔でまっすぐカメラを見ている。彼女は半分彼を見ていて、楽しそうな表情とだめよといった顔つきが混じっている。共謀を企んでいるみたいな雰囲気だ。カメラの後ろにいる誰かと冗談を交わしているかのような。幸せそうだ。そう思って、嬉しくなる。「なんていったの、彼女の名前は？」

「ヘレン。ヘレンという子だ」

自分が彼女のことを過去形で考え、彼女も死んだものと仮定していたことに気づいて、顔をしかめる。ひとつの考えが目覚めた。そうではなく、彼女が死んでいたとしたら？　だが、その考えが形を取って具体化する前に無理やり抑えこむ。

「あの子が死んだとき、まだつきあっていたの？」

「そうだ」と、彼は言う。「二人は婚約を考えていた」

この彼女はとても若くて、意欲的な感じだ。目は可能性に満ちている。自分を待ち構える未来に満ちている。どんなに大きな心の痛みに直面することになるか、まだ知らない。

「彼女に会いたい」と、わたしは言う。

ベンはわたしから写真を受け取る。ため息をつく。「連絡は取っていない」と、彼は言う。「なぜ？」と、わたしは訊く。頭の中で計画を立てていた。たがいに支えあおう。何かを共有しよう。認識を。ほかのあらゆることを刺し貫く愛を。おたがいのためでなくていい、せめて、わたしたちが失ったもののために。

「諍《いさか》いがあった」と、彼は言う。「トラブルが」

わたしは彼を見る。話したくなさそうだ。あの手紙を書いた人、わたしを信じて大事に世話をしてくれた人、いったんわたしの前から姿を消しながら結局わたしを迎えに戻ってくるくらいわたしを愛していた人物が、消えてしまったかのようだ。

「ベン？」

「諍いがあった」と、彼は言う。

「アダムが死ぬ前？　それとも、あと？」

「両方だ」

支えあうという幻想が消え、いやな気持ちに取って代わられた。アダムとわたしにも諍いがあったとしたら？　きっとあの子は、母親よりも恋人の肩を持ったのではないか？

「アダムとわたしは仲良しだった？」と、わたしは訊く。

「ああ、もちろん」と、ベンが言う。「きみが入院するまでは。きみが記憶を失うまでは。記憶を失ったときだって、もちろんきみたちは仲良しだった。これ以上ないくらい」

その言葉に顔を殴られたような衝撃を受けた。記憶喪失で母を失ったとき、アダムがよちよち歩きの子だったことを、わたしは知っている。もちろん、息子の婚約者のことは全然知らなかった。毎日彼に会うたび、初めてのような気がしていただろう。

アルバムを閉じる。

「持っていってもいい？」と、わたしは言う。「あとでもう少し見たいの」

わたしが旅行の荷造りに最後の仕上げをしているうちに、ベンが紅茶を淹《い》れてくれ、それを二人で飲んで車に向かった。ハンドバッグを持ったか、中にまだ日誌があるか、確かめる。わたしがベンのために荷造りしたかばんに、彼はもういくつか付け加え、ワードローブの奥から取り出したウォーキングブーツといっしょに、別のかばん――けさ置いていった革の肩掛けかばん――も持ってきた。それらを彼がトランクに詰めこむあいだ、わたしは玄関のそばに立ち、家のドアと窓の施錠を彼が確認するのを待っていた。それが終わって、いま、移動にどのくらいかかるのかたずねてみる。

彼は肩をすくめる。「道路の状況によるな」と言う。「ロンドンを抜けたら、あとはそんなにかからない」

返答を装った、返答の拒否だ。彼はいつもこんな感じなのだろうか、といぶかしむ。同じことをわたしに説明してきた年月に疲れ、もはや話す気にもなれないくらいうんざりしているのだろうか。

彼の運転が注意深いことだけはわかった。ゆっくり進み、たびたびミラーを見て、危険の兆候が少しでもあるとスピードを落とす。

　アダムは運転したのだろうか？　軍隊に入るくらいだからしていたにちがいないが、休みに運転したことはあったのだろうか？　わたしを、病身の母親を乗せて、旅行に出かけたのだろうか？　わたしが好きそうな場所へ？　それとも、そんなことをしても無駄と思っただろうか？　当時のわたしでは、どんなに楽しい時間を過ごしたとしても、暖かな屋根の上で解ける雪のように一夜にしてその記憶は消えてしまうと考えて？

　高速道路に乗り、市内を抜け出しにかかった。雨が降りはじめている。大粒の雨がフロントグラスを打ち、一瞬形を保持したあと、急いでガラスをすべり落ちていく。遠くでオレンジ色のやわらかな街の灯がコンクリートとガラスを照らしていた。美しく陶然とするが、わたしの心は葛藤している。息子は抽象的な存在ではないと思いたいが、あの子の具体的な記憶がない状態ではそれもかなわない。わたしは繰り返しひとつの真実に立ち戻っていく。あの子を思い出せなければ、あの子は存在しなかったも同然なのだ。

　目を閉じる。けさわたしたちの息子について読んだことを思い起こすと、ある情景が目の前に炸裂《さくれつ》した――よちよち歩きのアダムが路地で青い三輪車を押している。しかし、その情景に目をみはりながらも、生々しくないことに気づく。実際にあった場面を思い出しているのではなく、きょうの午後、日誌を読んだとき心に形作ったイメージを思い起こしているのだ。記憶と言っても、前の記憶の回想だ。記憶の記憶でしかない。たいていの人は何年、何十年と記憶をさかのぼれるが、わたしはほんの数時間しかさかのぼれない。

息子を思い出せず、わたしは次善のことをする。火花が散る心を静めるためにできる、たったひとつのことを。何も考えずにおく。何ひとつ考えない。

むっと鼻をつく、甘ったるいガソリンのにおい。首が痛い。目を開く。目の前に濡れたフロントグラスがあり、わたしの息で曇っている。その向こうに遠くの光が見えるが、ぼんやりとして焦点を結ばない。まどろんでいたのだと気がつく。横のガラスにもたれていて、首が不自然な形にねじれていた。車は静かで、エンジンが切れている。わたしは肩越しに振り返る。

ベンがいる。わたしの隣にすわっている。眠らずに、窓の外の前方を見ている。じっと動かない。わたしが目を覚ましたことにも気づかずに、見つめつづけているようだ。なんの表情も浮かんでいない。暗くて表情が読めない。彼は何を見ているのかと、わたしも顔の向きを変えた。

雨が跳ね散るフロントグラスの先には車のボンネットがあり、その向こうに木でできた低い柵があり、車の後ろの街灯が放つ光にぼんやり照らしだされている。その柵の向こうは何ひとつ見えない漆黒《しっこく》の闇で、柵と闇の中間、空の低いところに満月がかかっていた。

「海が大好きなんだ」彼はわたしを見ずにそう言い、断崖の上に車を止めていること、海岸までたどり着いたことに気がつく。

「きみは？」彼がわたしに顔を向ける。目が信じられないくらい悲しげだ。「きみも海は好きだよな、クリス？」と言う。

「ええ」と、わたしは言う。「好きよ」知らないみたいな口ぶりだ。いままで二人で海に行ったことがなかったかのように。いっしょに休暇を過ごしたことがなかったかのように。胸の中に不安の火がともるが、それを追い払う。夫といっしょに、ここにとどまる努力をする。現在に。午後に日誌を読んで知ったことを、全部思い出そうと努力する。「知ってるでしょう、ダーリン」

　彼がため息をつく。「知っている。以前好きだったのは知っているが、いまのことはもうわからない。きみは変わっていく。長い年月のあいだに変わった。あの出来事以来。ときどき、きみが誰かわからなくなる。毎日、目を覚ますたび、きみがどんなふうになるかわからない」

　わたしは黙っている。なんて言えばいいのかわからない。弁解しようとしても、あなたは間違っていると言ってみても意味はない。それはおたがいわかっている。一日ごとに自分がどんなに変わるか、いちばんわかっていないのはわたしなのだ。そのことは、二人とも知っている。

「ごめんなさい」と、最後にわたしは言う。

　彼がわたしを見る。「いや、かまわない。きみが謝る必要はない。きみのせいじゃないのはわかってる。きみになんの責任もないことは。身勝手なことを言っているな。われながら」

　彼は海に目を戻す。遠くにひとつだけ光が見える。船だ。波に揺られている。糖蜜のような漆黒の海に輝く光。ベンが口を開く。「ぼくたちはだいじょうぶだよな、クリス？」

「もちろんよ」と、わたしは言う。「もちろん、だいじょうぶよ。これはわたしたちにとっての新しい始まりよ。いまのわたしには日誌があるし、ドクター・ナッシュが力を貸してくれる。わたしは良くなってきているわ、ベン。それがわかるの。また書きはじめようと思ってる。そうしない理由はないし。きっとわたしはだいじょうぶ。とにかく、いまはクレアと連絡が取れて、彼女も力になってくれるし」ある考えが頭に浮かぶ。「わたしたち、またみんなで集まれると思わない？　昔みたいに？　大学のころのように？　すてきでしょう」いままで読んできた嘘の数々、彼のことをずっと信じられなかった状況に心が焦点を結ぶが、それを無理やり追い払った。それは全部解決したのだと、自分に言い聞かせる。こんどはわたしが強くなる番だ。前向きになる番だ。「おたがいいつも正直でいると約束するかぎり」わたしは言う。「なんの心配もないわ」

　彼が振り向いて、わたしと向きあう。「本当にぼくを愛しているね？」

「あたりまえよ。もちろん愛しているわ」

「許してくれるのか？　きみの前からいなくなったことを？　あれは本意ではなかった。しかたがなかったんだ。すまなかった」

　彼の手を取る。温かいと同時に冷たくも感じられる。わずかに湿っている。両手でその手を包みこもうとするが、彼はその動きに手を貸そうともあらがおうともしない。かわりに、手を力なく自分の膝にのせる。わたしがそれを握り締め、そこでようやくわたしに手を握られていることに気づいたようだ。

「ベン。わかってる。許すわ」わたしは彼の目をのぞきこむ。目もどんよりとして生気がない。たくさん恐怖を見すぎ、もうこれ以上は耐えられないかのように。

「愛しているわ、ベン」と、わたしは言う。

彼が声を落として、ささやく。「キスしてくれ」

彼の求めに応じ、そのあと、体を引き戻すと、彼はささやく。「もういちど。もういちどキスしてくれ」

もういちどキスをする。しかし、求められても、三度目には応じられない。かわりに二人で、海の向こうの水面に映った月の光を見つめる。通り過ぎる車の黄色いヘッドライトを反射しているフロントグラスの雨粒を。二人きりで、手を握りあう。二人で。

何時間もすわっていたような気がする。ベンはわたしの横で海を見つめている。何かを探しているかのように、暗闇に答えを探しているかのように、水面を見渡したまま口を開かない。なぜ彼はここへ来たのだろう？　何を見つけたいと願っているのだろう？

「きょうは本当に、わたしたちの記念日なの？」と、わたしは訊く。返事がない。声が聞こえた様子がないので、もういちど訊く。

「そうだ」と、彼が小声で答える。

「結婚記念日？」

「いや」と、彼は言う。「二人が出会った夜の記念日だ」

お祝いをするのかどうか訊き、おめでたい気がしないと言ってやりたいが、それはあんまりな気もした。

混みあっていた後ろの道路が静かになり、月が天高く昇っている。外でひと晩過ごすのかと心配になりはじめ、雨の海を見る。あくびするふりをした。

「眠いわ」と、わたしは言う。「宿に行かない？」

彼が腕時計を見る。「いいよ」と言う。「そうだった。すまない。行こう」彼が車を発進させる。「もうすぐだ」

ほっとする。眠りたくてたまらないが、同時に眠りを恐れてもいた。

村の端っこを通る海岸の道路は起伏に富んでいた。村より大きな別の町の灯が近づいてきて、濡れたガラスの向こうにしっかり焦点を結びはじめる。交通量が増えてきて、マリーナが見えてきた。船が舫《もや》われ、店とナイトクラブが立ち並んでいる。やがて町の中に入った。右側の建物はどれもホテルのようで、風に揺れる白い看板が空室ありと知らせている。通りはにぎやかだ。わたしが思っていたほど遅い時間ではないのか、ここが昼夜を分かたず活気のある町なのか。

海を見やる。埠頭が海に突き出ていて、光に満ちあふれ、先端に遊園地がある。ドーム形のパビリオン、ジェットコースター、螺旋《らせん》状のすべり台が見える。真っ黒な海の上を回転する乗客たちの、歓声と叫び声が聞こえてきそうだ。

名状しがたい不安が胸の中にふくらんできた。

「ここはどこなの？」と、わたしは訊く。埠頭の入口の上に文字が記され、明るく白い光に照らしだされているが、フロントグラスが雨に洗われているせいで読み取れない。

カーブを切ってわき道に入り、テラスハウスの外に車が止まると、「着いた」とベンが言う。玄関の張り出し屋根に文字が見える。〝リアルト・ゲストハウス〟。

玄関に上がる階段があり、凝ったフェンスが建物と道路を隔てている。ドアの横に、ひび割れた小さな植木鉢があった。かつては灌木《かんぼく》を支えていたが、いまは空っぽだ。わたしは猛烈な不安に襲われる。

「ここ、前に来たことある？」と訊く。彼は首を横に振る。「本当に？　なんだか見覚えがあるわ」

「間違いない」と、彼は言う。「一度、この近くに泊まったことがあったかもしれない。たぶん、そこのことを覚えているんだろう」

緊張をほぐそうと努力する。二人で車を降りた。ゲストハウスの横にクラブがあり、そこの大きな窓から、お酒を飲んでいる大勢の人と、人で波打っている奥のダンスフロアが見える。ガラスでくぐもってはいるが、音楽が鳴り響いていた。「チェックインしたら、ぼくが荷物を取りに戻ってくる。いいか？」

わたしはコートをぎゅっとかき寄せる。もう風が冷たく、雨は土砂降りだ。急いで階段を駆け上がり、入口のドアを開けた。ガラスに〝満室〟という表示が出ている。ドアを通って、ロビーの中へ。

ベンが合流すると、「予約してあるの？」と訊いた。わたしたちはロビーに立っている。その先にドアがひとつあり、そこがわずかに開いていて、奥からテレビの音が漏れている。ボリュームが上がり、隣の部屋の音楽と競いあう。フロントはないが、かわりに小さなテーブルの上に呼び鈴があり、その横にご用のかたは鳴らしてくださいと表示がある。

「ああ、もちろん」と、ベンが答える。「心配いらない」彼が呼び鈴を鳴らした。

一瞬、なんの反応もなく、やがて若い男が建物の奥の部屋から出てきた。のっぽで不格好で、だぼだぼのシャツはズボンにたくしこまれていない。わたしたちを待っていたかのように歓迎の言葉で出迎えるが、心はこもっておらず、彼とベンが宿泊の手続きをするあいだ、わたしは待っていた。

ホテルがかなりさびれているのは明らかだ。絨毯《じゅうたん》はあちこちよれよれで、ドア口周辺の塗装もすり切れたり傷がついたりしている。ラウンジの向かいに別のドアがあり〝ダイニング・ルーム〟と記されていて、奥にもまたいくつかドアがある。厨房やスタッフの個室なのだろう、と想像する。

「部屋に案内しましょうか？」ベンの宿泊手続きが終わると、背の高い男が言った。わたしに話しかけているのだと気がつく。ベンは外へ戻ろうとしている。荷物を取りにいくのだろう。

「ええ」と、わたしは言う。「お願いします」

男はわたしに鍵を渡し、二人で階段を上がった。上がった先に何室かあったが、そこは通り過ぎ、もう一階上がる。上に行くにつれて、建物が縮んできた気がする。天井が低くなり、壁が近くなってきた。またひとつ階を過ぎ、最後の階段のふもとに立つ。この上が建物の最上階にちがいない。

「上がったところがお部屋です」と、男が言う。「ひと部屋だけですから」

お礼を言うと、彼はきびすを返して下へ戻っていき、わたしは部屋へ上がっていった。

ドアを開ける。部屋は暗く、思っていたより大きい。最上階にしては。奥に窓があり、その向こうに薄暗い灰色の光がともっていて、化粧台とベッドとテーブルと肘掛け椅子の輪郭を浮かび上がらせていた。隣のクラブの音楽が鳴り響いているが、明瞭さに欠け、何かを踏み砕いているような鈍い低音と化している。

立ったままじっと動かない。また不安にぎゅっとわしづかみにされた。ゲストハウスの外で感じたのと同じ不安だが、なんとなくここのほうがひどい気がする。ぞくりとした。何かおかしいが、何かはわからない。大きく息を吸ってみるが、肺に充分ゆきわたらない。溺れかけているような心地がする。

目を開けたとき部屋がちがって見えるのを願うかのように、目を閉じてみるが、効果はない。照明のスイッチを入れたら何が起きるのか、圧倒的な不安に満たされる。その単純な動きが災いを呼び、すべての終わりを告げるかのように。

部屋に明かりをともさないまま、下へ引き返したらどうなるだろう？　のっぽの男の横をそっと通り越して廊下を進み、必要ならばベンの横をすり抜けてホテルの外へ出ることは可能だろう。

しかし、当然、頭がおかしくなったと思われる。見つけだされ、連れ戻されるだろう。そしたら、なんて言う？　記憶を失っている女が、いやな感じがしたと言うのか？　いやな予感がしたと？　ばかばかしいと一蹴《いっしゅう》されるだろう。夫がついている。彼と仲直りするためにここへ来たのだ。ベンといれば安全だ。

だから、照明のスイッチを入れる。

暗闇に慣れてきた目にぱっと明かりがともり、部屋が見えた。これといった印象はない。怖くなるようなものはどこにもない。絨毯の色はマッシュルームグレイで、カーテンと壁紙はどちらも花柄だが、同じ図柄ではない。化粧台は使い古した感じで、三面鏡がついていて、その上に色あせた鳥の絵が掛かっている。肘掛け椅子は枝編み細工で、これまた花柄のクッションがあり、ベッドは菱形の模様をあしらったベッドカバーに覆われていた。

休暇のために予約してきた人はどんなにがっかりするだろう。でも、予約したのはベンだ。わたしが感じているのは落胆ではない。例の不安が燃え尽きて、恐怖と化していた。

ドアを閉めて、落ち着こうとする。愚かなことだ。被害妄想だ。余計なことを考えてはいけない。何かしていなければ。

部屋は寒い。すきま風がカーテンをふんわり漂わせる。窓が開いているのだ。それを閉めにいく。その前に外を見る。部屋は高いところにあった。街灯がはるか下に見える。街灯の上にはカモメが静かにたたずんでいる。建物の屋根の向こうを見渡すと、冴えざえとした月が空に浮かんでいて、遠くに海が見える。例の埠頭が見える。螺旋《らせん》状のすべり台。点滅する光。

そのとき、見えた。埠頭の入口の上に記されている文字が。
ブ、ラ、イ、ト、ン、埠、頭、。
部屋は寒く、震えまで走っているのに、額に玉の汗が浮かんでくる。やっとわかった。ベンはわたしをここへ連れてきたのだ。ブライトンへ。わたしが大きな災難に遭った場所へ。人生をもぎ取られた町に戻ったら、何があったか思い出すかもしれないと思っているの？わたしにこんな仕打ちをしたのは誰か、思い出せると思っているの？

日誌でいちど読んだ覚えがある。ドクター・ナッシュがここへ行ってみたらどうかと提案し、わたしが拒否したところを。

階段に足音がして、声がした。のっぽの男がベンをここへ、わたしたちの部屋へ案内してきたにちがいない。いっしょに荷物を運び、階段を上がって、回りづらい踊り場を回りこんでくる。もうすぐここへ来る。

彼になんて言えばいい？　あなたは間違っている、ここに来たってなんの助けにもならないと言うの？　帰りたいと言うの？

ドアのほうへ引き返す。かばんを運び入れる手伝いをし、かばんから中身を出し、二人で眠り、あしたになったら――

はっと思い当たった。あしたになったら、わたしはまた何ひとつ覚えていない。ベンは肩掛けかばんに入れてきたにちがいない。写真を。スクラップブックを。持ってきたものを駆使して、自分が誰か、ここがどこか、また一から説明しなければならない。

日誌を持ってきただろうかと考え、あれを詰めたこと、自分のバッグに入れてきたことを思い出す。落ち着こうと努力する。今夜、枕の下に入れ、あした見つけて読もう。何も心配することはない。

ベンが踊り場に着いた音が聞こえる。のっぽの男と朝食の手配について話しあっている。

「まあ、部屋のほうがいいかな」という声が聞こえる。窓の外でカモメがひと声鳴き、ぎくっとした。

ドアのほうへ向かったとき、それが見えた。わたしの右に。バスルームが。ドアは開いている。浴槽、便器、洗面台。だが、わたしを引き寄せ恐怖で満たしたのは、その床だ。タイル張りの、めずらしい模様。黒と白が交互に置かれ、奇妙な斜め模様を形作っている。あごががくんと落ちる。背すじに冷たいものが走った。自分の絶叫が聞こえてきそうだ。

そこでわかった。この模様に見覚えがあるのだ。

見覚えがあったのは、ブライトンだけじゃない。

わたしは以前、ここへ来たことがある。この部屋に。

ドアが開く。ベンが入ってきたとき、わたしは黙っていたが、頭はぐるぐる回っていた。この部屋でわたしは襲われたの？　なぜ彼はここに来ることを教えてくれなかったの？　襲われた話はずっとしたがらなかったのに、なぜそれが起こった部屋にわたしを連れてきたりするの？

のっぽの男がドアのすぐ外に立っているのが見える。彼に声をかけ、ここにいてほしいと頼みたいが、男はきびすを返し、ベンがドアを閉めた。これで二人きりだ。

ベンがわたしを見る。「だいじょうぶか、クリス？」と言う。わたしはうなずき、「ええ」と答えるが、無理やり絞り出したような感じになった。胃の中に憎悪のうごめきを感じる。彼がわたしの手を取った。少しきついくらい、ぎゅっと握り締める。これ以上力を込めたらわたしは何か言うだろうし、これ以下なら気づいたかどうか疑わしい。「本当か？」「ええ」と、わたしは言う。なぜ彼はこんなことをしているの？　わたしたちがどこにいるか、これが何を意味するか、彼は知っているはずだ。ずっとこの計画を練っていたにちがいない。「ええ、だいじょうぶよ。ちょっと疲れただけ」

そのとき、ふっと思い当たった。ドクター・ナッシュ。彼が何かしら関係しているにちがいない。さもなければ、どうしてベンが――その気になれば連れてこられたのに、何年ものあいだそれをしなかった彼が――いまになってわたしをここへ連れてきたりするの？

二人は連絡を取ったにちがいない。ドクター・ナッシュと会っていることをわたしから聞いたあと、ベンから彼に電話をかけたのかもしれない。先週のうちに――わたしが何も知らないあいだに――二人ですべてを計画したのかもしれない。

「横になったらどうだ?」と、ベンが言う。

思わず口を開く。「そうしようかな」と言って、ベッドに向かった。ひょっとして、二人はずっと連絡を取りあっていたの? ドクター・ナッシュが言っていたのは全部嘘だったのかもしれない。わたしと別れたあと、彼がベンの電話番号をダイヤルし、わたしの進捗《しんちょく》状況や進捗の欠如について話しているところを想像した。

「いい子だ」と、ベンが言う。「シャンパンを持ってくるつもりで忘れてきた。ちょっと出かけて、買ってくる。酒屋の一軒くらいあるはずだ。そんなに遠くまで行かなくても」彼は微笑む。「手に入れて、戻ってくる」

わたしが彼に向き直ると、彼はわたしにキスをする。ここで、彼のキスはなかなか終わらない。わたしの唇に唇でそっと触れ、わたしの髪に手を当て、背中を撫《な》でる。体を引き離したい衝動にあらがう。彼の手が下へ移り、背中を伝い、尻に当たる。わたしはごくりと唾をのむ。

誰も信用できない。自分の夫も。わたしに力を貸していると主張してきた医者も。彼らは力を合わせて、この日にこぎ着けたのだ。そろそろ、わたしを過去の恐怖と向きあわせたほうがいいと判断したにちがいない。

信じられない！　わたしは胸の中でつぶやく。どういう神経をしているの！

「わかった」と、わたしは言う。顔を少しそむけて、わたしを放すようそっと彼を押した。

彼はくるりときびすを返し、部屋を出ていく。「念のため、ドアの鍵はかけていこう」ドアを閉めるとき、彼は言った。「用心に越したことはない……」外でドアの鍵が回る音が聞こえ、わたしはうろたえはじめる。本当に彼はシャンパンを買いにいくの？　それとも、ドクター・ナッシュに会いにいくの？　黙ってわたしをこの部屋に連れてくるなんて、信じられない。いろいろ嘘をついてきたうえに、またここでも。彼が階段を下りていく音が聞こえる。

両手をもみ合わせて、ベッドの端にすわった。気持ちを落ち着けられない。ひとつの考えに落ち着くことができない。かわりに、いろんな考えが駆けめぐった。まるで、記憶が欠落した頭の中に、それぞれの考えがふくらんで動きまわってほかの考えと衝突して火花の雨を散らしたあと、くるくる回って自分の距離まで離れていけるだけの空間があるかのように。

立ち上がる。無性に腹が立つ。彼が戻ってきてシャンパンをそそぎ、わたしといっしょにベッドに入るという考えに向きあえない。彼の肌がわたしの肌のそばにあり、夜中に彼がわたしに手を置いて、あちこち触ったり抱き締めたりして、彼に体を与えるよう仕向けるという考えにも。与えるべき自分がないのに、そんなことできるわけがない。

どんなことでもしよう、と思う。それ以外のことなら。

ここにいてはいけない。わたしの人生が破壊され、何もかも奪われたこの場所には。どのくらい時間があるか、はじき出そうと試みる。十分？　五分？　ベンのかばんに歩み寄り、それを開く。なぜかはわからない。理由も方法も考えていなかった。とにかく、ここを出なければ。ベンがいないうちに。彼が戻ってきて、ふたたび状況が変わる前に。車のキーを見つけ、ドアをなんとか開けて下に降り、雨の通りに出て、車までたどり着くつもりなのだろうか。自分が運転できるかどうかも知らないが、とにかくやってみるつもりなのか。車に乗りこみ、遠くへ――はるか遠くまで――逃げるつもりなのか。

それとも、アダムの写真を見つけるつもりなのか。ここに入っているのはわかっている。一枚だけ持って、部屋を出て、走って逃げよう。走れるだけ走って、これ以上走れなくなったところで、クレアにでも誰にでも電話して、もうこれ以上耐えられないと告げ、助けを求めよう。

かばんの奥に指を突っこむ。金属の感触。そしてプラスチックの感触。柔らかいものだ。次に封筒の感触を得た。写真が入っているかもしれないと考えて取り出し、家の書斎で見つけたものだと気がつく。未開封と教えてあげようと、荷造りのときベンのかばんに入れたにちがいない。封筒を裏返すと、表に〝禁〟と記されていた。何も考えずに破って開け、中身を取り出す。

紙だ。何ページもある。何かわかった。淡い青色の線、赤い縁。これはわたしの日誌と同じ紙だ。わたしが書いてきた日誌と同じ紙だ。

そこに自分の筆跡が見え、わたしは理解しはじめる。

わたしは自分の物語を全部読んだわけではなかったのだ。まだ続きがあったのだ。もっと、何ページも。

自分のバッグの日誌を見つける。前は気がつかなかったが、最後のページのあとがひとかたまり取り去られていた。きれいに切り取られている。外科用のメスか剃刀《かみそり》を使って、背に近い根元まで。

ベンが切り取ったのだ。

そのページを自分の前に広げたまま、床にすわりこむ。行方不明になっていた人生の一週間。わたしは物語の残りを読む。

最初のところに日付がついている。〝十一月二十三日、金曜日〟と。クレアに会った日だ。ベンに打ち明けたあと、その日の夜に書いたものにちがいない。つまり、待望の会話を交わしたのかもしれない。〝すわっている〟から、日誌は始まっていた。

すわっている。毎朝わたしが目を覚ましているらしい家の、バスルームの床に。わたしの前にはこの日誌があり、手がこのペンを握っている。わたしは書く。何をしたらいいか、ほかに思いつかないからだ。

まわりに丸めたティッシュがある。涙と、血がにじんでいる。まばたきすると、視界が赤色に変わる。わたしがぬぐうが早いか、目に血が滴り落ちてくる。

鏡を見たとき、目の上の皮膚が切れ、唇も切れているのがわかった。唾をのむと、血の金属的な味がする。

眠りたい。どこかに安全な場所を見つけて、目を閉じ、動物のように休みたい。それが、いまのわたし。動物だ。一瞬一瞬、その日その日を生きながら、自分の世界をとらえようとしている。

心臓が早鐘を打つ。いまのひとかたまりを読み返し、わたしの目は何度も繰り返し〝血〟という単語に引き寄せられる。何があったというの？

急いで読みはじめる。単語につまずきながら、行から行へ、よろめくように読み進んでいく。ベンがいつ戻ってくるかわからないし、読む前に奪われる危険は冒せない。いまが唯一無二のチャンスかもしれない。

夕食がすんでから彼に話すのがいちばんいい、と思っていた。リビングで食事を取り――ソーセージにマッシュポテト、膝に食器をのせて――わたしも彼も食べおわると、わたしはテレビを消してほしいと頼んだ。彼はしぶしぶ応じた。「話があるの」と、わたしは言った。

部屋はしんと静まり返っていた。時計が時を刻むチクタクという音と、街の遠いざわめきだけが満ちている。あとは、魂が抜けたようなわたしのうつろな声だけだ。

「ダーリン」とベンが言い、わたしたちを隔てるコーヒーテーブルに自分の皿を置いた。皿の端に食べさしの肉の塊があり、グレイヴィーソースにグリーンピースが浮かんでいる。「もういいのか?」

「ええ」と、わたしは言った。「ごちそうさま」どう続ければいいかわからなかった。彼はまばたきもせずに待っていた。「わたしのこと、愛してるわね?」と、わたしは言った。あとで白《しら》を切られないよう証拠を集めている気分だ。

「ああ」と、彼は言った。「もちろんだ。なんの話だい? どうしたんだ?」

「ベン」と、わたしは言った。「わたしもあなたを愛しているわ。あなたがなぜこんなことをしてきたかも理解しているけど、あなたが嘘をついてきたことも知っている」

言いおわるとほとんど同時に、切り出したことを後悔した。彼がたじろいだのだ。わたしを見て、傷ついた目で、何か言おうとするみたいに口を開いた。

「どういう意味だ?」と、彼は言った。「ダーリン——」

こうなったら続けるしかない。渡りはじめた川から引き返すことはできない。

「わたしを守るためにいろんなことを言わずにきたのはわかっているけど、もう限界よ。わたしには知る必要があるの」

「どういう意味だ?」と、彼は言った。「嘘なんてついたことはない」

怒りが押し寄せてきた。「ベン」と、わたしは言った。「わたしはアダムのことを知っている」

そこで、彼の顔色が変わった。唾をのんで、顔をそむける。部屋の隅へ。彼はプルオーバーの腕のところから何かを払いのけた。「なんだって？」

「アダムよ」と、わたしは言った。「わたしたちに息子がいたのは知ってるわ」

なぜ知っているのか訊いてくるだろうと身構えたが、そこで気がついた。これはおなじみの会話なのだと。わたしが自分の小説を見た日にも、アダムのことを思い出したほかの日にも、この話は持ち出されていた。

彼は口を開こうとしたが、これ以上嘘を聞かされたくなかった。

「彼がアフガニスタンで死んだのは知ってるわ」と、わたしは言った。

彼の口が閉じ、そのあとまた開いた。道化じみて滑稽《こっけい》だ。

「なぜそのことを知っている？」

「あなたが話してくれたから」と、わたしは言った。「何日か前に。あなたはビスケットを食べていて、わたしはバスルームにいた。階段を下りて、わたしたちに息子がいたのを思い出した、息子の名前も思い出したとあなたに言うと、二人で腰かけて、あの子がどうやって死んだか、あなたが教えてくれたのよ。上から取ってきたあの子の写真を何枚か見せてくれたわ。わたしとあの子が写っている写真と、あの子が書いた手紙をサンタクロースに書いた手紙を――」また悲しみが打ち寄せてきた。口を閉じる。

ベンはわたしを見つめていた。「覚えているのか？　どうして？」

「書き留めてきたのよ。この何週間か。思い出せるかぎりのことを」

「どこに？」と、彼は言った。怒ったように語気が荒くなりはじめたが、だとしても何に怒っているのかはわからなかった。「どこに書き留めてきたんだ？　理解できない、クリスティーン。どこに書き留めてきたんだ？」

「ノートをつけてきたの」

「ノート？」なんだ、と言わんばかりの口ぶりだ。わたしが買い物リストを書いて電話番号を書き留めるためのものみたいな。

「日誌よ」と、わたしは言った。

彼は椅子の中で体を前へずらした。立ち上がろうとするかのように。「日誌？　いつからだ？」

「正確には覚えてないわ。二週間くらいかしら？」

「見てもいいか？」

むっとした。彼には見せないことにした。「だめ」と、わたしは言った。「いまはまだ」

憤怒の形相が浮かんだ。「どこにあるんだ？　見せろ」

「ベン、あれはプライベートなものよ」

彼がその言葉を投げ返す。「プライベート？　どういう意味だ、プライベートなものって？」

「秘密という意味よ。読まれたらきまりが悪いでしょうし」

「なぜだ？」彼は言った。「ぼくのことを書いたのか？」

「もちろん書いたわ」

「何を書いたんだ？　どんなことを？」

なんて答えればいい？　自分がどんなふうに彼を裏切ってきたか、思い浮かべた。ドクター・ナッシュにどんなことを言ったか、ドクター・ナッシュのことをどう思ったか。夫に不信をいだいた状況の数々。彼ならこんなことをしかねないと思ったことの数々。自分がついてきた嘘も思い起こした。ドクター・ナッシュに――そしてクレアに――会ったのに、何ひとつ彼に話さなかった日々を。

「いっぱいあるわ、ベン。いろんなことを書き留めてきたの」

「しかし、なぜ？　なぜそれを書き留めてきたんだ？」

なぜそんな質問をしなければならないのか、信じられなかった。「自分の人生を理解したいからよ」と、わたしは言った。「ある日と次の日を結びつけられる自分でいたいからよ。あなたができるみたいに。みんなができるみたいに」

「しかし、なぜだ？　不幸なのか？　もうぼくを愛していないのか？　ここで、ぼくといっしょにいたくないのか？」

この質問にはまごついた。自分のひび割れた人生を理解したいと思うのが、なんらかのかたちで人生を変えたいという意味なんて、なぜ思ったのだろう？

「どうかしら」と、わたしは言った。「幸せって、何？　目を覚ましたときは幸せだけど、けさから判断すると、よくわからなくなる。鏡を見て、自分の思っていたより二十歳年を取っていて、白髪があって、目のまわりにしわがあるのがわかったときは、幸せじゃない。それだけの年月が失われ、自分から奪い取られたことに気づいたときは、幸せじゃない。つまり、その時間の多くは幸せとは言えない。でも、それはあなたのせいじゃない。あなたには満足しているわ。あなたを愛している。わたしにはあなたが必要なの」

彼がやってきて、隣にすわった。声がやわらいだ。「すまない」と、彼は言った。「何もかもめちゃくちゃにされたのがつらいんだ、あんな自動車事故で」

また怒りがこみ上げてきたが、抑えつけた。わたしには彼に腹を立てる権利などなかった。わたしが何を知っていて何を知らないか、彼は知らないのだから。

「ベン」と、わたしは言った。「何があったか知っているのよ。自動車事故じゃなかったのは知ってるわ。誰かに襲われたのは知ってるわ」

彼は動かなかった。無表情な目でわたしを見た。話を聞いていなかったのかと思ったが、そのあと彼は言った。「襲われた？　どうやって？」

わたしは声を荒らげた。「ベン！」と言った。「もうやめて！」言わずにいられなかった。日誌をつけていると言い、こま切れの情報から自分の物語の細部をつなぎ合わせていると話したのに、それでもまだ彼は嘘をつこうとしている。わたしが本当のことを知っているのははっきりしているのに。「いつまでも嘘を言いつづけるのはやめて！　自動車事故なんてなかったのは知ってるわ。自分の身に何が起こったのか知ってるわ。ちがうふりをしたって無駄よ。それを否定しても、なんの得にもならないのよ。もう嘘をつくのはやめて！」

彼が立ち上がった。すごく大きく見えた。わたしの上に迫り、わたしの視界をさえぎる。

「誰に聞いた？」と、彼は言った。「誰に？　クレアのやつか？　あの大ぼらをたたく醜い口で、あいつがべらべら嘘を教えたのか？　頼んでもいないのに余計なくちばしを入れてきたのか？」

「ベン――」と、言いはじめた。

「前々から、あの女はぼくを憎んできた。ぼくは悪いやつだときみに吹きこむためなら、どんなことでもする。どんなことでも！　あいつは嘘をついているんだ、ダーリン。あいつの言ってることは嘘だ！」

「クレアじゃないわ」と、わたしは言った。そして、首をうなだれた。「別の人よ」

「誰だ？」と、彼は叫んだ。「誰なんだ？」

「お医者さんに診てもらっていたの」と、わたしはささやいた。「ずっと相談してきたの。彼が教えてくれたのよ」

左手のこぶしにゆっくり円を描いている右手の親指以外、彼は微動だにしなかった。彼の体のほてりが感じられ、ゆっくり何かを引きこむような呼吸の音が聞こえた。止めては吐き出す感じで。口を開いた彼の声はとても小さく、聞き分けるのに苦労した。

「どういう意味だ、医者って？」

「彼の名前は、ドクター・ナッシュ。わたしに接触したのは何週間か前みたい」こう言いながらも、自分の話ではなくほかの誰かの話をしているような気がした。

「なんて言って？」

思い出そうとした。初めて言葉を交わしたときのことは、日誌に書いてあった？

「わからない」と、わたしは言った。「彼がなんて言ったかは書き留めてなかったと思う」

「そいつから、いろんなことを書き留めるようたきつけられたのか？」

「そうよ」

「なぜだ？」と、彼は言った。

「わたしは良くなりたいの、ベン」

「うまくいっているのか？　どんなことをしてきたんだ？　そいつから薬をもらったのか？」

「いいえ」と、わたしは言った。「いろいろ検査したり、訓練したりしてきたわ。スキャンを撮って――」

親指の動きが止まった。彼はわたしと向きあった。

「スキャン？」声がまた大きくなった。

「そうよ。ＭＲＩ。治療に役立つかもしれないと言って。わたしが病気になったころ、そういうのは病院になかったの。というか、いまほど洗練されてなくて――」

「どこだ？　どこでそういう検査を受けたんだ？　言え！」

頭が混乱しはじめていた。「彼の診療所で」と、わたしは言った。「ロンドンの。そこにスキャンの装置もあって。はっきりとは覚えていないけど」

「どうやってそこへ行ったんだ？　きみのような人間がどうやって診療所へたどり着いたんだ？」もう声がゆがんで、のっぴきならない感じがした。「どうやって？」

おだやかに話すよう努めた。「彼がここまで迎えにきてくれて」と、わたしは言った。「車で――」

彼の顔にさっと失望の表情が浮かび、そのあと怒りのそれに変わった。わたしとしては、会話がこういう方向に進むのは避けたかったし、話をこじれさせるつもりは毛頭なかった。

なんとかうまく状況を説明しなければ。「ベン――」と、わたしは言いはじめた。

次に起こったのは予想外のことだった。ベンの喉が鈍いうめき声をたてはじめた。奥のほうで。どんどん湧きつのってきて、これ以上抑えられなかったのか、ぞっとするようなかん高い声が吐き出された。釘でガラスを引っかいたような声が。

「ベン！」と、わたしは言った。「どうしたの？」

彼はぐるりと体の向きを変え、足をよろめかせて、わたしから顔をそむけた。何か発作でも起こしているのかと心配になった。立ち上がって、彼がつかまれるよう手をさしだした。「ベン！」ともういちど言ったが、彼はその手を無視し、壁に寄りかかって体を安定させた。振り向いたとき、顔は真っ赤で、目が大きく見開かれていた。口の端に唾が集まっている。グロテスクなマスクをつけたみたいだった。顔が大きくゆがんでいた。

「このまぬけなろくでなしのあばずれ」と言いながら、彼は詰め寄ってきた。わたしはたじろいだ。彼の顔がわたしの顔からほんの数センチまで近づいた。「いつから続いていたんだ？」

「わたしは――」

「言え！　言うんだ、この尻軽。いつからだ？」

「何も続いてたりしない！」と、わたしは言った。自分の中から恐怖が噴き出し、湧き上がってきた。表面でゆっくり転がり、それから下へ沈んでいった。「何も！」と、もういちど言った。彼の息には食べたもののにおいがした。肉と、タマネギの。唾が飛んで、わたしの顔に当たった。唇に。熱い湿った怒りの味がした。

「そいつと寝ているんだ。嘘をつくな」

脚の後ろがソファの端に当たり、横にずれて逃れようとしたが、彼はわたしの両肩をつかんで揺すぶった。「前からずっと同じだ」と言う。「愚かな嘘つきの尻軽だ。いっしょにいたら少しは変わると思ったのに。何をしてきたんだ、ええ？　人が仕事をしているあいだに、こそこそ出かけていたのか？　それとも、ここらへんにそいつを呼んだのか？　それとも、ひょっとして、荒地に駐めた車の中でしてたのか？」

彼の手にぐっと力がこもり、ブラウスのコットンの上からでも、指と爪が皮膚に食いこんできた。

「痛い！」と、わたしは叫んだ。ショックで怒りから揺すぶり起こせないかと願って。「ベン！　やめて！」

彼の震えが止まり、手の力がわずかにゆるんだ。怒りと憎しみが混じった顔でわたしの肩をつかんでいる男が、クレアの渡してくれた手紙を書いたのと同一人物なんて、ありえない気がした。どうしたら、これほどの相互不信に陥るの？　どれだけの行き違いがあって、あそこからいまに至ったの？

「彼と寝てなんかいない」と、わたしは言った。「あの人はわたしに力を貸してくれているの。わたしが良くなってふつうの生活を送れるように。ここで、あなたと。そうなってほしくないの？」

彼の目がきょろきょろ部屋を見まわしはじめた。「ベン？」わたしはまた言った。「なんとか言って！」彼は凍りついたように動きを止めた。「わたしに良くなってほしくないの？　あなたもずっとそれを望んで、願ってきたんじゃないの？」彼は頭を振りはじめた。左右に頭を振り動かす。「知ってるわ」わたしは言った。「あなたがずっとそれを願ってきたことは」熱い涙が頬を伝い落ちたが、かまわず話した。声がひび割れ、すすり泣きに変わっていく。彼はまだわたしをつかんでいたが、もう力はこもっていなかった。わたしは彼の手に自分の手を重ねた。

「クレアに会ったわ」と、わたしは言った。「彼女があなたの手紙を渡してくれた。わたしはあれを読んだの、ベン。長い年月の末に、やっと。わたしはあれを読んだのよ」

そこに、このページに染みがついている。インクに水が混じって、星の形のような染みになっている。泣きながら書いていたにちがいない。さらに続きを読んだ。

何が起こると思っていたのだろう。ひょっとして、彼がわたしの腕の中へ飛びこんできて安堵《あんど》のすすり泣きを漏らし、二人でそこに立ったまま、落ち着くのに必要な時間だけ静かに抱き締めあい、もういちど手探りしながらおたがいのところへ戻っていくと思っていたのだろうか。そのあと二人で腰かけて、しっかり話しあうと。わたしが階段を上がって、クレアのくれた手紙を取ってきて、いっしょに読んで、真実という土台の上にわたしたちの人生を築き直すゆるやかなプロセスに着手すると。

案に相違して、しんと静まり返った時間がおとずれた。何ひとつ動かない気がした。呼吸の音も、道路を走る車の音もしない。時計のチクタクいう音さえ聞こえなかった。世界が宙ぶらりんになって、ある状態と別の状態の中間にあるとがった先端で静止したかのように。

一瞬でそれは終わった。ベンがわたしから体を引き離した。キスするつもりかと思ったが、そうではなかった。パンと衝撃が走り、視界がぼやけて、頭ががくんと傾いた。あごから痛みが広がる。わたしは倒れ、ソファがわたしに向かってきて、後頭部が硬く鋭いものにぶつかった。悲鳴をあげた。また一撃、もう一撃。目をつぶって、次を待った――だが、何も来なかった。かわりに足音が離れていき、ドアがぴしゃりと閉められた。

目を開けて、怒りにあえぎながら息を吸った。絨毯が遠くへ延び、いまや垂直になっていた。頭の近くに砕けた皿があり、グレイヴィーソースが床に流れ出て、絨毯に染みこんでいった。敷物の模様の上でグリーンピースが踏みつぶされていた。食べさしのソーセージもだ。玄関のドアが開いて、バタンと閉まった。通路を進む足音。ベンが出ていったのだ。

息を吐き出した。目を閉じる。眠ってはならない、と思った。絶対に。

また目を開いた。遠くの暗い渦と、生身のにおい。唾をのむと、血の味がした。

わたしは何をしたの？　わたしが何をしたの？

彼が出ていったのを確かめてから、二階に上がって日誌を見つけた。裂けた唇から、絨毯の上に血が滴り落ちる。何があったのかわからない。夫がどこにいるのかも、彼が戻ってくるのかも、戻ってきてほしいのかもわからない。

でも、戻ってきてもらう必要がある。彼がいないと、わたしは生きていけない。

怖い。クレアに会いたい。

読むのをやめて、額に手をやる。柔らかい感触。けさ見た打ち身の跡だ。化粧で覆い隠した跡だ。あれはベンに殴られてできたのだ。日付を確かめる。十一月二十三日、金曜日。一週間前だ。なんの問題もないと信じて一週間過ごしてきたのだ。

立ち上がって、鏡を見る。まだ残っている。かすかな青い打ち身の跡。わたしの書いたことが本当だったしるしだ。自分の怪我を説明するために、わたしはどんな嘘を自分についてきたのだろう？ つまり、どんな嘘を彼はわたしについてきたのだろう？

だけど、わたしはもう本当のことを知っている。手に持った日誌のページを見て、はっと気がついた。彼はこれを見つけてほしかったのだ。きょうこれを読んでも、あしたになれば忘れてしまうとわかっているから。

だしぬけに、彼が階段を上がってくる音が聞こえ、ここでようやく気がついた。自分がここにいることに。このホテルの部屋にいることに。ベンといっしょにいることに。わたしを殴った男といることに。錠に鍵を差しこむ音がした。

何があったのか知る必要がある。だから、枕の下に日誌のページを押しこみ、ベッドに横になった。彼が部屋に入ってくると、わたしは目を閉じた。

「だいじょうぶか、ダーリン？」と、彼が言う。「起きてるか？」

目を開けた。彼はボトルをつかんで入口に立っている。「カヴァしか手に入らなかった」と言う。「これでいいか？」

彼は化粧台にボトルを置いて、わたしにキスをする。「シャワーを浴びてくる」とささやく。バスルームに入り、お湯の栓を回す。

ドアが閉まると、わたしは枕の下のページを取り出した。あまり時間はない――きっと五分もかからない――から、超特急で読まなくては。ざっと目を通していく。すべての言葉を頭に染みこませるのではなく、必要な分だけ。

ここまでは何時間か前のことだ。わたしは誰もいない家の、暗い玄関にすわっていた。片手に紙を、もう片方に電話を持って。紙のインク。数字がひとつぼやけている。応答はなく、いつまでも呼び出し音が続く。彼女が留守番電話の機能を切っているのだろうか？　それとも、テープがいっぱいになってしまったのだろうか？　もういちど試みる。もう一回。前にもこんなことがあった。わたしの時《とき》は循環する。力を借りたいのに、クレアが電話に出ない。

バッグの中を見ると、ドクター・ナッシュのくれた電話が見つかった。もう遅い時間だ。仕事は終わっているだろう。ガールフレンドといっしょにいるのだろう。二人でどんなことをするのか知らないが、夜二人ですることをして過ごしているのだろう。ふつうのカップルがすることを。どんなことかは見当もつかないが。

彼の自宅の電話番号が日誌の最初のところに書かれていた。呼び出し音が鳴りつづけ、そのあと不通になった。この番号は使われていないと告げる録音された声もなければ、メッセージをどうぞとうながす声もなかった。もう一回、試す。同じだ。あとは診療所の番号しかない。

しばらくそこにすわっていた。お手上げの状態で。ベンのおぼろげな姿が曇りガラスの向こうに現れ、錠に鍵を差しこむところが見えるのをなかば期待しながら、玄関を見ていた。なかば、それを恐れながら。

最後に、これ以上待てなくなった。二階に上がって服を脱ぎ、ベッドに入って、これを書いた。家はまだ空っぽだ。もうすぐこの日誌を閉じて、隠し、そのあと照明を消して眠るだろう。

そしたら、わたしは忘れてしまい、あとに残るのはこの日誌だけだ。

真っ白ではないかと心配しながら、おそるおそる次のページを見たが、真っ白ではなかった。

十一月二十六日、月曜日

彼に殴られたのは金曜日だ。二日間、わたしは何も書いていない。

そのあいだずっと、なんの問題もないと思っていたの？

顔に傷があって、ヒリヒリする。何かおかしいと思ったはずでしょう？

転んだのだと、きょう彼は説明した。この日誌最大の月並みな説明だが、わたしはその言葉を信じた。信じない理由はなかった。その時点ですでに彼は、わたしが誰で、自分が誰で、なぜわたしは見覚えのない家で目を覚まし、自分が思っているより何十歳も年を取っているのか説明してくれていたから、傷があって、目が腫《は》れていて、唇が切れている理由の説明にも疑問のいだきようがなかった。

だから、そのまま自分の一日を進めた。仕事に出かける彼にキスをした。朝食の後片づけをした。浴槽に水を張った。

そのあと、ここに入って、この日誌を見つけ、本当のことを知ったのだ。

日誌が途切れている。ドクター・ナッシュのことが書かれていない、と気がつく。彼はわたしを見捨てたの？　わたしは彼の助けを借りずに、自力で日誌を見つけたの？

それとも、わたしが隠すのをやめたの？　先を読み進める。

しばらくして、クレアに電話した。ベンがくれた電話は使えなかったので――たぶん電池が切れているのだろう――ドクター・ナッシュにもらったほうを使った。応答がなかったので、リビングにすわった。くつろげない。雑誌を手に取り、また置いた。テレビをつけ、何をやっているのかもわからないまま、画面を見つめて三十分過ごした。日誌を見た。集中できない。書けない。何度かまたクレアにかけてみたが、そのたびに、メッセージをどうぞという同じメッセージが繰り返された。彼女が出たのは、お昼を食べた直後だった。

「クリッシー」と、彼女は言った。「元気？」後ろでトービーが遊んでいる音がする。

「ええ、まあ」事実ではなかったが、とりあえずそう言った。

「電話しようと思っていたの」と、彼女は言った。「気分は最悪。まだ月曜なんだもの！」

月曜日。何曜日かなんて、わたしにはなんの意味もない。どの日も溶けてなくなってしまい、その前日と区別がつかなくなる。

「あなたに会う必要があるの」と、わたしは言った。「会いに来られる？」

彼女は驚きの声で言った。「あなたのおうちへ？」

「そう」と、わたしは言った。「だめ？　聞いてほしい話があるの」

「本当にだいじょうぶなの、クリッシー？　手紙は読んだ？」

大きく息を吸い、声を落としてささやいた。「ベンに殴られた」驚きに息をのむ音が返ってきた。

「なんですって?」

「少し前の夜。あざができたわ。転んだときの傷だと彼は言ってたけど、日誌には彼に殴られたって書いてあった」

「クリッシー、ベンがあなたを殴ったりするはずないわ。絶対に。そんなことができる人じゃないもの」

疑念が押し寄せてきた。全部わたしの作り話という可能性はある?

「でも、日誌にそう書いてあるのよ」と、わたしは言った。

彼女はしばらく黙ったあと、「だけど、どうして殴られたりするの?」と言った。

顔に手を当てて、目のまわりの腫れた皮膚に触れた。さっと怒りがこみ上げてくる。

彼女がわたしの話を信じていないのは明らかだった。

自分の書いたことを思い起こした。「日誌をつけていた話を彼にしたの。クレアに会った、ドクター・ナッシュに会っていたって話したの。アダムのことを知っている。あなたの書いた手紙をクレアが渡してくれて、それを読んだって。そしたら殴られたのよ」

「ただ殴っただけ?」

彼がわたしをなんて呼んだか、どうなじったか、何もかも思い起こした。「わたしのことをあばずれって言ったわ」胸にすすり泣きがこみ上げてきた。「なじられた――ドクター・ナッシュと寝たんだろうって。そんなことしてないって言ったら――」

「言ったら？」

「そしたら、殴られた」

沈黙が下り、そのあとクレアが言った。「これまで、彼に殴られたことってあった？」

わかりようがない。ひょっとして、あったのだろうか？　わたしたちが虐待的な関係を続けてきた可能性はある。頭にふっと情景が浮かんだ。クレアとわたしが手作りのプラカードを掲げて行進しているところだ。〈女性の権利。家庭内暴力に、ノー〉と。夫に暴力を振るわれているのに、何もせずに手をこまねいている女性たちを、どんなに自分が軽蔑していたか思い出した。あの人たちは弱虫だ、と思っていた。愚かな弱虫だと。

彼女たちと同じ罠《わな》にわたしがはまっている可能性はある？

「わからない」と、わたしは言った。

「ベンが何かを傷つけるなんて想像できないわ。そりゃ、ありえないわけじゃないけど。まったく！　彼はこのわたしにまで罪悪感をいだかせた人なのよ。覚えてる？」

「いいえ」と、わたしは言った。「覚えてないわ。何も覚えてないの」

「そうだった！」と、彼女は言った。「ごめんなさい。忘れてた。とにかく、想像がつかないの。脚のある動物と同じように魚にだって生きる権利はあるって、わたしに力説した人なのよ。蜘蛛《くも》さえ殺そうとしなかったんだから！」

風が吹きつけて、部屋のカーテンを揺らす。遠くの列車の音が聞こえる。埠頭の叫び声も。下の通りで誰かが「ちきしょう！」と叫び、ガラスが割れる音がした。先を読みたくないが、読むしかないのはわかっている。

戦慄《せんりつ》が走った。「もしかして、ベンは菜食主義者《ベジタリアン》だったとか？」

「完全菜食主義者よ」と言って、彼女は笑った。「知らなかったなんて言わないわよね？」

殴られた夜のことを思い起こした。〝肉の塊〟と書いてあった。〝グレイヴィーソースにグリーンピースが浮かんでいる〟と。

窓辺に歩み寄った。「ベンは肉を食べている……」と、わたしは言った。ゆっくりと。「菜食主義者じゃない……少なくとも、いまは。変わったのかもしれないけど」

また長い沈黙が下りた。

「クレア？」彼女は返事をしなかった。「クレア？　聞いてる？」

「いいわ」と、彼女は言った。もう声に怒りがこもっていた。「彼に電話する。話をつけてあげる。どこにいるの？」

何も考えずに答えた。「学校じゃないかな。五時まで帰ってこないそうよ」

「学校？」と、彼女は言った。「大学のこと？　講師をしているの？」

わたしの中で不安がうごめきはじめた。「じゃなくて」と、わたしは言った。「ここの近くの学校で仕事をしているの。学校の名前は思い出せないけど」

「そこで何をしているの？」

「先生よ。化学の教科主任と言ってた気がする」自分の夫が生活のために何をしているのか知らず、衣食の費用を捻出《ねんしゅつ》するのにどうやってお金を稼いでいるのか知らないなんて、後ろめたい気がした。「よく覚えてないけど」

顔を上げると、目の前の窓に腫れた顔が映っていた。罪悪感は蒸発した。

「どんな学校？」と、彼女がたずねた。

「知らないの」と、わたしは言った。「彼は言ってなかった気がする」

「ええっ？　一回も？」

「ええ、けさは」と、わたしは言った。「わたしにとっては、一回も聞いたことがないのと同じことなのよ」

「ごめんなさい、クリッシー。あなたを動揺させるつもりじゃなくて。ただ、ええと――」考え直したのがわかった。ひとまとまりの文章を破棄したのが。「学校の名前を調べることはできない？」

二階の書斎が頭に浮かんだ。「できると思うけど。どうして？」

「ベンに連絡して、きょうの午後、わたしがそっちにいるときに彼が帰ってくるようにしたいの。むだ足踏みたくないじゃない！」

声におどけた感じを吹きこもうとしているのに気がついたが、何も言わずにおいた。自分の手には負えない気がした。何が最善でどうすべきか判断がつかなかったから、友人にまかせることに決めた。「見てくる」と、わたしは言った。

二階へ上がった。書斎は整然としていて、机のあちこちに書類の山が積み上がっている。レターヘッドがついた便箋はすぐに見つかった。すでに終了している保護者会のお知らせだ。

「セントアンズ」と、わたしは読み上げた。「電話番号も要る？」自分で調べる、と彼女は答えた。

「またかけなおす」と、彼女は言った。「いいわね？」

またパニックに襲われた。「彼にどんなことを言うの？」と、わたしは訊いた。

「話をつけてあげる」と、彼女は言った。「わたしを信じて、クリッシー。納得のゆく説明を聞かせてもらわないと。いいわね？」

「ええ」とわたしは答え、通話を終えた。腰を下ろす。脚が震えていた。最初の予感が正しかったとしたら？　クレアとベンがいまもいっしょに寝ているとしたら？　彼女はこれから電話して、彼に警告するかもしれない。〝彼女は疑っている〟と密告するかもしれない。〝気をつけて〟と。

前に読んだ日誌の内容を思い出した。かつてわたしは被害妄想の症状を見せていたと、ドクター・ナッシュが言っていた。〝医者たちがあなたを陥れようとしていると主張して〟と言っていた。〝作話《さくわ》をする傾向があった。話をこしらえる傾向が〟と言っていた。

今回も全部それだとしたら？　全部わたしがこしらえたことだったら？　日誌に書かれていることは、みんな幻想なのかもしれない。妄想なのかもしれない。

病棟で医者たちが言ったこと、手紙の中でベンが言っていたことを思い起こした。〝きみはときどき乱暴になった〟。はっと思い当たる。金曜日の夜、喧嘩を引き起こしたのはわたしだったのかもしれない。わたしがベンに殴りかかったの？　ひょっとしたら、それで殴り返され、そのあとわたしは上のバスルームでペンを取って、作り話で全部説明をつけたのかもしれない。

この日誌は、わたしの病状がまた悪化している証《あか》しでしかなかったら？　もうすぐウェアリング・ハウスに戻らなければならない前兆でしかなかったら？

冷水を浴びせられたような心地がし、ふいに確信した。だからドクター・ナッシュはわたしをあそこへ連れていこうと考えたのだ。わたしをあそこへ戻す準備を進めるために。

いまはクレアからの電話を待つことしかできない。

ここでまた途切れている。いま起きているのはそういうことなの？　ベンはわたしをウェアリング・ハウスに連れ戻そうとしているの？　バスルームのドアを見る。そんなことはさせない。

最後にもうひとつ項目がある。同じ日に書かれたものだ。


十一月二十六日、月曜日、午後六時五十五分

三十分と待たず、クレアは電話をかけてきた。そしていま、わたしの心は振り子のように揺れている。ひとつのことから、もうひとつのことへ。それから、また戻る。〝何をすべきかわかっている。何をすべきかわからない。何をすべきかわかっている〟。ただし、もうひとつ別の考えがあった。〝わたしの身には危険が迫っている〟。現状に気がついて、震えが走った。

ベンを信じてはだめと書くつもりで、日誌の最初に戻るが、その言葉はもうそこにあった。

自分が書いた記憶はない。なにしろ、なんの記憶もないのだから。


途切れがあり、そのあと以下のように続いていた。

電話の彼女の声には、ためらいが感じられた。

「クリッシー」と、彼女は言った。「よく聞いて」

彼女の口調にぎょっとした。わたしは腰を下ろした。「何?」

「ベンに電話したわ。学校に」

圧倒的な感覚に見舞われた。あらがいようのない旅に出て、舵《かじ》の利かない水域にいるような心地がした。「彼は、なんて?」

「彼とは話さなかった。そこで働いているか確かめたかっただけ」

「なぜ?」と、わたしは言った。「彼を信用してないの?」

「ほかのことでも嘘をついていたもの」

同意せざるをえなかった。「でも、働いていないのなら、どこかで働いているなんて言うはずないでしょ?」と、わたしは言った。

「学校で働いていると聞いて、びっくりしただけ。彼は建築家になるための訓練を受けていたでしょ? 最後に話したときは、独立開業を目指していると言ってたし。学校で仕事をしているというのは、ちょっと変だなと思って」

「学校は、なんて?」

「いまはじゃまできないって。授業中で、手が放せないから」ほっとした。少なくとも、その点は嘘ではなかったのだ。

「考え直したのね」と、わたしは言った。「仕事のこと」

「クリッシー? わたし、彼に書類を送りたいと言ったの。封書で。だから、正式な肩書を教えてほしいって」

「そしたら？」と、わたしは訊いた。

「彼は化学の教科主任じゃないの。科学のでも。ほかの教科のでも。実験室の助手だって言われたわ」

体がびくっとした。息をのんだかもしれない。よく思い出せない。

「間違いない？」と、わたしは訊いた。頭が全速力でこの新しい嘘の理由を考えつこうとした。きまりが悪かったの？　建築家として成功できず、地元の学校の実験室助手に身を落としていると知ったら、わたしがどう思うか心配だったの？　わたしのことを、何で生計を立てているかで愛情が左右されるような薄っぺらい人間だと、本気で思ったの？

すべて筋が通った。

「なんてことなの」と、わたしは言った。「わたしのせいだ！」

「ちがう！」と、彼女は言った。「あなたのせいじゃない！」

「ちがわない！」と、わたしは言った。「わたしの世話をしなくちゃいけない負担のせいよ。来る日も来る日もわたしの相手をしなくちゃいけなくて。神経がまいっているんだわ。何が本当で何が本当でないか、自分でもわからないのかもしれない」わたしは泣きだした。「たまらないでしょう」わたしは言った。「そのうえ、あの悲しみを全部一人で背負わなくちゃいけないのよ。毎日」

回線が静かになり、そのあとクレアが言った。「悲しみって？　どんな悲しみ？」

「アダムよ」と、わたしは言った。彼の名前を口にしなければならないことに苦痛を覚えた。

「アダムがどうしたの?」

気がついた。はたと。どこからともなく頭に浮かんだ。〝ああ、なんてことなの〟と胸の中でつぶやく。〝彼女は知らないんだ。ベンから聞いていないんだ〟。

「あの子は死んだの」と、わたしは言った。

彼女は息をのんだ。「死んだ? いつ? どうして?」

「正確な時期は知らないわ」と、わたしは言った。「ベンは去年と言ってた気がする。戦争で死んだって」

「戦争? どこの戦争?」

「アフガニスタン」

そのあと、彼女は言った。「クリッシー、彼がアフガニスタンで何をしていたっていうの?」声が妙だった。まるで喜んでいるみたいな声だ。

「陸軍に入って」とわたしは言ったが、話すと同時に、自分の言っていることに疑いが芽生えはじめた。ずっと前からわかっていてしかるべき状況を、ようやくいま直視しているかのように。

クレアが鼻を鳴らす音が聞こえた。まるで、お笑い種《ぐさ》だといわんばかりに。「クリッシー」と、彼女は言った。「ねえ、クリッシー。アダムが軍役に就いたことはないわ。

アフガニスタンに行ったこともない。彼はバーミンガムで暮らしているの、ヘレンという人といっしょに。コンピュータの仕事をしているわ。彼はわたしを許してくれていないけど、わたし、ときどき彼に電話をするの。たぶん、かけてきてほしくはないんでしょうけど、わたしは彼の母親代わりなのよ、覚えてる?」彼女がなぜいままでも現在形で話しているのか、理解するのにしばらく時間がかかり、理解すると同時に彼女は言った。

「先週、あなたと会ったあと、彼に電話したのよ」と、彼女は言った。もう、笑い声になりかけている。「彼はいなかったけど、ヘレンと話をしたわ。かけなおすよう彼に伝えるって言ってくれた。アダムは生きているのよ」

読む手が止まる。めまいがする。心に穴が開いたような心地がする。後ろに倒れてしまいそうだ。さもなければ、どこかへふわふわ漂っていきそうだ。信じていいの? 信じたい? 化粧台で体を支えて、先を読み進める。ベンがシャワーを浴びている音がもう聞こえないことは、ぼんやりとしか意識していない。

よろけて、椅子をつかんだにちがいない。「生きている?」胃がぐらぐら揺れて、喉に吐き気がこみあげてきて、それを飲みこまなければならなかったのを覚えている。

「本当に生きているの?」

「そうよ」と、彼女は言った。「本当よ！」
「でも――」と、わたしは言いはじめた。「でも――新聞を見たわ。記事の切り抜きを。あの子は死んだって書いてあった」
「本物のわけないわ、クリッシー」と、彼女は言った。「そんなことありえない。彼は生きているんだから」

口を開きかけたが、そこでいろんなものが一挙に押し寄せてきた。いろんな感情が、ほかのいろんな感情と結びついて。歓喜。歓喜したのを覚えている。アダムが生きていると知った無上の喜びが舌の上でシューッと泡を立てたが、そこには不安独特のピリッとした苦く酸っぱい味も混じっていた。打ち身の跡を思い出し、それをもたらすためにベンが殴ったときの力の強さを思い出した。ひょっとしたら、彼の虐待は身体的なものだけでなく、息子は死んだとわたしに教えて楽しんでいる日があるのかもしれない。その考えがもたらす心の痛みを見られるように。妊娠していたことや子どもを産んだことをわたしが思い出した日には、ただアダムは遠くへ引っ越したとか、外国で働いているとか、町の反対側で暮らしているとか教えることもあるのだろうか？

それなら、彼の与えたそういう別の事実を書き留めたことがあったはずだ。

イメージが頭に飛びこんできた。アダムが生きていたらこんな感じかもしれないというイメージ、わたしが見逃していたかもしれない場面が途切れ途切れに頭に飛びこんできたが、どれも長続きはしなかった。みんなわたしの中をするりと通り抜け、消えてなくなった。アダムは生きている。そのことしか考えられなかった。生きている。わたしの息子は生きている。あの子に会うことができる。

「どこ?」と、わたしは言った。「どこにいるの？　会いたい！」

「クリッシー」と、クレアが言った。「落ち着いて」

「だって――」

「クリッシー！」彼女がさえぎった。「そっちに行く。そこにいて」

「クレア！　どこにいるのか教えて！」

「あなたのことが心配でたまらないの、クリッシー。お願いだから――」

「でも――」

　彼女は語気を強めた。「クリッシー、落ち着いて！」と言われたとき、混乱して靄《もや》のかかった頭をひとつの考えが貫いた。〝わたしは取り乱している〟。深く息を吸って、落ち着こうとしたところで、クレアがまた語りだした。

「アダムはバーミンガムで暮らしているわ」と、彼女は言った。

「だけど、いまわたしがどこにいるのか、あの子は知ってるはずでしょう」と、わたしは言った。「なぜ会いにきてくれないの？」

「クリッシー……」と、クレアが言いはじめた。

「どうして？　なぜあの子はわたしを訪ねてこないの？　ベンとうまくいってないの？　だから距離を置いているの？」

「クリッシー」と、彼女が言った。おだやかな声で。「バーミンガムとここはかなり離れているわ。仕事で忙しいでしょうし……」

「それって――」

「そんなにたびたび、ロンドンには来られないんじゃ？」

「でも――」

「クリッシー。アダムは訪ねてきていないと、あなたは思っている。でもわたしには、そんなこと信じられない。彼は来ているのかもしれない。来られるときに」

　わたしは黙りこんだ。納得がいかないことだらけ。でも、彼女の言うとおりだ。わたしが日誌をつけてきたのは、この二週間くらいのことにすぎない。それ以前にどんなことがあったとしてもおかしくない。

「あの子に会う必要がある」と、わたしは言った。「あの子に会いたい。段取りをつけられる？」

「もちろん、できるわよ。でも、彼は死んだと本当にベンが言っているのなら、わたしたち、まずベンと話をすべきだわ」

　当然だ、と思った。でも、彼はなんて言うだろう？　彼は自分の嘘をまだわたしが信じていると思っている。

「もうすぐ帰ってくるわ」と、わたしは言った。「それでも来てくれる？　解決に力を貸してくれる？」

「もちろんよ」と、彼女は言った。「あたりまえよ。どうなっているのか、わたしにはよくわからない。でも、いっしょにベンと話しましょう。約束する。いまから行くわ」

「いまから？　いますぐ？」

「ええ。わたし、心配なの、クリッシー。何かおかしいもの」

彼女の口調に胸がざわついたが、同時にほっとして、もうすぐ息子に会えるという考えに気持ちが高ぶった。あの子を見たい。あの子の写真を見たい。いますぐ。うちにはほとんどアダムの写真がなく、あっても錠をかけてしまいこまれているのを思い出した。ある考えが頭に浮かんだ。

「クレア」と、わたしは言った。「うちは火事になった？」

彼女はとまどいの口調で言った。「火事？」

「ええ。うちにはアダムの写真がほとんどないの。わたしたちの結婚式のも。火事でなくなったとベンは言うんだけど」

「火事？」と、彼女は言った。「どういう火事？」

「前の家が火事に遭ったって、ベンが。いろんなものが焼けてなくなったって」

「いつ？」

「わからない。何年も前よ」

「アダムの写真は一枚もないの？」

いらいらしてきた。「何枚か残っているわ。でも、たくさんじゃない。赤ん坊のころのを除けば、ほとんどないに等しいの。よちよち歩きのころのばかりで。それに、休暇の写真がないの。クリスマスのも。そういうたぐいのが一枚も」

「クリッシー」と、彼女は言った。静かな、抑制の利いた声で。何かある、と気がついた。なんらかの新しい感情。不安だ。「ベンはどんな人か、説明して」

「えっ？」

「彼がどんな人か説明して。ベンのことを。どんな顔をしてる？」

「火事の話はどうなったの？」と、わたしは言った。「火事のことを教えて」

「火事なんてなかった」と、彼女は言った。

「でも、わたしは、火事を思い出したときのことを書いていた」と、わたしは言った。

「フライ用のお鍋があって。電話が鳴って……」

「頭で想像したことにちがいないわ」と、彼女は言った。

「でも――」

彼女の不安が感じ取れた。「クリッシー！　火事なんてなかった。何年も前とかには。あったら、ベンが話してくれたはずだもの。さあ、ベンがどんな人か説明して。見かけはどんな感じ？　背は高い？」

「特には」

「髪は黒い？」

頭の中が真っ白になった。「ええ。いいえ。どうかしら。白髪になりはじめていて。お腹がぽこんと出ている、かな。断言できないけど」わたしは立ち上がった。「彼の写真を見てくる」

わたしは階段を二階へ戻った。写真があった。鏡のまわりに留めてある。わたしと夫の写真。幸せそうだ。二人いっしょに写っている。

「髪の色は茶色に近いわ」と、わたしは言った。家の外に車が止まる音がした。「間違いない？」

「ええ」と、わたしは言った。エンジンが切られ、ドアがバタンと閉まった。ビーッと大きな音がした。わたしは声をひそめた。「ベンが帰ってきたみたい」

「くそっ」と、クレアが言った。「急いで。傷跡はある？」

「傷跡？」わたしは言った。「どこに？」

「顔よ、クリッシー。片方の頬に。事故があったの。ロッククライミングをしていて」

写真を見まわし、わたしと夫が部屋着で朝食のテーブルに着いている写真を選んだ。彼は楽しそうな笑みを浮かべている。わずかな無精髭《ひげ》を別にすれば、頬にはなんの跡もない。不安がどっと押し寄せてきた。

玄関のドアが開く音が聞こえた。声が。「クリスティーン！　ダーリン！　帰ったよ！」

「ない」と、わたしは言った。「傷跡なんてないわ」

音が聞こえた。あえぎとため息の中間くらいの。

「あなたがいっしょに暮らしている人だけど」と、クレアが言った。「わたしには誰かわからない。でも、ベンじゃない」

恐怖に打たれた。トイレの水を流す音が聞こえるが、読み進めるしかない。

そのとき何が起こったのかわからない。全貌をつなぎ合わせることができなかった。クレアが話しはじめた。叫び声に近い大声で。「くそっ《ファック》！」と、何度も繰り返し彼女が言った。パニックでわたしの頭はぐるぐる回っていた。玄関のドアが閉まる音、施錠するカチッという音がした。

「トイレよ！」と、わたしは夫と思っていた男に叫んだ。声がうわずった。絶望に打ちひしがれたときのように。「すぐ行くわ」

「そっちに行く」と、クレアが言った。「そこからあなたを救い出す」

「何も問題ないか、ダーリン？」ベンではない男が大声で言った。階段に足音が聞こえ、バスルームのドアをロックしていなかったことに気がついた。声をひそめた。

「帰ってきた」と、わたしは言った。「あした、来て。彼が仕事に行ったあと。荷物をまとめておく。電話する」

「くそっ」と、クレアは言った。「わかった。でも、日誌に書くのよ。できるだけ早く。忘れずに」

ワードローブに隠した日誌のことを思い出した。落ち着かなくちゃ、と思った。何事もなかったみたいにふるまわなくては。とにかく、日誌を手に取って、自分がどんな危険にさらされているかを書き留めるまでは。

「助けて」と、わたしは言った。「わたしを助けて」

電話を切ったところで、彼がバスルームのドアを押し開けた。

ここで日誌は終わっている。半狂乱で最後の何ページかをめくるが、淡い青色の罫線《けいせん》が引かれているだけで、何ひとつ書かれていない。わたしの物語の先を待っている。なのに、ここで終わっている。ベンが日誌を見つけてページを切り取ってしまい、クレアはわたしを迎えにきていない。ドクター・ナッシュが日誌を受け取りに来たとき——二十七日の火曜日だったはずだ——わたしはおかしいと気づかなかったのだ。

一瞬にして、すべてを理解した。キッチンのボードを見て胸がざわついた理由がわかった。筆跡だ。ととのった均等の大文字は、クレアがくれた手紙の筆跡と全然ちがったのだ。あのとき頭のどこかで、同じ人物が書いたものではないと気がついていたのだ。

目を上げる。ベンが、つまりベンと偽っている男がシャワーから出てきた。シャワーを浴びる前に着ていた服を着てドア口に立ち、わたしを見ている。いつからそこで、わたしが読んでいるのを見ていたのかはわからない。目には、一種うつろな表情が浮かんでいるだけだ。いま見えているものにほとんど興味がないかのように。なんの関心もないかのように。

自分がはっと息をのむ音が聞こえた。日誌のページを取り落とす。綴じていないばらばらの紙が床にすべり落ちた。

「あなた！」と、わたしは言う。「あなたは誰？」彼は黙っている。わたしの前に落ちた紙を見ている。「答えて！」と、わたしは言う。声に威厳を込めてはいるが、内心はうろたえている。

ぐるぐる回る頭で、いったい彼は何者なのか理解しようとした。もしかして、ウェアリング・ハウスの人？　あそこの患者？　いや、それでは筋が通らない。パニックが押し寄せるなか、別の考えが浮かんではまた消えていく。

そこで彼が目を上げて、わたしを見る。「ベンだ」と、彼は言う。わかりきったことを理解させようとしているかのように、ゆっくり話している。「ベンだ。きみの夫だ」

床の上をあとずさって彼から遠ざかりながら、自分の読んだこと、自分の知っていることを懸命に思い出そうとした。

「ちがう」とわたしは言い、もういちど声を張り上げて言う。「ちがう！」

彼が前に進み出る。「ぼくはベンだ、クリスティーン。知ってるだろう」

不安にわしづかみにされた。恐怖に。それがわたしを持ち上げ、宙吊りにしたあと、恐怖のどん底へたたきつける。クレアの言葉がよみがえってきた。〝でも、ベンじゃない〟。そのとき不思議なことが起こった。彼女がその言葉を口にしているところを読んだ記憶ではなく、あの場面そのものが甦ってきた。彼女の声にひそむうろたえを思い出すことができた。

彼女が〝くそっ《ファック》〟と言ってから、自分の理解した状況をわたしに伝え、〝ベンじゃない〟と繰り返したところを。

わたしは思い出していた。

「ちがう」と、わたしは言う。「あなたはベンじゃない。クレアが教えてくれた！　誰なの、あなたは？」

「しかし、写真を覚えているだろう、クリスティーン？　バスルームの鏡のまわりにあったのを？　さあ、きみに見せるために持ってきている」

彼はわたしのほうへ一歩進み出て、ベッドのそばの床に置かれた自分のかばんに手を伸ばす。丸まった写真を何枚か取り出した。「見ろ！」と彼は言い、わたしが首を横に振ると、最初の一枚を手に取り、それをちらっと見て、わたしに掲げてみせる。

「ぼくたちだ」と、彼は言う。「ほら。きみとぼくだ」写真には、川か運河でボートのたぐいに腰かけているわたしたちが写っていた。後ろには濁った暗い水。その向こうに焦点のぼやけた葦《あし》の茂みがある。二人とも若そうだ。いまはたるんでいる皮膚がぴんと張りつめていて、目にしわはなく、幸せに満ちて大きく見開かれている。「わからないか？」彼が言う。「見ろ！　ぼくたちだ。きみとぼくだ。何年も前の。ずっと前からいっしょにいるんだ。長い年月」

写真に神経を集中する。頭にイメージが浮かぶ。わたしたち二人の。よく晴れた午後。どこかでボートを借りたのだ。どこかはわからない。

彼が別の写真を掲げる。こんどはもっとずっと年を取っている。最近のものらしい。わたしたちは教会の外に立っている。曇りの日で、彼はスーツを着て、やはりスーツ姿の男と握手をしている。わたしは帽子をかぶっていて、それに苦労しているようだ。風に飛ばされてしまいそうな感じで、それを押さえている。わたしはカメラを見ていない。

「つい二、三週間前のものだ」と、彼は言う。「ぼくらの友人夫婦から、娘さんの結婚式に招かれたときの。覚えてないか？」

「ないわ」わたしは腹立たしげに言う。「覚えてない！」

「楽しい一日だった」と彼は言い、自分に見えるよう写真をひっくり返す。「すてきな――」

アダムの死を伝える新聞記事の切り抜きを見つけた話をしたとき、クレアがなんて言ったか、日誌のそこを思い出す。〝本物のわけないわ〟と、彼女は言った。

「アダムの写真を見せて」と、わたしは言う。「さあ！　一枚でいいから見せて」

「アダムは死んだ」と、彼は言う。「戦死した。気高い死を遂げた。英雄として――」

わたしは叫ぶ。「まだあの子の写真はあるはずよ！　見せて！」

彼はアダムとヘレンが写っている写真を取り出した。すでに見たものだ。憤激が湧き上がる。「あなたとアダムが写っている写真を、一枚でいいから見せて。一枚でいい。あるはずでしょう？　あの子の父親なら？」

彼が手に持った写真を調べる。二人で写っている写真を出してくるだろうと思ったが、出してこない。両腕はわきについたままだ。「ここにはない」と、彼は言う。「うちにはあるはずだ」

「あなたはあの子の父親じゃないんでしょう？」と、わたしは言う。「自分の息子と写った写真を持っていない父親がどこにいるの？」怒りに衝かれたかのように、彼の眉間にしわが寄ったが、わたしはやめられない。「死んでもいない息子のことを死んだと妻に教える男がどこにいるの？　認めなさい！　あなたはアダムの父親じゃない！　父親はベンよ」名前を口にすると同時に、ぱっとイメージが浮かんだ。細い黒縁眼鏡をかけた、黒髪の男の姿が。ベン。その姿を心に焼きつけるかのように、もういちど言ってみる。「ベン」と。

この名前が前に立っている男に影響を及ぼした。彼が何か言うが、声が小さすぎて聞き取れず、もういちど言ってとわたしは迫る。「きみにアダムは必要ない」と、彼が言う。「なんですって？」と返すと、こんどはもっとはっきり言う。わたしの目をのぞきこみながら。

「きみにアダムは必要ない。いま、きみにはぼくがいる。ぼくらはいっしょにいる。きみにアダムは必要ない。きみにベンは必要ない」

彼の言葉を聞いて、自分の中にあった力が全部消えていく心地がし、それが消えてなくなると、彼のほうは息を吹き返したようだ。わたしは床にくずおれる。彼は笑みを浮かべる。「うろたえるな」と、彼は言う。にこやかに。「それでどこに問題がある？　ぼくはきみを愛している。大事なのはそこだけだろう。ぼくはきみを愛していて、きみはぼくを愛している」

彼がしゃがんで、わたしのほうへ両手をさしだす。微笑んでいる。わたしが動物で、隠れている穴からおびき出そうとしているかのように。

「さあ」と、彼は言う。「おいで」

床にへたりこんだまま、後ろへずり下がる。硬いものに当たり、後ろにむっと温かい放熱器の存在を感じる。自分が部屋の奥の、窓の下にいることに気がついた。彼がゆっくり前進する。

「あなたは誰?」落ち着いたおだやかな声を保つよう努めながら、もういちどわたしは言う。「何が望みなの?」

彼が動きを止めた。わたしの前にしゃがみこむ。手を伸ばせば、わたしの足に触れることができただろう。膝にも。もう少し近づいたら、必要とあらば蹴飛ばせるかもしれないが、いまの距離だと届くかどうか自信がない。いずれにしても、わたしは裸足《はだし》だ。

「何が望み?」と、彼がおうむ返しに言う。「何も望んでいない。ぼくたちが幸せならそれでいいんだ、クリス。昔のように。覚えてないか?」

またこの言葉だ。覚えてないか。一瞬、いやみだろうか、と思った。

「あなたが誰か、わたしは知らないのよ」と、わたしは言う。声を引きつらせて。「どうして思い出せるの? いちども会ったことがない人を!」

そこで彼の顔から笑みが消えた。顔が苦痛にゆがむ。宙ぶらりんの瞬間がおとずれた。力のバランスが彼からわたしに移り、ほんの一瞬、二人のあいだで平衡を取ったかのように。

彼がまた力を取り戻す。「でも、きみはぼくを愛している」と言う。「そう書いてあった、きみの日誌に。ぼくを愛していると書いてあった。きみがぼくといっしょにいたいのはわかってる。どうしてそれを思い出せないんだ？」

「日誌！」と、わたしは言う。彼が日誌のことを知っていたのは間違いない。それはわかっているが――さもなければ、あの大事なページをどうやって切り取ったの？――ここで気がついた。しばらく前から、わたしの日誌を読んでいたのだ。少なくとも一週間前、初めて彼に日誌のことを打ち明けてから。「いつから、わたしの日誌を読んでいるの？」

彼は聞こえたそぶりを見せない。勝ち誇ったように声を張り上げた。「愛していないと言ってみろ」と言う。わたしは返事をしない。「どうだ？　できまい？　言えるものか。愛しているからだ。きみはずっと愛していたんだ、クリス。ずっと」

彼は体を後ろに傾け、二人で床にすわって向きあう。「きみと出会ったときのことを覚えている」と、彼が言う。これまで彼がしてきた話を思い出す。大学の図書館でコーヒーをこぼして、という話だ。こんどはどんな話が来るのだろうか？

「きみは何かに取り組んでいた。いつも書いていた。毎日同じカフェに通っていた。いつも窓際の、同じ席にすわっていた。子ども連れのときもあったが、ふつうは一人だった。ノートを広げているか、書いているかで、たまに窓の外をながめていた。すごくきれいだと思った。毎日、きみのそばを通り過ぎた。バスに乗りにいく途中。帰りにそこまで歩くのが楽しみになってきた。ちらっとでも、きみの姿を見られるかもしれないから。よく、きみが何を着てくるか、髪を後ろに束ねているかいないか、食べているのはおやつ類かケーキかサンドイッチか予想した。ホットケーキ一枚のときもあれば、ひとかけのパンだけのことも、なんにもなしで紅茶だけのこともあった」

彼は笑い声をあげて悲しげにかぶりを振り、わたしはクレアがしてくれたカフェの話を思い出して、これは本当のことだと判断する。「毎日ぴったり同じ時間に通り過ぎたものさ」と、彼は言う。「だが、どんなに一生懸命努力しても、きみがいつおやつを食べるのか、どう決めているのかわからなかった。最初は曜日かもしれないと思ったが、決まったパターンはないようだったから、日付に関係があるのかもしれないと考えた。だが、それでもなかった。きみは何時におやつを注文するのだろう、と考えはじめた。カフェに来る時間と関係があるのかもしれないと考え、きみが着くところに間に合うかもしれないと、職場を早めに出て駆けつけはじめた。そんなある日、きみがまだいなかった。待っていると、通りをやってきた。バギーを押していて、カフェの入口に着いたが、入るのに苦労しているようだった。きみは立ち往生しているみたいだったから、思わず道路を横断して、ドアを支えに行った。きみはぼくに微笑みかけて、『ありがとうございます』と言った。すごく美しかったよ、クリスティーン。その場でキスしたくなったが、そうもいかず、きみを助けるためだけに道路を渡ってきたと思われたくなかったから、カフェに入って、列のきみの後ろに並んだ。順番を待つあいだに、きみが話しかけてきた。『きょうは混んでいるのね』と。その時間帯としては特別混んでいたわけじゃなかったが、『ほんとだね』と返した。とにかく、会話を続けたかったから。飲み物を注文し、きみと同じケーキを持って、相席してもいいか訊くべきだろうかと思ったが、ぼくの紅茶ができたころには、お店の人だと思うが、きみはほかの誰かとおしゃべりしていたから、隅の席に一人ですわった。

その後は、ほとんど毎日カフェに行った。なんでも、一度やってしまえば楽になる。きみが来るのを待ったり、きみがいるのを確かめてから入ることもあったが、とりあえず入ってしまうこともあった。きみはぼくに気がついた。意識したのがわかった。こんにちはと言ったり、天気の話をしたりしはじめた。あるとき、ぼくが遅れてやってきて、紅茶とホットケーキを手にそばを通りかかると、やっぱりきみは、『きょうは遅いのね！』と声をかけてきた。席が空いてないのに気がついて、きみは『すわります？』と、テーブルの向かいの椅子を指差した。その日は赤ん坊がいなかったから、『いいんですか？　迷惑じゃ？』と言って、すぐに後悔した。きみが思い直して、まあ、そりゃ、とか言われるんじゃないかと怖くなった。でも、きみはそんなことは言わず、『いいえ！　全然！　いま、なかなか思うようにはかどらなくて。気分転換できたら嬉しいわ！』と言い、それで、ただ黙々と紅茶を飲んでケーキを食べたほうがいいんじゃなく、ぼくと話をしたいんだとわかった。覚えてないか？」

首を横に振る。彼にしゃべらせておこうと決めた。向こうのする話はみんな聞いておきたい。

「だから、すわって、二人でおしゃべりをした。自分は作家だと、きみは言った。一冊、本

しない。きみは『小説』と言い、それから『の予定』と言って、急にすごく悲しそうな顔をしたから、ときみは言った。『ここへ来るときは財布を持ってこないの。それなら、食べすぎる心配もないでしょ！』と。をひとつ買える現金しか持ってこないの。それなら、食べすぎる心配もないでしょ！』と。

が出たけど、二作目に悪戦苦闘していると。どんな内容か訊いてみたが、なかなか言おうとしない。きみは『小説』と言い、それから『の予定』と言って、急にすごく悲しそうな顔をしたから、コーヒーをおごろうと申し出た。嬉しいけど、いまお返しできる持ち合わせがない、ときみは言った。『ここへ来るときは財布を持ってこないの。『飲み物一杯とおやつをひとつ買える現金しか持ってこないの。それなら、食べすぎる心配もないでしょ！』と。変なことを言う、と思った。食べる量を心配する必要なんかどこにもなさそうだったから。いつもすごくすらっとしていた。でも、とにかく嬉しかった。ぼくとの話を楽しんでくれているってことだし、ぼくに一杯借りができたわけだから、また会わなくちゃいけなくなる。お金のことは気にしなくていい、お返しもいらないと言って、紅茶とコーヒーを買ってきた。それ以降、二人はしょっちゅう顔を合わせるようになった」

全貌が見えてくる。記憶はないが、そういう状況がどんな作用をもたらすかは、なんとなく見当がついた。思いがけない出会い。飲み物のやりとり。見ず知らずの人間と話をして、悩みを打ち明けるスリル。相手には判断や肩入れの材料がないから、そういうことはいっさいしない。徐々に相手を受け入れ、信用に至り、その次は……何？

わたしが見てきた写真はずっと昔に撮られたものなのだ。二人は楽しそうに写っている。こういう秘め事がどこに至るかは、言わずと知れたことだ。彼は魅力的でもあった。映画スターのような美貌ではなくても、ふつう以上にととのった顔立ちをしている。何がわたしを引きつけたかは理解に難くない。いつしか、仕事に取り組みながら入口のドアを期待の目で確かめるようになり、カフェに行くときの服装に気をつけはじめたにちがいない。香水をひと振りしていこうか、なんて。そしてある日、二人のどちらかが提案したにちがいない。散歩に行かないか。あるいは、バーに寄っていかないか。映画の誘いさえあったかもしれない。そして友人関係がするりと一線を越え、別の何か、限りなく危険なものに突入していく。

目を閉じて想像に努めるうちに、思い出してきた。裸でベッドにいる二人。わたしのお腹の上や毛の中で乾いていく精液。わたしが彼のほうを向くと、彼は笑いだし、もう一回わたしにキスをする。「マイク！」と、わたしが言っている。「だめよ！　すぐに帰らなきゃ。きょうはベンが帰ってくるし、アダムを迎えにいかなくちゃいけないんだから。だめよ！」しかし彼は耳を貸さず、二人はキスを始め、何もかも忘れてしまう。夫のことも、子どものことも。すとんと落ちていくおぞましい感覚とともに、この日の記憶は前にも浮かんだことがあると気がついた。その日、かつて夫と暮らしていた家のキッチンに立って、わたしが思い出していたのは、夫ではなく恋人のことだったのだ。夫が働いているあいだに寝ていた浮気相手だったのだ。だからあの日、彼は出ていかなければならなかった。電車の時間があるからだけじゃなく、夫が帰ってくるからなのだ。

目を開ける。ホテルの部屋に戻り、彼はまだわたしの前にしゃがんでいる。「マイク」と、わたしは言う。「あなたの名前は、マイク」

「思い出したか！」と、彼が言う。喜んでいる。「クリス！　思い出したな！」

わたしの中にぶくぶくと憎しみが泡立つ。「名前は思い出した」と言う。「あとは思い出せない。名前しか」

「二人がどんなに愛しあっていたか、覚えていないのか？」

「いいえ」と、わたしは言う。「あなたを愛していたはずなんてない。本当に愛していたのなら、もっと思い出しているはずだもの」

相手の気持ちを傷つけてやろうとそう言ったものの、相手の返してきた言葉にぎくりとした。「そうは言うが、ベンのことだって思い出せないんだろう？　だったら、彼を愛していたはずもないわけだ。アダムのことも」

「むかつく人」と、わたしは言う。「よくもそんなことを！　もちろん、あの子を愛していたわ。わたしの息子だったのよ！」

「だった、じゃない。きみの息子だ。しかし、いまあいつが入ってきても、誰かわからないんだろう？　それが愛だと思うのか？　それに、あいつはどこにいる？　きみの夫はどこにいる？　やつらはきみを置き去りにして、きみの前から消えたんだ、クリスティーン。きみを愛するのをやめなかったのは、ぼくだけだ。きみに捨てられたあとも」

そこで、思い当たった。ようやく。はっきりと。それ以外に、この男がこの部屋のことやわたしの過去をこんなに知っている理由がどこにあるの？

「なんてこと」と、わたしは言う。「あなたなのね！　わたしをこんな目に遭わせたのは、あなたなのね！　わたしを襲ったのはあなただったのね！」

そこで彼は近づいてくる。抱き締めようとするかのようにわたしに腕を巻きつけ、髪を撫ではじめる。「愛しいクリスティーン」とつぶやく。「そんなこと言うんじゃない。そんなこと考えるんじゃない。心が乱れるだけだ」

押しのけようとするが、力が強い。さらにぎゅっと抱き締められる。

「放して！」と、わたしは言う。「お願いだから、放して！」わたしの言葉は彼のシャツの襞《ひだ》に埋もれてしまう。

「愛しい人」と、彼は言う。赤ん坊をあやすように、わたしを揺すりはじめる。「愛しい人。ぼくの可愛い人。大切な人。何があっても、ぼくと別れるべきじゃなかったんだ。わからないか？　別れてなかったら、こんなことにはなっていなかったんだ」

また記憶が浮び上がった。夜、わたしたちは車の中にいる。わたしは泣いていて、彼は無言で窓の外を見つめている。「なんとか言って！」と、わたしは言っている。「なんでもいいから。マイク！」

「本気じゃない」と、彼が言う。「本気のはずがない」

「ごめんなさい。わたし、ベンを愛しているの。たしかに、わたしたち夫婦にもそれなりの問題はあるけど、彼を愛しているわ。いっしょに生きていく運命の人は、彼なの。ごめんなさい」

相手に理解してもらえるよう、状況を複雑にしないよう努めているのだ、と気がつく。マイクとつきあったこの二、三カ月で、そうしたほうがいいとわかってきた。状況が複雑になると彼は頭が混乱する。彼は秩序を好む。型どおりのことを。物事が明確な割合で混ざりあい、予測可能な結果がともなうことを。わたしとしては瑣末《さまつ》な話にはまりこみたくなかったし。

「きみの家に押しかけたからか？　悪かった、クリス。もう二度としない、約束する。きみに会いたかっただけだ。説明したかっただけだ、きみの夫に――」

彼をさえぎる。「ベンよ。名前を言えるでしょ。ベンよ」

「ベンに」と、彼は言う。初めて口にしてみたら、すごくいやな気分だったかのように。「彼に状況を説明したかった。本当のことを教えてやりたかった」

「本当のことって？」

「きみはもう彼を愛していないと。いまは、ぼくを愛していると。きみはぼくといたがっていると。それだけ言うつもりだったんだ」

ため息をつく。「わからないの？　よしんばそれが本当だったとしても――本当じゃないけど――彼にそれを告げるべきなのは、あなたじゃないってことが？　言うべきなのは、わたしよ。あなたには家に現れる権利さえなかったのよ」

話しながら、無事に切り抜けられてほんとに運がよかった、と思う。ベンはシャワーを浴びていて、アダムはダイニングで遊んでいたから、どちらかに気づかれないうちに帰ったほうがいいとマイクを説得できたのだ。関係を終わらせる必要があると心を決めたのは、あの夜だった。

んなさい」

「もう行かなくちゃ」と、わたしは言う。車のドアを開け、砂利の上に足を下ろす。「ごめんなさい」

彼は身をのりだして、わたしを見る。なんて魅力的なの、この人がもう少し完全に近かったら、わたしの結婚生活は本当に大変なことになっていたかもしれない。

「また会えるんだろ?」と、彼は言う。

「いいえ」と、わたしは答える。「だめよ。もう終わったの」

なのに、長い年月を経て、いま二人はここにいる。彼はふたたびわたしを手にしている。どんなに彼におびえていたか知らないが、それでは足りなかったことに、いま気がついた。

わたしは叫びはじめる。

「ダーリン」と、彼が言う。「落ち着け」彼がわたしの口に手を当て、わたしはいっそう叫び声を張り上げる。「落ち着け！　誰かに聞かれる！」頭が後ろの放熱器にぶつかった。隣のクラブの音楽には、なんの変化もない――むしろ大きくなっている。聞こえるものか、と思う。絶対、聞こえはしない。もういちど叫んだ。

「やめろ！」と、彼が言う。殴られた、と思う。それとも、揺すぶられたのか。パニックが押し寄せてくる。「やめろ！」頭がまた温かい金属にぶつかり、呆然《ぼうぜん》として声がとぎれる。すすり泣きが漏れはじめた。

「放して」と、哀願する。「お願い――」手の力が少しゆるむが、もがいて逃れられるほどではない。「どうやって、わたしを見つけたの？　こんなあとから？　どうやって見つけたの？」

「見つけた？」と、彼は言う。「きみを見失ったことは、いちどもない」頭がぐるぐる回って、話がわからない。「見守っていた。ずっと。きみを守っていた」

「わたしを訪ねてきたの？　あんなところまで？　病院や、ウェアリング・ハウスまで？」と、まず訊く。「でも――」

彼がため息をつく。「いつもじゃない。許可してくれなかったから。でも、ときどき、ほかの誰かに会うためと言ったり、ボランティアと言って入りこんだ。きみに会って、元気かどうか確かめる、それだけのために。あの最後の施設のほうが簡単だった。たくさん窓があって……」

ぞっとする。「わたしを見張っていたの？」

「きみが元気か、知る必要があったんだ、クリス。きみを守らなくちゃいけなかったから」

「それで、わたしを取り返しにきたの？　そういうこと？　ここで、この部屋でした仕打ちだけじゃ、まだ足りなかったの？」

「あのろくでなしがきみを置いて離れていったと知ったとき、きみをあそこに放置してはおけなかった。きみがぼくといっしょにいたがるのはわかっていた。それがきみにとって、いちばんいいのはわかっていた。しばらく待つ必要があった。ぼくを阻止しようとする人間があそこにいないとわかるまで待たなければならなかったが、ほかの誰がきみの面倒をみるというんだ？」

「わたしがあなたと出ていくのを、施設は認めたの？」と、わたしは訊く。「見知らぬ人間と出ていかせたりするわけないでしょう！」

わたしを連れ出すために、あそこでどんな嘘をついたのだろうと考え、そこで日誌に書かれていたことを思い出した。ドクター・ナッシュがウェアリング・ハウスの女性のことを話していた。〝あなたが自宅に戻ったと知って、とても喜んでいました〟と。そこでふっとイメージが浮かんだ。記憶が形を取る。マイクが書類にサインするあいだ、わたしの手は彼の手に握られている。机の向こうの女性がわたしに微笑みかける。「寂しくなるわ、クリスティーン」と言う。「でも、おうちにいるのが幸せなのよね」彼女はマイクを見る。「彼が迎えにきてくれたんだし」

わたしは彼女の視線をたどる。自分の手を握っている男に見覚えはないが、自分の結婚相手だと知っている。夫にちがいない。本人がそう言うのだから。

「なんてことを！」いま、わたしは言う。「いつからベンになりすましてきたの？」

彼が驚きの表情を浮かべる。「なりすましてきた？」

「そうよ」と、わたしは言う。「わたしの夫と偽ってきたんでしょう」

彼がとまどいの表情を浮かべる。自分がベンでないのを忘れてしまったのだろうか？　そこで、落胆の表情が浮かんだ。動揺しているようだ。

「そんなこと、したくてやったと思うのか？　しかたがなかったんだ。そうするしか」

腕の力がわずかにゆるみ、奇妙なことが起こった。ぐるぐる回っていた頭が落ち着いて、まだおびえてはいたが、平穏そのものの奇妙な感覚が満ちてくる。どこからともなく、ひとつの考えが浮かんだ。〝うまく出し抜こう。逃げ出そう。そうしなくちゃ〟。

「マイク？」と、呼びかける。「あの、わかるわ。さぞ、つらかったでしょうね」

彼が顔を上げ、わたしを見る。「わかってくれるのか？」

「ええ、もちろん。わたしを迎えにきてくれたこと、感謝しているわ。家を与えてくれたこと。世話をしてくれたこと」

「本当か？」

「ええ。考えてもみて。さもなければ、いまごろわたしはどうなっていたか。わたしだけじゃ耐えられなかったでしょうね」彼の表情がやわらいだ気がした。腕と肩の圧力が軽くなり、微妙だがはっきりと撫でる感じになり、いっそううとましい気もしたが、このほうが逃れるチャンスは大きくなる。もう、脱出することしか考えられない。逃げ出さなければ。なんて愚かなの、わたしは。いまさらながら、そう思う。この男がバスルームにいるあいだ、あの床にすわって、日誌から盗み取られた箇所を読んでいたなんて。なぜあれを持って逃げなかったの？　そこで思い出す。日誌の最後の箇所を読むまで、どんな危険にさらされているかまったく知らなかったのだ。例の小さな声がまた聞こえてくる。〝脱出しよう。わたしには、会った記憶のない息子がいる。逃げ出そう〟。首を回して、彼と向きあい、肩に置かれた彼の手の甲をさすりはじめる。

「手を放して、どうしたらいいか話しあわない？」

「しかし、クレアはどうする？」と、彼が言う。「ぼくがベンでないのを彼女は知っている。きみが教えてしまった」

「そんなの、覚えてないわ」やけくそで、わたしは言う。

彼が笑う。喉が詰まったような、うつろな声で。「きみはいつもぼくをまぬけ扱いしていた。言っとくが、それはちがう。どうなるかくらいわかってる！　きみは彼女に話してしまった。全部ぶち壊しにした！」

「ちがう」あわててわたしは言う。「わたしから彼女に電話すればすむことよ。頭がこんがらがっていたのと言えばいい。あなたが誰か忘れていたって。あなたとベンを取り違えていた、間違いだったって」

その手はあると考えるはずだったが、そこで彼は、「絶対、彼女は信じない」と言った。

「信じるわ」彼女が信じないのはわかっているが、わたしは言う。「かならず」

「なぜ彼女に電話しなければいけなかったんだ？」顔が怒りで曇り、手の締めつけがまたきつくなる。「なぜだ？　なぜなんだ、クリス？　それまでは二人でちゃんとやっていたのに。うまくやっていたのに」また、わたしを揺すぶりはじめる。「なぜだ？」と、彼は叫ぶ。「なぜだ？」

「ベン」と、わたしは言う。「痛い」

次の瞬間、殴られていた。手が顔をとらえた音がすると同時に、ぱっと痛みがひらめいた。首がよじれ、下あごがガチッと音をたてて上あごと出合い、痛みがほとばしる。

「二度と、そのくそいまいましい名前でぼくを呼ぶな」彼が唾を飛ばす。

「マイク」取り消しが利くかのように、あわてて言う。「マイク――」

彼は取り合わない。

「ベンでいるのは、もうたくさんだ」と、彼が言う。「いまから、マイクと呼んでいい。わかったか？　マイクだ。ここへ戻ってきたのはそのためだ。そういういっさいと決別するためだ。きみは日誌に書いていた。遠い昔にここで何があったか思い出すことさえできれば、記憶を取り戻せると。だから、ここに来た。そうなるようにしてやったんだ、クリス。だから、思い出せ！」

信じられない。「思い出してほしいの？」

「そうだ！　あたりまえだろう！　ぼくはきみを愛しているんだ、クリスティーン。自分がどんなにぼくを愛しているか、思い出してくれ。またいっしょになりたい。ちゃんと。そうなるのが自然なんだ」彼はいったん言葉を切り、声を落としてささやく。「もう、ベンではいたくない」

「けど――」

彼がわたしに目を戻す。「あした、うちに帰ったら、ぼくをマイクと呼んでいい」そう言って、またわたしを揺すぶる。彼の顔がわたしの顔から数センチに迫る。「いいか？」息に酸っぱいにおいがする。別のにおいもする。酒を飲んでいたのだろうか？　「ぼくらはうまくいくはずだろ、クリスティーン？　やりなおそう」

「やりなおす？」と、わたしは言う。頭が痛い。鼻から何か出ている。血だ、と思う。たぶん。自制が飛んだ。声を張り上げ、あらん限りの力で叫ぶ。「うちに戻れというの？　やりなおす？　何とち狂ったこと言ってるの？」彼が片手をはずしてわたしの口をふさぎ、おかげで片方の腕が自由になった。その手で打ちかかり、顔の横をとらえたが、充分な手ごたえとは言えない。それでも彼は不意を衝かれた。後ろに倒れ、もういっぽうの腕も自由になった。

　わたしはふらつく足で立ち上がる。「このあま！」とマイクが言うが、わたしは足を踏み出し、彼を乗り越えてドアに向かう。

　なんとか三歩進んだところで、彼の手に足首をつかまれた。どっと倒れる。化粧台の下にスツールが押しこまれていて、倒れるとき、その角に頭をぶつけた。運がよかった。スツールには詰め物が入っていたし、転倒の勢いもそがれたが、床に倒れたとき体が変な形にねじれていた。背中と首に痛みが走り、どこか折れたのではないかと不安になる。ドアに向かって這《は》いだすが、まだ足首はつかまれたままだ。うめき声とともに引き寄せられたと思うと、圧倒的な体重がのしかかってきた。わたしの耳から数センチに彼の唇が迫る。

「マイク」わたしはすすり泣く。「マイク――」

　わたしの前にアダムとヘレンの写真があった。彼が落とした床の上に。修羅場の真っ最中だというのに、彼はどうやってこれを手に入れたのだろうと思い、はっと気がつく。アダムがウェアリング・ハウスのわたしに送ってきて、わたしを迎えにきたマイクがほかのすべての写真といっしょに持ち去ったのだ。

「このまぬけ、愚かなくそあま」と彼は言い、わたしの耳に唾を飛ばす。片方の手が喉をつかみ、もう片方が髪をわしづかみにする。頭を引き戻し、ぐいっと首を引き上げる。「なんのために、あんなことをしにいった？」

「ごめんなさい」わたしはすすり泣く。動けない。片方の手は体の下になって動きがとれず、もう片方はわたしの背中と彼の脚のあいだに挟まっている。

「どこへ行く気だったんだ、ええ？」と、彼が言う。もう、獣のように吠えている。憎しみがあふれ出したかのように。

「ごめんなさい」と、またわたしは言う。ほかに何を言えばいいか思いつかないからだ。「ごめんなさい」その言葉にかならず効き目があって、それだけでかならず足り、どんな面倒に巻きこまれてもそれだけ言えば抜け出すことができた日々を思い出す。

「ごめんなさいごめんなさい言うな！」と、彼が怒鳴る。頭がぐいっと引き戻され、それから前にたたきつけられる。絨毯敷きの床に、額が、鼻が、口が、そろって激突する。ぐしゃっと胸の悪くなりそうな鈍い音がし、煙草のすえた臭いがする。わたしは絶叫する。口の中に、血が。舌を噛《か》んだのだ。「どこへ逃げる気だ？　運転もできないくせに。知りあいもいない。ほとんどの時間は自分が誰かもわからないくせに。おまえに行く場所なんてない、どこを探しても。哀れなやつだ」

わたしは泣きだす。そのとおりだから。わたしは哀れな人間だ。クレアはついに来なかった。友だちもいない。文字どおりの独りぼっちで、自分をこんな目に遭わせた男に頼りきっている。そして、あしたの朝が来たら——命があればだが——いまのことさえ忘れてしまっているだろう。

命があれば。その言葉が頭にこだまするあいだに、わたしは気がつく。この男にはわたしを殺す力があり、今回はこの部屋を生きて出られないかもしれない。激しい恐怖に見舞われるが、そこでまた例の小さな声がささやく。〝こんなところで死んじゃだめ。こんな男に殺されちゃだめ。こんなところで。それだけは避けるのよ〟。

痛みに耐えながら背中を曲げて、どうにか腕を自由にした。前に飛びこみ、スツールの脚をつかむ。重いうえに体の角度が悪いが、なんとか体をねじり、自分の頭上、マイクの頭があると想像したあたりへ勢いよく持ち上げる。いい手ごたえで何かをとらえ、うめき声がした。彼の手がわたしの髪を放す。

周囲を見まわした。彼は床の上で体を後ろに傾け、額に手を当てている。指のすきまから血が滴りはじめた。何が起こったのかわからず、彼がわたしを見上げる。

もういちど殴っておくべきだったと、あとから思うことだろう。スツールででも、素手でもいい。何を使ってもいい。しっかり無力化しておくべきだったと。逃げ出して、階段を下り、ドアを開けて、大声で助けを呼べるように。

なのに、わたしはそうしない。体を引き起こして、立ち上がり、自分の前の床にいる男を見る。いま何をしようがこの男の勝ちだと思う。ずっとこの男の勝ちだった。この男にすべてを奪われた。この男からどんな仕打ちを受けたのか、はっきり思い出す能力までも。わたしはくるりと回り、ドアに向かって足を踏み出す。

うめき声とともに、彼が飛びかかる。全身でわたしに激突する。いっしょに化粧台にぶつかり、よろめく足でドアに向かう。「クリスティーン！」と、彼が言う。「クリス！　行かないでくれ！」

手を伸ばす。このドアさえ開けられれば、クラブの騒音があろうと、きっと誰かが物音を聞きつけて、来てくれる。

彼がわたしの腰にしがみつく。奇怪な双頭の怪物のように、二人でじわじわ前へ進んだ。わたしが彼を引きずりながら。「クリス！　愛している！」と、彼が言う。泣き叫んでいる。この様子に、いまの台詞《せりふ》のばかばかしさが重なって、いっそうわたしは力を振り絞る。もう少しだ。もう少しでドアにたどり着く。

そのときだ。あの夜の記憶が甦《よみがえ》ってきた。遠い昔の、あの夜だ。わたしはこの部屋にいる。同じ場所に立っている。同じドアに向かって手を伸ばしている。幸せだ、ばかばかしいくらい。部屋に着いたときあちこちに置かれていたキャンドルの炎がやわらかなオレンジ色の光を放ち、それが壁に照り返っている。ベッドに置かれた花束から、薔薇《ばら》の甘い香りが空気にたちこめている。花束にピンで留められたメモに〝七時ごろ上がっていく、ダーリン〟と書かれていて、ベンは下で何をしているのだろうと思ったが、彼が来る前にしばらく一人の時間が持ててよかったと思う。おかげで、考えをまとめる機会を得られた。危うくベンを失うところだった。マイクと関係を断つことができて、どんなにほっとしたか。こうしてベンと新しい道に踏み出せるなんて、わたしは幸せ者だ。そんなことをつくづく考える機会を得ることができた。どうしてマイクといっしょになりたいなんて一瞬でも考えられたのだろう。マイクならこんな気の利いたこと、絶対できなかった。ベンはこの海辺のホテルでのサプライズ・ナイトを手配してくれた。どんなにわたしを愛しているか示すために。このところいろいろぎくしゃくしたが、この気持ちは決して変わらないと示すために。マイクにこんなことはできない。あの男は考えが内向きすぎる。彼といっしょいると、始終検査を受けている感じがする。愛情を測り、与えられたものと受け取られたものを天秤《てんびん》にかけ、そのバランスにしばしば失望の色を浮かべる。

わたしはドアの取っ手に触れ、それをひねって、自分のほうへ引き開けている。ベンはアダムを自分の両親に預けてきた。この先には丸二日の週末が待ち構えている。何も心配することはない。二人きりで過ごすのだ。

「あなた」と言いかけたが、その言葉が喉につかえて止まった。ドアの前にいたのはベンではない。マイクだった。わたしを押しのけるようにわきを通り抜けて、部屋に入りこんできた。何を考えているの？――なんの権利があって、わたしをここへ、この部屋へおびき出したりしたの？　こんなことをして、なんになるの？――と言うと同時に、胸の中では、心の曲がったろくでなし！　とののしっていた。人の夫になりすますなんて、信じられない。なんの誇りも残ってないの？

家にいるベンとアダムのことを考える。いまごろベンは、わたしがどこにいるのか気を揉《も》んでいるだろう。すぐ警察に電話するかもしれない。誰にも言わずに電車でのこのこんなところまで来るなんて、なんてばかだったの。タイプされたメモを信じるなんて。わたしのお気に入りの香水を振りかけたメモなんかを、夫のものと信じるなんて。

マイクが口を開く。「相手がぼくとわかっていたら、きみは来たのか？」

わたしは声をあげて笑う。「来るわけないでしょう！　もう終わったの。この前、そう言ったはずよ」

わたしは花を見る。彼の手が握っているシャンパンのボトルを見る。そこかしこにロマンスの香りが漂っている。心を惑わす仕掛けのにおいが。「信じられない！」と、わたしは言っている。「わたしをここへおびき寄せて花とシャンパンのボトルを手渡せば、それでうまくいくと本気で思ったの？　わたしがあなたの腕の中へ飛びこんで、何もかも以前みたいな感じに戻るって？　あなた、まともじゃないわ、マイク。どうかしているわ。もう帰る。夫と息子のところへ」

これ以上思い出したくない。彼が初めてわたしを殴ったのはこのときだったにちがいない。でも、そのあと何があったか、どうやってそこから病院にたどり着いたのか、わたしは知らない。そしていま、わたしはここにいる。この部屋にいる。二人で一周して元の場所へ戻ってきたが、わたしはその間《かん》の日々を全部奪われている。まるで、ここを出てはいかなかったかのように。

ドアにたどり着けない。彼が起き上がろうとしている。わたしは叫びだした。「助けて！助けて！」

「静かにしろ！」と、彼が言う。「黙れ！」

いっそう大声で叫ぶと、彼はわたしを振り回すと同時に後ろへ押した。わたしは倒れ、わたしの前に天井と彼の顔がするする下りてきた。劇場の緞帳《どんちょう》のように。硬いしっかりしたものに頭がぶつかる。バスルームに押しこまれたのだと気がつく。頭をひねると、タイル張りの床が端まで広がっているのが見え、便器の根元が見え、浴槽の縁が見えた。床の上に石鹸《せっけん》がある。潰れて、どろりとした石鹸が。「マイク」と、わたしは言う。「やめて……」だが、彼はわたしの上にかがみこんで両手を喉にかける。

「黙れ！」と、彼は言っている。何度も、繰り返し。わたしはもう何も言っていないし、泣いているだけなのに。わたしは空気を求めてあえいでいる。目と口が血と涙で濡れている。

それ以外のことはわからない。

「マイク――」わたしはあえぐ。息ができない。手で喉をつかまれて、息ができない。記憶が勢いよく甦ってきた。彼がわたしの頭を水に浸けているところを思い出した。病院患者用のガウンを着て白いベッドで目を覚まし、そばにベンが、本物のベンが、わたしの結婚相手がすわっていたのを思い出した。女性の警官から答えられない質問を受けた。薄青色のパジャマを着てわたしのベッドの端にすわっている男の人が、毎日きみはぼくに会ったことがないみたいに挨拶をすると言って、わたしといっしょに笑っている。ブロンドの髪で歯が一本抜けた小さな男の子が、わたしをマミーと呼んでいる。情景が次から次へと浮かんできた。洪水《こうずい》のように、わたしの中に押し寄せる。猛威を振るう。頭を振ってそれを払い除けようとするが、マイクのつかむ力が強くなった。わたしの頭上に彼の頭がある。血走った目を瞬きもせず、わたしの喉を絞めつけてくる。前にもこの部屋でこうしていたのが思い出せた。わたしは目をつぶる。「よくも！」と彼は言っているが、しゃべっているのはどっちのマイクかわからない。いまここにいる現実のマイクなのか、それとも、わたしの記憶にだけ存在するマイクなのか。「よくも！」と、彼がまた言う。「ぼくの子を奪っていくなんて！」

ここで思い出した。遠い昔、この男に襲われたとき、わたしのお腹には子どもがいた。マイクのではなく、ベンの子が。わたしたちの再出発になるはずだった子が。

わたしもその子も助からなかった。

失神していたにちがいない。意識を取り戻したとき、わたしは椅子にすわっていた。手が動かず、口の中がもごもごしている。目を開く。部屋は薄暗い。開いたカーテンのすきまから射しこむ月明かりと、街灯の黄色い反射光だけだ。わたしの向かい、ベッドの端にマイクがすわっている。手が何かを握っている。

口を開こうとするが、開けられない。何かが詰めこまれているのだと気がつく。靴下かもしれない。どうやってか、吐き出せないようしっかり縛りつけられている。手首も両方縛られている。足首も。

最初からこうしたかったのだ、と考える。わたしを黙らせ、身動きできなくしたかったのだ。わたしがもがくと、彼は覚醒したことに気がついた。傷心と悲嘆が張りついた顔を上げて、わたしを見つめ、目をのぞきこむ。わたしは憎しみしか感じない。

「気がついたか」ほかに何か言う気だろうか？　ほかに何が言えるのだろう？「こんなことはしたくなかった。二人でここに来れば、記憶を取り戻すきっかけになるかもしれないと思ったんだ。かつて二人がどんなだったか、思い出せるかもしれないと。思い出したら、話をして、遠い昔にここで起こったことを説明できると思った。あんなことをするつもりは全然なかった、クリス。ときどき怒りを抑えられなくなるだけで。どうしようもなくなるんだ。すまなかった。きみを傷つけたいなんて思ったことはない。一度だって。ぼくは何もかも台無しにしてしまった」

彼がうつむいて、膝に目を落とす。もっとたくさん知りたかったことはあるが、疲労の極みに達している。もう時間も遅い。目を閉じて、自分を忘却の彼方へいざない、全部消去してしまいたい気がする。

でも、今夜は眠りたくない。眠らなければいけないのなら、あしたは目を覚ましたくない。

「あのとき、お腹に子どもがいるときみは言った」彼は顔を上げない。自分の服の襞に向かって小声で話していて、耳をしっかり澄まさないと、何を言っているのか聞き取れない。

「まさか子どもができるなんて、思ってもみなかった。思ってもみなかった。病院では──」そこで彼は言いよどむ。考え直し、教えないほうがいいこともあると判断したかのように。「ぼくの子じゃないと、きみは言った。でもわかっていた。ぼくのだと。なのに、きみはぼくに別れを告げ、ぼくの子を奪っていき、もうその子に会えないかもしれない──その考えに向きあえなかった。耐えられなかったんだ、クリス」

わたしに何を求めているのか、まだわからない。

「後悔していないと思うのか？　自分のしたことを？　毎日している。うろたえて途方に暮れた悲しそうなきみを見て。ときどき、あそこで嘘をつく。ベッドの上で。きみが目を覚ます音がする。そして、きみがぼくを見る。ぼくが誰かわからないのはわかっているし、例の落胆とやりきれない思いが伝わってくる。きみから波のように押し寄せてくる。あれはつらい。選択肢があったら絶対ぼくと寝ないとわかるのは。そのあときみがベッドを出て、バスルームに行き、何分かして戻ってきたときは、頭が混乱して、落ちこんで、傷心に見舞われているのがわかっている」

彼がいったん言葉を切る。「もう、それさえすぐにおしまいになるとわかっている。きみの日誌を読んだ。いまごろ、きみの医者が真相に気づいているだろう。そうでなくても、じきに気がつくだろう。クレアもだ。ぼくのところへ彼らが来るのはわかっている」彼が顔を上げる。「そして、ぼくからきみを取り上げようとするだろう。でも、ベンにはきみは必要じゃない。ぼくには必要だ。きみの世話をしたい。お願いだ、クリス。お願いだから、どんなにぼくを愛していたか思い出してくれ。そしたらきみは、ぼくといっしょにいたいと彼らに言える」床に散らばっている日誌の最後の数ページを、彼が指差す。「ぼくを許すと彼らに言える。こうなったことを許すと言える。そしたら、ぼくらはいっしょにいられる」

かぶりを振る。信じられない。わたしに思い出してほしいと思っているなんて。自分が何をしたか知ってほしいなんて。

彼が微笑む。「ときどき、きみはあの夜、死んでいたほうが思《おぼ》し召《め》しだったのかもしれないと思う。ぼくたち両方にとって」彼は窓の外を見る。「ぼくもきみを追うよ、クリス。きみが望むなら」またうつむく。「たやすいことだ。先に行ってくれてもいい。かならずあとを追う。ぼくを信じているだろう?」

彼は期待の面持ちでわたしを見る。「どうだ?」と言う。「それなら、苦しまずにすむぞ」

わたしは首を横に振り、口を開こうとするが、うまくいかない。目がヒリヒリ痛み、息をするのもひと苦労だ。

「いやか?」彼は落胆の表情を浮かべる。「いやか。どんな人生でも、ゼロよりはましだものな。けっこう。たぶん、きみが正しいんだろう」わたしは泣きだす。彼はかぶりを振る。「クリス。こうすれば、すべて問題なくなる。いいか?　この日誌が問題なんだ」彼はわたしの日誌を掲げる。「きみがこれを書きはじめるまで、ぼくたちは幸せだった。可能なかぎり幸せだった。それなりに。あれくらいの幸せで充分だっただろう?　とにかく、これを始末する必要がある。そしたらきみは、頭がこんがらがっていたと彼らに説明して、それで言い抜けられるかもしれない。少なくとも、しばらくは」

彼は立ち上がり、化粧台の下から金属製のごみ箱を引き出すと、何も入っていない内側のポリ袋を取り出して捨てた。「そしたら、楽になる」と言う。脚のあいだにごみ箱を置く。「楽になる」ごみ箱に日誌を落とし、床に散らばったままの最後の数ページを集めていっしょに入れる。「これは始末しなければいけない」と言う。「全部。きれいさっぱり」

彼はポケットからマッチ箱を取り出して、一本擦り、ごみ箱から一ページだけ取り出す。ぞっとして、彼を見る。「やめて！」と言おうとした。くぐもったうめき声しか出てこない。彼はわたしを見ず、紙に火をつけてごみ箱に落とす。

「やめて！」ともういちど言うが、こんどは頭の中で音のない叫びと化した。わたしが見つめるなかで、わたしの歴史が燃えて灰となっていく。わたしの記憶が消し炭と化していく。わたしの日誌、ベンの手紙、何もかもが。あの日誌がなかったらわたしはただの役立たずだ、と思う。なんの価値もない。彼の勝ちだ。

次に起こした行動は、計画したものではない。本能に衝き動かされたものだ。ごみ箱に向かって体を投げ出した。手を縛られているから落下をやわらげられず、ぶざまに床に激突し、体をひねったときにパキッと音がした。腕に痛みが走り、気を失うと思ったが、意識はとだえていない。ごみ箱が倒れ、床のあちこちに燃える紙が散らばっていく。

マイクが大声で——金切り声で——叫んで、両膝をつき、床をはたいて火を消そうとする。燃えている一枚がベッドの下に入ったのが見えたが、マイクは気がついていない。炎がベッドカバーの端をちろちろ舐《な》めはじめているが、わたしは手を届かせることも叫び声をあげることもできず、ただそこに横たわって、ベッドカバーに火がつくのを見つめている。煙が出はじめ、わたしは目を閉じる。部屋が燃える、と思う。マイクが燃え、わたしが燃え、遠い昔にここで何があったか知る者はいなくなり、それと同時に、いまここで何が起こったのかを知る者もいなくなり、歴史は灰となり、推測に取って代わられる。

咳きこんだ。波打つような乾いた吐き気を、丸めて口に詰めこまれた靴下が押し戻す。息が詰まってきた。息子のことを考える。もうあの子に会うことはないだろうが、せめて、息子がいたこと、息子が生きていて幸せなことを知りながら死のう。せめてもの喜びだ。ベンのことを考える。わたしが結婚して、そのあと忘れてしまった人。彼に会いたい。いま、最後に、あなたのことを思い出せたと伝えたい。屋上のパーティで彼と出会い、街を一望する丘の上でプロポーズされたこと、マンチェスターの教会で彼と結婚し、雨の中で写真を撮ったのを思い出すことができたと。

間違いない、わたしは彼を愛していた。彼を心から愛していたこと、ずっと愛していたことを覚えている。

まわりが暗くなっていく。息ができない。炎のめらめらいう音が聞こえ、唇と目に熱が感じられる。

わたしにはハッピーエンドなど存在しなかった。いまそれがわかった。でも、それでいい。

それでかまわない。

わたしは横たわっている。眠っていたが、それほど長い時間ではない。自分が誰で、どこにいたのか思い出すことができる。騒がしい音が聞こえる。往来の喧騒《けんそう》、音程が一定のまま変わらないサイレンの音。何かが口を覆っている——丸めた靴下だろうか——が、呼吸できることに気がつく。怖くて目が開けられない。何を見ることになるのかわからない。

でも、開けなくては。自分の現実と向きあうしかない。

照明が明るい。低い天井に蛍光灯が見え、それと平行に金属の棒が二本走っているのが見える。左右の壁はどちらも間近にあって、硬そうだ。金属と風防ガラスでつやつやしている。瓶や包みが保管されている引き出しと棚があり、ランプが点滅している機械がいくつかある。何もかも少し動いていることに気がついた。小刻みに揺れ動いている。わたしが横たわっているベッドまで。

後ろから、わたしの頭越しに男の人の顔がぬっと現れた。緑色のシャツを着ている。見覚えのない人だ。

「気がつきました、みなさん」と彼が言うと、さらにいくつか顔が現れた。急いでそれらを見渡す。この中にマイクはいない。いくらか緊張が解けた。

「クリスティーン」と、声がした。「クリッシー。わたしよ」女の人の声だ、聞き覚えがある。「病院に運ばれるところよ。鎖骨が折れているけど、だいじょうぶ。何も心配いらないの。あいつは死んだわ。あの男は死んだの。もうこれ以上、あなたを傷つけることはできないのよ」

そこで、話している人の顔を見る。彼女は微笑んで、わたしの手を握っている。クレアだ。先日会ったのと同じクレア、目を覚ました直後に思い浮かべるかもしれない若いクレアではなく、彼女のイヤリングが前回会ったときと同じものであるのに気づく。

「クレア――」とわたしは言いかけるが、彼女がさえぎった。

「しゃべっちゃだめ」と、彼女は言う。「いいから、静かに休んでいて」彼女は体を前に傾けて、わたしの髪を撫で、耳元で何かささやくが、なんて言ったかわからない。〝ごめんなさい〟だったのか。

「覚えてる」と、わたしは言う。「わたし、覚えている」

彼女が微笑んで、そのあと一歩下がると、かわりに若い男が進み出た。細面で、太いフレームの眼鏡をかけている。一瞬、ベンだろうかと考えるが、いまのベンがこの年齢のはずはない、と考え直す。

「ママ？」と、彼が言う。「ママ？」

ヘレンと写っていた写真のあの子だ。あの子のことも覚えていることに気がつく。

「アダム？」と、わたしは言う。彼に抱き締められて、言葉が喉につかえる。

「ママ」と、彼が言う。「パパも来るよ。すぐこっちに」

彼を引き寄せ、息子の香りを吸いこむ。幸せだ。

そろそろ限界だ。もういいだろう。眠らなければ。個室だから病院の厳しい規則にしたがう必要はないが、疲労の極みですでにわたしの目は閉じかけている。そろそろ限界だ。

ベンと話をした。本当の結婚相手と。何時間も話したような気がするが、ほんの数分だったのかもしれない。警察から連絡を受けて、いちばん早い便で飛んできた、と彼は言った。

「警察?」

「そうだ」と、彼は言った。「きみといっしょに暮らしているのがウェアリング・ハウスの思っている人物とちがうとわかって、警察がぼくの居場所を突き止めたんだ。どうやってかは知らないが。施設にぼくの古い住所があって、そこからたどり着いたんじゃないかな」

「じゃあ、あなたはどこにいたの?」

彼は鼻柱に眼鏡を押し上げた。「少し前からイタリアにいる」と言った。「あっちで仕事をしているんだ」彼はいったん言葉を切った。「きみは元気にしていると思っていた」彼はわたしの手を取った。「すまない……」

「あなたには知りようのないことだもの」と、わたしは言った。

彼は顔をそむけた。「ぼくはきみを置き去りにした、クリッシー」

「わかってる。何もかも知ってるわ。クレアが教えてくれた。あなたの手紙も読んだ」

「ああするのがいちばんいいと思ったんだ」と、彼は言った。「本気でそう思った。そうするのが、きみのためだと。きみのためにいいと。アダムのためにもいいと。くよくよせず、前向きに人生を歩んでいこうとした。じっさい、努力した」ここで彼は少し言いよどんだ。「きみと離婚しないかぎり、それは無理だと思った。離婚すれば踏ん切りがつくと思った。アダムはわかってくれなかった。きみはわかっていないこと、ぼくと結婚していたことさえ覚えていないことを説明したときも」

「どうだった？」と、わたしは訊いた。「それで、前へ進むことができた？」

彼はわたしに向き直った。「嘘をつくつもりはない、クリッシー。ほかの女性ともつきあった。たくさんじゃないが、何人かと。何年にも及ぶ長い年月だ。最初は軽い気持ちだったが、二年前にある人と出会った。その人と同棲した。でも――」

「でも？」

「うん、終わりになった。あなたはわたしを愛していない、と彼女に言われたよ。きみを愛するのを、ぼくはやめなかったと……」

「彼女の言うとおりだった？」

彼が返事をしなかったので、答えが怖くなり、わたしは言った。「それで、これからどうするつもり？　あしたは？　わたしをウェアリング・ハウスに連れ戻すの？」

彼は顔を上げて、わたしを見た。

「いや」と、彼は言った。「彼女の言ったとおりだ。きみを愛する気持ちが途切れたことはいちどもない。二度とあそこに連れていったりしない。あした、ぼくのところへ来てほしい」

いま、彼を見る。わたしの隣で椅子にすわって変な角度に頭を垂れ、すでにいびきをかいているが、まだわたしの手を握っている。彼の眼鏡が彼のものとわかる。顔の横を縦に走っている傷跡が彼のものだとわかる。わたしの息子は部屋から出て恋人に電話をかけ、これから生まれてくる娘におやすみをささやいていて、わたしの親友は外の駐車場で煙草を吸っている。いずれにしても、わたしは自分の愛する人たちに囲まれている。

少し前に、ドクター・ナッシュと話をした。わたしがケアハウスを出たのは四カ月くらい前のことだと教えてくれた。マイクがベンと称して訪ねてきはじめた、少しあとだ。わたしは自分で退去した。あらゆる書類にサインして。自分の意志で出たことになっていた。制止すべき理由があると思ったとしても、施設のほうでは退去を止められなかっただろう。出ていくとき、わたしはなけなしの写真と私物も持って出た。

「だからあの男はあの写真を持っていたの?」と、わたしは言った。「わたしの写真とアダムの写真を。だから、アダムがサンタクロースに書いた手紙を持っていたの? あの子の出生証明書を?」

「はい」と、ドクター・ナッシュは言った。「ウェアリング・ハウスに置いてあって、あなたが出るときいっしょについてきたものです。どこかの時点でマイクは、あなたとベンが写っている写真を全部処分したにちがいない。あなたがウェアリング・ハウスを退去する以前もおそらくそうだったのでしょうが、あそこのスタッフの退職率はかなり高くて、あなたの夫がどんな見かけをしているのか、誰も知らなかった」

「でも、彼はどうやって写真を手に入れたの？」

「写真はあなたの部屋の引き出しに入っているアルバムにあった。いったんあなたを訪ねることに成功すれば、そこに手をつけるのは難しくなかったはずですよ。自分の写真を何枚かすべりこませた可能性さえある。あなたと二人で写っている写真が何枚かあったはずですからね、例の……ええと、ずっと昔、あなたとつきあっていたころに撮ったのが。ウェアリング・ハウスのスタッフは、それまであなたを訪問していたのもアルバムの男とばかり思っていたんです」

「それで、わたしは写真をあの男の家に持ち帰り、あの男がそれを金属の箱に隠したの？そして、数が少なすぎる理由を説明するために、火事の話をこしらえたの？」

「はい」と、彼は言った。疲れた顔をしている。後ろめたそうだ。今回のことで自分を責めているのだろうか、と考え、そうでなければいいがと思った。結局、わたしを救ってくれたのはドクター・ナッシュだった。彼が救い出してくれたのだ。彼がまだ例の論文を書くことができ、わたしの症例を紹介できますようにと願った。わたしのためにしてくれたことで彼が認められれば嬉しい。なにしろ、彼がいなかったら、わたしは――

どうなっていたか、考えたくもない。

「どうやってわたしを見つけてくれたの？」と、わたしは訊いた。わたしと話したあとクレアは心配で矢も盾《たて》もたまらなかったが、翌日わたしから電話が来るのを待ったのだ、とドクター・ナッシュは説明した。「マイクはその日の夜、あなたの日誌のページを切り取ったのでしょう。だから、火曜日、ぼくに日誌を渡したとき、あなたはなんの問題もないと思っていたし、ぼくもそう思っていた。あなたから電話が来ないので、クレアは自分から電話しようとしたが、ぼくがあなたに渡した携帯電話の番号しか知らなかったし、その携帯はマイクに奪われていた。けさ、あの番号にかけてあなたが出なかったとき、おかしいと気がつくべきでした。でも、そうは思わなかった。もうひとつの電話にかけただけで……」彼は信じられないとばかりに頭を振った。

「気にしないで」と、わたしは言った。「話を続けて」

「彼は少なくとも一週間前、おそらくもう少し前から、あなたの日誌を読んでいたと考えるのが妥当でしょう。最初、クレアはアダムに連絡がつかず、ベンの電話番号がわからなかったから、ウェアリング・ハウスに電話をかけました。あそこが知っていた電話番号はひとつだけで、彼らはそれをベンの番号と思っていましたが、じつはマイクのだったんです。クレアはぼくの番号を知らなかった。彼女はマイクの職場の学校に電話をかけて説得し、住所と電話番号を教えてもらいましたが、どっちも偽物でした。そこで彼女は行き詰まった」

あの男がわたしの日誌を見つけて、毎日読んでいるところを思い描いた。なぜ彼は、あれを始末してしまわなかったの？

彼を愛していると、わたしが書いていたからだ。わたしにそう信じつづけてほしかったからだ。

いや、そう考えるのはあの男に優しすぎるかもしれない。あれが燃えるところを、わたしに見せたかっただけなのかもしれない。

「クレアは警察に電話しなかったの？」

「しました」と、彼はうなずいた。「しかし、警察が事態を真剣に受け止めたのは、二、三日たってからでした。そのあいだに彼女がアダムに連絡をつけると、ベンは少し前から外国にいて、ベンの知るかぎりあなたはまだウェアリング・ハウスにいると言われた。彼女はハウスに連絡したが、あそこはあなたの住所を教えてくれず、最後にようやく折れて、アダムにぼくの電話番号を教えてくれた。そこまでなら歩み寄ってもいいと判断したんでしょう。ぼくは医者ですから。きょうの午後になって、やっとクレアはぼくに電話してきたんです」

「きょうの午後？」

「はい。クレアは何かおかしいと言って、ぼくを説得し、当然ながらアダムはまだ生きているとわかって、たしかにおかしいとなった。彼女とぼくであなたの家を訪ねたが、あなたはもうブライトンに出発していた」

「わたしがあそこにいると、なぜわかったの？」

「けさあなたが話してくれました。ベンから――おっと、すみません、マイクから――週末の旅行に出かけると言われたと。海辺に行くと言われたと。クレアから事情を聞いて、あの男があなたをどこに連れていく気か推理したんです」

椅子に体をあずける。疲れた。全身綿のようだ。ただひたすら眠りたかったが、怖くてできなかった。忘れてしまうかもしれないと思うと怖かった。

「でもあなたは、アダムは死んだと言ったわ」と、わたしは言った。「あの子は殺されたって。駐車場でいっしょにすわっていたとき。それと、火事のことも。火事があったとわたしに言った」

彼は微笑んだ。悲しげに。「あなたから、そう聞かされていたからです」よくわからない、と彼に言った。「あなたに初めて会って二週間くらいたったころ、あなたはぼくに、アダムは死んだと言った。マイクにそう教えられて彼の言葉を信じ、ぼくに話したんでしょう。駐車場であなたから質問されたとき、ぼくは事実と思っていたことをあなたに言った。火事についても同じです。火事はあったものと、ぼくは信じていた。あなたからそう聞かされたから」

「でも、わたしはアダムの葬儀を思い出した」と、わたしは言った。「あの子の棺《ひつぎ》があって……」

ふたたび、悲しげな微笑が浮かんだ。「あなたの想像です……」

「でも、写真を見たわ」わたしは言った。「あの男に――」マイクの名前を口にするのは、はばかられた。「わたしとあの男がいっしょに写っている写真を見せられた。夫婦みたいに寄り添っている写真を。墓石の写真もあった。そこにはアダムの名前が――」

「偽造したんでしょう」と、ドクター・ナッシュは言った。

「偽造?」

「はい。コンピュータで。近ごろは、簡単に写真を加工できるんです。あなたが本当かどうか疑うだろうと推察し、あなたが探しそうな場所に置いたんでしょう。二人の写真とあなたが思ったものも、偽物だった可能性が高いですね」

マイクは書斎にいる、と何度か書いたときのことを思い起こした。仕事をしている、と書いたときのことを。その作業をしていたの? よくぞここまでだましてくれたものだ。

「だいじょうぶですか?」と、ドクター・ナッシュが言った。

わたしは微笑んだ。「ええ」と言った。「たぶん」彼を見て、気がついた。もっと髪を短く刈って別のスーツを着ている彼の姿を、頭に浮かべることができた。

「いろんなことが思い出せるわ」と、わたしは言った。

彼の表情は変わらなかった。「どんなことでしょう?」

「いまとちがった髪形のあなたを覚えているわ」と、わたしは言った。「ベンのことも、彼を見て彼だとわかった。救急車の中では、アダムとクレアのことも。先日彼女に会ったことも思い出せる。二人でアレクサンドラ・パレスのカフェに行ったこと。コーヒーを飲んだこと。彼女にトービーという息子がいること」

彼の目は悲しそうだった。

「きょう、日誌を読みましたか?」と、彼は言った。

「ええ」と、わたしは言った。「でも、ほら、わからない? 自分が書いてなかったことも思い出せるのよ。クレアはどんなイヤリングをつけていたか。いま彼女がつけているのと同じものだったわ。彼女に訊いてみたの。そのとおりだと彼女は言った。トービーが青いパーカを着ていたこと、彼の靴下に漫画が描かれていたことも思い出せるし、アップルジュースが欲しかったのにオレンジかブラックカラントしかなくてショックを受けていたのも覚えてる。ね？　そんなこと、わたしは書き留めていなかった。なのに思い出すことができるのよ」

彼は嬉しそうだったが、それでも慎重な姿勢はくずさなかった。

「たしかにドクター・パクストンは言っていました。あなたの記憶喪失には明確な器質的原因が見当たらないと。身体的な外傷だけでなく、少なくともその一部は心的なトラウマによって引き起こされた可能性が高そうだと。別のトラウマによってそれが消える可能性も、ないではありません。ある程度」

彼の示唆に、わたしは飛びついた。「つまり、治ったかもしれないってこと？」

彼はわたしを見つめた。どこまで言うべきか、わたしがどれだけの真実に耐えられるか、測っているような気がした。

「正直言って、それはどうかと思います」と、彼は言った。「この二、三週間である程度の改善は見られましたが、完全に記憶が戻ったことはなかったですし。でも、可能性はありますよ」

喜びがあふれてきた。「一週間前にあったことを思い出せるってことは、また新しい記憶を形成できるということ？　記憶を維持できるということ？」

ドクター・ナッシュはためらいがちに言った。「たしかに、その可能性を暗示してはいます。でも、クリスティーン、一時的な現象である可能性も頭にとどめていてほしい。あしたになるまで明言はできませんから」

「わたしが目を覚ますまで？」

「はい。今夜眠ったら、きょうの記憶は全部なくなっているかもしれない。新しい記憶も、古い記憶も、いっさい」

「けさ目が覚めたときと、まったく同じかもしれない？」

「はい」と、彼は言った。「もしかしたら」

考えられない。目が覚めたらアダムとベンのことを忘れているかもしれないなんて。生ける屍《しかばね》のようなものだ。

「でも——」と、わたしは口を開いた。

「日誌をつけなさい、クリスティーン」と、彼は言った。「まだ持っていますか？」

首を横に振った。「あの男に燃やされてしまった。それが火災の原因だったのよ」

ドクター・ナッシュは落胆の表情を浮かべた。「それは残念だ」と言った。「でも、あまりがっかりする必要はありません。クリスティーン、だいじょうぶですよ。また一から始めればいい。あなたを愛している人たちが、あなたのところへ戻ってきたんだから」

「でも、わたしが彼らのところへ戻ってきたことでもありたいの」と、わたしは言った。

「わたしが彼らのところへ戻ったことでもありたいの」

もうしばらく二人で話をしたが、ドクター・ナッシュはわたしを家族水入らずにしようとした。彼は最悪の事態に備えさせようとしているだけだ。あした目が覚めたら、自分のいるのがどこかも、自分のそばにすわっているこの人が誰かも、わたしの息子と主張している人が誰かも、何ひとつわからなくなっている可能性はあるから、前もってそれに備えさせようとしているだけだ。そうわかってはいるが、彼は間違っているとしか思えない。わたしの記憶は戻ってきた。そう思わずにいられない。

そばで眠っている夫を見る。薄暗い部屋に彼のシルエットが浮かんでいる。わたしたちが出会ったときのこと、パーティの夜のこと、クレアと屋上で花火を見ていた夜のことを、わたしは覚えている。休日のヴェローナで彼がプロポーズしたこと、そして、はいと答えたときに感じた自分の胸の高鳴りを。わたしたちの結婚式、わたしたちの結婚生活、わたしたちの暮らし。そのすべてを覚えている。わたしは微笑んだ。

「愛しているわ」とささやき、目を閉じて、眠りに落ちる。

本書の執筆にあたり、何人かの記憶喪失者の人生を部分的に参考にさせていただいた。なかでもいちばん有名なのはヘンリー・グスタフ・モレゾンとクライヴ・ウェアリングの症例で、後者の人生は妻のデボラ・ウェアリングの著書“Forever Today-A Memory of Love and Amnesia”（邦訳『七秒しか記憶がもたない男 脳損傷から奇跡の回復を遂げるまで』武田ランダムハウスジャパン刊）で語られている。しかし、本書『わたしが眠りにつく前に』の中で起こる出来事は、すべて架空のものであることをお断りしておきたい。

訳者あとがき

英国の新鋭ＳＪ・ワトソンの『わたしが眠りにつく前に』（原題 *"Before I Go to Sleep"* 二〇一一年、ダブルデイ社）をお届けする。

二〇一〇年、英国小説界はホットニュースに沸き立った。まだデビュー前の作家の卵の作品がオークションにかけられ、新人としては前代未聞の高額で競り落とされたのだ。

ＳＪ・ワトソン。一九七一年、英国ウエスト・ミッドランズ州スタウアブリッジ生まれ。バーミンガム大学で物理学を学び、ロンドンの国民保健サービス（ＮＨＳ）で聴覚学者として働きながら創作に取り組みはじめた変わり種。

二〇〇八年から英国の老舗出版社「フェイバー＆フェイバー」が主宰する「第一回フェイバー・アカデミー六カ月創作講座」を受講、最終日に講師として同講座を訪れていた「コンヴィル＆ウォルシュ」（ロンドン）の辣腕エージェント、クレア・コンヴィルに見いだされた。英国では十一社による入札の末、構想段階のもう一冊（“*Nine Live*”）を加えた二冊の権利をダブルデイが獲得。米国版はハーパーコリンズが取得し、二冊に投じた額は百万ドル超と報じられた。

まさに、二〇一一年末から年明けにかけて米メジャー・リーグを騒がせたダルビッシュ有を彷彿《ほうふつ》させる、激しい争奪戦だったのである。

完成した『わたしが眠りにつく前に』は二〇一一年四月、英国での出版を皮切りに、ライセンスされた世界四十カ国で売り上げ累計二百万部を突破（今年五月時点）、ペーパーバックになれば英国で六週連続売り上げ一位と、新人作家の作品としてここ五年で最高の売り上げを記録した。そして二〇一一年のＣＷＡ（英国推理作家協会）賞最優秀新人賞、英国の年度最優秀作品に贈られるギャラクシー・ナショナル・ブック・アワードのクライム・スリラー部門最優秀賞のダブル受賞に輝いた。

旋風は出版界だけにとどまらない。昨年五月にはリドリー・スコット（『エイリアン』『ブレードランナー』）が製作者として映画化権を取得、主演ニコール・キッドマンで一二年末から本格的な撮影開始との情報が入っている。

さて、本書について。

舞台は英国ロンドン。主人公の女性クリスティーン・ルーカスは記憶を失っている。毎朝、目覚めるたび、自分が誰か、どこにいるのか、そして過去二十年ほどに何があったかわからなくなる。その彼女が青年医師との出会いを機に、失った過去を取り戻す決意をし、記憶の糸を探りながらおぼろに見えはじめる真相に翻弄されていくサイコ・サスペンスである。

人の記憶というのは不思議なものだ。何十年も忘れていたことが何かのきっかけでふと甦ったり、何日か前には覚えていた脳内の引き出しの場所がわからなくなったりする現象は、健常者でも日常的に体験する。幼少期ひとつとっても、何歳ごろから記憶があるかは人によって様々で、誕生記憶や体内記憶まであるという話も聞く。匂いや音が引き金になって思いもよらぬ記憶が甦るのも、たびたびわたしたちが経験することだ。

本書では失われた記憶の中に何があるのか、何が記憶を失わせたのかが焦点になる。作品を語るひと言ひと言がヒントになりかねないので、あとがきからお読みになるかたのため、できるだけ内容には触れないよう配慮したいが、短時間しか記憶がもたない特異な状況で、いかにしてその糸を探っていくのか、そしてその先に見えてくるものは……？　精緻にめぐらされた創作の妙を堪能していただければさいわいだ。

それにしても、これがデビュー作かとつくづくうならされる。訳出開始以前に初めて通読したときはページをめくる手が止まらず、あっという間に最後まで読まされた。そのためか、自分の中ではもっと短いお話だったような気がしていたのだ。それが訳出してみれば、文庫本にして五百ページ超。本書の読後に同じような感想をお持ちいただければ、訳者として嬉しいかぎりである。

余談になるが、今回翻訳を依頼され、訳出に取りかかったとき、ある記憶がふっと頭に甦った。クビャール・トロンポンというインドネシア・バリ島に伝わる舞踊の一シーンだ。男装の女性が舞いを舞うシーンを男性の舞踊家が演じるという錯綜した設定が、妖しくも繊細な空間を織り成す。本書は男性作家が描く女性一人称の物語。それを男性翻訳家が翻訳するという状況が、過ぎし日の記憶を呼び覚ましたのだろうか。やはり人の脳の動きは面白い。男性作家による女性一人称といえば、邦訳された英語圏のミステリに限っては、寡聞にしてその例を知らない。デビュー作にしてその設定に挑んだSJ・ワトソンの脳内に、強く興味を惹かれるところである。

最後に、冒頭の詩について。これは本書にも登場するロンドン北部の丘、パーラメント・ヒルのベンチに刻まれているそうだ。イラン人作家パルヴィズ・オウシアからの引用で、人の時間と記憶の不思議さをそこはかとなく感じさせる三行である。

二〇一二年六月

わたしが眠りにつく前に

著者　SJ・ワトソン

訳者　棚橋志行《たなはししこう》

2012年7月20日　初版第1刷発行

発行人　鈴木徹也

発行所　ヴィレッジブックス
〒108-0072 東京都港区白金2-7-16
電話 048-430-1110（受注センター）
03-6408-2322（販売及び乱丁・落丁に関するお問い合わせ）
03-6408-2323（編集内容に関するお問い合わせ）
http://www.villagebooks.co.jp

印刷所　中央精版印刷株式会社

ブックデザイン　鈴木成一デザイン室＋草苅睦子（albireo）

 ISBN978-4-86332-393-3 Printed in Japan

ヴィレッジブックス好評既刊

「強盗こそ、われらが宿命《さだめ》　上・下」

チャック・ホーガン　加賀山卓朗［訳］　〈上〉777円((税込)〈下〉735円(税込)
〈上〉ISBN978-4-86332-915-7〈下〉ISBN978-4-86332-916-4

全米一銀行強盗の発生率が高い街に生まれ育ち、自らも銀行強盗に精を出してきたダグたち一味。しかしある銀行を襲ったときから、何かがおかしくなりはじめた——

「流刑の街」

チャック・ホーガン　加賀山卓朗［訳］　903円（税込）　ISBN978-4-86332-303-2

イラク帰還兵メイヴンは、ある男の手引きで麻薬組織を壊滅させる"仕事"を始める。だがその歯車はいつしか狂いはじめ……徹頭徹尾、胸騖づかみ！のクライムノベル。

「犯罪小説家」

グレッグ・ハーウィッツ　金子浩［訳］　945円（税込）　ISBN978-4-86332-222-6

犯罪を知り尽くした作家が、ある日突然殺人犯に…。本当に殺したのはぼくなのか?!
M・クライトンの後継者、新サスペンスの帝王がおくるジェットコースター・ノベル！

「ショパンの手稿譜《しゅこうふ》」

ジェフリー・ディーヴァーほか　土屋晃ほか［訳］　819円（税込）　ISBN978-4-86332-300-1

幻のショパンの楽譜をめぐる謎と陰謀……J・ディーヴァー、L・チャイルド、
L・スコットラインら総勢15名の豪華作家陣が贈る、傑作リレー・ミステリー!!

「法人類学者デイヴィッド・ハンター」

サイモン・ベケット　坂本あおい［訳］　966円（税込）　ISBN978-4-86332-123-6

イギリスの片田舎で医師をしているデイヴィッド。実は死体の状態や発見現場の様子などから事件を分析する専門家だった。彼を現場に引き戻した連続殺人事件とは？
